Die Begnadigung

I

Während der letzten Stunden seiner Präsidentschaft – die bei den Historikern weniger Interesse erregen würde als irgendeine andere seit der von William Henry Harrison (einunddreißig Tage von der Amtseinführung bis zum Tod) – saß Arthur Morgan mit dem einzigen ihm verbliebenen Freund im Oval Office und dachte über die noch anstehenden Entscheidungen nach. Er hatte den Eindruck, in seiner vierjährigen Amtszeit alles verpfuscht zu haben, und war wenig zuversichtlich, daran in letzter Minute noch etwas ändern zu können. Der Freund teilte seine Zweifel, doch er verhielt sich wie immer – wenn er überhaupt den Mund aufmachte, sagte er nur, was der Präsident zu hören wünschte.

Es ging um Straferlasse und Begnadigungen – verzweifelte Gesuche von Dieben, Betrügern und Lügnern, von denen einige noch im Gefängnis waren. Andere hatten nie hinter Gittern gesessen, waren aber erpicht darauf, ihren guten Namen von jeglichem Makel zu reinigen und ihre innig geliebten staatsbürgerlichen Rechte wieder zuerkannt zu bekommen. Alle behaupteten, sie wären Freunde oder Freunde von Freunden oder besonders fanatische Anhänger. Nun war es fünf Minuten vor zwölf, doch bisher hatten nur wenige von ihnen Gelegenheit gefunden, ihre Unterstützung auch öffentlich zu bekunden. Es war schon deprimierend. Nach vier turbulenten Jahren, in denen Morgan der wichtigste Politiker der freien Welt gewesen war, schrumpfte alles auf einen erbärmlichen Stapel Papiere zusammen – auf die Gnadengesuche eines Haufens von Gaunern. Welchen Dieben sollte man Gelegenheit geben, erneut zu stehlen? Das waren die weltbewegenden Fragen, die Morgan in den letzten Stunden seiner Amtszeit beschäftigten.

Der letzte Getreue, ein alter Kumpel aus der Studentenverbindung, hieß Critz. Während ihrer gemeinsamen Zeit an der Cornell-Universität war Morgan Vorsitzender der Studentenvertretung geworden, weil Critz die Wahlurnen mit gefälschten Stimmzetteln voll gestopft hatte. In den vergangenen vier Jahren hatte Critz mehrere Posten bekleidet. Er war Pressesekretär, Stabschef, nationaler Sicherheitsberater und schließlich sogar Außenminister gewesen – Letzteres allerdings nur für drei Monate, weil er durch seine eigenwillige Vorstellung von Diplomatie fast den Dritten Weltkrieg ausgelöst hätte und schleunigst abberufen werden musste. Seinen letzten Job hatte er im vergangenen Oktober übernommen, in der hektischen Schlussphase des Wahlkampfs, von dem Morgan sich die Bestätigung im Amt versprochen hatte. Als die Meinungsumfragen zeigten, dass der Präsident in mindestens vierzig Bundesstaaten weit abgeschlagen hinter seinem Konkurrenten lag, hatte Critz die Wahlkampfleitung an sich gerissen. Er hatte es geschafft, mit Ausnahme von Alaska auch noch den Rest des Landes zu vergraulen.

Es war eine historische Wahl gewesen. Nie zuvor hatte ein amtierender Präsident so wenige Wahlmännerstimmen erhalten – ganze drei, um genau zu sein. Sie kamen aus Alaska, dem einzigen Bundesstaat, dem Morgan auf Critz' Anraten keinen persönlichen Besuch abgestattet hatte. Fünfhundertfünfunddreißig Stimmen für den Herausforderer, drei für den Amtsinhaber. Das Wort »Erdrutschsieg« charakterisierte das Ausmaß des Debakels nicht einmal ansatzweise.

Als die Stimmen ausgezählt waren, folgte der Herausforderer zweifelhaften Ratschlägen und beschloss, das Ergebnis aus Alaska anzufechten. Warum nicht alle fünfhundertachtunddreißig Wahlmännerstimmen einsacken?, hatte er sich gefragt. Nie wieder würde ein Präsidentschaftskandidat die Chance bekommen, seinen Gegner zu null zu schlagen, ihm die ultimative Niederlage zuzufügen. Sechs Wochen lang wurde in Alaska erbittert prozessiert, und der Präsident musste noch mehr leiden. Als der Oberste Gerichtshof ihm die drei Wahlmännerstimmen des Bundesstaates schließlich offiziell zuerkannte, köpften er und Critz in aller Stille eine Flasche Champagner.

Obwohl ihm das amtliche Endergebnis nur eine hauchdünne Mehrheit von siebzehn Stimmen attestierte, war Präsident Morgan seitdem geradezu vernarrt in Alaska.

Er hätte mehr Bundesstaaten keinen Besuch abstatten sollen.

Selbst in seiner Heimat Delaware, wo ihm das einst so weise Stimmvolk acht wundervolle Jahre als Gouverneur beschert hatte, war er als Verlierer aus der Wahl hervorgegangen. So wie Morgan Alaska ignoriert hatte, ignorierte sein Gegner Delaware – keine erwähnenswerte Kampagne, keine Fernsehspots, nicht eine einzige Rede. Und trotzdem hatte er zweiundfünfzig Prozent der Stimmen eingefahren!

Critz saß in einem weich gepolsterten Ledersessel, bewaffnet mit einem Notizblock mit einer langen Namensliste, die abgearbeitet werden musste. Er schaute zu, wie der deprimierte und gedemütigte Präsident langsam von einem Fenster zum anderen wanderte, in die Finsternis spähte und darüber sinnierte, was aus seiner Amtszeit hätte werden können. Morgan war achtundfünfzig, hatte sein Leben aber schon hinter sich – seine Karriere war beendet, seine Ehe zerrüttet. Mrs Morgan war bereits nach Wilmington zurückgekehrt und amüsierte sich öffentlich über Morgans Idee, in ein Holzhaus in Alaska zu ziehen. Insgeheim bezweifelte Critz, dass es seinem Freund gefallen würde, sich für den Rest seiner Tage als Jäger und Angler zu betätigen, aber die Aussicht, Mrs Morgan dreitausend Kilometer entfernt zu wissen, musste sehr verlockend sein. Unter Umständen hätten sie in Nebraska gewinnen können, wenn die First Lady ein dortiges Footballteam nicht »Sooners« genannt hätte – der Spitzname für die Einwohner von Oklahoma.

Die *Nebraska* Sooners!

Morgans Umfrageergebnisse gingen in Nebraska und Oklahoma über Nacht dermaßen in den Keller, dass er sich von dem Absturz nicht erholte.

In Texas hatte sie von einem nach einem preisgekrönten Rezept zubereiteten Chili probiert und sich anschließend übergeben. Auf dem Weg zum Krankenwagen hatte ein Mikrofon ihre mittlerweile legendären Worte übertragen: »Wie können diese Hinterwäldler nur so einen Fraß essen?«

Nebraska hatte fünf Wahlmännerstimmen, Texas vierunddreißig. Den Fauxpas mit dem Footballteam hätten sie noch wegstecken können, doch ein Kandidat, dessen

Frau sich so despektierlich über texanisches Chili äußerte, war chancenlos.

Was für ein Wahlkampf! Critz war versucht, ein Buch darüber zu schreiben. Irgendjemand musste den Weg in die Katastrophe dokumentieren.

Eine fast vierzigjährige Partnerschaft neigte sich ihrem Ende zu. Zweihunderttausend Dollar Jahresgehalt hatten Critz bewogen, einen Job bei einem Unternehmen aus der Rüstungsindustrie anzunehmen. Außerdem wollte er sich als Vortragsreisender betätigen – falls sich Veranstalter fanden, die dumm genug waren, die von ihm geforderten fünfzigtausend Dollar pro Rede zu bezahlen. Er hatte sein Leben dem Dienst an der Öffentlichkeit gewidmet, doch auch er wurde nicht jünger und war außerdem pleite. Er musste Geld verdienen, und zwar schnell.

Der Präsident hatte sein stattliches Haus in Georgetown mit riesigem Gewinn verkauft und eine kleine Ranch in Alaska erstanden, wo die Menschen ihn offenbar bewunderten. Er hatte vor, den Rest seiner Tage dort zu verbringen und sich dem Jagen und Angeln zu widmen. Vielleicht würde er seine Memoiren schreiben. Was immer er tun würde, die Politik und Washington gehörten definitiv der Vergangenheit an. Er würde nicht den Elder Statesman oder den Ratgeber seiner Partei spielen, der die weise Stimme der Erfahrung sprechen ließ. Keine Abschiedsvorstellungen, keine Parteitagsreden, keine Vorlesungen vor Studenten der Politologie. Keine Präsidentenbibliothek. Die Stimme des Volkes hatte sich laut und überdeutlich Gehör verschafft. Wenn sie ihn nicht wollten, würde er zweifellos auch ohne sie auskommen.

»Wir müssen entscheiden, was mit Cuccinello passieren soll«, sagte Critz.

Der Präsident starrte weiter aus einem Fenster in die Finsternis, noch immer in Gedanken an Delaware versunken. »Mit wem?«

»Mit Figgy Cuccinello, diesem Filmregisseur. Wurde wegen Sex mit einem minderjährigen Starlet verurteilt.«

»Wie jung war sie?«

»Fünfzehn, glaube ich.«

»Ziemlich jung.«

»Ja. Er ist nach Argentinien geflohen, wo er mittlerweile seit zehn Jahren lebt. Jetzt hat er Heimweh. Er will zurückkommen und weitere grauenhafte Filme drehen. Angeblich ruft ihn die Kunst in die Heimat zurück.«

»Oder die jungen Mädchen.«

»Die auch.«

»Es wäre mir egal, wenn sie siebzehn gewesen wäre, aber fünfzehn ist zu jung.«

»Er hat sein Angebot auf fünf Millionen erhöht.«

Der Präsident drehte sich um und schaute Critz an. »Er bietet fünf Millionen für einen Straferlass?«

»Ja, und er muss schnell Bescheid wissen. Das Geld muss telegrafisch aus der Schweiz überwiesen werden. Da drüben ist es jetzt drei Uhr morgens.«

»Wohin würde er es überweisen?«

»Wir haben Offshore-Konten. Ist kein Problem.«

»Wie würde die Presse reagieren?«

»Ziemlich eklig.«

»Journalisten sind immer eklig.«

»Diesmal würden sie besonders eklig werden.«

»Eigentlich ist mir die Presse egal«, sagte Morgan.

Warum fragst du dann?, hätte Critz am liebsten entgegnet.

»Könnte die Herkunft des Geldes zurückverfolgt werden?«, fragte Morgan, während er sich wieder zum Fenster umdrehte.

»Nein.«

Der Präsident kratzte sich mit der rechten Hand am Nacken, wie er es bei schwierigen Entscheidungen immer tat. Einmal, als er fast einen Atomschlag gegen Nordkorea angeordnet hätte, hatte er sich so lange gekratzt, bis Blut auf den Kragen seines weißen Hemdes getropft war. »Meine Antwort lautet nein«, sagte er. »Fünfzehn ist zu jung.«

Die Tür öffnete sich, ohne dass angeklopft worden wäre, und Artie Morgan trat ein, der Sohn des Präsidenten. In einer Hand hielte er eine Flasche Heineken, in der anderen ein paar Papiere. »Hab gerade mit der CIA telefoniert«, sagte er beiläufig. Er trug zerschlissene Jeans und keine Socken. »Maynard ist auf dem Weg hierher.« Nachdem er die Papiere auf den Schreibtisch geworfen hatte, verließ er den Raum, wobei er die Tür geräuschvoll ins Schloss warf.

Artie würde die fünf Millionen ohne jedes Zögern annehmen, unabhängig vom Alter des Mädchens, dachte Critz. Für ihn war fünfzehn mit Sicherheit nicht zu jung. Vielleicht hätten sie in Kansas gewinnen können, wenn Artie nicht in einem Motel in Topeka mit drei Cheerleaders geschnappt worden wäre, von denen die älteste siebzehn gewesen war. Der Staatsanwalt ließ die Anklage schließlich fallen – drei Tage nach der Wahl, und nachdem die Mädchen beeidete Erklärungen unterschrieben hatten, denen zufolge sie nie Sex mit Artie gehabt hatten. Viel hatte nicht gefehlt, tatsächlich nur ein paar Sekunden – dann hatte die Mutter eines der Mädchen an die Tür geklopft und eine Orgie vereitelt.

Der Präsident setzte sich in seinen mit Leder bezogenen Schaukelstuhl und tat so, als würde er ein paar unwichtige Unterlagen durchblättern. »Gibt es Neuigkeiten im Fall Backman?«, fragte er.

In seinen achtzehn Jahren als Direktor der CIA war Teddy Maynard keine zehn Mal im Weißen Haus gewesen – nie zum Dinner (er ließ sich stets aus gesundheitlichen Gründen entschuldigen) und kein einziges Mal, um einem ausländischen Spitzenpolitiker die Hand zu schütteln (nichts hätte ihm gleichgültiger sein können). Als er noch laufen konnte, schaute er gelegentlich vorbei, um mit dem jeweiligen Präsidenten oder einem oder zwei seiner Kabinettsmitglieder zu plaudern. Doch seit er im Rollstuhl saß, beschränkte sich seine Kommunikation mit dem Weißen Haus auf Telefonate. Zweimal wurde ein Vizepräsident für ein Treffen mit Mr Maynard zum Hauptquartier der CIA nach Langley chauffiert.

Das einzig Positive an dem Rollstuhl war, dass er einen wundervollen Vorwand bot, alle missliebigen Termine abzusagen und nur noch das zu tun, was einem gefiel. Ohnehin hatte niemand Interesse daran, einen greisen Krüppel durch die Gegend zu schieben.

Mittlerweile war Maynard seit fast fünfzig Jahren Geheimdienstler, und er genoss das Privileg, nicht mehr über die Schulter blicken zu müssen, wenn er sehen wollte, was sich hinter ihm abspielte. Er ließ sich in einem unauffälligen weißen Transporter durch die Gegend kutschieren – kugelsicheres Glas, gepanzerte Wände, zwei schwer bewaffnete Männer hinter dem schwer bewaffneten Fahrer –, und sein Rollstuhl war direkt vor der Hintertür rutschsicher am Boden befestigt, sodass er den

Verkehr hinter ihnen beobachten konnte, ohne selbst gesehen zu werden. In einer gewissen Entfernung folgten zwei weitere Transporter, und falls jemand auf die unglückselige Idee kommen sollte, in die Nähe des CIA-Direktors gelangen zu wollen, wäre ihm sofort Einhalt geboten worden. Nicht dass jemand mit einem solchen Zwischenfall gerechnet hätte. Ein Großteil der internationalen Öffentlichkeit glaubte, Teddy Maynard wäre tot oder in einem jener unauffälligen Altersheime, wo greise Spione ihrem Ende entgegendämmerten.

Und so war es ihm auch am liebsten.

Er war in eine dicke graue Decke gehüllt und wurde von Hoby begleitet, seinem treuen Berater. Während der Wagen mit neunzig Stundenkilometern über den Beltway fuhr, schlürfte Maynard grünen Tee, den Hoby ihm aus einer Thermoskanne eingeschenkt hatte, und beobachtete die Autos hinter ihnen. Hoby saß auf einem speziell für ihn angefertigten Lederstuhl neben ihm.

»Wo ist Backman im Augenblick?«, fragte Maynard nach einem weiteren Schluck Tee.

»In seiner Zelle«, antwortete Hoby.

»Und unsere Leute sind beim Gefängnisdirektor?«

»Sie warten in seinem Büro.«

Maynard führte den Pappbecher vorsichtig mit beiden Händen an die Lippen. Seine Hände wirkten gebrechlich, hatten die Farbe von Magermilch, und die Adern traten stark hervor. Es schien, als wären sie bereits abgestorben und warteten geduldig darauf, dass auch aus dem Rest seines Körpers das Leben wich. »Wie lange werden wir brauchen, um ihn außer Landes zu schaffen?«

»Etwa vier Stunden.«

»Ist alles vorbereitet?«

»Bis ins letzte Detail. Wir warten nur noch auf grünes Licht.«

»Hoffentlich sieht der Trottel die Dinge genauso wie ich.«

Der Trottel und Critz starrten die Wände des Oval Office an, und das schwer lastende Schweigen wurde nur gelegentlich durch eine Bemerkung über Joel Backman gebrochen. Sie mussten über irgendetwas reden, weil keiner der beiden die Absicht hatte, jenes Thema anzuschneiden, das sie wirklich beschäftigte.

Kann das wahr sein?

Ist das jetzt das Ende?

Vierzig Jahre. Von der Cornell-Universität bis ins Oval Office. Nun kam das Ende so plötzlich, dass keiner der beiden genügend Zeit gehabt hatte, sich angemessen darauf vorzubereiten. Sie hatten damit gerechnet, weitere vier Jahre im Amt zu bleiben. Vier ruhmreiche Jahre, in denen sie sorgfältig an ihrem politischen Vermächtnis gearbeitet hätten, bevor sie wie im Western heldenhaft in den Sonnenuntergang entschwunden wären.

Obwohl es schon später Abend war, schien es vor dem Fenster, das auf den Rosengarten ging, noch finsterer zu werden. Der Count-down lief, und sie glaubten, die Uhr über dem Kamin leise ticken zu hören.

»Wie wird die Presse reagieren, wenn ich Backman begnadige?«, fragte der Präsident nicht zum ersten Mal.

»Sie wird verrückt spielen.«

»Könnte lustig werden.«

»Du wirst ja nicht mehr hier sein.«

»Stimmt.« Nach der Machtübergabe, die für den Mittag des nächsten Tages angesetzt war, hatte der Präsident vor, Washington fluchtartig zu verlassen. Er würde mit einem Privatjet (der einem Ölunternehmen gehörte) nach Barbados fliegen und dort einige Zeit in der Villa eines Freundes verbringen. Morgan hatte angeordnet, alle Fernseher wegzuschaffen, sämtliche Zeitungen und Illustrierten abzubestellen und alle Telefonkabel aus der Wand zu ziehen. Für mindestens einen Monat würde er jeden Kontakt zur Außenwelt meiden. Auch den zu Critz und besonders den zu Mrs Morgan. Selbst wenn Washington brannte, ihm würde es egal sein. Tatsächlich hoffte er insgeheim, dass es so kommen möge.

Von Barbados aus würde er dann nach Alaska fliegen, wo er die Welt auf seiner Ranch weiterhin ignorieren und auf den Frühling warten würde.

»Sollen wir ihn begnadigen?«, fragte der Präsident.

»Vermutlich schon«, antwortete Critz.

Wenn vermeintlich unpopuläre Entscheidungen anstanden, sagte der Präsident immer »wir«, in unkomplizierten Fällen »ich«. Benötigte er Hilfe – und jemanden, dem er den schwarzen Peter zuschieben konnte –, ließ er Critz an der Entscheidungsfindung teilhaben.

Vierzig Jahre lang hatte Critz den Sündenbock gespielt, und mittlerweile war er es leid. »Es ist gut möglich, dass wir jetzt nicht hier sitzen würden, wenn es Joel Backman nicht gegeben hätte«, bemerkte er schließlich.

»Da könntest du Recht haben«, erwiderte Morgan, der stets geglaubt hatte, sein Amt seinem brillanten Wahlkampf, seiner charismatischen Persönlichkeit, seiner Sachkompetenz und seiner klaren Vision hinsichtlich der Zukunft Amerikas zu verdanken. Dass er jetzt zugab, Joel Backman etwas zu verdanken, hatte fast etwas Schockierendes an sich.

Aber Critz war schon zu abgestumpft und müde, um sich noch schockieren zu lassen.

Vor sechs Jahren hatte der Backman-Skandal einen Großteil der Hauptstadt erschüttert und schließlich auch das Weiße Haus erreicht. Die dunkle Wolke über dem Haupt eines populären Präsidenten wollte sich nicht mehr verziehen, und dadurch war Arthur Morgan der Weg ins Oval Office geebnet worden.

Jetzt, wo er es verlassen musste, fand er Gefallen an der Vorstellung, sich mit einer Ohrfeige vom Washingtoner Establishment zu verabschieden, das ihm vier Jahre lang die kalte Schulter gezeigt hatte. Eine Begnadigung Joel Backmans würde in jedem Bürogebäude in Washington die Wände wackeln und diese Schwätzer von Journalisten förmlich durchdrehen lassen. Ja, die Idee war gut. Während er sich auf Barbados die Sonne auf den Bauch scheinen ließe, würde in Washington das Chaos ausbrechen – Kongressabgeordnete würden Anhörungen verlangen, Staatsanwälte vor den Kameras posieren und die unerträglichen Schwafelköpfe der TV-Sender ohne Punkt und Komma reden.

Der Präsident lächelte in die Dunkelheit.

Als sie auf der Arlington Memorial Bridge den Potomac überquerten, schenkte Hoby dem CIA-Direktor grünen Tee nach. »Danke«, sagte Maynard leise. »Was wird unser Freund morgen tun, wenn er nicht mehr im Amt ist?«

»Das Land verlassen.«

»Hätte er schon eher tun sollen.«

»Er hat vor, einen Monat in der Karibik zu verbringen, wo er seine Wunden lecken, schmollen und die Außenwelt ignorieren will, bis sich wieder jemand für ihn interessiert.«

»Und Mrs Morgan?«

»Ist schon wieder in Delaware und spielt Bridge.«

»Wird er sich von ihr trennen?«

»Wenn er clever ist. Aber wer weiß?«

Maynard trank vorsichtig einen weiteren Schluck Tee. »Womit könnten wir Morgan unter Druck setzen, falls er nicht mitspielt?«

»Ich glaube nicht, dass er sich unserem Vorschlag widersetzen wird. Die vorbereitenden Gespräche sind gut gelaufen. Critz scheint auf unserer Seite zu sein. Mittlerweile sieht er die Dinge sehr viel realistischer als Morgan. Ihm ist bewusst, dass sie es ohne den Backman-Skandal nie ins Oval Office geschafft hätten.«

»Noch mal: Womit könnten wir ihn unter Druck setzen, falls er nicht mitspielt?«

»Eigentlich mit gar nichts. Er ist ein Idiot, hat aber eine weiße Weste.«

Sie bogen von der Constitution Avenue auf die 18th Street ab und gelangten bald darauf durch das östliche Tor auf das Grundstück des Weißen Hauses. Mit Maschinenpistolen bewaffnete Männer tauchten aus der Dunkelheit auf, dann Mitarbeiter des Secret Service in schwarzen Trenchcoats, die den Fahrer zum Anhalten aufforderten. Codewörter wurden ausgetauscht, Funkgeräte quakten, und wenige Minuten später wurde Maynard aus dem Transporter ausgeladen. Im Weißen Haus wurde sein Rollstuhl nur oberflächlich untersucht, denn darin saß ja nur ein behinderter und in eine dicke Decke verpackter alter Mann.

Artie steckte den Kopf durch die Tür. Das Anklopfen hatte er sich erneut gespart, doch er hielt keine Bierflasche mehr in der Hand. »Maynard ist da«, sagte er.

»Er lebt also tatsächlich noch.«

»So halbwegs.«

»Dann roll ihn rein.«

Hoby und einer von Maynards Stellvertretern – ein Mann namens Priddy – folgten dem Rollstuhl ins Oval Office. Der Präsident und Critz begrüßten die Gäste und führten sie zu den Sesseln vor dem Kamin. Auch wenn sein Chef das Weiße Haus mied – Priddy lebte praktisch hier und informierte den Präsidenten jeden Morgen über nachrichtendienstliche Angelegenheiten.

Maynard schaute sich in dem Raum um, als suchte er nach Wanzen oder Abhörgeräten. Er war sich fast sicher, dass es keine gab; damit war es seit Watergate vorbei. Nixon hatte genug Kabel verlegen lassen, um notfalls eine Kleinstadt abhören zu können, aber auch einen hohen Preis dafür bezahlt. Maynard selbst hatte allerdings Vorkehrungen getroffen. Über der Achse seines Rollstuhls, nur ein paar Zentimeter unter der Sitzfläche, war ein leistungsstarker Rekorder versteckt, der jedes Wort aufzeichnen würde, das während der nächsten halben Stunde in diesem Raum fiel.

Er gab sich Mühe, den Präsidenten mit einem Lächeln zu bedenken, doch tatsächlich hätte er am liebsten gesagt: Sie sind ohne Zweifel der beschränkteste Politiker, der mir je begegnet ist. Nur in Amerika schafft es so ein Idiot ganz an die Spitze.

Morgan lächelte Maynard an und hätte am liebsten gesagt: Ich hätte Sie schon vor vier Jahren feuern sollen. Ihr Geheimdienst war für dieses Land immer nur peinlich.

Maynard: Ich war geschockt, dass Sie tatsächlich einen Staat gewonnen haben, wenn auch nur mit einer Mehrheit von siebzehn Stimmen.

Morgan: Sie würden einen Terroristen selbst dann nicht finden, wenn er auf Plakaten seinen Aufenthaltsort bekannt gäbe.

Maynard: Viel Spaß beim Angeln. Wahrscheinlich fangen Sie noch weniger Forellen als Wähler.

Morgan: Warum sind Sie nicht einfach abgekratzt, wie es damals alle angekündigt haben?

Maynard: Präsidenten kommen und gehen, ich bleibe.

Morgan: Sie können sich bei Critz bedanken, dass Sie Ihren Job noch haben. Ich wollte Sie schon zwei Wochen nach der Amtseinführung rausschmeißen.

»Möchte jemand Kaffee?«, fragte Critz laut.

»Nein«, antwortete Maynard, und auch Hoby und Priddy lehnten ab.

Da die Gäste von der CIA keinen Kaffee wünschten, sagte Morgan prompt: »Ja. Schwarz, mit zwei Würfeln Zucker.« Critz nickte einem Bediensteten zu, der in einer halb geöffneten Seitentür wartete.

Dann wandte er sich wieder den anderen zu. »Wir haben nicht viel Zeit.«

»Ich bin hier, um über Joel Backman zu reden«, sagte Maynard schnell.

»Ja, deshalb sind Sie hier«, bestätigte Morgan.

Maynard ignorierte es. »Wie Sie wissen«, fuhr er fort, »ist Mr Backman ins Gefängnis gewandert, ohne auch nur ein Wort zu sagen. Er trägt immer noch einige Geheimnisse mit sich herum, die die nationale Sicherheit gefährden könnten.«

»Sie können ihn nicht umlegen«, platzte es aus Critz heraus.

»Wir dürfen keine amerikanischen Staatsbürger ins Visier nehmen, Mr Critz. Das würde gegen unsere Gesetze verstoßen. Uns wäre es lieber, wenn andere das für uns erledigten.«

»Ich kann nicht ganz folgen«, warf der Präsident ein.

»Unser Plan sieht folgendermaßen aus: Wenn Sie Mr Backman begnadigen und er Ihr Angebot annimmt, werden wir ihn innerhalb von ein paar Stunden außer Landes bringen. Er muss sich bereit erklären, sich für den Rest seines Lebens zu verstecken. Diese Zusage dürfte ihm nicht schwerfallen, da es etliche Leute gibt, die ihn lieber tot sähen, was ihm durchaus bewusst ist. Wir werden ihn also ins Ausland bringen, wahrscheinlich nach Europa, weil er dort leichter zu observieren ist. Er wird eine neue Identität annehmen und als freier Mann leben. Nach einer Weile werden die Leute Joel Backman vergessen haben.«

»Aber das ist noch nicht das Ende der Geschichte«, bemerkte Critz.

»Nein. Nach etwa einem Jahr werden wir an den richtigen Stellen ein paar Worte fallen lassen. Man wird Backman aufspüren und töten, und dadurch werden wir auf viele Fragen Antworten bekommen.«

Für einen langen Augenblick herrschte Schweigen. Maynard blickte erst Critz und dann den Präsidenten an. Als er überzeugt war, dass beide hinreichend verwirrt waren, sprach er weiter. »Ein sehr einfacher Plan, Gentlemen. Es geht nur darum, *wer* ihn töten wird.«

»Also werden Ihre Leute ihn im Auge behalten?«, fragte Critz.

»Sehr genau sogar.«

»Wer ist denn hinter ihm her?«, fragte der Präsident.

Maynard faltete seine bleichen Hände, lehnte sich zurück und blickte die anderen über seine lange Nase an, ganz wie ein Lehrer, der es mit ein paar Drittklässlern zu tun hatte. »Vielleicht die Russen, die Chinesen oder die Israelis. Es könnte aber auch noch andere Interessenten geben.«

Natürlich gab es sie, doch niemand erwartete von Maynard, dass er alles ausplauderte. Er hatte es nie getan und würde es nie tun, und dabei spielte es keine Rolle, wer gerade Präsident war und wie lange er schon im Oval Office saß. Präsidenten kamen und gingen. Manche blieben vier Jahre, andere acht. Einige waren in die Geheimdienste vernarrt, andere interessierten sich nur für die aktuellsten Meinungsumfragen. In der Außenpolitik hatte Morgan besonders dilettantisch agiert, und jetzt, wo er nur noch ein paar Stunden im Amt war, wäre Maynard nicht im Traum darauf gekommen, auch nur ein Wort mehr zu sagen, als es zur Durchsetzung der Begnadigung erforderlich war.

»Warum sollte Backman sich auf einen solchen Handel einlassen?«, fragte Critz.

»Kann schon sein, dass er ablehnt«, antwortete der CIA-Direktor. »Aber er sitzt seit sechs Jahren in Einzelhaft. Dreiundzwanzig Stunden pro Tag in einer kleinen Zelle, eine Stunde in der Sonne. Duschen dreimal die Woche. Mieses Essen – er hat über fünfundzwanzig Kilo abgenommen. Wie ich hörte, geht es ihm nicht besonders gut.«

Vor zwei Monaten, nach Morgans vernichtender Niederlage, hatte Teddy Maynard damit begonnen, den

Plan mit Backmans Begnadigung auszutüfteln. Er hatte einige seiner vielen Beziehungen spielen lassen und dafür gesorgt, dass Backmans Haftbedingungen sehr viel schlechter wurden. Die Temperatur in seiner Zelle wurde auf zehn Grad abgesenkt, weshalb er seit vier Wochen einen fürchterlichen Husten hatte. Sein Speiseplan, ohnehin trostlos, war noch einmal kritisch überprüft worden, und mittlerweile wurden seine Mahlzeiten kalt serviert. Die Toilettenspülung funktionierte nur in etwa fünfzig Prozent aller Fälle. Nachts wurde er immer wieder von den Wärtern geweckt, und sein Privileg, telefonieren zu dürfen, war beschnitten worden. Die juristischen Werke, die er zweimal pro Woche in der Gefängnisbücherei auszuleihen pflegte, waren plötzlich nicht mehr zugänglich. Als Anwalt kannte Backman seine Rechte, und er drohte mit allen möglichen Prozessen gegen die Haftanstalt und die Regierung, hatte aber noch keinen angestrengt. Der Kampf hatte bereits seinen Tribut gefordert. Er hatte um Schlaftabletten und ein Antidepressivum gebeten.

»Sie erwarten, dass ich Joel Backman begnadige, damit Sie seine Ermordung arrangieren können?«, fragte der Präsident.

»Genau«, antwortete Maynard. »Auch wenn wir seine Ermordung nicht im eigentlichen Sinne ›arrangieren‹.«

»Aber er wird umgebracht werden.«

»Ja.«

»Und sein Tod liegt im Interesse der nationalen Sicherheit?«

»So ist es.«

2

Die Strafvollzugsanstalt Rudley Federal Correctional Facility hatte einen eigenen Trakt für Insassen, die in Einzelhaft untergebracht waren: vierzig identische, gerade mal zehn Quadratmeter große Zellen – keine Fenster, grün gestrichene Betonböden und -wände, massive Stahltüren mit einem Schlitz für Tabletts und einem Guckloch, durch das die Wärter gelegentlich einen Blick werfen konnten. In dieser Abteilung saßen Informanten der Strafverfolgungsbehörden, Männer, die Drogendealer oder Mafiosi verpfiffen hatten, und ein paar Spione. Sie waren hinter Gittern, weil es draußen jede Menge Leute gab, die ihnen liebend gern die Kehle durchgeschnitten hätten. Die meisten der vierzig Insassen waren auf eigenen Wunsch in Schutzhaft genommen worden.

Joel Backman versuchte gerade einzuschlafen, als zwei Wärter geräuschvoll die Tür öffneten und das Licht anknipsten. »Der Direktor will dich sehen«, sagte einer der beiden, ohne weitere Erklärungen abzugeben. Sie fuhren schweigend in einem vergitterten Wagen durch die eiskalte Prärie von Oklahoma und kamen an Gebäuden vorbei, in denen weniger schutzbedürftige Kriminelle untergebracht waren. Nachdem sie das Verwaltungsgebäude erreicht hatten, wurde Backman, dem ohne ersichtlichen Grund Handschellen angelegt worden waren, zwei Treppen hochgejagt. Am Ende eines langen Flurs lag ein großes Büro, in dem offenbar Wichtiges vor sich ging. Backman warf einen Blick auf die Wanduhr; es war fast dreiundzwanzig Uhr.

Bisher war er dem Gefängnisdirektor noch nie begegnet, was aber nicht weiter ungewöhnlich war, denn dieser hatte gute Gründe, sich nicht blicken zu lassen. Er musste sich weder zur Wahl stellen, noch hielt er es für nötig, seine Jungs zu motivieren. Außer ihm befanden sich drei ernst dreinblickende Anzugträger in dem Büro, die sich schon eine Weile mit ihm unterhalten hatten. Obwohl das Rauchen in staatlichen Einrichtungen streng untersagt war, war der Raum völlig verqualmt, und Backman sah einen überquellenden Aschenbecher.

Der Direktor verzichtete auf eine Begrüßung. »Setzen Sie sich, Mr Backman.«

»Ist mir ein Vergnügen, Sie kennen zu lernen«, sagte Backman, während er die anderen Männer in Augenschein nahm. »Warum bin ich hier?«

»Dazu kommen wir gleich.«

»Können Sie mir bitte die Handschellen abnehmen lassen? Ich verspreche, dass ich niemanden umbringen werde.«

Der Direktor blaffte einen in der Nähe stehenden Wärter an, der schnell den passenden Schlüssel fand, Backman von den Handschellen befreite und den Raum verließ. Dabei knallte er die Tür zu – sehr zum Missfallen des Direktors, der ein reichlich nervöser Mensch war.

»Dies ist Special Agent Adair vom FBI.« Der Direktor zeigte nacheinander auf die anderen beiden Gäste. »Mr Knabe vom Justizministerium, Mr Sizemore, ebenfalls aus Washington.«

Keiner der drei machte Anstalten, Mr Backman zu begrüßen, der immer noch stand und ziemlich konsterniert dreinschaute. Er unternahm einen halbherzigen Versuch, höflich zu sein, und nickte den Männern zu, ohne dass einer von ihnen reagiert hätte.

»Bitte setzen Sie sich«, sagte der Direktor, und der Häftling nahm Platz. »Danke. Wie Sie wissen, Mr Backman, wird morgen ein neuer Präsident vereidigt. Präsident Morgan wird das Oval Office verlassen. Im Augenblick ringt er dort noch mit der Frage, ob er Sie begnadigen soll.«

Urplötzlich wurde Backman von einem Hustenanfall geschüttelt, der einerseits auf die fast arktische Temperatur in seiner Zelle zurückging, andererseits auf den durch die Erwähnung des Wortes »begnadigen« ausgelösten Schock.

Mr Knabe aus dem Justizministerium reichte ihm eine Flasche Wasser. Backman trank so hastig, dass ihm die Hälfte übers Kinn lief, aber schließlich schaffte er es, den Husten zu unterbinden. »Mich begnadigen?«, murmelte er.

»Vollständig, aber mit ein paar Auflagen versehen.«

»Aber warum?«

»Den Grund kenne ich nicht, Mr Backman, und es ist auch nicht meine Aufgabe, die Vorgänge zu verstehen. Ich bin nur der Überbringer der Nachricht.«

Jetzt wandte sich Mr Sizemore »aus Washington«, dessen Berufsbezeichnung oder Arbeitgeber der Direktor bei der Vorstellung nicht für erwähnenswert befunden hatte, an den Häftling. »Der Deal sieht so aus, Mr Backman: Als Gegenleistung für den Straferlass müssen Sie sich verpflichten, das Land zu verlassen und nie zurückzukehren. Sie werden unter einem neuen Namen an einem Ort leben, wo Sie niemand finden wird.«

Kein Problem, dachte Backman. Er hatte kein Interesse daran, gefunden zu werden. »Aber warum?«, murmelte er erneut. Die Hand mit der Wasserflasche zitterte.

Mr Sizemore aus Washington registrierte das Zittern und musterte Joel Backman von Kopf bis Fuß. Sein kurz geschnittenes Haar war ergraut, und er trug schwarze, vom Gefängnispersonal ausgegebene Socken und ramponierte, billige Turnschuhe. Unwillkürlich musste Sizemore daran denken, wie er in seinem früheren Leben ausgesehen hatte. Vor seinem geistigen Auge sah er das Titelblatt einer Illustrierten – Joel Backman in einem tadellos sitzenden schwarzen Anzug, in jeder Hinsicht wie aus dem Ei gepellt. Er blickte mit einem Ausmaß von Selbstgefälligkeit in die Kamera, das man kaum für möglich gehalten hätte. Damals hatte er sein dunkles Haar länger getragen, und sein eindrucksvolles Gesicht war noch nicht durch Falten verunstaltet gewesen. Sein Bauchumfang hatte von einer Vorliebe für Mittag- und Abendessen mit mehreren Gängen gekündet. Backman hatte Wein, Frauen und Sportwagen geliebt und einen Jet, eine Jacht und ein Haus in Vail besessen. Er hatte sich nie lange bitten lassen, über sein Luxusleben zu reden. Über dem Coverfoto der Illustrierten stand in Fettdruck: DER LOBBYIST – IST DAS DER ZWEITMÄCHTIGSTE MANN VON WASHINGTON?

Die Illustrierte steckte in Mr Sizemores Aktentasche, zusammen mit einem dicken Dossier über Backman, das er während des Fluges von Washington nach Tulsa durchgeblättert hatte.

Wenn man dem Artikel in der Illustrierten Glauben schenken wollte – Backman selbst hatte sich in diesem Punkt dem Reporter gegenüber bedeckt gehalten –, hatte er damals mehr als zehn Millionen Dollar im Jahr verdient. Die von ihm gegründete Kanzlei beschäftigte zweihundert Anwälte. Zahlenmäßig spielte man damit in Washington nicht in der ersten Liga, aber es stand außer Zweifel, dass keine andere Kanzlei in politischen Kreisen über so viel Einfluss verfügte. Die dort beschäftigten Juristen arbeiteten nicht als Anwälte, sondern als Lobbyisten, und das Ganze erinnerte eher an ein Bordell für reiche Unternehmen und ausländische Regierungen.

Was für ein Absturz, dachte Mr Sizemore, während er die zitternde Hand mit der Wasserflasche betrachtete.

»Ich verstehe nicht«, flüsterte Backman.

»Wir haben keine Zeit für Erklärungen«, sagte Mr Sizemore. »Und unglücklicherweise bleibt Ihnen keine Zeit, sich die Dinge durch den Kopf gehen zu lassen, Mr Backman. Hier ist eine schnelle Entscheidung gefragt. Ja oder nein. Wollen Sie hier bleiben, oder möchten Sie lieber unter einem neuen Namen am anderen Ende der Welt leben?«

»Wo?«

»Das entzieht sich unserer Kenntnis, aber wir werden es erfahren.«

»Werde ich dort in Sicherheit sein?«

»Diese Frage können nur Sie selbst beantworten.«

Mr Backman dachte über diese Frage nach und begann noch stärker zu zittern. »Wann werde ich das Gefängnis verlassen?«, fragte er bedächtig. Seine Stimme klang jetzt fester, doch ein weiterer Hustenanfall war nie auszuschließen.

»Sofort«, antwortete Mr Sizemore, der das Gespräch an sich gerissen und den Direktor sowie die Vertreter des FBI und des Justizministeriums zu Zuschauern degradiert hatte.

»Sie meinen, *jetzt sofort?*«

»Sie werden nicht mehr in Ihre Zelle zurückkehren.«

»Oh, verdammt«, entfuhr es Backman, und die anderen mussten lächeln.

»Vor Ihrer Zelle wartet ein Justizbeamter«, sagte der Gefängnisdirektor. »Er wird Ihnen bringen, was Sie mitnehmen möchten.«

»Vor meiner Zelle lungert immer ein Wärter herum«, fuhr Backman den Direktor an. »Falls es dieser sadistische kleine Dreckskerl Sloane sein sollte, richten Sie ihm aus, dass ich ihm meine Rasierklingen vermache, damit er sich die Pulsadern aufschneiden kann.«

Alle mussten schlucken und schienen darauf zu warten, dass die harschen Worte von den Abzugsschächten aufgesogen wurden, doch sie durchschnitten die stickige Luft und hallten noch einen Augenblick nach.

Mr Sizemore räusperte sich, verlagerte das Gewicht vom linken auf das rechte Bein und sagte: »Im Oval Office warten einige Gentlemen auf Ihre Entscheidung, Mr Backman. Akzeptieren Sie unseren Vorschlag?«

»Der Präsident wartet auf meine Antwort?«

»So könnte man es sagen.«

»Er steht in meiner Schuld. Ich habe ihn ins Oval Office gebracht.«

»Das ist jetzt wirklich nicht der richtige Zeitpunkt, um solche Themen zu erörtern, Mr Backman«, sagte Mr Sizemore ruhig.

»Will er sich erkenntlich zeigen?«

»Ich weiß nicht, was im Kopf des Präsidenten vor sich geht.«

»Sie scheinen anzunehmen, dass er über die Fähigkeit zum Nachdenken verfügt.«

»Ich werde also anrufen und ihm mitteilen, dass Sie nicht interessiert sind.«

»Warten Sie.«

Backman leerte die Wasserflasche und bat um eine neue. Nachdem er sich den Mund mit dem Ärmel abgewischt hatte, fragte er: »Ist das eine Art Zeugenschutzprogramm?«

»Es gibt kein offizielles Programm, Mr Backman. Trotzdem erscheint es uns von Zeit zu Zeit notwendig, Personen zu verstecken.«

»Wie oft verlieren Sie eine davon?«

»Nicht sehr häufig.«

»Nicht sehr häufig? Also gibt es keine Garantie dafür, dass ich in Sicherheit bin.«

»Garantieren können wir für nichts. Aber Ihre Chancen stehen gut.«

Backman blickte den Gefängnisdirektor an. »Wie viele Jahre muss ich hier noch absitzen, Lester?«

Damit war der Direktor plötzlich wieder am Gespräch beteiligt. Niemand nannte ihn »Lester« – er hasste und vermied diesen Namen. Das Schild auf seinem Schreibtisch besagte, dass er L. Howard Cass hieß. »Vierzehn, und nennen Sie mich bitte ›Mr Cass‹.«

»Sie können mich mal, Cass. Hier würde ich in drei Jahren an einer Kombination von Unterernährung, Unterkühlung und unzureichender medizinischer Versorgung verrecken. Unser Freund Lester führt ein strenges Regiment, Leute.«

»Können wir wieder zur Sache kommen?«, fragte Mr Sizemore.

»Natürlich nehme ich das Angebot an«, sagte Backman. »Nur ein Idiot würde es ablehnen.«

Jetzt konnte Mr Knabe vom Justizministerium aktiv werden. Er öffnete seine Aktentasche. »Hier ist der Papierkram.«

»Für wen arbeiten Sie?«, fragte Backman Mr Sizemore.

»Für den Präsidenten der Vereinigten Staaten.«

»Dann richten Sie ihm aus, dass ich nicht für ihn stimmen konnte, weil ich im Knast saß. Sonst hätte ich es mit Sicherheit getan. Bedanken Sie sich in meinem Namen bei ihm.«

»Das werde ich tun.«

Hoby schenkte seinem Chef entkoffeinierten grünen Tee ein, denn es war schon fast Mitternacht. Er reichte Maynard den Becher. Der CIA-Direktor saß, in seine Decke gehüllt, vor der Hintertür des Transporters und beobachtete den Verkehr. Sie fuhren auf der Constitution Avenue in Richtung Roosevelt Bridge. Der alte Mann trank einen Schluck Tee. »Morgan ist zu dumm, um Straferlasse zu verkaufen«, sagte er. »Critz macht mir allerdings Sorgen.«

»Vor zwei Wochen wurde auf der Karibikinsel Nevis ein neues Konto eröffnet, und zwar von einer obskuren Firma, die Floyd Dunlap gehört.«

»Wer ist das?«

»Einer von Morgans Spendensammlern.«

»Warum Nevis?«

»Im Augenblick ist die Insel im Offshore-Banking angesagt.«

»Haben wir da alles im Blick?«

»Hundertprozentig. Mögliche Überweisungen müssten in den nächsten achtundvierzig Stunden eintreffen.«

Maynard nickte und warf einen flüchtigen Blick auf das links liegende Kennedy Center. »Wo ist Backman?«

»Verlässt gerade das Gefängnis.«

Maynard lächelte und trank einen Schluck Tee. Während sie die Brücke überquerten, herrschte Schweigen, doch als sie hinter ihnen lag, sprach der CIA-Chef weiter. »Wer wird ihn finden?«

»Spielt das wirklich eine Rolle?«

»Nein. Aber es wird amüsant werden, den Wettlauf zu beobachten.«

Als Joel Backman nach sechs Jahren Einzelhaft um fünf Minuten nach zwölf die Rudley Federal Correctional Facility verließ – vierzehn Jahre früher als erwartet –, trug er eine abgetragene, aber gestärkte und gebügelte khakifarbene Militäruniform ohne Abzeichen, blank gewienerte schwarze Kampfstiefel und eine schwere Marinejacke, deren Kapuze er über den Kopf gezogen hatte. Er hatte nur eine kleine Stofftasche mit ein paar Büchern und einigen Fotos dabei und drehte sich nicht um.

Backman war zweiundfünfzig Jahre alt, geschieden und pleite. Zwei seiner drei Kinder wollten nichts mehr mit ihm zu tun haben, und seine ehemaligen Freunde hatten ihn allesamt vergessen. Niemand von ihnen hatte sich die Mühe gemacht, den Briefwechsel über das erste Jahr seiner Haft hinaus fortzusetzen. Eine alte Freundin, eine von zahllosen Sekretärinnen, denen er in seinen luxuriösen Büros nachgestellt hatte, schrieb ihm zehn Monate lang, brach die Korrespondenz aber ab, als in der *Washington Post* berichtet wurde, das FBI sei zu der Ansicht gelangt, es sei entgegen ersten, anders lautenden Gerüchten unwahrscheinlich, dass Joel Backman seine Kanzlei und seine Mandanten um Millionen erleichtert habe. Wer hat schon Interesse an einer Brieffreundschaft mit einem bankrotten Anwalt, der im Gefängnis sitzt? Allenfalls ein reicher Mensch – vielleicht.

Seine Mutter schrieb ihm gelegentlich, aber sie war einundneunzig und lebte in einem billigen Pflegeheim in der Nähe von Oakland. Bei jedem ihrer Briefe hatte Backman das Gefühl, es wäre der letzte. Er selbst schrieb ihr einmal pro Woche, bezweifelte aber, dass sie seine Briefe noch lesen konnte. Sicher war nur, dass keiner der Betreuer Zeit oder Interesse hatte, sie seiner Mutter vorzulesen. Sie bedankte sich zwar immer, ging aber nie auf etwas ein, das er in seinen Briefen erwähnt hatte. Bei besonderen Anlässen schickte er ihr eine Postkarte, und in einem ihrer Briefe gestand sie, niemand sonst erinnere sich an ihren Geburtstag.

Die Stiefel kamen ihm schwer vor, aber schließlich war er während der letzten sechs Jahre meistens in Socken herumgelaufen. Schon merkwürdig, woran man dachte, wenn man ohne jede Vorwarnung entlassen wurde. Wann hatte er zum letzten Mal Stiefel getragen? Und wie lange würde es dauern, bis er diese verdammten Knobelbecher wieder ausziehen konnte?

Er blieb einen Augenblick stehen und schaute zum Himmel auf. Für eine Stunde am Tag hatte man es ihm gestattet, sich auf einem kleinen Fleckchen Rasen vor dem Gefängnisgebäude die Beine zu vertreten. Immer allein, aber stets unter den Augen eines Wärters. Als ob er, Joel Backman, ein ehemaliger Anwalt, der sein Leben lang nie vor Wut mit einer Pistole herumgeschossen hatte, plötzlich gefährlich werden und jemanden angreifen würde. Der »Garten« war mit einem drei Meter hohen Maschendrahtzaun mit Stacheldraht darauf eingefasst. Dahinter befand sich ein trockener Entwässerungskanal, jenseits davon erstreckte sich die unendliche baumlose Prärie Richtung Texas, wie er glaubte.

Mr Sizemore und Special Agent Adair führten ihn zu einem dunkelgrünen Geländewagen, der unauffällig wirken sollte, den ein genauer Beobachter aber durchaus für das Fahrzeug einer Regierungsbehörde halten konnte. Joel kroch allein auf die Rückbank und begann zu beten. Er kniff die Augen zu, biss die Zähne zusammen und bat Gott, dass der Motor anspringen und der Wagen sich in Bewegung setzen möge. Er flehte, dass der Papierkram in Ordnung war und das Tor sich öffnen würde. Bitte, lieber Gott, keine grausamen Scherze, dies darf nicht nur ein Traum sein.

Zwanzig Minuten lang herrschte Schweigen, dann ergriff Sizemore das Wort. »Sagen Sie, Mr Backman, haben Sie Hunger?«

Mr Backman hatte das Beten eingestellt und zu weinen begonnen. Obwohl er die Augen noch nicht wieder geöffnet hatte, spürte er, dass der Wagen sich mit konstanter Geschwindigkeit bewegte. Er lag auf der Rückbank und versuchte, gegen seine Emotionen anzukämpfen, wurde aber von ihnen überwältigt.

»Ja«, brachte er schließlich hervor. Er setzte sich auf, schaute aus dem Fenster und sah ein grünes Verkehrsschild für die Abzweigung nach Perry vorbeifliegen. Sie hielten auf dem Parkplatz einer Raststätte, die etwa dreihundert Meter neben der Interstate lag. Joel sah die schweren Laster mit den lauten Dieselmotoren, lauschte einen Moment und schaute wieder zum Himmel auf. Der Mond war halb voll.

»Haben wir es eilig?«, fragte er Sizemore, als sie die Raststätte betraten.

»Bislang liegen wir in der Zeit.«

Sie nahmen an einem Tisch an der Fensterfront Platz, und Joel schaute hinaus. Er bestellte gerösteten Toast und Obst. Da er so lange praktisch nur von Haferschleim gelebt hatte, wollte er seinen Magen nicht überfordern. Von einem Gespräch konnte kaum die Rede sein. Seine beiden Begleiter waren dazu abgerichtet, möglichst wenig zu sagen, und hatten zum Smalltalk überhaupt kein Talent. Aber es hätte Joel ohnehin nicht interessiert, was sie zu sagen gehabt hätten.

Er bemühte sich, nicht zu lächeln. Später sollte Sizemore zu Protokoll geben, Backman habe gelegentlich zur Eingangstür hinübergeblickt und die anderen Gäste genau im Auge behalten. Verängstigt habe er nicht gewirkt; ganz im Gegenteil. Nach dem Abklingen des ersten Schocks habe er sich schnell an die neue Situation gewöhnt und sei etwas lebhafter geworden. Er habe zweimal Toast geordert, ihn hastig hinuntergeschlungen und vier Tassen schwarzen Kaffee getrunken.

Kurz nach vier Uhr morgens fuhren sie durch das Tor des Militärstützpunktes Fort Summit in Texas, der in der Nähe von Brinkley lag. Joel wurde zum Militärkrankenhaus gebracht und von zwei Ärzten untersucht. Er hatte eine schwere Erkältung und war insgesamt geschwächt, aber ansonsten halbwegs in Form. Anschließend wurde er zu einem Hangar gebracht und Colonel Gantner vorgestellt, der sofort sein bester Freund wurde. Gantner forderte ihn auf, die Uniform abzulegen und einen grünen Militärjumpsuit anzuziehen, über dessen rechter Brusttasche sich ein Aufnäher mit dem Namen HERZOG befand. »Bin ich das?«, fragte Joel mit einem Blick auf das Namensschild.

»Nur für die nächsten achtundvierzig Stunden.«

»Welcher Rang?«

»Major.«

»Nicht übel.«

Irgendwann während des kurzen Treffens entfernten sich Mr Sizemore aus Washington und Special Agent Adair unauffällig, und Joel Backman sollte sie nie wiedersehen. Im ersten Morgenlicht stieg er durch die hintere Ladeluke in eine C-130-Transportmaschine und folgte Gantner auf die obere Ebene in einen kleinen Raum mit Pritschen, wo sich sechs Soldaten auf eine lange Reise vorbereiteten.

»Nehmen Sie diese Koje«, sagte Gantner.

»Darf ich fragen, wohin die Reise geht?«, flüsterte Joel.

»Fragen dürfen Sie, aber ich darf nicht antworten.«

»Bin eben neugierig.«

»Ich informiere Sie vor der Landung.«

»Wie lange wird es bis dahin dauern?«

»Etwa vierzehn Stunden.«

Es gab keine Fenster, die Ablenkung versprochen hätten, und so legte Joel sich hin und zog sich die Decke über den Kopf. Als die Maschine abhob, schnarchte er bereits.

3

Nach nur wenigen Stunden Schlaf verließ Critz das Haus, lange vor den Feierlichkeiten zur Amtseinführung des neuen Präsidenten. Direkt nach Anbruch des Tages flog er mit seiner Frau in einem der vielen Privatjets seines neuen Arbeitgebers nach London, wo er zwei Wochen bleiben wollte. Dann würde er in die Washingtoner Tretmühle zurückkehren, als neuer Lobbyist in einem sehr alten Spiel. Schon die Vorstellung war ihm verhasst. Jahrelang hatte er miterlebt, wie Verlierer in der Hoffnung auf eine neue Karriere die Seiten wechselten, ihren ehemaligen Kollegen die Daumenschrauben ansetzten und ihre Seele an jeden verkauften, der genug Geld hatte, um sich Einfluss zu verschaffen. Es war ein verkommenes Geschäft. Er hatte die Nase voll vom politischen Leben. Nur kannte er leider kein anderes.

Er würde noch ein paar Jahre dabeibleiben, vielleicht ein Buch schreiben und Vorträge halten, falls ihn jemand hören wollte. Critz wusste, wie schnell die einst Mächtigen in Washington vergessen wurden.

Präsident Morgan und CIA-Direktor Maynard hatten sich geeinigt, die Backman-Story vierundzwanzig Stunden zurückzuhalten. Dann war die Amtseinführung längst über die Bühne gegangen. Morgan konnte es egal sein, da er schon auf Barbados sein würde. Critz allerdings fühlte sich nicht an irgendein Abkommen gebunden, insbesondere dann nicht, wenn Teddy Maynard daran beteiligt war. Nach einem langen Abendessen mit reichlich Wein rief er irgendwann gegen zwei Uhr morgens Londoner Ortszeit einen für das Weiße Haus zuständigen CBS-Korrespondenten an und informierte ihn knapp über Backmans Begnadigung. Wie er vorhergesehen hatte, brachte CBS die Nachricht in der frühmorgendlichen Tratschstunde, und schon vor acht Uhr wusste in der Hauptstadt jeder Bescheid.

Joel Backman war in letzter Minute vollständig rehabilitiert und begnadigt worden!

Einzelheiten seiner Entlassung kannte niemand. Bis zu diesem Moment hatte man ihn im Hochsicherheitstrakt eines Gefängnisses in Oklahoma vermutet.

Und so stand der erste Arbeitstag des neuen Präsidenten in der hektischen Hauptstadt ganz im Zeichen von Joel Backmans Begnadigung.

Die Kanzlei Pratt & Bolling, die schon zweimal Konkurs angemeldet hatte, residierte mittlerweile an der Massachusetts Avenue, vier Blocks nördlich des Dupont Circle – keine schlechte Adresse, aber nicht annähernd so erstklassig wie die alte an der New York Avenue. Vor ein paar Jahren, als Joel Backman noch das Ruder in der Hand gehabt hatte – damals hieß die Kanzlei Backman, Pratt & Bolling –, hatte er Wert darauf gelegt, die höchste Miete in der ganzen Stadt zu bezahlen, weil er durch das Panoramafenster seines riesigen Büros im siebten Stock auf das Weiße Haus herabblicken konnte.

Jetzt gab es keine luxuriösen Büros mehr. Die Fenster boten keine großartigen Aussichten, geschweige denn eine aufs Weiße Haus, und das Gebäude war nicht sieben-, sondern nur zweistöckig. Der Personalbestand war von zweihundert hoch bezahlten Anwälten auf dreißig um ihre Existenz kämpfende gesunken. Der erste Konkurs – intern als »Backman I« bezeichnet – hatte die Kanzlei schrumpfen lassen, aber wie durch ein Wunder ihren Teilhabern das Gefängnis erspart. »Backman II« stand am Ende von drei Jahren bösartiger Intrigen, nach denen sich die Überlebenden gegenseitig verklagt hatten. Die Konkurrenz behauptete gern, bei Pratt & Bolling sei man mehr damit beschäftigt, sich gegenseitig vor Gericht zu zerren, als im Auftrag von Mandanten Klage zu erheben.

Am frühen Morgen dieses Tages jedoch galt das Interesse aller Mitglieder der Kanzlei Backmans Begnadigung. Der Lobbyist auf freiem Fuß! Würde es ein Come-back für ihn geben? Würde er nach Washington zurückkehren? Konnte das alles wirklich wahr sein? Mit Sicherheit nicht.

Kim Bolling befand sich gegenwärtig wegen Alkoholismus in einer geschlossenen Entziehungsanstalt und sollte sofort nach seiner Entlassung für etliche Jahre in ein privates psychiatrisches Krankenhaus überwiesen werden. Die unerträglichen Belastungen der letzten Jahre hatten seine psychische Konstitution für immer zerstört. Damit fiel Carl Pratt die Aufgabe zu, mit dem jüngsten Albtraum klarzukommen – der Begnadigung Joel Backmans.

Vor zweiundzwanzig Jahren hatte Pratt die verhängnisvolle Zusage gegeben, als Backman ihm vorgeschlagen hatte, ihre beiden kleinen Kanzleien zusammenzulegen. Sechzehn Jahre lang hatte Pratt sich abgemüht, für Backman die Drecksarbeit zu erledigen, während die Firma expandierte, immer mehr Geld hereinkam und sämtliche Standesregeln so großzügig interpretiert wurden, dass sie nicht wiederzuerkennen waren. Jede Woche hatte Pratt erbitterte Auseinandersetzungen mit seinem Partner geführt, im Laufe der Zeit aber auch gelernt, die Früchte ihres enormen Erfolgs zu genießen.

Am Ende war Carl Pratt der strafrechtlichen Verfolgung knapp entkommen, weil Joel Backman heroisch für alle die Schuld auf sich genommen hatte. Backmans Verfahrensabsprache und eine weitere Vereinbarung, die die anderen Partner der Kanzlei reinwusch, waren jedoch mit einer Geldstrafe von zehn Millionen Dollar verbunden, die umgehend den ersten Konkurs herbeigeführt hatte – Backman I.

Doch Pratt erinnerte sich selbst fast täglich daran, dass ein Konkurs dem Gefängnis vorzuziehen war. An diesem Morgen schlurfte er schon früh in seinem spärlich möblierten Büro umher, murmelte vor sich hin und versuchte verzweifelt, sich davon zu überzeugen, dass die Neuigkeit nicht stimmen *konnte*. Er stand an seinem kleinen Fenster, schaute auf das graue Backsteingebäude gegenüber und überlegte, wie diese Entwicklung zustande gekommen sein könnte. Wie hatte ein abgebrannter, aus der Anwaltschaft ausgeschlossener, gesellschaftlich ruinierter, ehemaliger Jurist/Lobbyist einen praktisch schon abgesetzten Präsidenten davon überzeugen können, ihn in letzter Minute zu begnadigen?

Als Joel Backman ins Gefängnis gewandert war, war er wahrscheinlich der berühmteste Wirtschaftsverbrecher der Vereinigten Staaten gewesen. Alle hätten ihn am liebsten am Galgen baumeln gesehen.

Doch wenn irgendjemand auf der Welt ein solches

Wunder zustande bringen konnte, musste Pratt einräumen, dann Joel Backman.

Er kannte etliche Klatschmäuler und Besserwisser in Washington und hängte sich für ein paar Minuten ans Telefon. Ein alter Freund, der es irgendwie geschafft hatte, sich unter vier Präsidenten – zwei Demokraten und zwei Republikanern – in der Schaltstelle der Macht zu halten, bestätigte die Meldung schließlich.

»Wo ist er?«, fragte Pratt so eindringlich, als könnte Backman jeden Moment wie ein Geist in Washington auftauchen.

»Das weiß niemand.«

Pratt schloss die Tür ab und musste dagegen ankämpfen, einen Schluck Wodka aus der Büroflasche zu nehmen. Er war neunundvierzig Jahre alt gewesen, als sein Partner zu zwanzig Jahren Haft verurteilt worden war, und hatte sich oft gefragt, was er wohl tun würde, wenn er neunundsechzig war und Joel Backman entlassen wurde.

Deshalb hatte er im Augenblick das Gefühl, als hätte man ihn um vierzehn Jahre betrogen.

Der Gerichtssaal war so überfüllt gewesen, dass der Richter die Verhandlung um zwei Stunden verschoben hatte, damit zusätzliche Stühle herbeigeschafft und eine Sitzordnung organisiert werden konnten. Journalisten aller bekannten Zeitungen, Radio- und Fernsehsender rangelten um Sitz- oder zumindest Stehplätze. Bei den hohen Tieren aus dem Justizministerium und dem Pentagon, von FBI und CIA, aus dem Weißen Haus und dem Kongress war es nicht anders. Alle behaupteten, es liege in ihrem ureigensten Interesse, der juristischen Hinrichtung Joel Backmans beizuwohnen. Als der Angeklagte schließlich dem gespannten Auditorium vorgeführt wurde, schienen urplötzlich alle zu verstummen. Man hörte nur noch, wie der Gerichtsschreiber die Stenografiermaschine startklar machte.

Backman wurde zum Tisch der Verteidigung geführt, wo sich eine kleine Armee von Anwälten um ihn drängte, als bestünde Gefahr, dass der Pöbel auf den hinteren Plätzen auf ihren Mandanten feuerte. Eine Überraschung wäre es nicht gewesen, selbst wenn die Sicherheitsvorkehrungen denen bei einem Präsidentenbesuch ähnelten. In der ersten Reihe, direkt hinter dem Tisch der Verteidigung, saßen Carl Pratt und etwa ein Dutzend von Backmans anderen Partnern, die bald schon ehemalige Partner sein würden. Sie waren gründlich gefilzt worden, und das mit gutem Grund. Aber obwohl sie Backman wie die Pest hassten, drückten sie ihm gleichzeitig die Daumen. Falls die Verfahrensabsprache wegen irgendwelcher Probleme oder Meinungsverschiedenheiten in letzter Minute platzen würde, wären sie wieder zum Abschuss freigegeben und könnten sich auf unmittelbar bevorstehende, unangenehme Prozesse freuen.

Aber wenigstens saßen sie jetzt in der ersten Reihe – unter den Zuschauern, nicht am Tisch der Verteidigung, der den Bösewichtern vorbehalten war. Und sie lebten noch. Vor acht Tagen war Jacy Hubbard, einer von Backmans prominentesten Partnern, auf dem Soldatenfriedhof in Arlington tot aufgefunden worden. Angeblich hatte er sich umgebracht, doch kaum jemand glaubte daran. Hubbard war ein Senator aus Texas gewesen, der seinen Sitz nach vierundzwanzig Jahren einzig und allein aus dem – freilich verheimlichten – Grund aufgegeben hatte, den Meistbietenden von seinem beträchtlichen Einfluss profitieren zu lassen. Natürlich hätte Joel Backman nie zugelassen, dass ihm ein so dicker Fisch durch die Maschen ging. Seine Kanzlei hatte Hubbard für ein Jahressalär von einer Million Dollar angeheuert, weil der gute alte Jacy sich jederzeit ins Oval Office einladen konnte.

Hubbards Tod verhalf Joel Backman auf wundersame Weise dazu, den Standpunkt der Regierung zu verstehen. Die Blockade, durch die die Verhandlungen über die Verfahrensabsprache in die Länge gezogen worden waren, war plötzlich überwunden. Backman akzeptierte nicht nur eine zwanzigjährige Gefängnisstrafe, sondern konnte es auch kaum abwarten, in Schutzhaft genommen zu werden.

Die Regierung wurde durch einen hochrangigen Anwalt aus dem Justizministerium vertreten, der vor so einem großen und prominent besetzten Auditorium der Versuchung nicht widerstehen konnte, seinen Auftritt zu zelebrieren. Wo ein Wort genügt hätte, benutzte er drei. Er stand auf der Bühne – ein rarer Augenblick in einer langen, eintönigen Laufbahn –, und die Augen der Nation waren auf ihn gerichtet. Als er begann, die Anklageschrift vorzulesen, wurde schnell deutlich, dass er – obwohl er sich mächtig abmühte – ein Langweiler war, der kein Talent zum Schauspieler hatte und keine dramatischen Akzente setzen konnte. Nach acht Minuten unterbrach der Richter den nervtötenden Monolog. Er schaute schläfrig über seine Lesebrille und sagte: »Fassen Sie sich bitte etwas kürzer, Sir, außerdem brauchen Sie nicht so zu schreien.«

Es gab achtzehn Anklagepunkte, die Backman von Spionage bis Landesverrat etliche kriminelle Delikte unterstellten, und als alle verlesen waren, hatte er sich in einen Schurken verwandelt, der in der gleichen Liga wie Hitler spielte. Sein Anwalt erinnerte das Gericht und die Zuschauer unverzüglich daran, dass bisher nichts bewiesen sei. Tatsächlich handele es sich um eine einseitige Sicht der Dinge, nämlich um die voreingenommene der Regierung. Dann erklärte er, sein Mandant werde sich nur in vier der achtzehn Anklagepunkte schuldig bekennen, die sich auf den unrechtmäßigen Besitz militärischer Dokumente bezögen. Anschließend las der Richter die lange Verfahrensabsprache vor, und zwanzig Minuten lang herrschte Stille im Auditorium. Die Gerichtszeichner in der ersten Reihe skizzierten die Szenerie so hektisch, dass ihre Bilder kaum Ähnlichkeit mit der Realität hatten.

Irgendwo in den hinteren Reihen, unter wildfremden Leuten, saß Neal Backman, Joels ältester Sohn, damals noch ein Juniorpartner in der Kanzlei Backman, Pratt & Bolling. Doch das sollte sich bald ändern. Schockiert und ungläubig beobachtete er, wie sein einst mächtiger Vater sich schuldig bekannte, um bald darauf in einem Staatsgefängnis zu verschwinden.

Schließlich wurde der Angeklagte nach vorn geführt. Er schaute den Richter so stolz wie möglich an. Seine Anwälte flüsterten ihm gleichzeitig etwas in beide Ohren, und er bekannte sich in vier Punkten für schuldig. Dann wurde er wieder zu seinem Platz geführt. Er schaffte es, dabei jeglichen Blickkontakt zu vermeiden.

Für den folgenden Monat wurde ein Termin festgesetzt, an dem das Strafmaß verkündet werden sollte. Als Backman in Handschellen abgeführt wurde, war allen klar, dass man ihn nicht zwingen würde, seine Geheimnisse preiszugeben, und dass man ihn für lange Zeit einbuchten würde, damit die Erinnerungen an seine konspirativen Machenschaften verblassten. Langsam löste sich die Menschenmenge auf. Die Reporter hatten zumindest die Hälfte der Story, wegen der sie gekommen waren. Die hohen Tiere schwiegen – einige waren zufrieden, dass die Geheimnisse Geheimnisse bleiben würden, andere wütend, weil kriminelle Delikte unter den Teppich gekehrt wurden. Carl Pratt und die anderen schwer geprüften Partner suchten die nächste Bar auf.

Als um kurz vor neun der erste Reporter anrief, hatte Pratt seine Sekretärin bereits gewarnt, dass mit Nachfragen in Sachen Backman zu rechnen sei. Sie sollte allen ausrichten, ihr Chef sei bei Gericht mit einem langwierigen Fall befasst und werde möglicherweise erst in einigen Monaten ins Büro zurückkehren. Bald liefen die Telefonleitungen heiß, und die Hoffnung auf einen produktiven Tag war zerstört. Die Anwälte und sämtliche anderen Angestellten ließen alles stehen und liegen und befassten sich nur noch mit den Neuigkeiten im Fall Backman. Einige behielten die Eingangstür im Auge, als rechneten sie fast schon damit, dass der Geist ihnen einen Besuch abstatten würde.

Pratt hatte sich allein in seinem Büro eingeschlossen, schlürfte eine Bloody Mary und verfolgte im Kabelfernsehen das Programm eines Nachrichtensenders. Glücklicherweise war auf den Philippinen eine Busladung dänischer Touristen gekidnappt worden, denn ansonsten wäre Joel Backmans Begnadigung die Topstory gewesen. So musste er sich knapp mit dem zweiten Platz begnügen. Trotzdem wurden jede Menge Experten herangekarrt, geschminkt und ins Scheinwerferlicht geschleift, wo sie über Backmans legendäre Sünden schwadronierten.

Ein ehemaliger Pentagon-Chef nannte die Begnadigung »einen Rückschlag für die nationale Sicherheit«, und ein pensionierter Bundesrichter, dem man deutlich ansah, dass er die Neunzig überschritten hatte, sprach – nicht weiter überraschend – von einem »Justizirrtum«. Ein relativ junger Senator aus Vermont räumte ein, nicht viel über den Backman-Skandal zu wissen, war aber trotzdem hellauf begeistert, live im Kabelfernsehen interviewt zu werden, und kündigte etliche Untersuchungen an. Ein nicht namentlich genannter Beamter aus dem Weißen Haus ließ verlauten, der neue Präsident sei »ziemlich beunruhigt« über die Begnadigung und plane – was immer das heißen mochte –, den Fall einer Überprüfung zu unterziehen.

Und so weiter und so fort. Pratt mixte sich eine zweite Bloody Mary.

Ein eher an den Toten interessierter »Korrespondent« – kein einfacher »Reporter« – buddelte den Fall des Senators Jacy Hubbard aus. Pratt griff nach der Fernbedienung und schaltete den Ton lauter, als ein großes Porträt von Hubbard auf dem Bildschirm erschien. Eine Woche, bevor Backman sich schuldig bekannt hatte, war der ehemalige Senator tot aufgefunden worden, mit einer Kugel im Kopf. Die ursprüngliche Selbstmordthese wurde später in Zweifel gezogen, ohne dass es je einen Mordverdächtigen gegeben hätte. Die Nummer der Pistole war abgeschliffen, wahrscheinlich war sie gestohlen. Hubbard war aktiver Jäger gewesen, hatte aber nie Handwaffen benutzt. Die Schmauchspuren an seiner rechten Hand waren verdächtig. Eine Autopsie ergab, dass er reichlich Alkohol und Barbiturate geschluckt hatte. Ersteres war zu erwarten gewesen, doch von überdurchschnittlichem Tablettenkonsum war bisher nichts bekannt geworden.

Ein paar Stunden zuvor hatte er, wie Augenzeugen später zu Protokoll gaben, mit einer attraktiven jungen Frau eine Bar in Georgetown verlassen, was bei ihm nichts Außergewöhnliches gewesen war.

Die vorherrschende Theorie besagte, die Frau habe ihn mit in die Drinks gekippten Barbituraten eingeschläfert, um ihn professionellen Killern zu übergeben, die ihn dann in einen abgelegenen Winkel des Soldatenfriedhofs in Arlington gebracht und durch einen Kopfschuss getötet hatten. Hubbards Leiche war auf dem Grab seines Bruders gefunden worden, eines dekorierten Helden des Vietnamkriegs. Eine nette Geste, doch gute Bekannte von Hubbard sagten, er habe nie von seiner Familie gesprochen. Viele wussten gar nicht, dass er einen Bruder gehabt hatte.

Eine nur hinter vorgehaltener Hand verbreitete Theorie besagte dagegen, Hubbard sei von den Leuten ermordet worden, die es auch auf Joel Backman abgesehen hätten. Für den Fall, dass ihre Namen auf der gleichen Liste stehen sollten, hatten Carl Pratt und Kim Bolling noch Jahre später sehr viel Geld für professionelle Leibwächter ausgegeben, doch offenbar hatten sie sich geirrt. Die beiden waren für die Details des schicksalsschweren Geschäfts zuständig gewesen, das Backman ins Gefängnis gebracht und Hubbard das Leben gekostet hatte. Im Laufe der Zeit hatte Pratt seine persönlichen Sicherheitsmaßnahmen gelockert. Trotzdem hatte er seine Pistole immer dabei.

Doch Backman war weit weg, und die Entfernung wuchs mit jedem Augenblick. Seltsam war allerdings, dass auch er an Jacy Hubbard und die Leute dachte, die ihn möglicherweise umgebracht hatten. Er hatte reichlich Zeit zum Nachdenken. Vierzehn Stunden auf einem Klappbett in einem stark vibrierenden Transportflugzeug konnten die Sinne abstumpfen, zumindest bei einem normalen Passagier. Für einen gerade entlassenen Passagier, der sechs Jahre in Einzelhaft gesessen hatte, war so ein Flug dagegen ziemlich stimulierend.

Wer immer Jacy Hubbard getötet haben mochte, er war bestimmt sehr daran interessiert, auch Joel Backman umzubringen, der sich siebentausend Meter über der Erde einige ernsthafte Fragen durch den Kopf gehen ließ. Wer hatte sich für seine Begnadigung eingesetzt? Wo wollten sie ihn verstecken? Und wer waren »sie«?

Eigentlich waren es keine unangenehmen Fragen im Vergleich zu denen, die er sich noch vierundzwanzig Stunden zuvor gestellt hatte: Wollen sie mich verhungern lassen? Mich erfrieren lassen? Werde ich in diesem zehn Quadratmeter großen Loch allmählich den Verstand verlieren? Oder doch eher sehr schnell? Werde ich jemals meine Enkelkinder kennen lernen? Will ich es überhaupt?

So beunruhigend sie auch sein mochten, die neuen Fragen gefielen ihm besser. Zumindest würde er irgendwo eine Straße hinabschlendern, frei atmen, die Sonne auf seiner Haut spüren und vielleicht in einem Lokal einen Kaffee trinken können.

Früher hatte er einmal einen reichen Mandanten gehabt, einen Kokainschmuggler, der der amerikanischen Drogenbehörde in die Falle gegangen war. Der Mann war eine so wichtige Informationsquelle gewesen, dass die Strafverfolgungsbehörde ihm ein neues Leben, eine neue Identität und eine Gesichtsoperation versprochen hatte, wenn er im Gegenzug sein Wissen über bestimmte Kolumbianer preisgab. Er hatte gesungen und war nach der Operation in den Norden Chicagos gezogen, wo er eine kleine Buchhandlung eröffnete. Jahre später hatte Joel ihn einmal besucht. Sein ehemaliger Mandant hatte einen modischen Kinnbart, rauchte Pfeife und wirkte wie ein Intellektueller mit Bodenhaftung. Er hatte eine neue Frau und drei Stiefkinder, und die Kolumbianer sollten nie etwas von seiner neuen Existenz erfahren.

Da draußen wartete eine große weite Welt auf ihn. Es war nicht schwer, sich zu verstecken.

Joel schloss die Augen, lauschte dem gleichförmigen Brummen der vier Triebwerke und versuchte sich einzureden, dass er nicht in Angst und auf der Flucht leben würde, was immer ihn auch erwarten mochte. Er würde sich seiner neuen Umgebung anpassen und überleben.

Ein paar Pritschen weiter tauschten zwei Soldaten leise Erinnerungen an Frauengeschichten aus. Joel musste an Mo denken, seinen Mithäftling, der Mafiosi denunziert hatte. Während der letzten vier Jahre hatte er die Zelle neben ihm bewohnt und war der einzige Mensch gewesen, mit dem er sich – durch einen Lüftungsschacht – unterhalten konnte. Mo vermisste weder seine Familie noch seine Freunde, seine Bekannten, das gute Essen, den Alkohol oder die Sonne. Er redete nur über Sex und erging sich in langen, detailreichen Ausführungen über seine Eskapaden. Er erzählte obszöne Witze, unter ihnen die schmutzigsten, die Joel je zu Ohren gekommen waren. Sogar Gedichte über ehemalige Liebhaberinnen, Orgien und sexuelle Fantasien schrieb er.

Joel würde ihn nicht vermissen.

Ohne es zu wollen, nickte er ein.

»Major Herzog, Major Herzog.« Colonel Gantner schüttelte ihn und flüsterte ihm eindringlich ins Ohr: »Wir müssen reden.« Backman stand auf und folgte dem Colonel durch den dunklen, engen Gang zwischen den Pritschen in einen kleinen Raum in der Nähe des Cockpits. »Nehmen Sie Platz«, sagte Gantner, der auf einen kleinen Stahltisch mit Stühlen zeigte.

Er hielt eine Akte in den Händen. »Also, jetzt geht es wie folgt weiter: In etwa einer Stunde werden wir landen. Der Plan sieht vor, dass Sie krank sind, und zwar so krank, dass ein Krankenwagen des Militärstützpunktes Sie auf der Landebahn in Empfang nehmen wird. Die italienischen Behörden werden wie üblich einen flüchtigen Blick auf den Papierkram werfen. Vielleicht auch auf Sie, doch das ist unwahrscheinlich. Auf einem Militärstützpunkt der Vereinigten Staaten kommen und gehen ständig Soldaten. Ich habe einen Pass für Sie. Lassen Sie mich mit den Italienern reden. Anschließend werden Sie ins Lazarett gebracht.«

»Italiener?«

»Ja. Noch nie etwas von der Aviano Air Base gehört?«

»Nein.«

»Habe ich mir schon gedacht. Wir sind hier, seit wir 1945 die Deutschen verjagt haben. Der Stützpunkt liegt im Nordosten Italiens, in der Nähe der Alpen.«

»Hört sich gut an.«

»Stimmt, aber es ist ein Militärstützpunkt.«

»Wie lange werde ich dort bleiben?«

»Das habe nicht ich zu entscheiden. Meine Aufgabe ist es, Sie vom Flugzeug zum Militärkrankenhaus zu bringen. Danach werden Sie von jemand anders übernommen. Werfen Sie für alle Fälle einen Blick in die Biografie, die wir uns für Major Herzog ausgedacht haben.«

Joel verbrachte ein paar Minuten mit dem fiktiven Lebenslauf und prägte sich die Angaben in dem gefälschten Pass ein.

»Vergessen Sie nicht, dass Sie sehr krank sind und unter Beruhigungsmitteln stehen«, sagte Gantner. »Tun Sie einfach so, als wären Sie bewusstlos.«

»In gewisser Hinsicht war ich sechs Jahre lang bewusstlos.«

»Möchten Sie einen Kaffee?«

»Wie spät ist es jetzt in Italien?«

Gantner blickte auf die Uhr und rechnete schnell. »Wir sollten ungefähr um ein Uhr nachts landen.«

»Ein Kaffee wäre großartig.«

Gantner reichte ihm einen Pappbecher und eine Thermoskanne und verschwand.

Nach zwei Bechern spürte Joel, dass die Propellertriebwerke gedrosselt wurden. Er kehrte zu seiner Pritsche zurück, legte sich hin und schloss die Augen.

Nachdem die C-130 auf der Landebahn zum Stehen gekommen war, näherte sich ein Krankenwagen der U.S. Air Force rückwärts der hinteren Luke. Die Soldaten gingen davon, die meisten noch schlaftrunken. Major Herzog wurde auf einer Bahre aus dem Flugzeug ausgeladen und vorsichtig in den Krankenwagen verfrachtet. Ein Beamter der italienischen Behörden saß in einem geheizten Jeep der U.S. Army und schaute desinteressiert zu. Der Krankenwagen fuhr ohne große Eile los, und fünf Minuten später fand sich Major Herzog in einem engen Krankenzimmer des kleinen Lazaretts wieder, das von zwei Militärpolizisten bewacht wurde.

4

OBWOHL ER ES NICHT WISSEN konnte (und auch keinen Grund hatte, sich dafür zu interessieren), war es ein Glück für Backman, dass der Präsident in letzter Minute auch noch einen alternden Milliardär begnadigt hatte, der dem Gefängnis durch Flucht ins Ausland entkommen war. »Duke« Mongo war ein Einwanderer aus irgendeinem osteuropäischen Land und hatte sich vor Jahrzehnten, nach seiner Ankunft in Amerika, diesen Titel verliehen. Er hatte Unmengen Geld für Morgans Wahlkampf gespendet. Als aufflog, dass er während seiner gesamten Laufbahn Steuern hinterzogen hatte, kam außerdem heraus, dass er etliche Nächte im Lincoln Bedroom des Weißen Hauses verbracht, mit dem Präsidenten in freundschaftlicher Atmosphäre einen Schlummertrunk genossen und mit ihm über drohende Anklagen diskutiert hatte. Laut Aussage der dritten anwesenden Person, einer jungen Prostituierten, die seinerzeit die fünfte Ehefrau des Duke war, hatte der Präsident versprochen, seinen Einfluss bei der Steuerbehörde geltend zu machen und die Spürhunde zurückzupfeifen. Doch es kam anders. Die Anklageschrift war achtunddreißig Seiten lang, aber noch nicht fertig gedruckt, als der Milliardär schon mit seiner zukünftigen sechsten Frau in einer Villa in Uruguay residierte und den Steuerfahndern in Nordamerika eine lange Nase zeigte.

Jetzt wollte er nach Hause zurückkehren, um wie ein echter Patriot in Würde zu sterben und sich anschließend auf seiner Farm vor den Toren von Lexington in Kentucky beerdigen zu lassen. Critz hatte alles arrangiert, und nur zehn Minuten nach Joel Backman begnadigte Präsident Morgan auch Duke Mongo.

Es dauerte einen Tag, bis die Neuigkeiten durchsickerten – das Weiße Haus gab Begnadigungen mit gutem Grund nicht bekannt –, dann spielten die Medien verrückt. Duke Mongo hatte die Steuerbehörde in zwanzig Jahren um sechshundert Millionen Dollar geprellt und verdiente es, lebenslänglich hinter Gittern zu verschwinden. Doch nun kam er in einem riesigen Privatjet zurück, um seinen Lebensabend in obszönem Luxus zu verbringen. Die Backman-Story, so sensationell sie auch sein mochte, musste jetzt nicht nur mit den dänischen Touristen, sondern auch mit dem dreistesten Steuerbetrüger des Landes konkurrieren.

Trotzdem lag sie weiterhin gut im Rennen. Die meisten wichtigen Morgenzeitungen der Ostküste brachten das Konterfei des Lobbyisten auf der Titelseite, zusammen mit langen Artikeln über den Skandal, sein Schuldbekenntnis und die Begnadigung.

Carl Pratt las sie online, in einem riesigen, chaotischen Büro über der Garage seines Hauses im Nordwesten Washingtons. Hier konnte er sich den erbitterten Auseinandersetzungen entziehen, die in seiner Kanzlei tobten, und Abstand halten zu den Partnern, die er nicht mehr ertrug. Er konnte trinken, ohne dass jemand ein Wort sagte, laut vor sich hin fluchen und Sachen durch die Gegend werfen. Dies war sein Zufluchtsort, hier konnte er tun, wonach ihm gerade der Sinn stand.

Die Akte Backman befand sich in einem großen Karton, den er gewöhnlich in einem Schrank aufbewahrte. Jetzt stand er auf dem Tisch, und Pratt blätterte die Unterlagen durch, zum ersten Mal seit vielen Jahren. Er hatte alles aufbewahrt – Zeitungsartikel, Fotos, Memos, vertrauliche Notizen, Kopien der Anklageschrift und den Bericht über Jacy Hubbards Autopsie.

Was für eine unsägliche Geschichte.

Im Januar 1996 machten drei junge Pakistaner in einer heißen, engen Wohnung im obersten Stock eines Mietshauses am Stadtrand von Karatschi eine erstaunliche Entdeckung. Die jungen Informatiker hatten mit einer finanziellen Zuwendung der Regierung online einige Hewlett-Packard-Computer erstanden und diese miteinander verbunden. Dann schlossen sie ihren neuen »Supercomputer« an ein hochmodernes Satellitentelefon an, das aus Militärbeständen stammte und ihnen ebenfalls von der Regierung zur Verfügung gestellt worden war. Die gesamte Operation war geheim und wurde inoffiziell von der Armee unterstützt. Das Ziel war simpel – die drei Computerfreaks sollten einen neuen, in einer Höhe von vierhundertfünfzig Kilometern über Pakistan schwebenden indischen Spionagesatelliten lokalisieren und nach Möglichkeit anzapfen. Falls ihnen dies gelang, wollten sie verfolgen, welche Ziele der Satellit beobachtete. Ihr Traum war es, seine Aktivitäten zu manipulieren.

Anfangs war das geklaute Material aufregend, doch schließlich stellte sich heraus, dass es praktisch wertlos war. Die neuen indischen »Augen« waren eigentlich nur auf die Ziele gerichtet, die auch alte Aufklärungssatelliten schon seit zehn Jahren beobachteten, und machten tausende Aufnahmen der immer gleichen militärischen Einrichtungen. Auch pakistanische Satelliten observierten seit einem Jahrzehnt indische Militärstützpunkte und Truppenbewegungen. Die beiden Länder hätten ihre Aufnahmen ohne jeglichen Informationsgewinn austauschen können.

Doch dann entdeckten die drei Hacker durch Zufall einen weiteren Satelliten – und dann noch einen und noch einen. Sie wurden weder von Pakistan noch von Indien betrieben und waren an Stellen geortet worden, wo sich eigentlich keine Satelliten befinden sollten. Sie schwebten in einer Höhe von vierhundertfünfzig Kilometern über der Erde und bewegten sich mit einer konstanten Geschwindigkeit von hundertachtzig Stundenkilometern in nordnordöstlicher Richtung, wobei ein Abstand von sechshundert Kilometern zwischen ihnen lag. Zehn Tage lang verfolgten die faszinierten Hacker die Bahn von mindestens sechs Satelliten, die offenbar zusammengehörten und sich langsam von der Arabischen Halbinsel her näherten, über Afghanistan und Pakistan flogen und dann in Richtung westliches China entschwanden.

Sie sagten niemandem etwas von ihrer Entdeckung. Unterdessen gelang es ihnen – unter dem Vorwand, sie benötigten es für die nicht beendete ursprüngliche Aufgabe –, bei den Militärs ein noch besseres Satellitentelefon zu organisieren. Nachdem sie die Observierung einen Monat lang rund um die Uhr fortgesetzt hatten, wurde ihnen klar, dass sie ein weltumspannendes Netz von neun identischen Satelliten entdeckt hatten, die miteinander kommunizierten und für alle außer den Betreibern unsichtbar sein sollten.

Sie tauften ihre Entdeckung auf den Codenamen »Neptun«.

Die drei jungen Computerfreaks hatten in den Vereinigten Staaten studiert. Ihr Anführer, Safi Mirza, war Assistent in Stanford gewesen und hatte kurzzeitig für ein auf Satellitensysteme spezialisiertes Unternehmen namens Breedin Corporation gearbeitet, einen ehemaligen Geschäftspartner der amerikanischen Armee. Fazal Sharif hatte am Georgia Institute of Technology Informatik studiert und dort einen Master gemacht.

Das dritte und jüngste Mitglied des Teams hieß Faruk Khan und schrieb die Software, mit der die drei in das Computersystem des ersten »Neptun«-Satelliten eindrangen. Als Faruk die Daten herunterzuladen begann, wurde ihnen bewusst, wie brisant das Material war. Es umfasste gestochen scharfe Farbaufnahmen von terroristischen Ausbildungslagern in Afghanistan und von Politikerlimousinen in Peking. Die »Neptun«-Satelliten konnten den Funkverkehr zwischen chinesischen Piloten abhören, die sich in einer Flughöhe von sechstausend Metern unterhielten, oder ein verdächtiges Fischerboot beim Anlegen an der Küste des Jemen beobachten. Die elektronischen Augen folgten einem gepanzerten Fahrzeug durch die Straßen von Havanna, in dem vermutlich Castro saß. Besonders ein Live-Video schockte die drei – Arafat persönlich bog auf dem Gelände seines Hauptquartiers in Gaza um eine Ecke, steckte sich eine Zigarette an und urinierte anschließend.

Zwei Tage lang zapften sie die über Pakistan ziehenden Satelliten an, ohne auch nur einen Gedanken an Schlaf zu verschwenden. Die Software war auf Englisch, und da die Satelliten vornehmlich auf den Nahen Osten,

Asien und China gerichtet waren, schien es nur logisch, die Vereinigen Staaten hinter dem Projekt zu vermuten. Auch Großbritannien und Israel kamen in Betracht, doch hielten sie das für weniger wahrscheinlich. Vielleicht handelte es sich um eine gemeinsame Unternehmung der Amerikaner und Israelis.

Nach diesen beiden Tagen verließen sie die Wohnung, um sich fünfzehn Kilometer außerhalb von Karatschi auf dem Bauernhof eines Freundes einzurichten. Was sie bisher entdeckt hatten, war schon aufregend genug, doch sie – besonders Safi – wollten noch einen Schritt weitergehen. Safi glaubte, das System manipulieren zu können.

Sein erstes Erfolgserlebnis verbuchte er, als es ihm gelang, über einen der Satelliten Fazal Sharif bei der Zeitungslektüre zu beobachten. Um ihr neues Hauptquartier nicht zu offenbaren, hatte Fazal mit einer grünen Kappe auf dem Kopf und einer Sonnenbrille einen Bus in die Innenstadt von Karatschi genommen und dort eine Zeitung gekauft, um sich in der Nähe einer bestimmten Kreuzung damit auf eine Parkbank zu setzen. Faruk übermittelte Computerbefehle über das Satellitentelefon, und eine der »Neptun«-Kameras entdeckte Fazal und zoomte dicht an ihn heran. Das Material wurde zum Bauernhof überspielt, wo man sich ungläubig die Augen rieb. Sogar die Schlagzeilen der Zeitung waren erkennbar.

Die auf die Erde gerichteten, mit Optoelektronik ausgerüsteten Satellitenkameras waren auf dem damals aktuellsten technischen Stand und hatten eine unglaubliche Auflösung. Ihre Bilder waren noch im Nahbereich so scharf wie die der modernsten amerikanischen Aufklärungssatelliten und ungefähr doppelt so scharf wie die der besten kommerziellen Satelliten, die von den Europäern und Amerikanern betrieben wurden.

Über Wochen und Monate schrieben die drei weiter Software. Vieles davon wurde wieder verworfen, doch als sie ihre besten Programme mit dem letzten Schliff versahen, wuchs ihr Erstaunen über das Potenzial der »Neptun«-Satelliten ins Grenzenlose.

Achtzehn Monate nach ihrer aufregenden Entdeckung hatten sie auf vier Jaz-Disketten mit je zwei Gigabyte Kapazität ein Softwareprogramm gespeichert, mit dem sich sowohl die Kommunikationsgeschwindigkeit der »Neptun«-Satelliten steigern als auch der Betrieb anderer Navigations-, Kommunikations- und Aufklärungssatelliten stören ließ. Sie tauften ihr Programm auf den Namen »JAM«.

Die drei Hacker konnten das von einer unbekannten Macht betriebene Satellitennetz kontrollieren, manipulieren und sogar lahm legen. Es kam zu erbitterten Auseinandersetzungen. Safi und Fazal wurden gierig und wollten »JAM« an den Meistbietenden verkaufen. Faruk glaubte, dies würde ihnen nur Scherereien einbringen. Er wollte nichts mehr mit der Geschichte zu tun haben und das Programm der pakistanischen Armee überlassen.

Im September 1998 reisten Safi und Fazal nach Washington, wo sie einen frustrierenden Monat lang erfolglos versuchten, durch pakistanische Kontaktpersonen zu wichtigen Leuten im militärischen Geheimdienst der Vereinigten Staaten vorzudringen. Dann erzählte ihnen ein Freund von einem gewissen Joel Backman, dem sich in Washington alle Türen öffneten.

Das Problem bestand darin, über Backmans Türschwelle zu gelangen. Er war ein wichtiger Mann mit jeder Menge wichtiger Mandanten, die alle seine Zeit in Anspruch nehmen wollten. Backmans Einheitshonorar für ein einstündiges Gespräch mit einem neuen Mandanten betrug fünftausend Dollar – doch man musste erst einmal zu jenen Glücklichen zählen, die der große Mann überhaupt eintreten ließ. Safi lieh sich von einem Onkel in Chicago zweitausend Dollar und versprach Mr Backman, den Rest innerhalb von neunzig Tagen zu bezahlen. Später sollten vor Gericht präsentierte Dokumente enthüllen, dass ihr erstes Gespräch am 24. Oktober 1998 in den Büros von Backman, Pratt & Bolling stattgefunden hatte. Dieses Treffen sollte das Leben aller Beteiligten zerstören.

Zunächst schien Backman das unglaubliche Potenzial von »JAM« skeptisch einzuschätzen. Vielleicht hatte er es aber auch sofort richtig eingeschätzt und beschlossen, seine neuen Mandanten zu täuschen. Safi und Fazal träumten davon, »JAM« für ein Vermögen an das Pentagon zu verhökern. Und wenn jemand in Washington den Höchstpreis für sie herausschlagen konnte, dann Joel Backman.

Der Lobbyist nahm rasch Kontakt zu Jacy Hubbard auf, der für eine Million Dollar im Jahr als sein Sprachrohr fungierte, noch immer einmal pro Woche mit dem Präsidenten Golf spielte und mit den hohen Tieren aus dem Kongress durch die Bars zog. Er war ein lebhafter, extravaganter und streitlustiger Mann, der bereits drei Scheidungen hinter sich hatte und ziemlich scharf auf teuren Whiskey war – speziell dann, wenn er von anderen bezahlt wurde. Politisch überlebt hatte er nur, weil alle Welt wusste, dass er die schmutzigsten Wahlkämpfe in der Geschichte der Vereinigten Staaten geführt hatte, und das wollte etwas heißen. Er machte aus seinem Antisemitismus keinen Hehl und hatte im Laufe der Jahre enge Beziehungen zu den Saudis aufgebaut. *Sehr* enge. Einer von vielen Untersuchungsausschüssen fand heraus, dass ein Prinz ihn mit einer Wahlkampfspende von einer Million Dollar bedacht hatte – zufällig derselbe Prinz, mit dem Hubbard in Österreich seinen Skiurlaub verbrachte.

Anfangs stritten sich Hubbard und Backman darüber, wie »JAM« am besten zu vermarkten wäre. Hubbard wollte die Software an die Saudis verscherbeln, die seiner Meinung nach eine Milliarde Dollar dafür bezahlen würden. Backman nahm den eher patriotischen Standpunkt ein, dass ein so gefährliches Produkt im Land bleiben solle. Doch Hubbard versicherte, den Saudis die Zusage abringen zu können, dass sie »JAM« nie gegen die Vereinigten Staaten einsetzen würden, den vorgeblichen Verbündeten. Backman fürchtete sich vor den Israelis – vor ihren mächtigen Freunden in den USA, vor ihrer Armee und besonders vor ihren Geheimdiensten.

Zu dieser Zeit vertraten Backman, Pratt & Bolling viele ausländische Unternehmen und Regierungen. Die Kanzlei war *die* Adresse für alle, die in Washington ihren Einfluss schnell geltend machen wollten. Wenn man nur bereit war, die horrenden Honorare zu bezahlen, hatte man an den entscheidenden Stellen Zugang. Auf der endlosen Mandantenliste standen die japanische Stahlindustrie, die Regierung Südkoreas, die Saudis, dubiose Banken aus der Karibik, die Regierung von Panama und eine landwirtschaftliche Kooperative aus Bolivien, die nichts als Kokain produzierte – und so weiter und so fort.

Es gab auch etliche ehrbare Mandanten, aber viele hatten keine weiße Weste.

Allmählich sickerte in den Büros von Backman, Pratt & Bolling etwas über »JAM« durch. Damit konnte sich das größte Honorar erzielen lassen, das die Kanzlei bisher vereinnahmt hatte, und sie hatte schon mehrfach erstaunliche Summen eingestrichen. Im Laufe der nächsten Wochen machten auch andere Partner Vorschläge hinsichtlich der Vermarktung von »JAM«. Der patriotische Gesichtspunkt geriet langsam in Vergessenheit – es ging schlicht um zu viel Geld. Die Kanzlei vertrat ein niederländisches Unternehmen, das elektronische Geräte für die Flugzeuge der chinesischen Luftstreitkräfte lieferte, und das war eine gute Visitenkarte, wenn man ein lukratives Geschäft mit der Regierung in Peking abschließen wollte. Die Südkoreaner glaubten, ruhiger schlafen zu können, wenn sie wussten, was sich in Nordkorea abspielte. Die Syrer wollten ihre Staatskasse plündern, um die militärische Kommunikation der Israelis auszuschalten. Und ein Drogenkartell wollte Milliarden dafür hinblättern, die Maßnahmen der amerikanischen Drogenbehörde im Voraus erfahren zu können.

Mit jedem Tag wurden Joel Backman und seine Bande gieriger Anwälte reicher, und in den größten Büros der Kanzlei wurde über fast nichts anderes mehr gesprochen.

Der Arzt war ziemlich kurz angebunden und schien nicht viel Zeit für seinen neuen Patienten zu haben, aber schließlich war dies ein Militärkrankenhaus. Er überprüfte Puls und Blutdruck und untersuchte dann Herz,

Lunge und Reflexe – das Übliche. Schließlich verkündete er aus heiterem Himmel: »Sie leiden unter Flüssigkeitsmangel.«

»Wie kommt das?«, fragte Backman.

»Ist nach langen Flügen nichts Ungewöhnliches. Wir verabreichen Ihnen eine Infusion, und in vierundzwanzig Stunden ist alles wieder in Ordnung.«

»Eine Infusion?«

»Genau.«

»Nicht mit mir.«

»Verzeihung?«

»Bin ich so schwer zu verstehen? Ich mag keine Nadeln.«

»Wir haben Ihnen doch auch Blut abgenommen.«

»Abgenommen, genau, aber jetzt soll mir etwas *eingeflößt* werden. Vergessen Sie's, nicht mit mir.«

»Sie sind dehydriert.«

»Ich fühle mich aber nicht dehydriert.«

»Ich bin der Arzt, und ich sage, Sie sind dehydriert.«

»Dann geben Sie mir ein Glas Wasser.«

Eine halbe Stunde später betrat eine breit lächelnde Schwester mit Schlaftabletten und Medikamenten den Raum. Joel weigerte sich, die Schlaftabletten zu nehmen. Als sie mit einem subkutan zu injizierenden Medikament näher kam, fragte er: »Was ist das?«

»Ryax.«

»Was zum Teufel ist Ryax?«

»Ein Muskelrelaxans.«

»Zufällig sind meine Muskeln im Augenblick ziemlich entspannt. Ich habe nicht über verkrampfte Muskeln geklagt, und der Arzt hat nichts dergleichen diagnostiziert. Niemand hat mich nach meinen Muskeln gefragt.

Stecken Sie sich Ihr Ryax in den Arsch, dann sind wir beide entspannt und glücklich.«

Die Schwester hätte beinahe die Spritze fallen gelassen. Nach einer langen, quälenden Pause, während der sie kein Wort herausbrachte, stammelte sie schließlich: »Ich werde mit dem Arzt sprechen.«

»Tun Sie das. Wenn ich so darüber nachdenke, könnten Sie eigentlich *ihm* die Dosis in seinen fetten Hintern spritzen. Er ist schließlich derjenige, der sich entspannen muss.«

Aber sie hatte den Raum bereits verlassen.

Am anderen Ende des Militärstützpunkts tippte Sergeant McAuliffe eine E-Mail und schickte sie an das Pentagon. Von dort wurde sie fast sofort nach Langley weitergeleitet, wo sie von Julia Javier gelesen wurde, einer erfahrenen Mitarbeiterin, die CIA-Direktor Maynard mit dem Fall Backman betraut hatte. Keine zehn Minuten nach der Ryax-Episode starrte Miss Javier auf den Monitor und murmelte: »Verdammt.«

Dann ging sie nach oben, wo Teddy Maynard, in seine Decke gehüllt, am Ende eines langen Tisches saß und einen der zahllosen Berichte las, die ohne Unterlass auf seinem Schreibtisch landeten.

»Ich habe gerade eine Nachricht aus Aviano erhalten«, sagte Miss Javier. »Unser Freund verweigert sich jeder Medikation. Keine Infusion, keine Pillen.«

»Können sie ihm nicht was ins Essen mischen?«, fragte Maynard mit gedämpfter Stimme.

»Er isst nichts.«

»Warum nicht?«

»Angeblich hat er Magenprobleme.«

»Ist das denkbar?«

»Schwer zu sagen. Auf jeden Fall rennt er nicht zur Toilette.«

»Nimmt er Flüssigkeit zu sich?«

»Sie haben ihm ein Glas Wasser gebracht, das er aber abgelehnt hat. Er hat auf Mineralwasser bestanden, und als ihm jemand eine Flasche brachte, hat er überprüft, ob das Siegel am Deckel intakt war.«

Maynard schob den Bericht zur Seite und rieb sich die Augen. Der ursprüngliche Plan hatte vorgesehen, Backman entweder durch eine Infusion oder eine normale Injektion ein starkes Sedativum zu verpassen, um ihn zu betäuben. Nach zwei Tagen unter Medikamenteneinfluss sollte er mithilfe einiger moderner Narkotika langsam wieder an den Wachzustand herangeführt werden. Nach ein paar weiteren Tagen im Nebel hätten sie mit der Sodium-Pentothal-Behandlung begonnen, der Verabreichung des Wahrheitsserums, das immer die gewünschten Auskünfte herbeiführte, wenn das Verhör von erfahrenen Spezialisten geführt wurde.

Dieser Plan war einfach und narrensicher. Die zweite Methode würde Monate in Anspruch nehmen, und der Erfolg war keineswegs garantiert.

»Er trägt große Geheimnisse mit sich herum«, sagte Maynard.

»Zweifellos.«

»Aber das wussten wir schließlich, oder?«

»Allerdings.«

5

ALS DER SKANDAL PUBLIK WURDE, hatten zwei der drei Kinder Backmans den Kontakt zu ihrem Vater bereits abgebrochen. Neal, der Älteste, hatte ihm zweimal pro Monat einen Brief geschrieben, obwohl es ihm während der ersten Zeit der Haftstrafe ziemlich schwer gefallen war.

Neal war fünfundzwanzig Jahre alt und Juniorpartner in der Kanzlei seines Vaters gewesen, als dieser seine Strafe antreten musste. Obwohl er nur wenig über »JAM« und »Neptun« wusste, war er vom FBI schikaniert und schließlich von der Bundesstaatsanwaltschaft angeklagt worden.

Joels überstürzte Entscheidung, sich schuldig zu bekennen, war nicht nur durch den Tod Jacy Hubbards, sondern auch durch die Behandlung seines Sohnes vonseiten der Behörden entscheidend mitbestimmt worden. Die Verfahrensabsprache beinhaltete, dass alle Anklagen gegen Neal fallen gelassen wurden. Als sein Vater für zwanzig Jahre ins Gefängnis wanderte, kündigte Carl Pratt Neal umgehend und ließ ihn von bewaffnetem Sicherheitspersonal aus den Räumen der Kanzlei entfernen. Der Name Backman war ein Fluch, und in Washington war für den Sohn keine Arbeit mehr zu finden. Ein Freund, den er vom Jurastudium kannte, setzte sich bei einem Onkel, einem pensionierten Richter, für Neal ein.

Nach einigen Telefonaten nahm Neal dankbar dessen Angebot an, nach Virginia zu ziehen, wo er in einer Kleinstadt namens Culpeper in eine Kanzlei mit fünf Mitarbeitern eintrat.

Neal sehnte sich nach der Anonymität, dachte darüber nach, seinen Namen zu ändern, und weigerte sich, über seinen Vater zu reden. Er arbeitete im Bereich Eigentumsrecht und setzte Übertragungsurkunden und Testamente auf. Das Leben in der Kleinstadt sagte ihm zu. Schließlich heiratete er eine Frau aus Culpeper, die schnell ein Kind bekam – Joels erstes Enkelkind und das einzige, von dem er ein Foto besaß.

Von der Entlassung seines Vaters erfuhr Neal durch die *Washington Post*. Er führte ein langes Gespräch mit seiner Frau und ein kurzes mit den Kollegen aus der Kanzlei. In Washington mochte die Story ein Erdbeben ausgelöst haben, doch Culpeper blieb von den Erschütterungen verschont. Niemand schien etwas zu wissen oder Interesse zu haben. Er war nicht der Sohn des berüchtigten Lobbyisten, sondern einfach nur Neal Backman, einer von vielen Anwälten in einer Kleinstadt des Südens.

Nach einer Verhandlung nahm ihn ein Richter zur Seite. »Wo verstecken die Ihren alten Herrn?«, fragte er.

»Das ist nicht gerade eines meiner Lieblingsthemen, Euer Ehren«, antwortete Neal respektvoll, und damit war das Gespräch beendet.

In Culpeper schien sich nichts geändert zu haben. Neal ging seiner Arbeit nach, als hätte man einen Mann begnadigt, von dem er noch nie gehört hatte. Aber er wartete auf einen Anruf; irgendwann würde sein Vater sich melden.

Schließlich ging die Oberschwester sammeln und brachte Kleingeld im Wert von drei Dollar mit. Die Summe war einem zunehmend schlechter gelaunten Patienten zugedacht, den sie immer noch »Major Herzog« nannten und dessen Gesundheitszustand sich zweifellos verschlechterte, weil er Hunger litt. Major Herzog nahm das Geld und marschierte zu einem Automaten im ersten Stock, wo er drei kleine Tüten Fritos-Mais-Chips und zwei Dosen Dr Peppers zog. Innerhalb von ein paar Minuten hatte er alles verputzt, und eine Stunde später saß er mit üblem Durchfall auf der Toilette.

Aber zumindest war er jetzt nicht mehr ganz so hungrig. Und er war auch nicht mit Medikamenten voll gepumpt und sagte Dinge, die er nicht sagen wollte.

Obwohl begnadigt und angeblich ein freier Mann, wurde er auf einem amerikanischen Militärstützpunkt in Gefangenschaft gehalten. In einem Raum, der kaum größer war als seine Zelle im Gefängnis. Das Essen dort war scheußlich gewesen, aber wenigstens hatte er nicht befürchten müssen, dass Betäubungsmittel daruntergemischt waren. Jetzt lebte er von Mais-Chips und Limonade. Die Schwestern waren nur unwesentlich freundlicher als die Gefängniswärter, und die Ärzte hatten – zweifellos auf Anordnung von oben – nichts anderes im Sinn, als ihm dubiose Medikamente verabreichen zu wollen. Irgendwo in der Nähe musste sich eine kleine Folterkammer befinden, wo sie über ihn herfallen wollten, wenn die Wunderwirkung ihrer Substanzen eingesetzt hatte.

Er sehnte sich nach frischer Luft und Sonnenschein, nach üppigen Mahlzeiten und menschlichem Kontakt mit Leuten, die keine Uniform trugen. Und nach zwei sehr langen Tagen ging sein Wunsch in Erfüllung.

Am dritten Tag seines Aufenthalts kam ein junger Mann mit ausdrucksloser Miene in sein Zimmer. »Okay, Backman, dann will ich Ihnen mal erklären, wie's jetzt weitergeht«, sagte er freundlich. »Ich heiße Stennett.«

Er warf einen Aktenhefter neben ein paar zerlesene Illustrierte auf die Decke, die Backman über seine Beine gebreitet hatte. Der öffnete den Hefter. »Marco Lazzeri?«

»Das sind Sie, mein Freund. Sie sind jetzt ein echter Italiener. Das da sind Ihre Geburtsurkunde und der Personalausweis. Prägen Sie sich alle Informationen so schnell wie möglich ein.«

»Und wie? Ich spreche kein Italienisch.«

»Dann lernen Sie's. In drei Stunden werden Sie in eine nahe gelegene Stadt gebracht, wo Ihr neuer bester Freund Sie für ein paar Tage an die Hand nehmen wird.«

»Für ein paar Tage?«

»Vielleicht auch für einen Monat. Hängt davon ab, wie gut Sie sich eingewöhnen.«

Backman ließ den Aktenhefter sinken und starrte Stennett an. »Für wen arbeiten Sie?«

»Wenn ich Ihnen das erzählen würde, müsste ich Sie anschließend töten.«

»Sehr komisch. Für die CIA?«

»Für die USA. Mehr kann ich nicht sagen, und mehr müssen Sie auch nicht wissen.«

Joel blickte auf das Fenster mit dem Stahlrahmen, das durch ein Schloss gesichert war. »Ich habe keinen Pass gesehen«, sagte er.

»Weil Sie keinen brauchen. Sie werden ein sehr ruhiges Leben führen, Marco. Ihre Nachbarn werden glauben, Sie wären gebürtiger Mailänder, aber in Kanada aufgewachsen. So werden sie sich Ihr schlechtes Italienisch erklären. Falls Sie das Bedürfnis verspüren sollten, auf Reisen zu gehen, könnte das sehr gefährlich werden.«

»Gefährlich?«

»Kommen Sie, Marco. Versuchen Sie nicht, mich zum Narren zu halten. Auf dieser Welt laufen ein paar finstere Gestalten herum, die Sie liebend gern finden würden. Wenn Sie unseren Anweisungen folgen, wird es nicht so weit kommen.«

»Ich kenne kein einziges italienisches Wort.«

»Natürlich tun Sie das – Pizza, Spaghetti, Caffè latte, Bravo, *opera*, *mamma mia*. Darauf lässt sich aufbauen. Je schneller und besser Sie die Sprache lernen, desto sicherer sind Sie. Sie werden einen Sprachlehrer bekommen.«

»Ich habe keinen Cent.«

»Ja, ich hab's gehört. Zumindest hat man keinen bei Ihnen gefunden.« Er zog ein paar Geldscheine aus der Tasche und legte sie auf die Akte. »Während Sie eingelocht waren, hat Italien die Lira gegen den Euro eingetauscht. Das ist ein Hunderter in kleinen Scheinen. Ein Euro ist ungefähr einen Dollar wert. In einer Stunde komme ich mit ein paar Klamotten zurück. In der Akte finden Sie eine Liste mit Ihren ersten zweihundert italienischen Wörtern. Ich würde vorschlagen, dass Sie sich an die Arbeit machen.«

Sechzig Minuten später kam Stennett mit einem Hemd, einer Hose, einem Jackett, Schuhen und Socken zurück, alles aus italienischer Produktion. *»Buongiorno«*, sagte er.

»Hallo.«

»Was ist das italienische Wort für ›Auto‹?«

»*Macchina.*«

»Prima, Marco. Es wird Zeit, in die *macchina* zu steigen.«

Hinter dem Steuer des kleinen, unauffälligen Fiat saß ein schweigender Chauffeur. Joel zwängte sich auf die Rückbank, mit der Stofftasche, die seine gesamte Habe enthielt. Stennett nahm auf dem Beifahrersitz Platz. Die Luft war kalt und feucht, und es war Schnee gefallen, wenn auch nur sehr wenig. Als das Tor der Aviano Air Base hinter ihnen lag, hatte Joel Backman zum ersten Mal das Gefühl, wieder in Freiheit zu sein, doch die Freude war durch schlimme Befürchtungen getrübt.

Aufmerksam las er die Verkehrsschilder. Von den Vordersitzen kam kein Wort. Sie fuhren auf der einspurigen S 251, vermutlich in Richtung Süden. Als sie sich Pordenone näherten, wurde der Verkehr dichter.

Joel brach das schwer lastende Schweigen. »Wie viele Einwohner hat Pordenone?«

»Fünfzigtausend«, antwortete Stennett.

»Die Stadt liegt in Norditalien, stimmt's?«

»Im Nordosten.«

»Wie weit ist es bis zu den Alpen?«

Stennett wies mit einer Kopfbewegung nach rechts. »Etwa sechzig Kilometer in der Richtung. An klaren Tagen kann man sie sehen.«

»Können wir irgendwo einen Kaffee trinken?«, fragte Joel.

»Nein, wir sind, äh, nicht befugt, unterwegs anzuhalten.«

Der Fahrer schien völlig taub zu sein.

Sie umkreisten den nördlichen Stadtrand von Pordenone und hatten bald die zweispurige A 28 erreicht, wo es außer den Lastwagenfahrern alle sehr eilig zu haben schienen. Wahrscheinlich waren die Raser auf dem Weg zur Arbeit und spät dran. Kleine Autos schossen an ihnen vorbei, während ihr Chauffeur es bei einhundert Stundenkilometern beließ. Stennett entfaltete ein Exemplar von *La Repubblica* und verdeckte damit die halbe Windschutzscheibe.

Joel war zufrieden, dass er seine Ruhe hatte und die vorbeiziehende Landschaft betrachten konnte. Obwohl es Ende Januar war und die Felder nicht bestellt waren, hatte er den Eindruck, dass die leicht wellige Ebene sehr fruchtbar sein musste. Gelegentlich war auf einem terrassenförmigen Hügel eine alte Villa zu sehen.

Früher hatte er selbst einmal eine angemietet. Vor etwa einem Dutzend Jahren hatte seine zweite Frau mit der Trennung gedroht, falls er nicht mit ihr in Urlaub fahre. Damals hatte Joel achtzig Stunden und mehr pro Woche gearbeitet. Er zog es vor, im Büro zu leben; angesichts dessen, was zu Hause ablief, war es dort deutlich friedlicher. Trotzdem, eine Scheidung wäre zu teuer gekommen, und so erzählte Joel allen, er wolle mit seiner geliebten Frau einen Monat in der Toskana verbringen. Dabei tat er so, als wäre das Ganze seine Idee gewesen – »einen Monat lang Wein und kulinarische Abenteuer im Herzen des Chianti!«

Sie mieteten in der Nähe des mittelalterlichen Städtchens San Gimignano ein ehemaliges Kloster aus dem vierzehnten Jahrhundert, komplett mit Haushälterinnen, Köchen und Chauffeur. Doch am vierten Tag des Abenteuers ging die beunruhigende Nachricht ein, der Zuweisungsausschuss des Senats gedenke, einen bereits zugesagten Betrag für Verteidigungsausgaben einzubehalten, wodurch einer von Joels Mandanten aus der Rüstungsindustrie zwei Milliarden Dollar verloren hätte. Er flog in einem gecharterten Jet nach Hause und machte sich daran, die Dinge mit dem Senat zu regeln. Seine zweite Frau blieb in Italien, wo sie, wie er später erfahren sollte, ein Verhältnis mit dem jungen Chauffeur begann. Während der nächsten Woche rief er jeden Tag an und versprach, für den Rest des Urlaubs zurückzukehren, aber nach der zweiten Woche ließ sie sich am Telefon verleugnen.

Joel sorgte dafür, dass der Senat seine Pläne rückgängig machte.

Einen Monat später reichte seine Frau die Scheidung ein. Eine harte Auseinandersetzung begann, die ihn letztlich über drei Millionen Dollar kostete.

Und sie war ihm noch die liebste seiner drei Ehefrauen gewesen. Die erste, die Mutter von zweien seiner Kinder, war seit der Scheidung von ihm zwei weitere Ehen eingegangen. Ihr gegenwärtiger Mann hatte mit dem Verkauf flüssiger Düngemittel in der Dritten Welt ein Vermögen gemacht. Sie hatte Joel ins Gefängnis geschrieben. Es war ein grausamer, kurzer Brief gewesen, in dem sie das amerikanische Justizsystem pries, weil es endlich einen der größten Gauner zur Strecke gebracht habe.

Er konnte es ihr nicht verübeln. Sie hatte ihre Koffer gepackt, nachdem sie ihn mit einer Sekretärin erwischt hatte, dem blonden Sexpüppchen, das seine zweite Frau werden sollte.

Ehefrau Nummer drei hatte ihn unmittelbar nach der Anklage verlassen.

Was für ein erbärmliches Leben. Was war übrig geblieben von zweiundfünfzig Jahren und einer Karriere, in denen er Mandanten geprellt, Sekretärinnen nachgestellt und schleimigen Politikern die Daumenschrauben angesetzt hatte? Von einer Zeit, in der er sieben Tage pro Woche gearbeitet, seine psychisch überraschend stabilen Kinder ignoriert und rastlos an seinem Ego und Image gebastelt hatte, um Geld, Geld und noch mehr Geld zu verdienen? Was war die Belohnung, wenn man rastlos dem großen amerikanischen Traum hinterherjagte?

Sechs Jahre Gefängnis. Ein falscher Name, weil der alte zu gefährlich geworden war. Und ungefähr einhundert Dollar in bar.

Marco? Konnte man sich wirklich daran gewöhnen, jeden Morgen in den Spiegel zu schauen und *»Buongiorno, Marco«* zu sagen?

Trotzdem, es war besser, mit der Vergangenheit zu brechen.

Stennett kämpfte eher mit der Zeitung, als dass er sie las. Er knickte und faltete sie mit lautem Geraschel; ab und zu blickte ihn der Fahrer genervt an.

Auf einem Verkehrsschild stand, dass Venedig sechzig Kilometer südlich lag, und Joel beschloss, das Schweigen zu brechen. »Ich würde gern in Venedig leben, wenn das Weiße Haus nichts dagegen hat.«

Der Fahrer zuckte zusammen, und Stennett ließ entgeistert die Zeitung sinken. Für einen Augenblick herrschte angespanntes Schweigen. Stennett stöhnte und zuckte die Achseln. »Unmöglich, tut mir Leid.«

»Ich muss pinkeln«, sagte Joel. »Sind wir befugt, deswegen anzuhalten?«

Sie hielten an einer modernen Autobahnraststätte nördlich von Conegliano. Stennett spendierte einen Espresso, und Joel setzte sich mit seiner Tasse hinter das große Frontfenster, von wo aus er die vorbeifahrenden Autos beobachtete und einem streitenden jungen Paar zuhörte. Von den zweihundert Wörtern, die er sich eingeprägt hatte, hörte er nicht eines. Das Erlernen der italienischen Sprache erschien ihm als unlösbare Aufgabe.

Neben ihm tauchte Stennett auf, der ebenfalls den Autos nachblickte. »Waren Sie schon mal in Italien?«, fragte er.

»Einmal für einen Monat in der Toskana.«

»Wirklich? Einen ganzen Monat? Muss schön gewesen sein.«

»Eigentlich war ich nur vier Tage da, aber meine Frau ist einen Monat geblieben und hat ein paar neue Freunde gewonnen. Was ist mit Ihnen? Leben Sie hier irgendwo?«

»Mal hier, mal dort«, antwortete Stennett ausweichend und mit ausdrucksloser Miene. Er trank einen Schluck aus der kleinen Espressotasse. »Conegliano ist für seinen Prosecco bekannt.«

»Italiens Antwort auf den Champagner.«

»Sie sagen es. Trinken Sie gern Alkohol?«

»Hab sechs Jahre lang keinen Tropfen angerührt.«

»Wird im Gefängnis kein Alkohol ausgeschenkt?«

»Nein.«

»Und jetzt?«

»Ich werde mich langsam wieder daran gewöhnen. War mal eine schlechte Angewohnheit.«

»Wir sollten besser weiterfahren.«

»Wie weit ist es noch?«

»Nicht weit.«

Stennett ging zur Tür, aber Joel hielt ihn zurück. »Ich

habe Hunger. Kann ich ein Sandwich für unterwegs mitnehmen?«

Stennett blickte auf ein Regal mit fertig zubereiteten Panini. »Natürlich.«

»Auch zwei?«

»Kein Problem.«

Die A 27 führte in südlicher Richtung nach Treviso, und als klar wurde, dass sie die Stadt nicht umfahren würden, vermutete Joel, dass sie bald am Ziel waren. Der Fahrer bremste, nahm eine Ausfahrt und bog noch einmal ab. Dann fuhren sie durch die holprigen, engen Straßen der Stadt.

»Wie viele Einwohner hat Treviso?«, fragte Joel.

»Fünfundachtzigtausend.«

»Was wissen Sie sonst noch über die Stadt?«

»Treviso ist wohlhabend und hat sich während der letzten fünfhundert Jahre nicht sehr verändert. Es war früher ein standhafter Verbündeter Venedigs, als sich die Städte hier gegenseitig bekämpften. Im Zweiten Weltkrieg haben wir die Stadt mit einem Bombenhagel überzogen. Ein hübsches Plätzchen, nicht so viele Touristen.«

Wie geschaffen, um sich zu verstecken, dachte Joel. »Ist hier für mich Endstation?«

»Könnte sein.«

Ein hoher Glockenturm wies allen Autos den Weg in die Innenstadt, wo sie sich im Schneckentempo um die Piazza dei Signori herumbewegten. Vespas und Mopeds, deren Fahrer offenbar keine Angst kannten, schlängelten sich zwischen den Autos hindurch. Joel betrachtete die pittoresken Geschäfte – die Tabaccheria, die Apotheke mit dem grünen Neonkreuz, den Metzgerladen mit den vielen im Fenster hängenden Schinken und natürlich die kleinen Straßencafés. An allen Tischen saßen Menschen, die zufrieden schienen, stundenlang Espresso trinken, Zeitung lesen und plaudern zu können. Es war fast elf Uhr. Wovon lebten diese Leute, wenn sie schon eine Stunde vor dem Mittagessen im Café saßen?

Wird interessant werden, es herauszufinden, dachte er.

Der namenlose Fahrer manövrierte den Wagen in eine Parklücke. Stennett zog ein Mobiltelefon aus der Tasche, wählte eine Nummer, wartete und unterhielt sich dann auf Italienisch. Als er fertig war, zeigte er durch die Windschutzscheibe. »Sehen Sie das Café da drüben, das mit der rot-weiß gestreiften Markise? Das Caffè Donati?«

Joel beugte sich etwas vor. »Ja.«

»Gehen Sie an der Bar vorbei in den hinteren Raum, und nehmen Sie an einem der acht Tische Platz. Dann bestellen Sie einen Kaffee und warten.«

»Worauf?«

»Nach ungefähr zehn Minuten wird ein Mann zu Ihnen kommen, und Sie werden tun, was er sagt.«

»Und wenn nicht?«

»Keine Extratouren, Mr Backman. Wir lassen Sie nicht aus den Augen.«

»Wer ist der Mann?«

»Ihr neuer bester Freund. Halten Sie sich an ihn, dann werden Sie wahrscheinlich weiterleben. Wenn Sie Dummheiten machen, werden Sie den nächsten Monat nicht überstehen.« Stennett sprach mit einer gewissen Selbstgefälligkeit, als könnte es ihm durchaus gefallen, selbst derjenige zu sein, der den armen Marco erledigte.

»Dann heißt es für uns also *adiós*?«

»Nicht *adiós*, Marco, sondern *arrivederci*. Haben Sie den Papierkram?«

»Ja.«

»Also dann, *arrivederci.*«

Joel stieg langsam aus dem Wagen und ging los. Er musste dagegen ankämpfen, sich durch einen Blick über die Schulter zu vergewissern, dass Stennett noch da war und ihn vor dem Unbekannten schützte. Aber er schaute sich nicht um. Stattdessen versuchte er, so unauffällig wie möglich die Straße hinabzuschlendern, mit seiner Stofftasche über der Schulter, der einzigen Stofftasche, die es in der Innenstadt von Treviso zu geben schien.

Natürlich war Stennett noch da, aber wer beobachtete ihn außerdem? Bestimmt sein neuer bester Freund, der sich vielleicht irgendwo hinter einer Zeitung verbarg und Stennett und dem Rest der Bande Zeichen gab. Einen Augenblick lang blieb Joel vor der Tabaccheria stehen, um die Schlagzeilen der Zeitungen zu studieren, doch er verstand kein einziges Wort. Eigentlich war er nur stehen geblieben, weil er jetzt überall stehen bleiben konnte, weil er ein freier Mann war, der tun und lassen konnte, was er wollte.

Im Caffè Donati begrüßte ihn ein junger Mann, der gerade die Theke abwischte, mit einem sanften »*Buongiorno*«.

»*Buongiorno*«, brachte Joel mühsam hervor – sein erstes an einen echten Italiener gerichtetes italienisches Wort. Um jedem weiteren Gesprächsversuch auszuweichen, ging er schnell an der Bar und einer Wendeltreppe vorbei, wo ein Schild auf einen im ersten Stock liegenden Raum hinwies. Dann passierte er ein Büfett mit köstlich aussehendem Gebäck. Das Hinterzimmer war dunkel und eng und mit Zigarettenrauch geschwängert. Er nahm an einem der beiden freien Tische Platz und ignorierte die anderen Gäste, schon jetzt in Angst vor der Kellnerin, vor der Bestellung, vor einer frühzeitigen Enttarnung. Mit gesenktem Kopf saß er da und studierte seine neuen Ausweispapiere.

»*Buongiorno*«, sagte eine junge Kellnerin, die links neben ihm aufgetaucht war.

»*Buongiorno*«, brachte Joel zum zweiten Mal mühsam hervor. »*Espresso*«, sagte er dann sofort, um sich nicht über die Gerichte auf der Speisekarte informieren lassen zu müssen. Die Kellnerin lächelte und sagte etwas Unverständliches, worauf er schnell mit einem »*No*« reagierte.

Es funktionierte – die Kellnerin verschwand, und Joel hatte einen großen Sieg errungen. Niemand starrte ihn wie einen dummen Touristen an. Als der Espresso kam, bedankte er sich sehr leise mit einem »*Grazie*«, und die Kellnerin belohnte ihn mit einem Lächeln. Er trank langsam, weil er nicht in die Verlegenheit kommen wollte, bald eine zweite Tasse bestellen zu müssen.

Um ihn herum wurde ohne Unterlass in einem irrwitzigen Tempo geredet. Wirkten englischsprachige Unterhaltungen auf Italiener genauso? Wahrscheinlich. Es erschien ihm völlig unmöglich, die Sprache so gut zu erlernen, dass er Gespräche wie diese verstehen konnte. Er schaute auf die dürftige Liste mit den zweihundert Wörtern und versuchte ein paar Minuten lang verzweifelt, auch nur eines davon aufzuschnappen.

Die Kellnerin kam vorbei und stellte offenbar eine Frage. Joel antwortete mit dem üblichen »*No*«, und auch diesmal klappte es.

Er trank also einen Espresso im Caffè Donati an der Via Verde nahe der Piazza dei Signori in der Innenstadt des in Venetien gelegenen Treviso, während seine alten Mithäftlinge noch immer in der Rudley Federal Correctional Facility in Schutzhaft saßen – bei lausigem Essen und wässrigem Kaffee, von sadistischen Wärtern und lachhaften Vorschriften schikaniert. Sie würden noch jahrelang von der Freiheit träumen müssen.

Im Gegensatz zu früheren Befürchtungen würde Joel Backman nicht körperlich und geistig dahinsiechen und hinter Gittern seinen letzten Atemzug tun. Er hatte es seinen Folterknechten nicht gegönnt, ihn noch vierzehn Jahre zu quälen, und jetzt saß er unbehelligt in einem pittoresken Café, nur eine Autostunde von Venedig entfernt.

Warum musste er an das Gefängnis denken? Weil es unmöglich ist, sechs Jahre einfach hinter sich zu lassen. Irgendetwas von der Vergangenheit trägt man immer mit sich herum, so unangenehm sie auch gewesen sein mag. Gerade die entsetzliche Zeit hinter Gittern ließ ihm die unverhoffte Freiheit so beglückend erscheinen. Er würde Zeit brauchen, versprach sich aber, sich ganz auf die Gegenwart zu konzentrieren und nicht an die Zukunft zu denken.

Lausch einfach den Geräuschen um dich herum, sagte er sich, dem Geplauder und Lachen der Gäste, den geflüsterten Worten des Mannes mit dem Mobiltelefon, den Bestellungen, die die Kellnerin an die Küche durch gibt. Konzentrier dich auf den Duft des Zigarettentabaks, des starken Kaffees, des frischen Gebäcks. Genieß die Wärme dieses uralten Cafés, in dem sich die Einwohner von Treviso schon seit Jahrhunderten treffen.

Warum genau bist du hier?, fragte er sich zum hundertsten Mal. Warum haben sie dich sofort nach der Entlassung außer Landes geschafft? Warum diese perfekt organisierte Reise nach Italien? Warum hatte man ihm nicht einfach die Entlassungspapiere ausgehändigt und ihn – nach der Verabschiedung von seinen Mithäftlingen – sein Leben leben lassen, wie man es bei allen anderen begnadigten Kriminellen tat?

Er hatte eine Ahnung, vielmehr eine ziemlich präzise Vermutung.

Sie ängstigte ihn.

Da tauchte wie aus dem Nichts Luigi auf.

6

Auch Luigi bestellte einen Espresso. Er war Anfang dreißig, hatte traurige dunkle Augen und etwas länger geschnittenes dunkles Haar, das ihm halb über die Ohren reichte. Rasiert hatte er sich seit mindestens vier Tagen nicht. Er trug eine schwere Jacke, die ihn – in Verbindung mit dem Stoppelbart – auf sympathische Weise wie einen Landbewohner wirken ließ. Er lachte viel. Joel fielen sein ebenmäßiges Gebiss und die gepflegten Hände und Fingernägel auf. Die Bauernjacke und die Bartstoppeln waren Teil seiner Rolle. Wahrscheinlich hatte er in Harvard studiert.

Der Akzent seines perfekten Englisch war gerade so stark ausgeprägt, um noch jeden davon zu überzeugen, dass er in Wirklichkeit Italiener war. Er behauptete, in Mailand geboren und Sohn eines Diplomaten zu sein, der mit seiner amerikanischen Frau und zwei Kindern im Dienste seines Landes um die Welt gereist sei. Da Joel vermutete, dass Luigi bestens über ihn Bescheid wusste, versuchte er seinerseits, mehr über seinen neuen Aufpasser herauszufinden.

Viel kam nicht dabei heraus. Unverheiratet. Studium in Bologna. Universität in den Vereinigten Staaten – tief im Mittleren Westen. Berufliche Tätigkeit? Für die Regierung. Welche Regierung? Ließ sich nicht sagen. Sein sympathisches Lächeln sollte unliebsame Fragen abblocken.

Joel war klar, dass er es mit einem echten Profi zu tun hatte. »Vermutlich wissen Sie das eine oder andere über mich«, sagte er.

Wieder dieses Lächeln, die perfekten Zähne. Wenn Luigi lächelte, waren die traurigen Augen fast geschlossen. Die Frauen mussten verrückt nach ihm sein. »Ich habe die Akte gelesen.«

»Meine Akte? Dafür wäre dieser Raum nicht groß genug.«

»Ich habe sie gelesen.«

»Also gut. Wie lange hat Jacy Hubbard im Senat der Vereinigten Staaten gesessen?«

»Zu lange, wenn Sie mich fragen. Hören Sie, Marco, wir werden jetzt nicht die Vergangenheit wieder auferstehen lassen. Dafür haben wir im Augenblick viel zu viel zu erledigen.«

»Kann ich mir nicht einen anderen Namen aussuchen? Marco versetzt mich nicht gerade in Begeisterung.«

»Ich habe ihn nicht gewählt.«

»Wer dann?«

»Keine Ahnung. Auf jeden Fall nicht ich. Sie stellen eine Menge sinnlose Fragen.«

»Eine alte Angewohnheit. Ich war fünfundzwanzig Jahre Rechtsanwalt.«

Luigi leerte seine Espressotasse, legte einige Münzen auf den Tisch und stand auf. »Lassen Sie uns einen Spaziergang machen«, sagte er. Joel griff nach seiner Stofftasche und folgte ihm zum Ausgang. Draußen gingen sie eine Seitenstraße hinab, wo nur wenige Autos fuhren. Schon nach ein paar Schritten blieb Luigi vor einem Haus mit der Bezeichnung *Albergo Campeol* stehen. »Das ist Ihre erste Unterkunft«, sagte er.

Joel studierte das dreistöckige Gebäude mit den Stuckverzierungen und den farbenfrohen Fähnchen über dem Säulenvorbau.

»Ein nettes, kleines Hotel – *albergo* heißt ›Hotel‹. Wenn Sie wollen, können Sie auch *hotel* sagen, aber in den kleineren Städten bevorzugt man *albergo*.«

»Klingt, als wäre Italienisch eine einfache Sprache.« Da dies offenbar sein neues Wohnviertel war, blickte Joel zu beiden Seiten die schmale Straße hinab.

»Einfacher als Englisch.«

»Das werde ich dann sehen. Wie viele Sprachen beherrschen Sie?«

»Fünf oder sechs.«

Sie traten ein und gingen durch die kleine Halle. Luigi bedachte den offenbar eingeweihten Rezeptionisten mit einem Nicken. Joel brachte ein passables »*Buongiorno*« zustande, blieb aber nicht stehen, um keine längere Antwort zu provozieren. Sie stiegen drei Treppen hoch und gingen bis zum Ende des schmalen Flurs, wo Luigi einen Schlüssel zückte. Nummer 30 war ein einfach, aber ansprechend möbliertes Zimmer mit Fenstern nach drei Seiten und Blick auf einen Kanal.

»Das schönste Zimmer im ganzen Hotel«, bemerkte Luigi. »Nichts Extravagantes, aber angemessen.«

»Sie hätten meine letzte Unterkunft sehen sollen.« Joel warf die Stofftasche auf das Bett und begann, die Vorhänge aufzuziehen.

Luigi öffnete die Tür des kleinen Schranks. »Sehen Sie her. Sie besitzen jetzt vier Hemden, vier Hosen, zwei Jacketts und zwei Paar Schuhe, alles in der richtigen Größe. Dazu kommt ein dicker Wollmantel – in Treviso kann's ziemlich kalt werden.«

Joel inspizierte seine neue Garderobe. Die dezenten Kleidungsstücke, alle in gedämpften Farben, waren aufgebügelt und hingen fein säuberlich nebeneinander. Jedes Hemd ließ sich mit jeder Hose und mit den beiden Jacketts kombinieren. Er zuckte die Achseln und bedankte sich.

»In der Kommode da drüben finden Sie einen Gürtel, Socken, Unterwäsche und was Sie sonst noch brauchen. Die Toilettenartikel sind im Bad.«

»Was soll ich dazu sagen?«

»Und hier auf dem Schreibtisch liegen zwei Brillen.« Luigi nahm eine und hielt sie gegen das Licht. Die Fassung der kleinen rechteckigen Gläser war schwarz, und das ganze Gestell wirkte sehr europäisch. »Armani«, bemerkte er mit einem Anflug von Stolz.

»Eine Lesebrille?«

»Ja und nein. Ich würde vorschlagen, dass Sie sie außerhalb dieses Zimmers ständig tragen. Die Brille gehört zu Ihrer Tarnung. Zu Ihrem neuen Ich.«

»Sie hätten mein altes kennen lernen sollen.«

»Lieber nicht. In Italien sind Äußerlichkeiten sehr wichtig, besonders hier oben im Norden. Ihre Kleidung, Ihre Brille, Ihre Frisur – alles muss gut aufeinander abgestimmt sein. Ansonsten würden Sie auffallen.«

Für einen Augenblick fühlte sich Joel befangen, doch dann dachte er: Was soll's? Nach den glorreichen Tagen, als maßgeschneiderte Anzüge für dreitausend Dollar an der Tagesordnung gewesen waren, hatte er länger, als ihm lieb war, Häftlingskleidung tragen müssen.

Luigis Vortrag war noch nicht zu Ende. »Keine Shorts, keine schwarzen Socken zu weißen Turnschuhen, keine Polyesterhosen, keine Polohemden. Und werden Sie bloß nicht fett.«

»Was heißt ›Sie können mich mal‹ auf Italienisch?«

»Dazu kommen wir später. Bräuche und Umgangsformen sind wichtig und leicht zu erlernen. Sie werden Gefallen daran finden. Bestellen Sie beispielsweise niemals nach halb elf Uhr am Vormittag einen Cappuccino. Dagegen kann ein Espresso den ganzen Tag über getrunken werden. Wussten Sie das?«

»Nein.«

»Nur Touristen verlangen nach dem Mittag- oder Abendessen einen Cappuccino. Abscheulich. Die ganze Milch auf einen vollen Magen.« Einen Augenblick lang wirkte Luigi, als müsste er sich gleich übergeben.

Joel hob die rechte Hand. »Ich schwöre, dass ich es nie tun werde.«

Luigi zeigte auf einen kleinen Schreibtisch mit zwei Stühlen. »Nehmen Sie Platz.« Sie machten es sich bequem. »Zunächst noch ein Wort zu diesem Zimmer«, fuhr er fort. »Es ist auf meinen Namen gemietet. Die Hotelangestellten halten Sie für einen kanadischen Geschäftsmann, der nur zwei Wochen bleiben wird.«

»Zwei Wochen?«

»Genau, dann werden Sie umziehen.« Luigi sprach möglichst düster, ganz so, als wären schon jetzt Auftragskiller in Treviso, die es auf Joel Backman abgesehen hatten. »Von diesem Augenblick an werden Sie eine Spur hinterlassen. Denken Sie immer daran – was Sie auch tun und mit wem Sie auch Kontakt haben, all das gehört zu dieser Spur. Das Geheimnis des Überlebens besteht darin, so wenig Spuren wie möglich zu hinterlassen. Reden Sie möglichst selten mit anderen Leuten. Das gilt auch für den Rezeptionisten und das Zimmermädchen. Hotelangestellte beobachten die Gäste und haben ein gutes

Gedächtnis. Vielleicht kommt in sechs Monaten jemand in dieses Hotel spaziert und stellt Fragen über Sie. Möglicherweise hat er ein Foto dabei, eventuell versucht er es mit Bestechung. Und dann könnte sich der Rezeptionist plötzlich an Sie erinnern. Auch daran, dass Sie praktisch kein Wort Italienisch sprechen.«

»Eine Frage.«

»Ich habe nur sehr wenige Antworten zu bieten.«

»Warum Italien, ein Land, dessen Sprache ich nicht beherrsche? Warum nicht England oder Australien, wo ich mich unauffälliger einleben könnte?«

»Diese Entscheidung habe nicht ich gefällt, Marco.«

»Ja, hatte ich mir schon gedacht.«

»Warum fragen Sie dann?«

»Ich weiß nicht. Kann ich eine Versetzung beantragen?«

»Die nächste sinnlose Frage.«

»Ein *Witz*, keine Frage.«

»Können wir jetzt weitermachen?«

»Ja.«

»Während der ersten paar Tage werde ich Sie zum Mittag- und zum Abendessen begleiten, und wir werden immer woanders einkehren. Treviso ist eine hübsche Stadt mit sehr vielen Lokalen, und wir werden sie alle ausprobieren. Sie müssen an den Tag denken, an dem ich nicht mehr da sein werde. Seien Sie vorsichtig, mit wem Sie reden.«

»Ich habe noch eine Frage.«

»Bitte, Marco.«

»Es geht ums Geld. Ich habe absolut kein Interesse daran, irgendwann ohne Bares dazustehen. Wollen Sie und Ihre Leute mir eine Leibrente aussetzen? Ich könnte Ihren Wagen waschen und andere Aufgaben übernehmen.«

»Was ist eine Leibrente?«

»Eine lebenslängliche Rente.«

»Machen Sie sich um Geld keine Gedanken. Fürs Erste übernehme ich die Rechnungen. Sie werden schon nicht verhungern.«

»Okay.«

Luigi zog ein Mobiltelefon aus der Jackentasche. »Für Sie.«

»Und wen soll ich anrufen?«

»Mich, falls Sie etwas brauchen. Meine Nummer steht auf der Rückseite.«

Joel nahm das Telefon und legte es auf den Schreibtisch. »Mein Magen knurrt. Ich habe von einem opulenten Mittagessen mit Wein und Dessert geträumt, den abschließenden Espresso nicht zu vergessen. Natürlich würde ich um diese Uhrzeit nie einen Cappuccino bestellen. Anschließend folgt vielleicht die obligatorische Siesta. Mittlerweile bin ich seit vier Tagen in Italien und habe nichts als Mais Chips und Sandwiches gegessen. Also, was meinen Sie?«

Luigi blickte auf die Uhr. »Ich weiß schon, wo wir hingehen werden, aber zuerst haben wir noch einiges zu bereden. Sie sprechen überhaupt kein Italienisch, stimmt's?«

Joel rollte die Augen und stöhnte. Dann versuchte er zu lächeln. »Nein. Ich hatte nie die Gelegenheit, Italienisch, Französisch, Deutsch oder sonst eine Fremdsprache zu lernen. Ich bin Amerikaner, verstehen Sie, Luigi? Mein Land ist größer als ganz Europa, da kommt man mit Englisch aus.«

»Sie sind Kanadier, schon vergessen?«

»Meinetwegen, aber auch wir Kanadier sind isoliert. Da drüben gibt's nur uns und die Amerikaner.«

»Meine Aufgabe ist es, für Ihre Sicherheit zu sorgen.«

»Vielen Dank.«

»Und deshalb müssen Sie so schnell wie möglich Italienisch lernen.«

»Verstehe.«

»Sie werden einen Lehrer bekommen, einen jungen Studenten namens Ermanno. Mit ihm werden Sie morgens und nachmittags büffeln. Das wird kein Vergnügen.«

»Für wie lange?«

»So lange wie nötig. Hängt ganz von Ihnen ab. Wenn Sie hart arbeiten, werden Sie in drei oder vier Monaten auf eigenen Beinen stehen.«

»Wie lange haben Sie gebraucht, um Englisch zu lernen?«

»Meine Mutter ist Amerikanerin. Zu Hause haben wir Englisch gesprochen, sonst überall Italienisch.«

»Sie weichen aus. Welche Sprachen sprechen Sie sonst noch?«

»Spanisch, Französisch und noch einige andere. Ermanno ist ein hervorragender Lehrer und wohnt gleich um die Ecke.«

»Wir arbeiten bei ihm, nicht hier im Hotel?«

»Genau. Sie müssen immer vorsichtig sein. Was würde der Rezeptionist oder das Zimmermädchen denken, wenn Sie jeden Tag vier Stunden mit einem jungen Mann auf Ihrem Zimmer verbrächten?«

»Gott behüte.«

»Das Zimmermädchen würde an der Tür lauschen,

Ihre und Ermannos Sprachübungen hören und mit ihren Kollegen tuscheln. Ein oder zwei Tage später wüsste das gesamte Hotelpersonal, dass der kanadische Geschäftsmann vier Stunden am Tag Italienisch lernt.«

»Ich hab's verstanden. Jetzt sollten wir aber essen gehen.«

Beim Verlassen des Hotels lächelte Joel dem Rezeptionisten, dem Portier und einem weiteren Angestellten zu, sagte aber kein Wort. Nach ein paar Schritten hatten sie die Piazza dei Signori erreicht, den größten, von Arkaden und Cafés gesäumten Platz Trevisos. Es war zwölf Uhr, und viele Menschen machten sich auf den Weg zum Mittagessen. Trotz seines angenehm warmen neuen Wintermantels spürte Joel, dass es kälter wurde. Er gab sich alle Mühe, wie ein Italiener zu wirken.

»Drinnen oder draußen?«, fragte Luigi.

»Drinnen«, antwortete Joel. Sie betraten das direkt an der Piazza gelegene Caffè Beltrame, das durch einen großen Kachelofen in der Nähe des Eingangs geheizt wurde. Aus der hinten gelegenen Küche drangen wohlriechende Düfte in das Lokal. Luigi sprach mit dem Oberkellner, wobei beide gleichzeitig aufeinander einredeten und schließlich lachten. Sie bekamen einen Tisch an der vorderen Fensterfront.

»Wir haben Glück«, sagte Luigi, nachdem sie die Mäntel abgelegt und Platz genommen hatten. »Heute gibt es *Faraona con polenta.*«

»Was soll das sein?«

»Perlhuhn mit Maisbrei.«

»Was gibt es sonst noch?«

Luigi studierte eine der an einem Balken hängenden Tafeln. »*Panzerotti di funghi al burro* – Teigtaschen mit in Butter gebratenen Champignons. *Conchiglie con cavalfiori* – mit Blumenkohl gefüllte Teigmuscheln. *Spiedino di carne mista alla griglia* – Spieße mit verschiedenen Fleischsorten vom Grill.«

»Ich bestelle alles.«

»Der Hauswein ist ziemlich gut.«

»Für mich bitte Rotwein.«

Innerhalb von ein paar Minuten war das Lokal mit Einheimischen überfüllt, die sich alle zu kennen schienen. Ein fröhlicher kleiner Mann mit einer fleckigen weißen Schürze tauchte an ihrem Tisch auf, warf einen kurzen Blick auf Joel und hörte sich dann Luigis lange Liste von Bestellungen an, ohne auch nur ein Wort aufzuschreiben. Der Kellner brachte eine Karaffe Wein, eine Schale mit warmem Olivenöl und eine Platte mit Focaccia. Joel begann zu essen, während Luigi über die komplizierten Geheimnisse der Bräuche, Umgangsformen und Tischsitten dozierte – und über die Fehler der Touristen, die als echte Italiener durchgehen wollten.

Von Luigi konnte man eine Menge lernen.

Obwohl Joel nur vorsichtig an seinem ersten Glas Wein nippte, stieg ihm der Alkohol sofort in den Kopf, und er spürte eine wundervolle Wärme und leichte Benommenheit. Er war frei, etliche Jahre früher als erwartet, und saß bei einem guten Glas Wein in einem hübschen, nach hervorragendem Essen duftenden Restaurant in einer italienischen Stadt, von der er zuvor noch nie gehört hatte. Zunächst lauschte er Luigis Erklärungen lächelnd, doch irgendwann schweiften seine Gedanken in eine andere Welt ab.

Ermanno behauptete, dreiundzwanzig Jahre alt zu sein, wirkte aber eher wie sechzehn. Er war groß und mitleiderregend dünn, und mit seinen blonden Haaren und den haselnussbraunen Augen sah er eher wie ein Deutscher aus als wie ein Italiener. Er war sehr schüchtern und ziemlich nervös, und Joels erster Eindruck war alles andere als positiv.

Sie waren in Ermannos Wohnung, die sich im zweiten Stock eines heruntergekommenen Hauses befand, ein paar Straßen von Joels *albergo* entfernt. Es gab drei kleine, spärlich möblierte Räume – Küche, Schlafzimmer, Wohnzimmer –, aber da Ermanno Student war, musste einen das nicht überraschen. Trotzdem wirkte die Wohnung, als wäre er gerade erst eingezogen und könnte jeden Augenblick wieder ausziehen.

Sie saßen um einen kleinen Schreibtisch, der in der Mitte eines kalten, dämmrigen Wohnzimmers ohne Fernseher stand. Joel konnte sich nicht helfen, aber er fühlte sich an einen unterirdischen Tunnel erinnert, in dem Flüchtlinge lebten oder wo sie durchgeschleust wurden. Nach dem zweistündigen Essen war ihm angenehm warm gewesen, doch damit war es allmählich vorbei.

Ermannos Nervosität machte die Situation nicht angenehmer.

Da sein neuer Sprachlehrer sich als unfähig erwies, die Initiative zu übernehmen, tat Luigi es. Er schlug vor, dass sie vormittags von neun bis elf lernten, dann eine zweistündige Pause einlegten und sich gegen halb zwei erneut trafen, um so lange zu arbeiten, bis die Konzentration nachließ. Ermanno schien einverstanden zu sein, und Joel dachte daran, eine nahe liegende Frage zu stellen: Wenn mein neuer Lehrer Student ist, warum hat er dann

Zeit, den ganzen Tag Sprachunterricht zu geben? Aber er ließ die Sache auf sich beruhen – er konnte später noch versuchen, es herauszufinden.

Allmählich gab es schon einen kleinen Berg von Fragen.

Ermanno schien sich entspannt zu haben und erklärte, wie er sich den Unterricht vorstellte. Wenn er langsam sprach, war sein Akzent nicht weiter störend, redete er dagegen schnell, wie es seinem Temperament entsprach, klang sein Englisch dem Italienischen zum Verwechseln ähnlich. Einmal musste Luigi einschreiten: »Es ist wichtig, dass Sie langsam sprechen, Ermanno, zumindest während der ersten paar Tage.«

»Besten Dank«, bemerkte Joel sarkastisch.

Ermanno errötete und entschuldigte sich schüchtern.

Dann reichte er Joel ein Lehrbuch, einen kleinen Kassettenrekorder und zwei Kassetten. »Die Kassetten orientieren sich am Lehrbuch«, sagte er demonstrativ langsam. »Heute Abend sollten Sie sich die erste Lektion ansehen und sich die dazugehörenden Stellen ein paarmal anhören. Morgen werden wir damit beginnen.«

Obwohl es überflüssig war, glaubte Luigi offenbar, noch etwas Druck machen zu müssen. »Das wird harte Arbeit.«

»Wo haben Sie Englisch gelernt?«, fragte Joel Ermanno.

»An der Universität, in Bologna.«

»Dann haben Sie nicht in Amerika studiert?«

»Doch.« Er warf einen schnellen Seitenblick auf Luigi, ganz so, als würde er lieber nicht über die Vereinigten Staaten reden. Im Gegensatz zu Luigi konnte man bei Ermanno leicht erraten, was er dachte. Er war offensichtlich kein Profi.

»Wo?«, hakte Joel nach.

»In Furman«, antwortete Ermanno. »Das ist ein kleines College in South Carolina.«

»Wann waren Sie dort?«

Luigi räusperte sich und kam Ermanno zur Hilfe. »Für diese Art von Smalltalk bleibt später noch genug Zeit. Es ist wichtig, die englische Sprache zu vergessen, Marco. Vom heutigen Tag an leben Sie in einer anderen Welt. Für jeden Gegenstand, den Sie sehen, gibt es ein italienisches Wort. Jeder Gedanke muss übersetzt werden. In einer Woche werden Sie im Restaurant selber Ihre Bestellung aufgeben, in vierzehn Tagen auf Italienisch träumen. Es gibt kein Zurück mehr – Sie müssen ganz und gar in die neue Sprache und Kultur eintauchen.«

»Können wir nicht um acht Uhr morgens anfangen?«, fragte Joel.

Ermanno zuckte zusammen. »Sagen wir lieber um halb neun.«

»Gut, dann bin ich um halb neun hier.«

Joel und Luigi verließen die Wohnung und schlenderten Richtung Piazza dei Signori. Am frühen Nachmittag herrschte hier deutlich weniger Verkehr, und die Bürgersteige waren fast verwaist. Luigi blieb vor der Trattoria del Monte stehen und wies mit einer Kopfbewegung auf den Eingang. »Wir treffen uns hier um acht zum Abendessen, einverstanden?«

»Okay.«

»Finden Sie Ihr Hotel?«

»Ja.«

»Haben Sie einen Stadtplan?«

»Ja.«

»Gut. Dann sind Sie jetzt auf sich allein gestellt.«

Damit verschwand Luigi in einer Seitengasse. Joel blickte ihm einen Augenblick nach und ging dann weiter in Richtung Piazza dei Signori.

Er fühlte sich sehr allein. Vier Tage nach seiner Entlassung aus dem Gefängnis war er zum ersten Mal ohne Begleiter unterwegs. Vielleicht wurde er nicht einmal beobachtet, aber er bezweifelte es. Er beschloss spontan, nach Lust und Laune durch die Stadt zu spazieren und so zu tun, als würde er nicht observiert. Während er vorgab, die Lederartikel in einem Schaufenster zu betrachten, nahm er sich vor, für den Rest seiner Tage nicht ständig über die Schulter zu blicken.

Sie würden ihn schon nicht finden.

Er schlenderte ziellos umher und fand sich schließlich auf der kleinen Piazza San Vito wieder, an der seit siebenhundert Jahren zwei Kirchen standen, Santa Lucia und San Vito. Im Moment waren beide geschlossen, aber ein antikes Messingschild informierte darüber, dass sie zwischen sechzehn und achtzehn Uhr wieder geöffnet waren.

Zwischen zwölf und vier geschlossen? Kurios.

Die Bars waren nicht geschlossen, aber leer. Schließlich brachte Joel den Mut auf, eine zu betreten. Er setzte sich auf einen Barhocker, hielt den Atem an und stieß das Wort »*Birra*« hervor, als der Barkeeper sich näherte.

Der Mann sagte etwas und wartete auf eine Antwort. Für einen kurzen Augenblick hätte Joel am liebsten das Weite gesucht, doch dann sah er den Zapfhahn und zeigte darauf, als könnte keinerlei Zweifel daran bestehen, was er zu trinken beabsichtigte. Der Barkeeper griff nach einem Glas.

Das erste Bier nach sechs Jahren. Es war kühl und

stark und schmeckte so gut, dass er jeden Schluck genoss. Am Ende der Theke stand ein eingeschalteter Fernseher. Es lief gerade eine Soap, und er lauschte von Zeit zu Zeit, ohne auch nur ein Wort zu verstehen. Er versuchte angestrengt, sich davon zu überzeugen, dass es ihm gelingen würde, diese Sprache zu lernen. Als er sich gerade entschlossen hatte, ins Hotel zurückzukehren, blickte er durch das Fenster.

Stennett ging draußen vorbei.

Joel bestellte ein weiteres Bier.

7

Dan Sandberg, ein altgedienter Journalist der *Washington Post*, hatte die Affäre Backman publizistisch kontinuierlich begleitet. Im Jahr 1998 hatte er über gewisse geheime Papiere berichtet, die ohne Genehmigung das Pentagon verlassen hatten. Die folgende Untersuchung des FBI hielt ihn ein halbes Jahr lang in Atem. In dieser Zeit veröffentlichte er achtzehn Artikel, die meisten auf der Titelseite. Er konnte auf verlässliche Kontaktpersonen von CIA und FBI zurückgreifen, er kannte die Partner von Backman, Pratt & Bolling und war in ihren Büros kein Fremder. Er setzte das Justizministerium unter Druck, um an Informationen heranzukommen, und er saß im Gerichtssaal, als Backman sich schuldig bekannte und abgeführt wurde.

Ein Jahr später hatte er eines von zwei Büchern über den Skandal veröffentlicht. Sandberg verkaufte vierundzwanzigtausend Exemplare im Hardcover, der andere Autor etwa die Hälfte.

Während dieser Zeit hatte Sandberg wichtige Kontakte geknüpft, und speziell einer entwickelte sich wider Erwarten zu einer wertvollen Informationsquelle. Einen Monat vor Jacy Hubbards Tod hatte Carl Pratt, der damals wie die meisten wichtigen Partner der Kanzlei unter Anklage stand, Kontakt zu Sandberg aufgenommen und ein Treffen mit ihm vereinbart. Im weiteren Verlauf der Affäre sahen sie sich über ein Dutzend Mal, und während der folgenden Jahre wurden sie Trinkkumpane, die sich mindestens zweimal im Jahr trafen, um bei einem Glas miteinander zu plaudern.

Drei Tage nach der Nachricht von Backmans Begnadigung rief Sandberg Pratt an und verabredete sich mit ihm in ihrem Lieblingslokal, einer Studentenkneipe in der Nähe der Georgetown-Universität.

Pratt sah fürchterlich aus, ganz so, als hätte er tagelang getrunken. Er bestellte einen Wodka, Sandberg blieb bei Bier.

»Also, wo ist unser Freund?«, fragte Sandberg grinsend.

»Auf jeden Fall nicht mehr im Knast, so viel ist sicher.« Pratt trank einen mörderischen Schluck Wodka und leckte sich anschließend die Lippen.

»Keine Nachricht von ihm?«

»Nein. Er hat sich weder bei mir noch bei jemand anders aus der Kanzlei gemeldet.«

»Wären Sie überrascht, wenn er anrufen oder vorbeikommen würde?«

»Ja und nein. Bei Backman überrascht mich gar nichts.« Ein weiterer Schluck Wodka. »Wenn er sich nie wieder in Washington blicken ließe, wäre ich nicht verwundert. Wenn er morgen hier auftauchen und die Eröffnung einer neuen Kanzlei ankündigen würde, auch nicht.«

»Die Begnadigung hat Sie überrascht.«

»Ja, aber die hat nicht Backman initiiert.«

»Das bezweifle ich.« Sandberg blickte einer vorbeikommenden Studentin nach. Er war zweimal geschieden und ständig auf der Jagd. »Er kann doch nicht mehr als Rechtsanwalt arbeiten, oder?«, fragte er nach einem Schluck Bier. »Ich dachte, die haben seine Lizenz kassiert.«

»Das wäre für Backman kein Hindernis. Er würde es ›Consulting‹ oder ›Lobbyismus‹ nennen, was ohnehin seine Spezialität ist, und dafür braucht man keine Lizenz. Teufel, die Hälfte der Anwälte in dieser Stadt weiß nicht mal, wo das nächste Gericht ist. Capitol Hill finden sie dagegen blind.«

»Wie sähe es mit Mandanten aus?«

»Es wird nicht so weit kommen. Backman wird nicht nach Washington zurückkehren. Oder ist Ihnen etwas anderes zu Ohren gekommen?«

»Ich habe nichts gehört. Er hat sich in Luft aufgelöst. Im Gefängnis sagt niemand was, man bekommt aus keinem ein Wort heraus.«

»Haben Sie eine Theorie?«, fragte Pratt. Er leerte sein Glas, wirkte aber nicht so, als wollte er es dabei bewenden lassen.

»Ich habe heute herausgefunden, dass Teddy Maynard am 19. Januar spätabends im Weißen Haus war. Nur jemand wie er hätte die Begnadigung bei Morgan durchsetzen können. Backman wurde entlassen, wahrscheinlich mit Geleitschutz, und anschließend nicht mehr gesehen.«

»Zeugenschutzprogramm?«

»Etwas in der Art. Es wäre nicht das erste Mal, dass die CIA Leute versteckt. Ab und zu bleibt ihnen keine andere Wahl. Solche Aktionen laufen inoffiziell, und sie haben die erforderlichen Möglichkeiten.«

»Warum sollten sie Backman verstecken?«

»Rache. Erinnern Sie sich an Aldrich Ames, den größten Maulwurf in der Geschichte der CIA?«

»Natürlich.«

»Er sitzt jetzt wohlbehütet in einem Staatsgefängnis. Die CIA würde ihn sich gern mal vorknöpfen, doch damit würde sie gegen das Gesetz verstoßen – sie darf keine amerikanischen Staatsbürger ins Visier nehmen, weder hier noch im Ausland.«

»Backman war kein CIA-Maulwurf. Teufel, er hat Teddy Maynard gehasst, und das beruhte auf Gegenseitigkeit.«

»Maynard wird ihn nicht umbringen, sondern alles so arrangieren, dass andere das für ihn erledigen.«

Pratt stand auf und zeigte auf Sandbergs Glas. »Noch ein Bier?«

»Vielleicht später.« Sandberg hob sein noch fast volles Glas und trank einen Schluck.

Pratt kam mit einem doppelten Wodka zurück und setzte sich. »Sie glauben also, dass Backmans Tage gezählt sind?«

»Sie haben mich nach meiner Theorie gefragt. Jetzt lassen Sie mal Ihre hören.«

Pratt trank einen großen Schluck. »Ich komme zum gleichen Resultat, sehe das Ganze insgesamt aber etwas anders.« Er tauchte einen Zeigefinger in den Drink, rührte um und leckte den Finger ab, während er ein paar Sekunden nachdachte. »Aber inoffiziell, okay?«

»Natürlich.« Im Laufe der Jahre hatten sie oft miteinander geredet, und mittlerweile wurde alles vertraulich behandelt.

»Zwischen Hubbards Tod und Backmans Schuldbekenntnis lagen acht Tage. Es war eine schreckliche Zeit. Kim Bolling und ich standen rund um die Uhr unter dem Schutz des FBI, egal wo wir gerade waren. Das war schon ziemlich merkwürdig. Das FBI gab sich alle Mühe, uns für den Rest unserer Tage ins Gefängnis zu bringen, aber zugleich fühlte es sich genötigt, uns zu beschützen.« Pratt trank einen Schluck und drehte dann den Kopf, um sich zu vergewissern, dass keiner der Studenten lauschte. Niemand hatte Interesse an ihnen. »Es hat ernsthafte Drohungen gegeben, von den gleichen Leuten, die Jacy Hubbard umgebracht hatten, und offenbar hatten sie auch gegen uns bereits Schritte eingeleitet. Das FBI hat uns später darüber informiert, als Backman schon monatelang im Gefängnis saß und sich die Lage wieder beruhigt hatte. Wir fühlten uns ein bisschen sicherer, engagierten aber für zwei weitere Jahre bewaffnete Leibwächter. Noch heute schaue ich ständig in den Rückspiegel. Und der arme Kim hat darüber den Verstand verloren.«

»Von wem kamen die Drohungen?«

»Von den Leuten, die Joel Backman gern finden würden.«

»Von wem?«

»Backman und Hubbard hatten vereinbart, ihr nettes kleines Produkt für eine Unsumme an die Saudis zu verkaufen. Der Preis war extrem hoch, aber es wäre immer noch sehr viel kostspieliger gewesen, ein brandneues Satellitensystem zu entwickeln. Aus dem Geschäft wurde nichts. Hubbard hat mit dem Leben bezahlt, Backman verschwand hinter Gittern, und die Saudis waren gar nicht glücklich. Bei den Israelis war es nicht anders, denn auch sie wären gern ins Geschäft gekommen. Außerdem waren sie wütend, weil Hubbard und Backman bereit waren, sich mit den Saudis einzulassen.« Pratt schwieg und nahm einen Schluck, als müsste er sich stärken, um die Geschichte zu Ende zu erzählen.

»Und dann waren da noch diejenigen, die die Satelliten gebaut hatten.«

»Die Russen?«

»Wahrscheinlich nicht. Jacy Hubbard liebte asiatische Frauen. Als er zuletzt gesehen wurde, war er in Begleitung einer äußerst attraktiven jungen Frau. Lange Beine, lange schwarze Haare, rundliches Gesicht – offenbar aus irgendeinem Land am anderen Ende der Welt. Die Chinesen haben hier tausende Landsleute, die Informationen für sie sammeln – Studenten, Geschäftsleute, Diplomaten. Hier wimmelt's nur so von herumschnüffelnden Chinesen. Außerdem verfügt ihr Geheimdienst über einige äußerst effektiv arbeitende Agenten. In einer solchen Angelegenheit würden sie keinen Augenblick zögern, auf Hubbard und Backman Jagd zu machen.«

»China? Sind Sie sicher?«

»Niemand kann sicher sein, okay? Vielleicht weiß Backman Bescheid, aber er hat nie irgendjemandem etwas gesagt. Vergessen Sie nicht, dass die CIA von dem Satellitensystem nicht einmal wusste. Sie wurde kalt erwischt, und der gute alte Teddy ist immer noch damit beschäftigt, die Schlappe wieder gutzumachen.«

»Aber jetzt amüsiert er sich prächtig?«

»Und wie. Er erzählt Morgan irgendwas über eine Gefahr für die nationale Sicherheit, und der fällt darauf herein, was nicht weiter überraschend ist. Backman wird entlassen. Maynard lässt ihn klammheimlich außer Landes schaffen und will jetzt beobachten, wer mit einer Knarre auftaucht und Backman erledigt. Bei dem Spiel kann er gar nicht verlieren.«

»Brillant.«

»Mehr als das, Dan. Denken Sie mal nach. Wenn Backman dran glaubt, wird nie jemand etwas davon erfahren. Niemand weiß, wo er im Moment ist, und wenn seine Leiche gefunden wird, hat kein Mensch eine Ahnung, dass er's ist.«

»Falls sie gefunden wird.«

»Sie sagen es.«

»Und Backman ist das bewusst?«

Pratt kippte den Rest seines zweiten Drinks hinunter und wischte sich mit dem Ärmel die Lippen ab. »Backman ist alles andere als dumm«, sagte er stirnrunzelnd. »Aber vieles von dem, was wir heute wissen, kam erst ans Tageslicht, als er schon hinter Gittern saß. Er hat sechs Jahre Einzelhaft überlebt – wahrscheinlich glaubt er jetzt, dass ihm nichts und niemand mehr etwas anhaben kann.«

Critz verschwand in einem Pub in der Nähe des Connaught-Hotels in London. Es hatte stärker zu regnen begonnen, und er musste ein trockenes Plätzchen finden. Mrs Critz war in dem kleinen Apartment geblieben, das der neue Arbeitgeber ihres Mannes bezahlte, während der die Freiheit genoss, sich in ein gut besuchtes Pub, wo ihn niemand kannte, zu setzen und ein paar Bier zu trinken. Von den zwei Wochen London war eine bereits herum, und bald würde er wieder den Atlantik überfliegen und in Washington einen miesen Job als Lobbyist einer Rüstungsfirma antreten, die unter anderem technisch unzulängliche Missiles herstellte. Das Pentagon wollte die Missiles nicht, aber es musste sie kaufen, weil der Konzern die richtigen Lobbyisten hatte.

Critz erblickte durch den dichten Zigarettenrauch eine freie Nische, stellte sein Bier auf den Tisch und zwängte sich hinein. Es war wunderbar, allein trinken zu können, ohne Gefahr zu laufen, dass ihn jemand entdeckte, zu ihm stürmte und sagte: »Hey, Critz, was habt ihr Idioten euch bei diesem Berman-Veto gedacht?« Blablabla.

Gut gelaunte Engländer kamen und gingen. Nicht einmal der Tabakqualm störte ihn. Er war allein und genoss die Anonymität.

Aber die Anonymität war nicht hundertprozentig.

Von hinten näherte sich ihm ein Mann mit einer ramponierten Seemannsmütze, der sich auf der anderen Seite des Tisches auf die Bank fallen ließ. Critz zuckte erschrocken zusammen.

»Macht es Ihnen etwas aus, wenn ich mich setze, Mr Critz?«, fragte der Seemann, dessen Lächeln große gelbe Zähne entblößte.

»Nehmen Sie Platz«, sagte Critz müde. »Haben Sie auch einen Namen?«

»Ben.« Der Seemann war kein Brite, Englisch nicht seine Muttersprache. Er war etwa dreißig und hatte dunkles Haar, dunkelbraune Augen und eine lange, spitze Nase. Er wirkte wie ein Grieche.

»Kein Nachname?« Critz trank einen Schluck Bier. »Woher wissen Sie, wie ich heiße?«

»Ich weiß alles über Sie.«

»Mir war nicht bewusst, dass ich so berühmt bin.«

»Das ist vielleicht das falsche Wort, Mr Critz. Ich werde mich kurz fassen. Ich arbeite für ein paar Leute, die unbedingt Joel Backman finden wollen und sehr gut bezahlen. In bar. Bargeld in einem Karton oder auf einer Schweizer Bank, spielt keine Rolle. Das geht sehr schnell, innerhalb weniger Stunden. Sie sagen uns, wo er ist, streichen eine Million Dollar ein, und niemand wird je etwas davon erfahren.«

»Wie haben Sie mich gefunden?«

»Das war einfach. Mr Critz. Wir sind – lassen Sie es mich so sagen – Profis.«

»Spione?«

»Spielt keine Rolle. Wir sind, wer wir sind, und wir werden Mr Backman finden. Die Frage ist nur, ob Sie eine Million Dollar gebrauchen können.«

»Ich weiß nicht, wo er ist.«

»Aber Sie können es herausfinden.«

»Vielleicht.«

»Kommen wir ins Geschäft?«

»Nicht für eine Million.«

»Wie viel verlangen Sie?«

»Ich muss darüber nachdenken.«

»Dann beeilen Sie sich.«

»Und wenn ich nicht an die Information herankomme?«

»Dann werden wir uns nie wiedersehen. Dieses Treffen hat nie stattgefunden. So einfach ist das.«

Critz trank einen großen Schluck Bier und dachte nach. »Okay, lassen Sie uns mal annehmen, ich kann an die Information herankommen, obwohl ich da nicht sehr optimistisch bin. Was wäre, wenn es mir gelingt?«

»Dann fliegen Sie mit der Lufthansa von Washington nach Amsterdam, first class, und mieten sich dort im Amstel-Hotel in der Biddenham Straat ein. Wir werden Sie schon finden, genauso wie hier.«

Critz prägte sich schweigend die Details ein. »Wann?«, fragte er schließlich.

»So bald wie möglich, Mr Critz. Es gibt noch andere, die nach ihm suchen.«

Ben verschwand so plötzlich, wie er aufgetaucht war, und Critz starrte in den Tabakqualm und fragte sich, ob alles nur ein Traum gewesen war. Nach einer Stunde verließ er das Pub, sein Gesicht unter dem Regenschirm verbergend. Er war sicher, dass er beobachtet wurde.

Würde man ihn auch in Washington observieren? Er hatte das unangenehme Gefühl, dass es so kommen würde.

8

Aus der Siesta wurde nichts. Auch der Wein, den Joel zum Mittagessen getrunken hatte, und die zwei Glas Bier am frühen Nachmittag hatten ihn nicht müde gemacht. Außerdem gab es genug, über das er nachdenken musste.

Irgendwie steckte ihm noch zu viel Schlaf in den Knochen. Wenn man sechs Jahre in Einzelhaft sitzt, gewöhnt sich der Körper an die Passivität, und das Schlafen wird zur Hauptbeschäftigung. Nach den ersten paar Monaten im Gefängnis schlief Joel nachts acht Stunden und gönnte sich zusätzlich einen ausgedehnten Mittagsschlaf. Aber vielleicht war das nicht weiter erstaunlich. Immerhin hatte er vorher zwanzig Jahre lang wenig geschlafen, weil er tagsüber für das Wohl des Vaterlandes verantwortlich zu sein glaubte und anschließend bis zum Morgengrauen Frauenröcken hinterherjagte. Nach einem Jahr im Knast schlief er neun, manchmal sogar zehn Stunden. Man konnte Bücher lesen oder fernsehen, ansonsten gab es praktisch nichts zu tun. Aus Langeweile hatte er häufig geheime Umfragen gestartet, bei denen ein Blatt Papier von einer Zelle zur anderen gereicht wurde, während die Wärter ein Nickerchen hielten. Einmal hatte er die neununddreißig Mithäftlinge in seinem Trakt zum Thema Schlaf befragt. Durchschnittlich elf Stunden, lautete das Ergebnis. Mo, der Denunziant, benötigte angeblich sechzehn Stunden pro Tag, und tatsächlich hörte man ihn schon um zwölf Uhr mittags häufig wieder schnarchen. Mad Cow Miller behauptete, mit nur drei Stunden auszukommen, doch der arme Hund hatte schon vor Jahren den Verstand verloren, sodass Joel seine Antworten nicht berücksichtigen konnte.

Doch es gab auch lange Phasen der Schlaflosigkeit, in denen er in die Dunkelheit starrte und über seine Fehler, Kinder und Enkel nachdachte, über die Demütigungen der Vergangenheit und die Angst vor der Zukunft. Es gab Wochen, in denen er um Schlaftabletten bat, die ihm immer nur einzeln in die Zelle gebracht wurden, jedoch stets ohne die erwünschte Wirkung blieben. Joel hatte immer vermutet, dass es Placebos gewesen waren.

Aber insgesamt hatte er in diesen sechs Jahren zu viel geschlafen, und es schien, als wäre sein Körper noch immer ausgeruht. Dafür machte sein Gehirn Überstunden.

Nach einer Stunde, in der er kein Auge zugetan hatte, erhob er sich von seinem Bett und ging zu dem kleinen Tisch hinüber, wo er nach dem Mobiltelefon griff, das Luigi ihm gegeben hatte. Er schlenderte zum Fenster, schaute auf den Zettel, der auf die Rückseite des Geräts geklebt war, wählte die Nummer und wartete. Nach viermaligem Klingeln hörte er eine vetraute Stimme.

»*Ciao, Marco. Come stai?*«

»Wollte nur mal ausprobieren, ob das Ding funktioniert«, sagte Joel.

»Haben Sie geglaubt, ich würde Ihnen ein kaputtes Telefon geben?«

»Natürlich nicht.«

»Wie war der Mittagsschlaf?«

»Angenehm, äh, sehr angenehm. Wir sehen uns zum Abendessen.«

»*Ciao.*«

Wo war Luigi? Lungerte er irgendwo in der Nähe herum? Hatte er darauf gewartet, dass Joel anrief? Beobachtete er das Hotel? Wenn Stennett und der Fahrer noch in Treviso waren, hatte er – Luigi und Ermanno eingerechnet – eine bunte Kollektion von vier »Freunden«, deren Job darin bestand, ihn im Auge zu behalten.

Nach wie vor das Handy umklammernd, fragte er sich, wer sonst noch von dem Telefonat wusste. Wer hörte mit? Er blickte auf die Straße hinab. Wer war noch da unten? Nur Luigi?

Er schüttelte den Gedanken ab, setzte sich an den Tisch und dachte daran, dass er gern einen Kaffee trinken würde. Vielleicht einen doppelten Espresso – selbstredend keinen Cappuccino, um diese Uhrzeit. Aber er scheute sich, unten anzurufen. Er wusste, wie man »Guten Tag« und »einen Espresso« sagte, doch das würde auf der Gegenseite einen Schwall noch unbekannter Wörter provozieren.

Wie kann ein Mann ohne starken Kaffee überleben? Früher hatte ihm seine Lieblingssekretärin jeden Morgen um Punkt halb sieben die erste Tasse eines starken türkischen Gebräus gebracht, sechs Tage in der Woche. Er hätte sie fast geheiratet. Um zehn war er immer so aufgekratzt gewesen, dass er Gegenstände umhergeschmissen, Angestellte angebrüllt und drei Telefonate auf einmal geführt hatte, während Senatoren auf ein Gespräch mit ihm warteten.

Wie so oft machte es ihm keinen Spaß, sich an früher zu erinnern. Es gab so viele Erinnerungen. Während der sechs Jahre Einzelhaft hatte er einen erbitterten Krieg gegen sie geführt, um seine Vergangenheit auszulöschen.

Also dachte er wieder an den Kaffee, den er sich nicht zu bestellen traute, weil er Angst vor der Sprache hatte. Aber Joel Backman hatte sich noch nie vor etwas gefürchtet, und wenn man dreihundert Gesetzesvorlagen im Kopf behalten konnte, die im Labyrinth des Kongresses umherirrten, oder einhundert Telefonate am Tag führte und dabei kaum je in den Rolodex-Organizer oder das Adressbuch schauen musste, dann konnte man mit Sicherheit lernen, auf Italienisch Kaffee zu bestellen. Er arrangierte Ermannos Lehrmaterialien ordentlich auf dem Tisch und warf einen Blick auf das Inhaltsverzeichnis des Lehrbuchs. Dann überprüfte er die Batterien des kleinen Rekorders, spielte mit den Kassetten herum und griff schließlich nach dem Buch. Lektion eins wurde mit der ziemlich schlichten Farbzeichnung eines Wohnzimmers eröffnet, die Papa, Mama und ihre Kinder vor dem Fernseher zeigte. Unter jedem Gegenstand stand in zwei Sprachen das entsprechende Wort – Tür und *porta*, Sofa und *sofà*, Fenster und *finestra*, Gemälde und *quadro* und so weiter. Der Junge war *ragazzo*, die Mutter *madre*, und der alte Mann mit dem Stock war der Großvater, *il nonno*.

Auf den nächsten Seiten folgten die Küche, das Schlafzimmer und das Bad. Nach einer Stunde schlich Joel, noch immer ohne Kaffee, durch das Zimmer, zeigte auf Gegenstände und flüsterte das jeweilige italienische Wort vor sich hin. *Letto*, Bett; *lampada*, Lampe; *orologio*, Uhr; *sapone*, Seife. Zur Abwechslung streute er auch schon ein paar Verben ein: *parlare*, sprechen; *mangiare*, essen; *bere*, trinken; *pensare*, denken. Dann trat er vor den Spiegel *(specchio)* des Badezimmers *(bagno)* und versuchte, sich davon zu überzeugen, dass er wirklich Marco war. Marco Lazzeri. »*Sono Marco, sono Marco*«, wiederholte er. Zuerst kam er sich etwas lächerlich vor, doch der Gedanke musste jetzt beiseite geschoben werden. Es war zu riskant, an einem alten Namen festzuhalten, der lebensgefährlich werden konnte. Wenn ihn ein Namenswechsel rettete, hatte er nichts dagegen einzuwenden.

Marco, Marco, Marco.

In seinem neuen Wörterbuch fand er Bezeichnungen, die nicht in dem Lehrbuch vorkamen: *Carta igienica* hieß »Toilettenpapier«, *guanciale* »Kopfkissen«, *soffitto* »Decke«. Alles hatte einen neuen Namen, jeder Gegenstand in seiner kleinen Welt – alles, was er sah, wurde zu etwas anderem. Sein Blick wanderte von einem Eintrag zum nächsten, und er murmelte unablässig italienische Wörter vor sich hin.

Und er selbst? Er hatte ein Gehirn, *cervello*; eine Hand, *mano*; einen Arm, *braccio*; ein Bein, *gamba*. Er musste atmen, *respirare*; sehen, *vedere*; berühren, *toccare*; hören, *sentire*; schlafen, *dormire*; träumen, *sognare*. Aber jetzt griff er den Ereignissen vor und gebot sich Einhalt. Am nächsten Morgen würde Ermanno mit Lektion eins beginnen, wo erst einmal Grundsätzliches in Angriff genommen wurde: Begrüßungs- und Höflichkeitsfloskeln, die Zahlen von eins bis hundert, Wochentage und Monate, sogar das Alphabet. Die Hilfsverben »haben« *(avere)* und »sein« *(essere)* wurden im Präsens, im Präteritum und im Futur durchkonjugiert.

Als es Zeit war für das Abendessen, hatte Marco sich die komplette erste Lektion eingeprägt und sich ein Dutzend Mal die dazugehörenden Passagen der Kassette angehört. Draußen war es kühl. Glücklich und leicht benommen von der stundenlangen Paukerei spazierte er in Richtung Trattoria del Monte, wo Luigi bestimmt schon auf ihn wartete – an einem erstklassigen Tisch und mit exzellenten Vorschlägen für das Abendessen. Auf der Straße fielen ihm eine Vespa, ein Fahrrad, ein Hund und zwei Zwillingsschwestern auf, was ihn mit der deprimierenden Erkenntnis konfrontierte, dass er nichts davon in seiner neuen Sprache benennen konnte.

Das Wörterbuch lag im Hotelzimmer.

Doch die Aussicht auf das Essen ließ ihn unverzagt weitergehen, und er war weiterhin zuversichtlich, dass er, Marco, schon noch zu einem halbwegs respektablen Italiener werden würde.

Luigi saß an einem Ecktisch, und Marco begrüßte ihn mit einer schwungvollen Geste. »*Buonasera, signore, come sta?*«

»*Sto bene, grazie, e Lei?*«, sagte Luigi mit einem anerkennenden Lächeln.

»*Molto bene, grazie*«, antwortete Marco.

»Sie haben offensichtlich gelernt.«

»Ja, sonst gibt es leider nichts zu tun.«

Bevor Marco seine Serviette entfalten konnte, tauchte schon der Kellner mit einer Korbflasche mit dem roten Hauswein auf. Er füllte zwei Gläser und verschwand. »Ermanno ist ein sehr guter Lehrer«, sagte Luigi.

»Haben Sie ihm vorher schon mal einen Job vermittelt?«

»Ja.«

»Kommt es oft vor, dass Sie Leute wie mich in Italiener verwandeln?«

»Hin und wieder«, antwortete Luigi lächelnd.

»Schwer zu glauben.«

»Glauben Sie, was Sie wollen, Marco. Jeder macht sich sein eigenes Bild.«

»Sie reden wie ein Spion.«

Ein Achselzucken, keine richtige Antwort.

»Für wen arbeiten Sie?«

»Was glauben Sie?«

»Für eine Organisation mit Großbuchstaben – CIA, FBI, NSA. Vielleicht auch für eine obskure Abteilung des militärischen Nachrichtendienstes.«

»Gehen Sie gern mit mir in diesen netten kleinen Restaurants essen?«, fragte Luigi.

»Habe ich eine andere Wahl?«

»Ja. Wenn Sie weiter solche Fragen stellen, werden wir uns nicht mehr treffen, und dann hängt Ihr schon jetzt gefährdetes Leben am seidenen Faden.«

»Ich dachte, es wäre Ihre Aufgabe, mein Leben zu schützen.«

»Ist es auch. Aber hören Sie auf, Fragen über mich zu stellen. Ich versichere Ihnen, dass Sie keine Antworten bekommen werden.«

Der Kellner tauchte auf, genau im richtigen Augenblick, und legte zwei große Speisekarten auf den Tisch. Welchen Verlauf das Gespräch auch genommen hätte, jetzt hatten sie ein anderes Thema. Marco schaute stirnrunzelnd auf die Namen der Gerichte und wurde erneut daran erinnert, wie bescheiden sein Wortschatz noch war. Unten auf der Seite erblickte er die Wörter *caffè*, *vino* und *birra*.

»Was können Sie empfehlen?«, fragte er.

»Der Koch kommt aus Siena, daher bevorzugt er die toskanische Küche. Risotto mit Steinpilzen eignet sich sehr gut als erster Gang. Die *Bistecca à la Fiorentina* habe ich schon probiert. Ist hervorragend.«

Marco klappte die Speisekarte zu und atmete die aus der Küche kommenden Düfte genussvoll ein. »Ich nehme beides.«

Luigi schob die Speisekarte zur Seite und winkte den Kellner herbei. Nachdem er die Bestellung aufgegeben hatte, tranken sie ein paar Minuten schweigend ihren Wein. »Vor ein paar Jahren«, begann Luigi, »wachte ich eines Morgens in einem kleinen Hotel in Istanbul auf. Ich war auf mich allein gestellt, hatte fünfhundert Dollar, einen falschen Pass und kannte nicht ein türkisches Wort. Der für mich zuständige Mann war in der Stadt, aber wenn ich Kontakt zu ihm aufgenommen hätte, dann hätte ich mir eine neue Existenz suchen müssen. In exakt zehn Monaten sollte ich in dem gleichen Hotel einen Freund treffen, der mich außer Landes bringen würde.«

»Klingt für mich nach einer Grundausbildung bei der CIA.«

»Falsch getippt.« Luigi schwieg kurz und trank einen Schluck Wein. »Da ich gern esse, habe ich die Kunst des Überlebens gelernt. Ich habe alles um mich herum aufgesogen, die Sprache, die Kultur, einfach alles. Ich kam ziemlich gut klar und passte mich meiner Umgebung an. Als ich den Freund zehn Monate später traf, hatte ich über tausend Dollar.«

»Italienisch, Englisch, Französisch, Spanisch, Türkisch – welche Sprachen beherrschen Sie noch?«

»Russisch. Sie haben mich mal für ein Jahr in Wolgograd abgesetzt.«

Fast hätte Marco gefragt, wer »sie« seien, aber er verkniff es sich. Er hätte keine Antwort bekommen – außerdem glaubte er, es ohnehin zu wissen. »Und ich bin hier abgesetzt worden?«

Der Kellner stellte einen Brotkorb sowie eine kleine Schale mit Olivenöl auf den Tisch, und Luigi tunkte ein Stück Brot hinein und begann zu essen. Marcos Frage wurde entweder ignoriert oder war schon vergessen. Dann wurde ein Teller mit Schinken, Salami und Oliven gebracht, und das Gespräch stockte. Luigi war Spion oder in der Gegenspionage aktiv. Vielleicht arbeitete er auf eigene Faust oder für irgendeine Organisation; möglicherweise war er nur eine Kontaktperson – oder doch jemand, der die Strippen zog. Aber zuallererst war er Italiener. Wenn der Tisch gedeckt war, konnte nichts anderes seine Aufmerksamkeit beanspruchen.

Dadurch änderte sich das Gesprächsthema. Luigi erklärte die strengen Modalitäten einer vorschriftsmäßigen italienischen Mahlzeit. Zuerst kamen die Antipasti, beispielsweise ein Teller mit Schinken und Salami, wie er jetzt vor ihnen stand. Dann folgte der erste Gang, *primo*, in der Regel eine kleinere Portion Pasta, Reis, Suppe oder Polenta, durch die der Magen auf den Hauptgang, *secondo*, eingestimmt werden sollte: ein herzhaftes Gericht, bei dem Fisch, Schweinefleisch, Geflügel oder Lamm serviert wurde. Vorsicht mit den Desserts, warnte Luigi, während er sich vergewisserte, dass der Kellner nicht mithörte. Er schüttelte traurig den Kopf und erklärte, viele gute Restaurants seien dazu übergegangen, Süßspeisen außerhalb des Hauses zu bestellen, und die seien so überzuckert oder mit billigem Likör getränkt, dass sie einem unweigerlich die Zähne zerstörten.

Ein nationaler Skandal. Marco schaffte es, einigermaßen schockiert zu wirken.

»Kennen Sie schon das Wort *gelato?*«, fragte Luigi, nun wieder mit strahlenden Augen.

»Eis«, antwortete Marco.

»Bravo. Besseres Eis als unseres werden Sie auf der ganzen Welt nicht finden. Ein paar Schritte weiter gibt es eine Gelateria, da gehen wir nach dem Essen hin.«

Der Zimmerservice war bis Mitternacht erreichbar, und um fünf vor zwölf griff Marco zögernd nach dem Haustelefon und wählte zweimal die 4. Er schluckte schwer und hielt den Atem an. Eine halbe Stunde lang hatte er für dieses Gespräch geübt.

Es klingelte ein paarmal, und zweimal war Marco versucht aufzulegen. Dann meldete sich eine schläfrig klingende Stimme. »*Buonasera.*«

Marco schloss die Augen. »*Buonasera. Vorrei un caffè, per favore. Un espresso doppio.*«

»*Sì. Latte e zucchero?*«

»*No, senza latte e zucchero.*«

»*Sì, cinque minuti.*«

»*Grazie.*« Marco legte schnell auf, um jedem weiteren Wort zuvorzukommen, doch da die Stimme am anderen Ende nicht gerade begeistert geklungen hatte, bezweifelte er, dass es dazu gekommen wäre. Er sprang auf, reckte eine Faust in die Luft und gratulierte sich dann zu seinem ersten Gespräch auf Italienisch, indem er sich auf die Schulter klopfte. Es war alles glatt gegangen und hatte keinerlei Verständnisprobleme gegeben.

Um ein Uhr nippte er noch immer an seinem doppelten Espresso. Auch wenn er längst kalt war, er genoss ihn. Mittlerweile hatte er schon die Hälfte von Lektion drei bewältigt, und da er nicht einmal im Entferntesten an Schlaf dachte, kam ihm die Idee, schon vor der ersten Sitzung bei Ermanno das ganze Lehrbuch zu verschlingen.

Er klopfte zehn Minuten zu früh an die Wohnungstür. Obwohl er dagegen anzukämpfen versuchte, fiel er instinktiv immer wieder in die alte Angewohnheit zurück, alles unter Kontrolle haben zu wollen. Ihm war es lieber, wenn *er* bestimmte, wann die Unterrichtsstunde begann. Zehn Minuten früher oder später, um die Zeit ging es dabei nicht. Während er in dem schäbigen Treppenhaus wartete, musste er an die Führungskräfte aus der Wirtschaft und die hohen Tiere der Regierungsbehörden denken, die er früher in seinem riesigen Konferenzraum empfangen hatte. Obwohl der nur fünfzig Schritte von seinem Büro entfernt lag, war er immer zwanzig Minuten zu spät gekommen und hatte sich damit entschuldigt, durch ein Telefonat mit dem Büro des Premierministers irgendeines unbedeutenden Landes aufgehalten worden zu sein.

Ziemlich erbärmlich, diese Masche.

Ermanno war augenscheinlich nicht beeindruckt. Er ließ seinen Schüler mindestens fünf Minuten warten, bevor er mit einem schüchternen Lächeln die Tür öffnete und ihn mit einem freundlichen »*Buongiorno, Signor Lazzeri*« begrüßte.

»*Buongiorno, Ermanno. Come sta?*«

»*Molto bene, grazie, e Lei?*«

»*Molto bene, grazie.*«

Ermanno öffnete die Tür ein Stück weiter und bat Marco mit einer ausladenden Handbewegung herein. »*Prego.*«

Wieder war Marco überrascht, wie spartanisch die Wohnung eingerichtet war und wie provisorisch alles wirkte. Er legte seine Bücher auf den kleinen Tisch in der Mitte des Wohnzimmers und beschloss, den Mantel anzubehalten. Draußen war es fünf Grad über null, in der Wohnung kaum wärmer.

»*Vuole un caffè?*«, fragte Ermanno.

»*Sì, grazie.*« Marco hatte ungefähr zwei Stunden geschlafen, von vier bis sechs. Nachdem er geduscht und sich angezogen hatte, war er durch die Straßen von Treviso gelaufen und hatte *un bar* gefunden, wo alte Männer Espresso tranken und alle auf einmal redeten. Er wollte erneut einen Espresso, brauchte aber vor allem etwas zu essen. Ein Croissant oder einen Muffin, irgendetwas in der Art, etwas, dessen Namen er noch nicht kannte. Doch dann beschloss er, dass er seinen Hunger noch bis zum Mittagessen ignorieren konnte, wenn Luigi ihn erneut zu einem italienischen Festmahl einladen würde.

»Sie sind Student, habe ich das richtig verstanden?«, fragte er Ermanno, als dieser mit zwei kleinen Tassen aus der Küche zurückkam.

»*Non in inglese, Marco, non in inglese.*«

Und damit war Englisch passé – ein abrupter, brutaler, endgültiger Abschied von seiner Muttersprache. Ermanno nahm auf einer Seite des Tisches Platz, Marco auf der anderen, und um Punkt halb neun begannen sie mit der ersten Lektion. Marco las den ersten Dialog auf Italienisch. Ermanno brachte behutsam ein paar Korrekturen an, war aber von der guten Vorbereitung seines Schülers ziemlich beeindruckt. Die Vokabeln hatte er alle im Kopf, nur an der Aussprache musste noch gearbeitet werden.

Eine Stunde später zeigte Ermanno auf verschiedene Gegenstände im Zimmer – Teppich, Buch, Illustrierte, Stuhl, Decke, Vorhang, Radio, Fußboden, Wand, Rucksack –, und Marco nannte problemlos das italienische Wort. Dann rasselte er – mit allmählich besserer Aussprache – die gesamte Liste von Höflichkeitsfloskeln herunter: Guten Tag. Wie geht's? Gut, danke. Wir sehen uns. Auf Wiedersehen. Gute Nacht. Und dreißig weitere. Danach kamen die Wochentage und die Monate an die Reihe. Nach einer weiteren Stunde war die erste Lektion abgehakt, und Ermanno fragte, ob sie eine Pause einlegen sollten. Marco lehnte ab. Sie nahmen die zweite Lektion in Angriff, deren Vokabeln der Schüler ebenfalls bereits beherrschte. Als er den Dialog vorlas, war Ermanno erneut ziemlich beeindruckt.

»Sie haben gearbeitet«, murmelte er auf Englisch.

»*Non in inglese, Ermanno, non in inglese*«, sagte Marco. Er wollte es seinem Lehrer zeigen, und so hätte niemand begeisterter bei der Sache sein können als er. Um zwölf war Ermanno erschöpft und reif für eine Pause. Beide waren erleichtert, als es klopfte und Luigis Stimme aus dem Treppenhaus zu hören war. Er trat ein und sah die beiden vornübergebeugt an dem mit Lehrmaterialien bedeckten Tisch sitzen. Es sah fast so aus, als hätten sie die letzten Stunden mit Armdrücken verbracht.

»*Come va?*«, fragte er.

»*È molto impegnativo*«, antwortete Ermanno erschöpft. Es ist sehr anstrengend.

Marco stand langsam auf. »*Vorrei pranzare.*« Ich möchte gern Mittag essen.

Er hoffte, dass sie sich beim Mittagessen teilweise wieder auf Englisch unterhalten würden. Es wäre eine Erleichterung, wenn er sich nicht bei jedem einzelnen Wort abmühen müsste. Aber nachdem Luigi Ermannos begeisterte Zusammenfassung der morgendlichen Sitzung gehört hatte, fühlte er sich ermuntert, den Unterricht während der Mahlzeit fortzusetzen, zumindest anfangs. Auf der Speisekarte stand natürlich kein englisches Wort, und nachdem Luigi die Gerichte in unverständlichem Italienisch erklärt hatte, warf Marco die Hände in die Luft und sagte: »Jetzt reicht's. Während der nächsten Stunde will ich kein italienisches Wort mehr hören oder sagen.«

»Und wie wollen Sie dann bestellen?«

»Ich esse dasselbe wie Sie.« Er trank einen Schluck Rotwein und versuchte, sich zu entspannen.

»Okay. Eine Stunde Englisch sollte in Ordnung sein.«

»*Grazie*«, sagte Marco automatisch.

9

Während des Vormittagsunterrichts am nächsten Tag wechselte Marco unvermittelt das Thema. »Sie sind kein Student«, sagte er mitten in einen besonders langweiligen Lehrbuchdialog hinein.

Ermanno blickte vom Übungsbuch auf und schwieg einen Moment. »*Non in inglese, Marco*«, entgegnete er dann. »*Soltanto in italiano.*«

»Ich hab die Nase voll von Italienisch, okay? Sie sind kein Student.«

Ermanno war kein Meister im Lügen, und seine Pause dauerte einen Augenblick zu lange. »Doch«, antwortete er mit dünner Stimme.

»Nein, das glaube ich nicht. Sie besuchen ganz offensichtlich keine Seminare, sonst hätten Sie nicht den ganzen Tag Zeit für den Unterricht mit mir.«

»Vielleicht finden meine Seminare abends statt. Warum ist das so wichtig?«

»Sie besuchen keine Seminare. In dieser Wohnung gibt es keine Lehrbücher, keine Studentenzeitung, nichts von dem Kram, der bei Studenten normalerweise herumliegt.«

»Vielleicht ist es in dem anderen Zimmer.«

»Zeigen Sie's mir.«

»Warum? Warum ist das so wichtig?«

»Weil ich glaube, dass Sie für dieselben Leute arbeiten wie Luigi.«

»Und wenn das so wäre?«

»Ich will wissen, wer die sind.«

»Angenommen, ich weiß es nicht? Außerdem, was geht Sie das an? Sie sollen bei mir nur Italienisch lernen.«

»Wie lange leben Sie schon in dieser Wohnung?«

»Ich muss Ihre Fragen nicht beantworten.«

»Ich glaube, Sie sind erst letzte Woche hier eingezogen. Dies ist ein sicheres Haus, und Sie sind nicht das, was Sie zu sein vorgeben.«

»Dann wären wir schon zu zweit.« Ermanno stand auf und ging durch die winzige Küche in den hinteren Teil der Wohnung. Er kam mit einem Stapel Papier zurück, den er vor Marco auf den Tisch warf. Es waren Immatrikulationsunterlagen der Universität von Bologna, darunter eine Seite, auf der der Name Ermanno Rosconi mit der Adresse der Wohnung verzeichnet war, in der sie sich gerade aufhielten.

»Das neue Semester geht bald los«, sagte Ermanno. »Möchten Sie noch einen Kaffee?«

Marco überflog die Formulare. Er verstand gerade so viel, dass er erschließen konnte, wozu sie dienten. »Ja, bitte«, entgegnete er. Papier war geduldig – und Dokumente ließen sich fälschen. Wenn das hier allerdings Fälschungen waren, dann waren sie erstklassig gemacht. Ermanno verschwand in der Küche und drehte den Wasserhahn auf.

Marco schob den Stuhl zurück und stand vom Tisch auf. »Ich gehe eine Runde um den Block«, sagte er. »Ich brauche einen klaren Kopf.«

Das Abendessen bot wieder einmal eine Überraschung. Marco hatte sich mit Luigi auf der Piazza dei Signori vor einer Tabaccheria getroffen, und nun gingen sie zusammen eine belebte Einkaufsstraße entlang. Die Ladeninhaber waren im Begriff, ihre Türen zu verriegeln. Es war bereits dunkel und sehr kalt, und elegante Geschäftsleute, mit Hut und Schal gegen die Kälte gewappnet, eilten von der Arbeit nach Hause.

Luigi hatte die behandschuhten Hände tief in den wollenen Taschen seines knielangen Mantels vergraben. Das aus grobem Stoff gefertigte Stück konnte von seinem Großvater stammen, aber ebenso gut aus einer furchtbar teuren Mailänder Designerboutique. Jedenfalls sah er ungeheuer elegant darin aus, und Marco empfand wieder einmal Neid auf den lässigen Schick seines Kontaktmanns.

Luigi hatte es nicht eilig und schien die Kälte zu genießen. Er machte ein paar Bemerkungen auf Italienisch, aber Marco ging nicht darauf ein. »Bitte, Luigi«, sagte er zweimal. »Ich muss mal wieder meine Muttersprache sprechen.«

»Also gut. Wie war Ihr zweiter Unterrichtstag?«

»Gut. Ermanno ist in Ordnung. Er hat zwar keinen Sinn für Humor, aber er ist ein guter Lehrer.«

»Machen Sie Fortschritte?«

»Wie sollte ich wohl keine machen?«

»Ermanno hat mir erzählt, Sie hätten ein gutes Gefühl für die Sprache.«

»Ermanno ist ein Schwindler, und das wissen Sie. Ich strenge mich an, weil viel davon abhängt. Ich werde sechs Stunden am Tag von ihm gedrillt, und abends sitze ich noch mal drei Stunden da und pauke. Logisch, dass ich Fortschritte mache.«

»Sie strengen sich sehr an, ja«, sagte Luigi. Er blieb vor

einem kleinen Imbissrestaurant stehen. »Hier werden Sie zu Abend essen, Marco.«

Marco war alles andere als begeistert. Die Ladenfront war keine fünf Meter breit. Im Fenster drängten sich drei Tische, und es schien ziemlich voll zu sein. »Muss das sein?«, fragte er.

»Man isst hier sehr gut. Es gibt kleine Gerichte, belegte Brötchen und solche Dinge. Sie werden allein hineingehen. Ich komme nicht mit.«

Marco sah ihn an und wollte schon protestieren, doch dann fasste er sich wieder und lächelte, als freute er sich über die Herausforderung.

»Was es gibt, steht auf einer Tafel über der Kasse, natürlich nur auf Italienisch. Sie bestellen, zahlen und holen sich Ihr Essen dann am hinteren Ende der Theke ab. Am besten setzen Sie sich gleich dorthin, sofern Sie einen Barhocker ergattern können. Das Trinkgeld ist hier übrigens im Preis inbegriffen.«

»Was ist die Spezialität des Hauses?«

»Die Pizza mit Artischocken und Schinken ist sehr gut. Das Gleiche gilt für die Panini. Wir treffen uns in einer Stunde wieder, da drüben am Springbrunnen.«

Marco biss die Zähne zusammen und betrat das Lokal. Er kam sich ziemlich allein gelassen vor. Während er hinter zwei jungen Frauen wartete, suchte er verzweifelt die Speisekarte nach etwas ab, das er aussprechen konnte. Ihn interessierte weniger der Geschmack – seine ganze Sorge galt dem Bestell- und Bezahlvorgang. Zum Glück war die Kassiererin eine Dame mittleren Alters, die offensichtlich gern lächelte. Marco bedachte sie mit einem freundlichen »*Buonasera*«, und ehe sie etwas erwidern konnte, bestellte er »*Panino prosciutto e formag-*

gio« – ein Schinken-Käse-Brötchen – und dazu *»una Coca-Cola«*.

Die gute alte Coke. In jeder Sprache sofort wiederzuerkennen.

Über das Rattern und Klingeln der Kasse hinweg übergoss ihn die Kassiererin mit einem Wortschwall, von dem er rein gar nichts verstand. Trotzdem erwiderte er verbindlich *»Sì«* und reichte ihr einen Zwanzig-Euro-Schein, der zweifellos ausreichen sollte. Es funktionierte. Mit dem Wechselgeld bekam er einen Beleg gereicht. *»Numero sessantasette«*, sagte sie. Siebenundsechzig.

Mit dem Beleg in der Hand ging er langsam um die Theke herum. Niemand gaffte, er schien gar nicht aufzufallen. Ging er tatsächlich als Italiener, als Einheimischer durch? Oder war er so unverkennbar ein Ausländer, dass man ihn absichtlich ignorierte? Er hatte sich angewöhnt, darauf zu achten, wie andere Männer gekleidet waren, und fand, dass er mit seinem Outfit durchaus mithalten konnte. Luigi hatte ihm erzählt, dass Italiener, besonders Norditaliener, viel mehr Wert auf ihr Äußeres legten als Amerikaner. Sie bevorzugten maßgeschneiderte Jacketts und Hosen, edle Pullover und Krawatten zum Hemd; niemand hier trug Jeans und Sweatshirt.

Luigi – oder wer auch immer seine Garderobe zusammengestellt hatte, für die zweifellos der amerikanische Steuerzahler aufgekommen war – hatte seine Sache gut gemacht. Für einen Mann, der sechs Jahre lang in Gefängnismontur herumgelaufen war, hatte sich Marco den italienischen Schick erstaunlich schnell zu Eigen gemacht.

Er sah zu, wie die bestellten Speisen eine nach der anderen auf der Theke neben dem Grill auftauchten.

Nach rund zehn Minuten erschien ein dick belegtes Brötchen. Der Mann an der Ausgabe nahm es, riss einen Zettel ab und rief: »*Numero sessantasette.*« Wortlos trat Marco heran und zeigte seinen Beleg vor. Als Nächstes kam die Coke. Er setzte sich an einen kleinen Ecktisch und genoss es, allein und unbehelligt sein Abendessen zu sich zu nehmen. Das Lokal war laut und voll, offenbar kamen zumeist Stammgäste aus der Nachbarschaft hierher. Man begrüßte sich mit lautem Hallo, küsste und umarmte sich ausgiebig, und dasselbe wiederholte sich beim Abschied, wo das Ritual sogar meist noch länger dauerte. Das Warten in der Schlange funktionierte reibungslos, auch wenn man in Italien offensichtlich eine gänzlich andere Vorstellung davon hatte als in den Staaten. Zu Hause hätte es bei dem chaotischen Durcheinander längst scharfe Worte von den Umstehenden oder Flüche von der Kassiererin gegeben.

In einem Land, in dem ein dreihundert Jahre altes Haus als neu galt, hatte Zeit eine andere Bedeutung. Man genoss sein Essen selbst an einem Ort wie diesem. Marcos Tischnachbarn hatten für Pizza und Panini scheinbar endlos Zeit – es gab ja so viel zu erzählen.

Das geistlose Leben im Gefängnis hatte Joel abgestumpft. Er war nur deshalb nicht verrückt geworden, weil er acht Bücher pro Woche gelesen hatte, allerdings mehr um der Realität zu entfliehen als um sich weiterzubilden. Nach zwei Tagen, in denen er so intensiv Vokabeln gelernt, Verben konjugiert, die Aussprache geübt und zugehört hatte wie noch nie in seinem Leben, war er geistig ausgelaugt und vollkommen erschöpft.

Er ergab sich dem italienischen Brausen und Tosen und versuchte erst gar nicht, etwas davon zu verstehen, sondern erfreute sich stattdessen einfach an Rhythmus und Melodie der Wortkaskaden, die immer wieder von Gelächter durchsetzt waren. Ab und an erkannte er ein Wort, vor allem bei Begrüßungen und Abschieden, und verbuchte das als persönlichen Fortschritt. Die Familien und Freunde zusammen zu sehen machte ihm seine Einsamkeit bewusst, doch solche Gedanken wollte er gar nicht erst zulassen. Einsamkeit war, dreiundzwanzig Stunden am Tag in einer Zelle zu sitzen, praktisch keine Post zu bekommen und als einzige Gesellschaft ein billiges Taschenbuch zu haben. Dagegen war das hier ein Sonntagsausflug.

Er versuchte, kleine Portionen von seinem Panino abzubeißen, um es möglichst lange genießen zu können, aber irgendwann war es unwiederbringlich aufgegessen. Er nahm sich vor, beim nächsten Mal Pommes frites zu bestellen, weil man damit auch noch spielen konnte, wenn sie längst kalt waren. Auf diese Weise ließ sich eine Mahlzeit schier endlos in die Länge ziehen, jedenfalls weit über das Maß hinaus, das bei ihm zu Hause als normal galt. Widerwillig stand er auf. Nach etwa einer Stunde ließ er die heimelige Wärme des Lokals hinter sich und ging zu dem vereinbarten Treffpunkt am Springbrunnen, der abgeschaltet war, damit das Wasser nicht gefror. Ein paar Minuten später tauchte Luigi auf, als hätte er irgendwo im Schatten gelauert. Er schlug als Nachspeise ein *gelato* vor, aber Marco zitterte vor Kälte. Also gingen sie zum Hotel und wünschten sich eine gute Nacht.

Luigis Führungsoffizier versah offiziell diplomatischen Dienst im US-Konsulat in Mailand. Sein Name war Whitaker, und der Fall Backman war das Letzte, was ihn interessierte. Backman hatte nichts mit Nachrichtendienst oder Spionageabwehr zu tun, und Whitaker war auf diesen Gebieten so beschäftigt, dass er sich nicht auch noch um einen ehemals einflussreichen Washingtoner Staranwalt und Lobbyisten kümmern wollte, der in Italien untergetaucht war. Dennoch verfasste er gewissenhaft tägliche Berichte, die er nach Langley schickte. In Empfang genommen und durchgesehen wurden sie von Julia Javier, einer der wenigen Auserwählten, die Maynard in seinem Büro aufsuchen durften. Es war vor allem ihrer Gewissenhaftigkeit zu verdanken, dass Whitaker in Mailand so fleißig war – andernfalls wären seine Berichte sicher nicht so pünktlich erschienen.

Teddy Maynard wollte ein Briefing.

Und so wurde Julia Javier in sein Büro im siebten Stock gerufen, in den »Teddy-Flügel«, wie der Bereich überall in Langley hieß. Sie betrat den »Stützpunkt« – so nannte er selbst sein Büro – und fand ihn wie immer am Ende des langen Konferenztisches, in seinem Rollstuhl sitzend, mit dem üblichen schwarzen Anzug bekleidet, von der Brust abwärts in Decken gewickelt, über einen Stapel Berichte gebeugt. Wie immer stand Hoby bereit, um ihm die nächste Tasse von dem abscheulichen grünen Tee zu bringen, der ihn nach eigener Überzeugung am Leben erhielt.

Eigentlich lebt er kaum noch, dachte Julia Javier, aber das dachte sie nun schon seit Jahren.

Da sie keinen Kaffee trank und diesen Tee niemals anrühren würde, bekam sie nichts angeboten. Sie nahm wie gewöhnlich den Platz zu seiner Rechten ein, eine Art Vernehmungsstuhl, den alle Besucher zugewiesen bekamen, weil Maynard rechts besser hörte als links. »Hallo, Julia«, begrüßte er sie.

Hoby setzte sich ihr gegenüber, bereit zu protokollieren. Jeder Laut im »Stützpunkt« wurde von einem der ausgefeiltesten Abhörsysteme, das die moderne Technik je hervorgebracht hatte, aufgenommen. Trotzdem hielt Maynard an dieser Farce fest.

»Informieren Sie mich über Backman.« Wie immer erwartete er einen knappen und präzisen Bericht, der frei von jedem überflüssigen Wort war.

Julia blickte auf ihre Notizen, räusperte sich und begann, für die versteckten Mikrofone zu sprechen. »Er ist in Treviso, einer hübschen Kleinstadt in Norditalien. Hält sich seit drei Tagen dort auf, scheint sich recht gut anzupassen. Unser Mann hat permanent Kontakt zu ihm. Der Sprachlehrer ist ein Einheimischer und macht seine Sache gut. Backman hat weder Geld noch Pass, und bis jetzt hat er sich bereitwillig an unseren Agenten gehalten. Er hat weder von seinem Hotelzimmer aus telefoniert, noch hat er versucht, das Mobiltelefon für etwas anderes zu benutzen, als unseren Mann anzurufen. Er hat offensichtlich nicht das Bedürfnis, die Stadt zu erkunden, sondern hält sich immer in der Nähe des Hotels auf. Kein Wunder bei jemandem, der sich ans Gefängnis gewöhnt hatte. Wenn er nicht gerade Sprachunterricht hat oder isst, sitzt er auf seinem Zimmer und lernt Italienisch.«

»Wie sind seine Sprachkenntnisse?«

»Nicht schlecht. Er ist zweiundfünfzig, es wird also nicht so schnell gehen.«

»Ich habe mit sechzig noch Arabisch gelernt«, prahlte Maynard.

»Ja, ich weiß«, erwiderte sie. Jeder in Langley wusste das. »Er lernt sehr intensiv und machte gute Fortschritte, aber er ist erst seit drei Tagen dort. Der Lehrer ist jedenfalls beeindruckt.«

»Worüber redet er?«

»Nicht über die Vergangenheit, nicht über Freunde oder alte Feinde. Über nichts, was uns interessieren würde. Er hat es verdrängt, zumindest vorläufig. Die Gespräche drehen sich hauptsächlich um seine neue Heimat, ihre Sprache und Kultur.«

»Seelische Verfassung?«

»Er ist gerade vierzehn Jahre früher als gedacht aus dem Gefängnis gekommen … Er genießt ausgedehnte Mahlzeiten und trinkt guten Wein. Scheint recht glücklich zu sein. Hat offenbar kein Heimweh, wobei er natürlich auch keine richtige Heimat mehr hat. Er redet nie über seine Familie.«

»Gesundheit?«

»Scheint in Ordnung. Der Husten ist weg. Keine Schlafstörungen. Keine Beschwerden.«

»Alkohol?«

»Mäßig. Wein zum Mittag- und Abendessen, mal ein Bier in einem nahe gelegenen Café, aber nicht exzessiv.«

»Wir sollten versuchen, seinen Konsum zu steigern. Mal sehen, ob das seine Zunge lockert.«

»Das ist unser Plan.«

»Wie sicher ist Backman?«

»Es wird alles abgehört – Telefon, Zimmer, Sprachunterricht, Mahlzeiten mittags und abends. Selbst seine Schuhe sind verwanzt. Beide Paare. In sein Mantelfutter ist ein hoch empfindlicher Miniaturpeilsender eingenäht. Wir können ihn überall orten.«

»Sie können ihn also nicht verlieren?«

»Er ist Rechtsanwalt, kein Geheimdienstler. Bislang

scheint er seine Freiheit zu genießen und tut, was man ihm sagt.«

»Aber er ist nicht dumm. Vergessen Sie das nicht, Julia. Backman weiß genau, dass es ein paar ziemlich üble Typen gibt, die alles daransetzen, ihn aufzuspüren.«

»Das stimmt, aber bis jetzt ist er mehr wie ein Kleinkind, das sich an die Mutter klammert.«

»Er fühlt sich also sicher?«

»Unter den gegebenen Umständen, ja.«

»Dann sollten wir ihm einen Schrecken einjagen.«

»Jetzt?«

»Ja.« Maynard rieb sich die Augen und trank einen Schluck Tee. »Was ist mit seinem Sohn?«

»Überwachungsstufe drei, ist nicht viel los in Culpeper, Virginia. Wenn Backman zu jemandem Kontakt aufnimmt, dann zu Neal. Aber das wissen wir dann schon in Italien, lange bevor wir es in Culpeper erfahren.«

»Sein Sohn ist der einzige Mensch, dem er vertraut«, meinte Maynard und wiederholte damit nur, was Julia schon viele Male gesagt hatte.

»Das ist wahr.«

Er machte eine lange Pause. »Gibt's noch etwas, Julia?«, sagte er dann.

»Er schreibt einen Brief an seine Mutter in Oakland.«

Über Maynards Gesicht huschte ein Lächeln. »Wie nett. Haben wir den?«

»Ja, unser Beamter hat ihn gestern abgelichtet, wir haben das Foto gerade bekommen. Backman versteckt ihn zwischen den Seiten eines Fremdenverkehrsprospekts in seinem Hotelzimmer.«

»Wie lang ist er?«

»Zwei Absätze. Offenbar ist er nicht fertig geworden.«

»Lesen Sie vor«, befahl Maynard, lehnte den Kopf an die Rückenlehne seines Rollstuhls und schloss die Augen.

Julia raschelte mit Papier und rückte ihre Lesebrille zurecht. »Kein Datum, handschriftlich, schwer leserliches Gekrakel. ›Liebe Mutter, ich weiß nicht, wann oder ob du diesen Brief bekommst. Wie dem auch sei, ich bin raus aus dem Gefängnis, und es geht mir besser. In meinem letzten Brief habe ich geschrieben, dass bei mir in der Pampa in Oklahoma alles in Ordnung ist. Damals hatte ich noch keine Ahnung, dass mir der Präsident Straferlass gewähren würde. Es ging alles so schnell, dass ich es immer noch kaum glauben kann.‹ Zweiter Absatz. ›Ich lebe jetzt auf der anderen Seite der Welt, wo, kann ich nicht sagen, denn das würde ein paar Leute ziemlich beunruhigen. Ich wäre lieber in den Staaten, aber das ist nicht möglich. Leider hatte ich da kein Mitspracherecht. Mein Leben hier ist nicht gerade so, wie ich es mir immer gewünscht habe, aber es ist in jedem Fall besser als das, das ich noch vor einer Woche hatte. Es ging mir im Gefängnis sehr schlecht, auch wenn ich in meinen Briefen etwas anderes erzählt habe. Ich wollte nicht, dass du dir Sorgen machst. Hier bin ich frei, und das ist das Wichtigste überhaupt. Ich kann auf der Straße spazieren gehen, in einem Café essen, kommen und gehen, wann ich will, und tun und lassen, was mir gefällt. Freiheit, Mutter, ist etwas, von dem ich jahrelang nur träumen konnte und das ich unwiederbringlich verloren glaubte.‹«

Julia legte den Brief hin. »So weit ist er gekommen.«

Maynard schlug die Augen auf. »Meinen Sie, er ist dumm genug, einen Brief an seine Mutter zu schicken?«

»Nein. Aber er hat ihr lange Zeit einmal die Woche geschrieben. Es ist ihm zur Gewohnheit geworden, und wahrscheinlich hat das Schreiben sogar therapeutische Wirkung. Er muss sich jemandem mitteilen.«

»Kontrollieren wir immer noch ihre Post?«

»Ja, das wenige, das sie bekommt.«

»Sehr gut. Sorgen Sie dafür, dass ihm ein gehöriger Schrecken eingejagt wird, und berichten Sie mir dann wieder.«

»Ja, Sir.« Julia sammelte ihre Unterlagen ein und verließ das Büro. Maynard nahm die Zusammenfassung und nestelte an seiner Lesebrille herum. Hoby ging in die kleine Küche nebenan.

Das Telefon von Backmans Mutter im Pflegeheim in Oakland war angezapft, aber bislang hatte sich noch nichts Neues ergeben. An dem Tag, als die Begnadigung verkündet worden war, hatten zwei sehr alte Freunde angerufen, halbherzig gratuliert und viele Fragen gestellt. Doch Mrs Backman war so außer Fassung gewesen, dass sie am Ende mit Medikamenten ruhig gestellt wurde und stundenlang schlief. Von ihren Enkeln – es waren drei, von Joel und dessen diversen Ehefrauen – hatte in den letzten sechs Monaten keiner angerufen.

Lydia Backman hatte zwei Schlaganfälle überlebt und war an den Rollstuhl gefesselt. Als ihr Sohn auf dem Höhepunkt seiner Karriere gewesen war, hatte sie einigermaßen luxuriös in einer geräumigen Wohnung mit einer privaten Pflegerin gelebt. Nach seiner Verurteilung hatte sie ins Heim umziehen müssen.

Es war höchst unwahrscheinlich, dass Backman zu ihr Kontakt aufnahm.

10

Nachdem Critz ein paar Tage lang von dem Geld geträumt hatte, begann er, es auszugeben – zumindest im Geiste. Mit so viel Mäusen in der Tasche würde er nicht für die Rüstungsfirma arbeiten müssen, und er wäre nicht gezwungen, Publikum für Vortragsreisen zu gewinnen. (Er war ohnehin nicht davon überzeugt, dass es ein Publikum gab, im Gegensatz zu dem, was ihm sein Agent versprochen hatte.)

Critz dachte daran, sich zur Ruhe zu setzen. Irgendwo weit weg von Washington und all den Feinden, die er sich dort gemacht hatte, an einer Küste, wo er ein Segelboot haben könnte. Vielleicht würde er auch in die Schweiz gehen, um immer in der Nähe seines neuen Vermögens zu sein, das dort auf einer Bank ruhte und steuerfrei von Tag zu Tag wuchs.

Ein Telefonanruf, und die Londoner Wohnung war für ein paar Tage länger ihre. Dann ermutigte er Mrs Critz, verstärkt Geld für sich auszugeben. Auch sie hatte die Nase voll von Washington und verdiente ein sorgloses Leben.

Ob es an seinem gierigen Enthusiasmus lag, an seiner Unbeholfenheit oder an seiner Unerfahrenheit in Geheimdienstangelegenheiten – er machte von Beginn Fehler über Fehler, die für einen alten Hasen im Washingtoner Politpoker eigentlich unentschuldbar waren.

Als Erstes benutzte er das Telefon in der Mietwohnung, sodass sein Aufenthaltsort leicht zu orten war. Er rief Jeb Priddy an, der die letzten vier Jahre für die CIA im Weißen Haus tätig gewesen war. Priddy war immer noch auf seinem Posten, rechnete allerdings damit, bald nach Langley zurückgerufen zu werden. Der neue Präsident sei gerade dabei, sich einzurichten, es gehe alles drunter und drüber, berichtete Priddy, den der Anruf etwas irritierte. Critz und er hatten sich nie wirklich nahe gestanden, und Priddy war sofort klar, dass der Kerl ihn aushorchen wollte. Critz gab schließlich zu, dass er einen alten Kumpel suche, einen ehemaligen Analysten der CIA, mit dem er früher oft Golf gespielt habe. Sein Name sei Addison Daly, und er wisse nur, dass er nach Asien gegangen sei. Ob Priddy vielleicht wisse, wo er sich aufhalte.

Addison Daly saß in Langley, und Priddy kannte ihn gut. »Den Namen hab ich schon mal gehört«, erwiderte er. »Vielleicht kann ich ihn finden. Wo sind Sie zu erreichen?«

Critz gab ihm die Telefonnummer der Wohnung. Priddy rief Addison Daly an und äußerte seine Vermutung. Daly schaltete das Abhörgerät ein und rief über eine sichere Leitung in London an. Critz nahm ab und schäumte schier über vor Freude, als er die Stimme des alten Freundes hörte. Er schwadronierte, wie wunderbar doch das Leben nach dem Weißen Haus sei, nach all den Jahren auf der politischen Bühne, und wie nett es sei, endlich auch einmal Privatmensch zu sein. Es dränge ihn, alte Freundschaften wieder aufleben zu lassen und sich verstärkt dem Golfspiel zu widmen.

Daly ging darauf ein. Er erzählte, dass auch er nach

fast dreißig Jahren im Dienst an den Ruhestand denke und sich insgeheim schon auf ein geruhsames Privatleben freue.

Wie geht's Teddy Maynard?, wollte Critz wissen. Und dem neuen Präsidenten? Wie ist die Stimmung in Washington mit der neuen Administration?

Hat sich nicht viel verändert, meinte Daly, da wurde eben ein Haufen Trottel durch einen anderen ersetzt. Und wie geht's Ex-Präsident Morgan?

Critz wusste es nicht; er hatte länger nicht mehr mit ihm gesprochen und würde es in nächster Zeit wohl auch nicht tun. Als das Gespräch ins Stocken geriet, warf Critz ein künstliches Lachen ein. »Ich nehme an, dass niemand Joel Backman gesehen hat, oder?«, fragte er.

Daly gelang es, das Lachen zu erwidern. Das Ganze konnte doch nur ein Scherz sein. »Nein«, erwiderte er, »ich schätze, der ist gut versteckt.«

»Ja, das ist auch ratsam.«

Critz versprach anzurufen, sobald er wieder in Washington sei. Dann würden sie in einem der exklusiven Golfklubs eine Achtzehn-Loch-Partie spielen und zusammen einen trinken wie in den guten alten Zeiten.

Was für gute alte Zeiten?, fragte sich Daly, nachdem er aufgelegt hatte.

Eine Stunde später bekam Teddy Maynard das Telefongespräch vorgespielt.

Nachdem die ersten beiden Anrufe einigermaßen erfolgversprechend verlaufen waren, machte Critz weiter. Das Telefon war immer sein bevorzugtes Arbeitsmittel gewesen. Er hing der Schrotflintentheorie an – schieß einfach in die Luft, irgendwas wirst du schon treffen. Allmählich nahm in seinem Hirn ein vages Konzept

Gestalt an. Ein weiterer alter Kumpel war viele Jahre beim Vorsitzenden des Geheimdienstausschusses im Senat tätig gewesen, und obwohl er inzwischen ein Lobbyist mit guten Beziehungen war, unterhielt er angeblich enge Kontakte zur CIA.

Sie redeten über Politik und Golf, und irgendwann fragte der alte Freund zu Critz' Entzücken, was sich Präsident Morgan eigentlich dabei gedacht habe, ausgerechnet Duke Mongo zu begnadigen, den größten Steuerbetrüger in der Geschichte der USA. Critz behauptete, gegen die Entscheidung gewesen zu sein, und packte die Gelegenheit beim Schopf. »Was für Gerüchte gehen eigentlich über Backman um?«

»Du warst doch dabei«, entgegnete der alte Freund.

»Ja, aber wohin hat Maynard ihn abgeschoben? Das ist die große Frage.«

»Dann war es also die CIA?«

»Natürlich«, erwiderte Critz im Brustton der Überzeugung. Wer sonst hätte den Mann bei Nacht und Nebel außer Landes schaffen können?

»Interessant«, meinte der Freund, der daraufhin sehr einsilbig wurde. Critz bestand auf einem gemeinsamen Mittagessen in der folgenden Woche, dann beendeten sie das Gespräch.

Während er mit glühendem Eifer einen Telefonanruf nach dem anderen tätigte, beglückwünschte er sich wieder einmal zu seiner langen Liste von Kontakten. Nähe zur Macht zahlte sich immer aus.

Um halb sechs verabschiedete sich Joel – nein, Marco – nach drei Stunden intensivem Unterricht von Ermanno. Sie waren beide erschöpft.

Die kalte Luft half ihm, auf dem Weg durch die engen Gassen von Treviso einen klaren Kopf zu bekommen. Zum zweiten Mal in zwei Tagen hielt er an einem kleinen Café und bestellte sich ein Bier. Er setzte sich ans Fenster und beobachtete die Einheimischen, die draußen vorbeihasteten. Manche waren auf dem Heimweg von der Arbeit, andere kauften noch schnell fürs Abendessen ein. Das Café war warm und verraucht, und wieder einmal schweiften Marcos Gedanken zurück zu seiner Gefängniszeit. Der Wechsel war zu drastisch gewesen, die Freiheit allzu unerwartet gekommen. Noch immer schwelte in ihm die Furcht, plötzlich aufzuwachen und sich in einer Zelle wiederzufinden, im Hintergrund das hysterische Gelächter irgendeines unsichtbaren Verrückten.

Nach dem Bier trank er einen Espresso, dann trat er in die Dunkelheit hinaus, beide Hände tief in den Taschen vergrabend. Als er um die Ecke bog und auf sein Hotel zuging, sah er Luigi, der nervös rauchend auf dem Gehsteig auf und ab ging. Während Marco die Straße überquerte, kam er ihm entgegengeeilt. »Wir reisen ab«, sagte er.

»Warum?«, fragte Marco und sah sich nach finsteren Gestalten um.

»Das erkläre ich Ihnen später. Auf Ihrem Bett liegt eine Reisetasche. Packen Sie, so schnell es geht. Ich werde hier unten warten.«

»Und was, wenn ich nicht fahren will?«

Luigi packte ihn am linken Handgelenk, überlegte eine Sekunde und setzte dann ein knappes Lächeln auf. »Dann werden Sie die nächsten vierundzwanzig Stunden nicht überleben«, sagte er mit unheilvollem Unterton. »Bitte vertrauen Sie mir.«

Marco hastete die Treppe hoch und durch den Flur. Er hatte sein Zimmer fast erreicht, als ihm klar wurde, dass der stechende Schmerz in seiner Magengrube nicht vom Rennen kam, sondern von der Angst.

Was war passiert? Was hatte Luigi gehört oder gesehen, was hatte man ihm erzählt? Wer war dieser Luigi überhaupt, und von wem bekam er seine Befehle? All diese Fragen und noch viele mehr schossen Marco durch den Kopf, während er seine Sachen aus dem Schrank zog und aufs Bett warf. Nachdem er alles eingepackt hatte, setzte er sich einen Moment und versuchte, seine Gedanken zu ordnen. Er atmete tief ein und dann langsam wieder aus. Das alles, redete er sich ein, war doch nur ein großes Versteckspiel.

Würde er für immer auf der Flucht sein? Immer wieder hektisch packen müssen, um ein Hotelzimmer gegen ein anderes einzutauschen? Sicher, alles war besser als das Gefängnis, aber auch dieses Leben würde seinen Tribut fordern.

Wie sollte ihn überhaupt jemand so schnell gefunden haben? Er war erst seit vier Tagen in Treviso.

Nachdem er die Fassung einigermaßen wiedergewonnen hatte, ging er langsam auf den Flur, die Treppe hinunter, durch die Lobby, wo er dem gaffenden Rezeptionisten wortlos zunickte, und schließlich zur Tür hinaus. Luigi nahm seine Tasche und warf sie in den Kofferraum seines kleinen Fiats. Bis das erste Wort gesprochen wurde, hatten sie die Außenbezirke von Treviso erreicht.

»Okay, Luigi, was ist los?«, wollte Marco wissen.

»Szenenwechsel.«

»Das hab ich kapiert. Warum?«

»Aus gutem Grund.«

»Oh, das erklärt natürlich alles.«

Luigi lenkte mit der linken Hand und schaltete mit der rechten wild herum. Während er das Gaspedal fast ganz durchgedrückt hielt, ignorierte er die Bremse vollständig. Was war das nur für ein sonderbares Volk, das zweieinhalb Stunden lang gemütlich beim Essen sitzen konnte, um dann ins Auto zu steigen und in halsbrecherischem Tempo in zehn Minuten durch die ganze Stadt zu rasen?

Sie fuhren eine Stunde, hauptsächlich Richtung Süden, wobei sie die Autobahnen mieden. »Ist jemand hinter uns?«, fragte Marco jedes Mal, wenn sie auf zwei Rädern um eine Kurve schlitterten.

Luigi schüttelte nur den Kopf. Seine Augen waren zu Schlitzen verengt, die Brauen zusammengeschoben, die Kiefer fest aufeinander gepresst, jedenfalls solange die Zigarette nicht im Mund steckte. Er schaffte es irgendwie, wie ein Geisteskranker zu fahren und gleichzeitig in aller Ruhe zu rauchen. Er war offenbar fest entschlossen zu schweigen, was bei Marco den Wunsch, sich zu unterhalten, nur verstärkte.

»Sie versuchen, mir Angst einzujagen, stimmt's, Luigi? Wir spielen James Bond – Sie sind der coole Agent und ich der arme Trottel mit den Geheimnissen. Und damit ich nicht abtrünnig werde und auf eigene Faust losziehe, setzen Sie mich unter Druck. Ich weiß, was da abläuft.«

»Wer hat Jacy Hubbard ermordet?«, fragte Luigi und bewegte kaum die Lippen dabei.

Backman hatte plötzlich doch keine Lust mehr, sich zu unterhalten. Die Erwähnung dieses Namens ließ ihn einen Moment lang förmlich erstarren, und ein Bild erschien vor seinem geistigen Auge: ein Polizeifoto von Hubbard, der auf dem Grab seines Bruders lag, der halbe Kopf weggeschossen, Blut auf dem Grabstein, auf seinem weißen Hemd – überall.

»Sie kennen die Akte«, sagte Backman. »Es war Selbstmord.«

»Ach ja. Wenn Sie das glauben, warum haben Sie dann auf schuldig plädiert, um in Schutzhaft zu kommen?«

»Ich hatte Angst. Selbstmord kann ansteckend sein.«

»Wie wahr.«

»Sie meinen also, die Jungs, die Hubbards Selbstmord inszeniert haben, sind jetzt hinter mir her?«

Zur Bestätigung zuckte Luigi mit den Schultern.

»Die haben also irgendwie herausgefunden, dass ich mich in Treviso verstecke?«

»Es ist jedenfalls besser, kein Risiko einzugehen.«

Luigi wollte nicht in die Details gehen; aber vielleicht gab es ja auch keine. Joel blickte unwillkürlich über die Schulter auf die dunkle Straße hinter ihnen. Luigi warf einen Blick in den Rückspiegel und setzte ein wissendes Grinsen auf, als wollte er sagen: Ja, sie sind da, irgendwo hinter uns.

Joel sank ein paar Zentimeter tiefer in seinen Sitz und schloss die Augen. Zuerst waren zwei seiner Mandanten gestorben. Safi Mirza war vor einem Nachtklub in Georgetown erstochen worden, drei Monate nachdem er Joel eingeschaltet und ihm die einzige Kopie von »JAM« ausgehändigt hatte. Die Messerstiche allein wären tödlich gewesen, doch es war zusätzlich ein Gift injiziert worden, vermutlich beim Zustoßen mit der Klinge. Keine Zeugen. Keine Hinweise. Einer von vielen ungeklärten Mordfällen in Washington. Einen Monat später verschwand Fazal Sharif in Karatschi spurlos.

»JAM« war mit Sicherheit eine Milliarde Dollar wert, nur würde von dem Geld niemals jemand profitieren.

1998 hatte die Kanzlei Backman, Pratt & Bolling Ex-Senator Jacy Hubbard für eine Million Dollar im Jahr engagiert, und seine erste Aufgabe bestand darin, »JAM« an den Mann zu bringen. Um zu zeigen, dass er sein Geld wert war, verschaffte er sich mit mehr oder weniger lauteren Mitteln Zutritt zum Pentagon, um die Existenz von »Neptun« bestätigt zu bekommen – ein ebenso unbeholfener wie unglückseliger Versuch. Einem seiner Maulwürfe gelang es, Dokumente – als geheim unter Verschluss gehaltene Fälschungen – herauszuschmuggeln. Die hochsensiblen Papiere schienen in der Tat die Existenz von »Gamma Net« zu bestätigen, einem Satellitenüberwachungssystem, das aus dem amerikanischen SDI-Programm hätte stammen können und über schier unglaubliche Fähigkeiten verfügte. Nachdem Hubbard überzeugt war, dass die drei jungen Pakistaner tatsächlich die Wahrheit sagten – »Neptun« war ein US-Projekt –, berichtete er Joel Backman stolz von seinem Fund, woraufhin der in das Geschäft einstieg.

Wenn »Gamma Net« ein amerikanisches Militärprojekt war, stieg der Wert von »JAM« natürlich weiter. Außerdem schienen weder das Pentagon noch die CIA etwas von »Neptun« zu ahnen.

Schließlich ließ das Pentagon die eigene Inszenierung auffliegen – mithilfe eines Maulwurfs, der für Ex-Senator Hubbard arbeitete sowie für dessen neuen Boss, den Lobbyisten, Joel Backman. Es kam zu einem Skandal. Das FBI durchsuchte mitten in der Nacht die Büros von Backman, Pratt & Bolling, fand die Pentagon-Dokumente, die jedermann für echt gehalten hatte, und innerhalb von achtundvierzig Stunden hatte ein hoch motiviertes Team von Staatsanwälten gegen sämtliche Partner der Kanzlei Anklage erhoben.

Bald darauf begann das Morden, ohne dass Hinweise auf mögliche Täter gefunden wurden. Mit erfahrener Hand neutralisierte das Pentagon sowohl Hubbard als auch Backman, ohne je preiszugeben, ob das Satellitensystem nun existierte oder nicht. »Gamma Net« beziehungsweise »Neptun« blieb unantastbar unter dem Schutzmantel »militärischer Geheimnisse« verborgen.

Als Anwalt wollte Backman den Prozess, zumal die Pentagon-Dokumente einige Fragen aufwarfen, doch als Beklagter setzte er alles daran, nicht so zu enden wie Hubbard.

Wenn sie die Absicht verfolgten, ihm mit der überstürzten Abreise aus Treviso und Luigis Raserei Angst einzujagen, war ihnen das gelungen. Zum ersten Mal seit seiner Begnadigung vermisste Joel die vollkommene Sicherheit seiner kleinen Zelle.

Vor ihnen lag Padua, dessen Lichter und Verkehr mit jedem Kilometer zunahmen. »Wie viele Einwohner hat Padua?«, fragte Marco, nachdem er eine halbe Stunde lang kein Wort gesagt hatte.

»Zweihunderttausend. Warum wollt ihr Amerikaner das immer wissen?«

»Ich wusste nicht, dass das für Sie ein Problem ist.«

»Sind Sie hungrig?«

Das dumpfe Ziehen in seinem Magen kam von der Angst, trotzdem bejahte er. Kurz bevor sie den Autobahnring um die Stadt erreichten, aßen sie in einem gemütlichen Lokal eine Pizza, stiegen dann sofort wieder ins Auto und fuhren weiter Richtung Süden.

Für die Nacht mieteten sie sich in einem kleinen Landgasthof ein – acht Zimmer, etwa so geräumig wie ein Wandschrank –, der seit römischer Zeit im Besitz derselben Familie zu sein schien. Es gab nicht einmal ein Schild, das auf die Herberge hinwies; Luigi kannte sie offenbar, weil er hier häufiger übernachtete. Die Straße dorthin war schmal und einsam, und die wenigen Autos, die sie befuhren, waren Baujahr 1970 oder früher. Die nächste größere Stadt Richtung Süden war Bologna.

Luigi schlief im Nachbarzimmer, hinter einer dicken Steinmauer, die jahrhundertealt sein musste. Als Joel Backman/Marco Lazzeri unter seine Decke schlüpfte und ihm endlich warm geworden war, sah er nirgendwo auch nur einen schwachen Lichtschein. Es herrschte totale Finsternis. Und völlige Ruhe. Es war so ruhig, dass er die Augen lange nicht schließen konnte.

11

Nachdem Teddy Maynard zum fünften Mal in einem Bericht las, dass Critz von London aus herumtelefonierte und Fragen über Joel Backman stellte, bekam er einen seiner seltenen Wutanfälle. »Jemand muss diesem Hohlkopf Geld angeboten haben«, bellte er Wigline an, einen der Stellvertreter des Vizedirektors.

»Er wird nie in Erfahrung bringen, wo sich Backman aufhält«, erwiderte Wigline.

»Er darf es gar nicht erst versuchen. Das kompliziert die Sache nur. Er muss liquidiert werden.«

Wigline blickte Hoby an, der plötzlich aufgehört hatte mitzuschreiben. »Was sagen Sie da, Mr Maynard?«

»Liquidieren Sie ihn.«

»Er ist amerikanischer Staatsbürger.«

»Das weiß ich. Aber er gefährdet eine Operation. Wir haben so etwas schon früher getan. Es gibt Beispiele.« Näher ging er darauf nicht ein, aber da er dafür bekannt war, gern selbst Präzedenzfälle zu schaffen, hielten die beiden Männer es für ratsam, nicht zu widersprechen.

Hoby nickte sogar zustimmend.

Wigline biss die Zähne zusammen. »Ich nehme an, Sie wollen, dass das sofort erledigt wird.«

»So bald wie möglich«, bestätigte Maynard. »Legen Sie mir in zwei Stunden einen Plan vor.«

Sie beobachteten Critz, als er die Mietwohnung verließ, um seinen Spätnachmittagsspaziergang zu machen, der gewöhnlich mit ein paar Bier endete. Nach einer halben Stunde in gemütlichem Schlendergang kam er zum Leicester Square und betrat das Dog-and-Duck-Pub, wie schon tags zuvor.

Er saß am hinteren Ende der Theke und war bei seinem zweiten Glas, als der Barhocker neben ihm frei wurde und sich ein Geheimdienstbeamter namens Greenlaw zu ihm setzte und nach einem Bier rief.

»Stört Sie doch hoffentlich nicht, wenn ich rauche?«, fragte Greenlaw.

Critz zuckte mit den Achseln. »Wir sind ja nicht in Amerika.«

»Ah, ein Yankee, was?«, sagte Greenlaw.

»Ja.«

»Leben Sie hier?«

»Nein, bin nur zu Besuch.« Critz fixierte die Flaschen an der Wand hinter der Bar, um jeden Blickkontakt zu vermeiden, jeden Versuch einer Konversation abzuwehren. Er liebte es, allein in einem überfüllten Pub zu sitzen, ein Bier zu trinken und den spottgeladenen Schlagabtäuschen der Briten zu lauschen, in dem Wissen, dass nicht eine Menschenseele unter ihnen war, die ihn kannte. Trotzdem ging ihm dieser Kerl namens Ben nicht aus dem Sinn. Wenn sie ihn tatsächlich beobachteten, machten sie ihre Sache ziemlich gut.

Greenlaw hatte es mit seinem Bier eilig, damit er zeitgleich mit Critz das Glas leeren konnte. Es war entscheidend, dass sie die nächste Runde zusammen bestellten. Er zog an seiner Zigarette und blies den Rauch in die dichten Schwaden, die über ihnen standen. »Ich bin schon seit einem Jahr hier«, sagte er.

Critz nickte, ohne den Kopf zu wenden. Hau endlich ab.

»Es macht mir ja nichts aus, auf der falschen Seite zu fahren oder das lausige Wetter zu ertragen, aber was mich wirklich fertig macht, das ist der Sport hier. Haben Sie mal ein Kricketspiel gesehen? Das dauert vier Tage.«

Critz entrang sich ein Grunzen. »Idiotische Sportart«, erwiderte er lahm.

»Fußball und Kricket, was anderes kennen die hier nicht. Da rasten sie völlig aus. Für mich ist ein Winter ohne NFL der reinste Horror.«

Critz war ein treuer Redskins-Fan mit Jahreskarte fürs Stadion. Es gab wenig in seinem Leben, das ihn so begeisterte wie sein geliebtes Team. Greenlaw interessierte sich nur mäßig für Football, hatte aber den ganzen Tag nördlich von London in einem sicheren Haus der CIA gesessen und Ligadaten auswendig gelernt. Wenn das Thema Sport nicht funktionierte, würde er es als Nächstes mit Politik versuchen. Und wenn er damit keinen Erfolg landete, hätte er noch einen letzten Trumpf im Ärmel – eine reizende junge Dame, die draußen wartete. Wobei Critz nicht als Schwerenöter bekannt war.

Critz bekam plötzlich Heimweh. Er saß in einem Pub, weit weg von zu Hause, weit weg vom Superbowl – der zu allem Überfluss von der britischen Presse vollkommen ignoriert wurde –, und konnte die Zuschauermassen förmlich hören, ihre frenetische Begeisterung spüren. Wenn die Redskins die Play-off-Runde überstanden, würde er nicht länger in London bleiben und Bier trinken. Er würde beim Finale dabei sein, und zwar ganz weit vorn, direkt an der Fünfzig-Yard-Linie. Es gab genügend Unternehmen, die ihm etwas schuldeten, irgendeines würde ihm schon die entsprechenden Tickets besorgen.

Er blickte Greenlaw an. »Patriots oder Packers?«

»Mein Team ist nicht weitergekommen, aber im Finale bin ich auf der Seite der NFC-Teams.«

»Ich auch. Und welches ist Ihr Team?«

Das war mit Sicherheit die schicksalhafteste Frage, die Robert Critz in seinem Leben je gestellt hatte. Als Greenlaw »Redskins« antwortete, lächelte er. Der Bann war gebrochen. Ein paar Minuten lang arbeiteten sie ihre Fangeschichte auf – wie lange sie schon Redskins-Fan waren, die größten Spiele, die sie gesehen hatten, die besten Spieler, die zurückliegenden Superbowls. Greenlaw bestellte noch eine Runde, und es sah alles danach aus, dass sie die nächsten Stunden damit beschäftigt sein würden, alte Spiele auf dem Tresen nachzuspielen. Seit Critz in London war, hatte er noch nicht oft mit Amerikanern geredet, aber mit diesem Typ hier ließ sich herrlich fachsimpeln.

Greenlaw entschuldigte sich irgendwann und ging zur Toilette. Sie befand sich im ersten Stock und war etwa so groß wie ein Besenschrank, ein schummeriges Loch, wie es für London typisch war. Er verriegelte die Tür und zog ein Mobiltelefon aus der Tasche, um über den Stand der Dinge zu berichten. Alles lief nach Plan. Seine Crew, drei Männer und die reizende junge Dame, wartete draußen, ein Stück die Straße hinunter.

Beim vierten Bier – es herrschte gerade Uneinigkeit über Sonny Jurgensens Touchdown-Interception-Verhältnis – musste Critz pinkeln gehen. Er fragte nach der Toilette und verschwand. Mit geübter Hand ließ Greenlaw unbemerkt eine kleine weiße Tablette in Critz' Glas fallen – Rohypnol, ein starkes, aber geruchs- und geschmacksneutrales Schlafmittel. Mr Redskins kam erfrischt, bester Laune und zum Weitertrinken entschlossen zurück. Sie diskutierten über John Riggins und Joe Gibbs und amüsierten sich prächtig, bis dem armen Critz plötzlich der Kopf auf die Brust sank.

»Puh«, machte er mit bereits angeschwollener Zunge. »Ich geh jetzt besser nach Hause. Meine bessere Hälfte wartet.«

»Ja, ich geh auch heim«, sagte Greenlaw und hob sein Glas. »Trinken wir aus.«

Sie leerten ihre Gläser und standen auf. Critz ging vor, und Greenlaw hielt sich hinter ihm bereit, ihn aufzufangen. Sie drängten sich durch die Menschentraube am Eingang auf den Gehsteig hinaus, wo ein kalter Wind Critz wieder Leben einhauchte, wenn auch nur für einen kurzen Moment. Er vergaß seinen neuen Kumpel und taumelte mit gummiweichen Knien zwanzig Schritte zum nächsten Laternenpfahl, an dem er sich festklammerte. Greenlaw fing ihn auf, als er zusammenbrach. »Verdammt, Fred, du bist wieder mal ganz schön voll«, sagte er laut, als ein junges Pärchen vorbeikam.

Förmlich aus dem Nichts materialisierte sich ein Wagen, der am Straßenrand hielt. Die hintere Tür öffnete sich, und Greenlaw schob den halb toten Critz auf die Rückbank. Sie fuhren zu einem Lagerhaus acht Häuserblocks weiter. Dort wurde der inzwischen Bewusstlose in einen kleinen Transporter ohne Aufschrift und mit doppelter Rückklappe verladen. Einer der Beamten holte eine Spritze heraus und verabreichte ihm eine massive Dosis reinstes Heroin. Die Angehörigen verstummten gewöhnlich schnell, wenn bei der von ihnen geforderten Autopsie Rauschgift entdeckt wurde.

Critz atmete kaum noch, als der Transporter weiterfuhr, in die Whitcomb Street, und unweit seiner Wohnung hielt. An dem Mord waren drei Fahrzeuge beteiligt – der Transporter, ein großer schwerer Mercedes und ein Verfolgerfahrzeug, an dessen Steuer ein Brite saß, der die Aufgabe hatte, am Tatort zu warten und die Polizei abzulenken. Vor allem aber sollte der Wagen den Verkehr aufhalten, um dem Mercedes einen Vorsprung zu verschaffen.

Sie fuhren dreimal an der vereinbarten Stelle vorbei. Alle Fahrer standen miteinander in Funkkontakt, ebenso der Agent und die reizende junge Dame, die auf dem Gehsteig warteten. Dann wurde die Hecktür des Transporters aufgestoßen, Critz fiel auf die Straße, der Mercedes steuerte auf seinen Kopf zu und zermalmte ihn mit einem widerlichen, dumpfen Geräusch. Dann verschwanden alle bis auf den Briten im Verfolgerfahrzeug. Er stieg auf die Bremse, sprang aus dem Auto und rannte zu dem armen Betrunkenen, der gerade auf die Straße gestolpert und überfahren worden war. Rasch sah er sich nach weiteren Zeugen um.

Es waren keine da, doch auf der Gegenfahrbahn näherte sich ein Taxi. Er winkte es heran, und bald darauf hielten weitere Autos. In kürzester Zeit hatte sich eine Menschenmenge versammelt, und dann kam auch die Polizei. Der Brite im Verfolgerfahrzeug war zwar der Erste am Unfallort gewesen, hatte aber kaum etwas gesehen. Der Mann sei zwischen den am Straßenrand geparkten Autos hindurchgetaumelt und von einem großen PKW überfahren worden. Schwarz oder dunkelgrün sei das Auto gewesen, aber Marke oder Modell könne er nicht benennen. Natürlich hatte er nicht auf das Nummernschild geachtet und konnte auch den unfallflüchtigen Fahrer nicht beschreiben. Er war zu Tode erschrocken, als er sah, wie der Betrunkene auf die Straße torkelte.

Während Bob Critz' Leiche in einen Krankenwagen geschoben wurde, um ins Leichenschauhaus gefahren zu werden, saßen Greenlaw, die reizende junge Dame und zwei weitere Mitglieder der Crew in einem Zug Richtung Paris. Dort würden sie sich ein paar Wochen lang aufhalten, um anschließend nach England, ihrem Stützpunkt, zurückzukehren.

Marco gelüstete es eigentlich nur nach dem Frühstück, weil ihm der Duft in die Nase stieg – irgendwo im Haus wurden Speck und Würstchen gebraten. Doch Luigi drängte zur Weiterfahrt. »Es sind noch mehr Gäste da, und hier wird zusammen an einem Tisch gegessen«, erklärte er, während sie eilig ihre Taschen in den Kofferraum warfen. »Denken Sie daran, Sie hinterlassen Spuren. Die Signora vergisst nichts.«

Sie schlängelten sich über die Landsträßchen.

»Wohin fahren wir?«, fragte Marco.

»Das werden Sie schon sehen.«

»Hören Sie endlich auf, Spielchen mit mir zu treiben!«, rief Marco, und Luigi zuckte tatsächlich zusammen. »Ich bin ein freier Mann und könnte jederzeit aus diesem Auto aussteigen.«

»Ja, aber …«

»Hören Sie auf, mir zu drohen! Jedes Mal, wenn ich eine Frage stelle, höre ich diese unterschwellige Drohung, dass ich allein keine vierundzwanzig Stunden überleben würde. Ich will jetzt wissen, was los ist. Wohin fahren wir? Wie lange werden wir dort bleiben? Wie lange werden Sie noch in meiner Nähe sein? Geben Sie mir ein paar Antworten, Luigi, oder ich verschwinde.«

Luigi bog auf eine zweispurige Straße ein. Einem Schild zufolge befanden sie sich dreißig Kilometer vor Bologna. Er wartete, bis sich die Stimmung im Wagen etwas entspannt hatte. »Wir fahren nach Bologna. Für ein paar Tage bleiben Sie dort in einem Hotel«, sagte er dann. »Ermanno wird auch da sein, und Sie setzen Ihren Unterricht fort. Später werden Sie für einige Monate in einem sicheren Haus untergebracht. Dann verschwinde ich, und Sie sind auf sich allein gestellt.«

»Danke. Was war daran so schwierig?«

»Der Plan ändert sich.«

»Ich wusste, dass Ermanno kein Student ist.«

»Er ist Student. Er ist auch Teil des Plans.«

»Ist Ihnen eigentlich klar, wie lächerlich das Ganze ist? Denken Sie mal nach, Luigi. Jemand bringt jede Menge Zeit und Geld auf, um mir eine fremde Sprache und Kultur einzutrichtern. Warum lässt man mich nicht einfach wieder in die C-130 steigen und zum Beispiel nach Neuseeland fliegen?«

»Das ist eine hervorragende Idee, Marco, aber ich treffe diese Entscheidungen nicht.«

»Zum Teufel mit Marco. Jedes Mal, wenn ich in den Spiegel sehe und Marco sage, muss ich lachen.«

»Das ist nicht witzig. Kennen Sie Robert Critz?«

Marco schwieg einen Moment. »Ich bin ihm in den letzten Jahren ein paarmal begegnet. War nie wirklich interessant für mich. Auch so ein politischer Ackergaul wie ich, schätze ich.«

»Ein enger Freund von Präsident Morgan, Stabschef, Wahlkampfleiter.«

»Ach ja?«

»Er wurde gestern Abend in London ermordet. Damit sind fünf Personen Ihretwegen gestorben – Jacy Hubbard, die drei Pakistaner, jetzt Critz. Das Morden hört nicht auf, Marco. Bitte, haben Sie Geduld mit mir. Ich versuche nur, Sie zu schützen.«

Marco ließ den Kopf gegen die Kopfstütze sinken und schloss die Augen. Es gelang ihm einfach nicht, das Puzzle zu vervollständigen.

Sie hielten kurz, um zu tanken. Luigi kam mit zwei kleinen Bechern Kaffee zurück. »Kaffee zum Mitnehmen«, sagte Marco freundlich, um Harmonie bemüht. »Ich dachte, solcherlei Übel wären in Italien per Gesetz verboten.«

»Das Fastfood greift auch hier immer mehr um sich. Traurig.«

»Sie können die Schuld ruhig auf die Amerikaner schieben. Das tun alle anderen auch immer.«

Kurz darauf erreichten sie die Außenbezirke von Bologna, wo dichter Berufsverkehr herrschte. »Hier werden übrigens unsere besten Autos hergestellt. Ferrari, Lamborghini, Maserati ... die ganzen großen Sportwagen.«

»Kann ich einen haben?«

»Das gibt das Budget leider nicht her, tut mir Leid.«

»Wie viel gibt es denn her?«

»Es reicht für ein einfaches, beschauliches Leben.«

»Das hatte ich befürchtet.«

»Es ist weitaus mehr als das, was Sie zuletzt hatten.«

Marco nippte an seinem Kaffee und blickte auf den Verkehr. »Haben Sie nicht hier studiert?«

»Doch. Die Universität ist eintausend Jahre alt. Es ist eine der besten der Welt. Ich werde sie Ihnen später zeigen.«

Sie verließen die Einfallstraße und wanden sich durch eine graue Vorstadt. Die Straßen wurden immer kürzer und schmaler. Luigi schien sich bestens auszukennen. Sie folgten den Schildern Richtung Stadtzentrum und Universität. Dann scherte Luigi plötzlich aus, holperte über eine Bordsteinkante und bugsierte den Fiat in eine Lücke, die für ein Motorrad gerade breit genug gewesen wäre. »Gehen wir was essen«, sagte er. Sie zwängten sich ins Freie und marschierten auf dem Gehsteig zügig durch die kalte Luft.

Marcos nächstes Versteck war ein schmuddeliges kleines Hotel ein paar Straßen von der Altstadt entfernt. »Das Budget wurde wieder gekürzt«, murmelte er, während er Luigi durch den engen Eingangsraum zur Treppe folgte.

»Ist nur für ein paar Tage«, sagte Luigi.

»Und dann?« Marco kam mit seinen Taschen kaum die schmale Treppe hinauf. Luigi hatte nichts dabei. Zum Glück war sein Zimmer gleich im ersten Stock, ein ziemlich kleiner Raum mit einem viel zu kleinen Bett und Vorhängen, die schon länger nicht mehr geöffnet worden waren.

»Treviso gefällt mir besser«, bemerkte Marco und ließ seinen Blick über die Tapeten gleiten.

Luigi zog die Vorhänge auf. Das Sonnenlicht machte

es nicht viel besser. »Nicht schlecht«, meinte er ohne Überzeugung.

»Meine Gefängniszelle war gemütlicher.«

»Sie jammern ziemlich viel.«

»Aus gutem Grund.«

»Packen Sie aus. Wir treffen uns in zehn Minuten unten. Ermanno wartet.«

Ermanno hatte der plötzliche Ortswechsel offenbar ebenso überraschend getroffen wie Marco. Er war nervös und aufgeregt, als wäre er ihnen seit Treviso hinterhergefahren. Sie gingen zu einem heruntergekommenen Wohngebäude ein paar Straßen weiter. Da es keinen Aufzug gab, stiegen sie zu Fuß in den vierten Stock hoch und betraten eine winzige Zwei-Zimmer-Wohnung, die noch spärlicher möbliert war als die in Treviso. Ermanno hatte offenbar in aller Hast gepackt und noch schneller wieder ausgepackt.

»Das Loch hier ist ja noch schlimmer als meines«, sagte Marco und blickte sich um.

Auf dem kleinen Tisch lagen die Unterrichtsmaterialien, die sie tags zuvor benutzt hatten.

»Zum Mittagessen bin ich wieder da«, erklärte Luigi und verschwand.

»*Andiamo a studiare*«, verkündete Ermanno.

»Ich habe alles schon wieder vergessen.«

»Aber der Unterricht gestern war gut.«

»Können wir nicht einfach in einem Café was trinken gehen? Ich bin nicht in Stimmung für Schulunterricht.« Aber Ermanno hatte bereits seinen Platz am Tisch eingenommen und blätterte in dem Lehrbuch. Widerstrebend setzte sich Marco auf den Stuhl gegenüber.

Mittag- und Abendessen waren nichts, woran man sich erinnern würde. Sie aßen in Schnellrestaurants, die wie Trattorien eingerichtet waren – die italienische Version des Fastfoodlokals. Luigi war schlecht gelaunt und mahnte mehrmals, zuweilen recht ungehalten, nur Italienisch zu sprechen. Er redete langsam und deutlich und wiederholte alles viermal, bis Marco den Sinn seiner Worte ergründet hatte, dann erst ging er zum nächsten Satz über. Bei solcher Anspannung das Essen zu genießen war vollkommen unmöglich.

Um Mitternacht lag Marco in seinem kalten Zimmer im Bett, die dünne Decke um sich gewickelt, trank Orangensaft, den er beim Zimmerservice bestellt hatte, und lernte von langen Vokabellisten Verben und Adjektive.

Warum war Robert Critz von denselben Leuten umgebracht worden, die nach Joel Backman suchten? Schon die Frage an sich war absurd, und ihm wollte partout keine Antwort einfallen. Er nahm an, dass Critz dabei gewesen war, als sein Straferlass beschlossen worden war. Ex-Präsident Morgan konnte eine solche Entscheidung nicht allein treffen. In einer wichtigeren Rolle aber war Critz nicht vorstellbar. Er hatte in Jahrzehnten bewiesen, dass er allenfalls ein guter Handlanger war, mehr nicht. Nur wenige hatten ihm vertraut.

Wenn das Morden weiterging, musste Marco unbedingt die Verben und Adjektive lernen, die auf seinem Bett verstreut lagen. Ohne Italienisch zu sprechen, würde er nicht überleben und sich nie frei bewegen können. Luigi und Ermanno würden bald nicht mehr da sein, und dann wäre Marco Lazzeri auf sich allein gestellt.

12

IM MORGENGRAUEN FLOH MARCO aus seiner lausigen Kemenate, der »Wohnung«, wie das Zimmer im offiziellen Jargon genannt wurde, und machte einen langen Spaziergang. Die Gehsteige waren fast so feucht wie die kalte Luft. Mithilfe des Stadtplans, den Luigi ihm gegeben hatte und der natürlich italienisch war, suchte er sich seinen Weg in die Altstadt. Als er die Porta San Donato, ein Überbleibsel der alten Stadtmauer, erreicht hatte, ging er am nördlichen Rand des Universitätsviertels auf der Via Irnerio in Richtung Westen. Die Gehsteige waren jahrhundertealt und offenbar über Kilometer mit Bogengängen überdacht.

Im Universitätsviertel begann das Leben auf der Straße erst im Laufe des Vormittags. Hin und wieder fuhr ein Auto vorbei, dann ein Fahrrad oder zwei, aber die Fußgänger schliefen alle noch. Luigi hatte ihm erklärt, dass Bolognas jüngste Vergangenheit vom Kommunismus geprägt war. Die Stadt hatte eine bewegte Geschichte, und Luigi hatte versprochen, ihm davon zu erzählen.

Marco entdeckte ein kleines grünes Neonschild, das beiläufig auf eine *Bar Fontana* hinwies. Als er darauf zuging, stieg ihm das Aroma starken schwarzen Kaffees in die Nase. Das Fontana war in die Ecke eines altes Hauses gequetscht – »alt« brauchte man eigentlich gar nicht zu erwähnen, da in dieser Gegend alle Gebäude alt waren. Die Tür öffnete sich widerstrebend. Als Marco eingetreten war, musste er beinahe lächeln angesichts der vielen Gerüche, die ihm entgegenschlugen – Kaffee, Zigaretten, Gebäck und heißes Fett von einem Grill im hinteren Teil. Doch dann erfasste ihn wieder die gewohnte Sorge beim Gedanken daran, in der fremden Sprache bestellen und sich verständigen zu müssen.

Im Fontana gab es weder Studenten noch Frauen. Die Kundschaft war ausschließlich männlich, in seinem Alter oder darüber, eher nachlässig gekleidet, und spätestens an den zahllosen Bärten und Pfeifen war zu erkennen, dass es sich um die Stammkneipe der Universitätsdozenten handelte. Zwei oder drei Gäste blickten in seine Richtung, doch in einem Viertel mit einhunderttausend Studenten fiel ein Fremder nicht weiter auf.

Marco ging zum letzten Tisch ganz hinten im Café durch. Als er sich schließlich – die Wand im Rücken – auf einen freien Platz gezwängt hatte, saß er Schulter an Schulter mit seinen Nachbarn, die beide in eine Zeitung versunken waren und ihn nicht zu bemerken schienen. Luigi hatte ihm in einem seiner Vorträge über italienische Kultur erläutert, dass Europäer eine gänzlich andere Vorstellung von Raum und zwischenmenschlichem Abstand hätten als Amerikaner. Raum wurde in Europa geteilt, nicht verteidigt. Tische nutzte man gemeinsam, ebenso wie die Luft – Rauchen störte hier niemanden. Autos, Häuser, Busse, Wohnungen, Cafés – alle diese »Räume« waren eng, ergo voll und wurden bereitwillig mit anderen geteilt. Es wurde keineswegs als aggressiv aufgefasst, wenn man mit einem Bekannten beim Gespräch Tuchfühlung hielt, die persönliche Sphäre des anderen wurde dadurch nicht verletzt. Man redete mit Händen und

Füßen, umarmte sich und tauschte sogar hin und wieder Küsschen aus.

Für Amerikaner – obwohl ebenfalls ein freundliches Volk – war diese Form öffentlicher Intimität schwer nachzuvollziehen.

Außerdem war Marco noch nicht bereit, Fremde zu nah an sich heranzulassen. Er griff nach der zerknitterten Speisekarte, die auf dem Tisch lag, und entschied sich für das erste Gericht, das er erkannte. Der Kellner kam und blickte auf ihn herab. »*Espresso*«, sagte er so lässig wie möglich, »*e un panino al formaggio.*«

Der Kellner quittierte die Bestellung mit einem Nicken. Marcos Aussprache schien niemanden zu interessieren. Keiner senkte neugierig die Zeitung. Es war ihnen egal, denn sie hörten ständig fremde Akzente. Als Marco Lazzeri die Speisekarte wieder auf den Tisch legte, entschied er, dass ihm Bologna gefiel, auch wenn es angeblich ein Kommunistennest war. Studenten und Dozenten aus aller Welt kamen und gingen, da fiel ein Fremder mehr nicht auf, sondern wurde als Teil dieser Kultur verstanden. Vielleicht galt es sogar als etwas Besonderes, einen Akzent zu haben und sich anders anzuziehen. Und sicher war es ganz normal, hier zu sein, um die Sprache zu erlernen.

Ausländer verrieten sich meist dadurch, dass sie versuchten, sich möglichst unauffällig umzublicken, um alles in sich aufzunehmen. Marco war entschlossen, sich im Fontana nicht auf diese Weise zu verraten. Er zog ein Vokabelheft heraus und bemühte sich, Szenerie und Menschen zu ignorieren. Ermanno sagte immer wieder, wenn man Italienisch oder irgendeine andere romanische Sprache beherrschen wolle, müsse man vor allem die

Verben kennen. Das Vokabelheft enthielt die eintausend wichtigsten Verben des Italienischen, und Ermanno war der Meinung, dass es eine gute Grundlage bilde.

So zäh das Auswendiglernen auch war, Marco fand in gewisser Weise Gefallen daran. Er empfand es als befriedigend, vier Seiten durchzugehen – oder einhundert Verben, Substantive, Adjektive – und immer die richtige Entsprechung zu wissen. Wenn er ein Wort falsch gesagt oder ausgesprochen hatte, kehrte er an den Anfang zurück und begann, gewissermaßen als Strafe, wieder von vorn. Als Espresso und Panino kamen, hatte er dreihundert Verben geschafft. Er trank einen Schluck und wandte sich sofort wieder seinem Heftchen zu, als wären ihm die Vokabeln jetzt viel wichtiger als Essen und Trinken.

Er war gerade beim vierhundertsten Verb angekommen, da tauchte Rudolph auf.

Als an Marcos rundem Tischchen ein Stuhl frei wurde, erschien ein kleiner, dicker Mann, der von Kopf bis Fuß in ausgeblichenes Schwarz gehüllt war. Wilde Büschel krausen grauen Haares standen in alle Richtungen von seinem Kopf ab und wurden nur geringfügig von einer schwarzen Baskenmütze gebändigt, die oben auf dem Wust balancierte. »*Buongiorno. È libera questa sedia?*«, fragte er höflich und deutete auf den Stuhl. Marco hatte den Satz nicht genau verstanden, aber es war offensichtlich, was gemeint war. Dann drang das Wort *libera* in sein Bewusstsein, und er nahm an, dass es »frei« bedeutete.

»*Sì*«, entgegnete er akzentfrei. Daraufhin nahm der Mann seinen langen schwarzen Umhang ab, hängte ihn über die Stuhllehne und quetschte sich auf den Stuhl. Als er endlich saß, waren sie nur noch ein paar Zentimeter voneinander entfernt. Raum wird hier anders wahrgenommen, sagte sich Marco immer wieder. Der Mann legte ein Exemplar von *L'Unità* auf den Tisch, der dabei gefährlich ins Wanken geriet. Marco bangte eine Sekunde lang um seinen Espresso. Um nicht angesprochen zu werden, versenkte er sich noch tiefer in Ermannos Verben.

»Amerikaner?«, fragte sein neuer Bekannter in akzentfreiem Englisch.

Marco ließ das Buch sinken und blickte in die leuchtenden Augen dicht vor ihm. »Fast. Kanadier. Wie kommen Sie darauf?«

Der andere nickte in Richtung des Lehrbuches. »Englisch-Italienisch. Sie sehen nicht wie ein Engländer aus, daraus schließe ich, dass Sie Amerikaner sind.« Seinem Akzent nach zu urteilen, kam er wahrscheinlich nicht aus dem Mittleren Westen der Staaten. Auch nicht aus New York oder New Jersey oder dem Süden, aus Texas, Appalachia oder New Orleans. Damit waren weite Teile des Landes schon einmal ausgeschlossen. Blieb zum Beispiel noch Kalifornien. Marco wurde nervös. Bald würde das große Lügen beginnen, und er hatte noch viel zu wenig Übung.

»Und woher kommen Sie?«, fragte er.

»Zuletzt war ich in Austin, Texas. Das war vor dreißig Jahren. Ich heiße übrigens Rudolph.«

»Guten Morgen, Rudolph, ist mir ein Vergnügen. Ich bin Marco.« Zum Sandkastenspielen genügte der Vorname. »Sie klingen nicht nach Texas.«

»Zum Glück«, entgegnete Rudolph mit einem sympathischen Lächeln, das seinen Mund unter dem Haarwust erahnen ließ. »Ursprünglich bin ich aus San Francisco.«

Der Kellner beugte sich zu ihm, und er bestellte in

schnellem Italienisch schwarzen Kaffee und vermutlich etwas zu essen. Marco verstand keine Silbe und war somit ausgeschlossen von diesem kurzen Wortwechsel.

»Was hat Sie nach Bologna geführt?«, erkundigte sich Rudolph dann. Er schien begierig darauf, sich zu unterhalten. Wahrscheinlich kam es nicht so häufig vor, dass er in seinem Lieblingscafé einen Landsmann traf.

Marco senkte das Buch. »Ich reise für ein Jahr in Italien herum, schaue mir die Sehenswürdigkeiten an und versuche, ein bisschen was von der Sprache aufzuschnappen.«

Rudolphs Gesicht war zur Hälfte von einem wild wachsenden Bart überwuchert, der bis über die Wangenknochen reichte und in alle Richtungen spross. Seine Nase war kaum zu sehen, ebenso wie sein Mund. Aus irgendeinem Grund – der sicher für immer ein Geheimnis bleiben würde, da niemals jemand auf die Idee käme, ihn danach zu fragen – rasierte er sich einen Teil des Kinns bis zur Unterlippe. Von diesem jungfräulichen Ort abgesehen, durften die krausen Borsten ungehindert sprießen und wurden offensichtlich auch selten gewaschen. Auf seinem Oberkopf sah es genauso aus – unter dem Rand der Baskenmütze quollen rundherum dichte Büschel grauen Haares hervor.

Da seine Gesichtszüge weitgehend verdeckt waren, zogen seine Augen die ganze Aufmerksamkeit auf sich. Dunkelgrün strahlten sie unter dichten herabhängenden Brauen hervor, und es schien ihnen nichts zu entgehen.

»Wie lang sind Sie schon in Bologna?«, wollte Rudolph wissen.

»Seit gestern. Ich habe kein festes Programm. Und Sie, was hat Sie hierher geführt?«

Die Augen tanzten, ohne je zu zwinkern. »Ich bin seit dreißig Jahren hier. Ich unterrichte an der Universität.«

Endlich biss Marco in sein Käsebrötchen, teils aus Hunger, vor allem aber, weil er wollte, dass Rudolph weiterredete.

»Wo sind Sie zu Hause?«

»Toronto«, antwortete Marco der Legende gemäß. »Meine Großeltern sind aus Mailand dorthin ausgewandert. Ich habe zwar italienische Wurzeln, aber die Sprache habe ich nie gelernt.«

»Italienisch ist nicht schwer«, sagte Rudolph, als sein Kaffee kam. Er nahm die kleine Tasse und versenkte sie tief in seinem Bart, wo sie offenbar die Lippen traf. Er schmatzte einmal und beugte sich vor, als wollte er etwas Vertrauliches sagen. »Sie klingen nicht nach Kanada.« Seine Augen schienen Marco anzulachen.

Marco setzte seit einer Weile alles daran, italienisch auszusehen, zu handeln und zu klingen. Einen Kanadier aus sich zu machen war ihm noch nicht in den Sinn gekommen. Wie klang kanadisches Englisch überhaupt? Er nahm noch einen großen Bissen. »Ich kann's nicht ändern«, sagte er mit vollem Mund. »Was hat Sie denn von Austin hierher verschlagen?«

»Das ist eine lange Geschichte.«

Marco zuckte die Schultern, als wollte er andeuten, dass er reichlich Zeit habe.

»Ich war Professor an der juristischen Fakultät der Universität von Texas. Als sie herausfanden, dass ich Kommunist bin, wollten sie mich loswerden. Ich wehrte mich. Sie übten Druck aus. Ich wurde lauter, vor allem im Hörsaal. Anfang der Siebziger waren Kommunisten in Texas nicht gerade gern gesehen, wobei ich bezweifle, dass das heute anders ist. Schließlich kündigten sie mir und jagten mich aus der Stadt. Und so kam ich nach Bologna, ins Herz des italienischen Kommunismus.«

»Was lehren Sie hier?«

»Rechtswissenschaft. Radikal linke Rechtstheorien.«

Eine weiß gepuderte Brioche kam, und Rudolph verschlang mit dem ersten Biss die Hälfte. Aus den wirren Tiefen seines Bartes lösten sich ein paar Krümel.

»Und sind Sie immer noch Kommunist?«

»Selbstverständlich. Einmal Kommunist, immer Kommunist. Warum?«

»Nun, der Kommunismus hat sich überlebt, finden Sie nicht? War wohl doch keine so gute Idee. Ich meine, sehen Sie nur, was durch Stalin aus Russland geworden ist. Oder Nordkorea. Die Menschen hungern, und der Diktator lässt Atomsprengköpfe bauen. Kuba hinkt fünfzig Jahre hinter dem Rest der Welt her. Die Sandinisten in Nicaragua wurden abgewählt. China übernimmt die freie Marktwirtschaft, weil das alte System zusammengebrochen ist. Es funktioniert einfach nicht, oder?«

Die Brioche hatte ihren Reiz verloren. Die grünen Augen waren zu Schlitzen verengt. Marco sah schon eine leidenschaftliche Ansprache auf sich zukommen, die vermutlich mit wüsten Beschimpfungen in zwei Sprachen gespickt sein würde. Er blickte sich rasch um. Es war davon auszugehen, dass die Kommunisten im Fontana in der Überzahl waren.

Andererseits – was hatte der Kapitalismus eigentlich für ihn getan?

Rudolph stieg in seinem Ansehen, als er nur grinsend mit den Achseln zuckte. »Mag sein«, sagte er mit einem

Ausdruck von Wehmut, »aber es war schon sehr lustig, vor dreißig Jahren Kommunist zu sein, vor allem in Texas. Das waren noch Zeiten.«

Marco nickte in Richtung der Zeitung. »Lesen Sie Zeitungen von zu Hause?«

»Mein Zuhause ist hier, mein Freund. Ich bin italienischer Staatsbürger und war seit zwanzig Jahren nicht mehr in den Staaten.«

Marco war erleichtert. Seit seiner Freilassung hatte er keine amerikanische Zeitung in der Hand gehabt, aber er nahm an, dass über ihn berichtet worden war, zweifellos auch mit alten Fotos. Seine Vergangenheit schien vor Rudolph offenbar sicher zu sein.

Er fragte sich, ob auch er eine Zukunft als italienischer Staatsbürger hatte – und ob er überhaupt eine Zukunft hatte. Würde er in zwanzig Jahren immer noch durch Italien streifen, den Blick gehetzt über die Schulter gewandt?

»Sie sagten ›zu Hause‹«, unterbrach Rudolph seine Gedanken. »Meinen Sie damit die Staaten oder Kanada?«

Marco lächelte und nickte in die Ferne. »Den Kontinent da drüben.« Ein kleiner, aber unentschuldbarer Fehler. »Das ist mein erster Besuch in Bologna«, sagte er, um rasch das Thema zu wechseln. »Ich hatte keine Ahnung, dass die Stadt Zentrum des italienischen Kommunismus ist.«

Rudolph senkte die Tasse und machte ein schmatzendes Geräusch mit seinen tief verborgenen Lippen. Dann strich er sich mit beiden Händen über den Bart, wie ein alter Kater, der seine Schnurrhaare putzte. »Bologna ist vieles«, sagte er, als setzte er zu einem längeren Vortrag an. »Es war von jeher das Zentrum des freien Denkens und des intellektuellen Lebens in Italien, daher sein erster Beiname, *la dotta*, ›die Gelehrte‹. Dann wurde die Stadt Heimat der politischen Linken, wodurch sie ihren zweiten Beinamen bekam, *la rossa*, ›die Rote‹. Die Bologneser haben schon immer sehr viel Wert aufs Essen gelegt. Sie glauben – und wahrscheinlich haben sie damit sogar Recht –, dass ihre Stadt der Magen Italiens ist. So erklärt sich der dritte Beiname, *la grassa*, ›die Beleibte‹ – was allerdings eine zärtliche Übertreibung ist, denn man sieht hier nicht viele übergewichtige Leute. Ich war beleibt, als ich hierher kam.« Er klopfte sich stolz mit einer Hand auf den Bauch, während er mit der anderen die übrige Hälfte der Brioche in den Tiefen seines Bartes verschwinden ließ.

In diesem Moment schoss Marco ein beängstigender Gedanke durch den Kopf. War es möglich, dass Rudolph Teil des Spiels war? War er ein Kollege von Luigi, Ermanno, Stennett und all den anderen, die irgendwo im Verborgenen saßen und sich viel Mühe gaben, ihn am Leben zu erhalten? Bestimmt nicht. Bestimmt war er das, was er gesagt hatte: ein Universitätsprofessor. Ein komischer Kauz, ein Außenseiter, ein alt gewordener Kommunist, der in der Fremde ein besseres Leben gefunden hatte.

Marco versuchte, den Gedanken zu verdrängen, aber er setzte sich in seinem Kopf fest. Er aß sein Panino auf und beschloss, das Gespräch an dieser Stelle zu beenden. Plötzlich fiel ihm ein, dass er noch einen Zug erreichen müsse, der ihn zu einer weiteren Sehenswürdigkeit bringen werde. Er schaffte es irgendwie, sich aus seiner Nische zu zwängen, und wurde von Rudolph überschwänglich verabschiedet. »Ich bin jeden Morgen hier«, fügte sein neuer Freund hinzu. »Kommen Sie wieder, wenn Sie mehr Zeit haben.«

»*Grazie*«, erwiderte Marco. »*Arrivederci.*«

Draußen erwachte die Via Irnerio allmählich zum Leben. Kleine Lieferwagen begannen ihre täglichen Runden. Zwei Fahrer brüllten sich an – wahrscheinlich tauschten sie nett gemeinte Ruppigkeiten aus, die Marco nie verstehen würde. Er entfernte sich eiligen Schrittes von dem Café, damit Rudolph ihn nicht mehr erwischte, falls ihm im Nachhinein noch etwas einfiel. Er bog in eine Seitenstraße ein, die Via Capo di Lucca – die Straßen waren gut beschildert und auf dem Stadtplan schnell zu finden –, und steuerte im Zickzackkurs auf das Zentrum zu. Er ging an einem gemütlichen kleinen Café vorbei, kehrte dann um und schlüpfte hinein, um einen Cappuccino zu trinken.

Hier belästigten ihn keine Kommunisten, man schien ihn gar nicht zur Kenntnis zu nehmen. Marco und Joel genossen diesen Augenblick – das köstliche, belebende Getränk, die warme, stickige Luft und das leise Lachen der anderen Gäste, die sich unterhielten. Nicht ein Mensch auf der Welt wusste in diesem Augenblick, wo er sich befand, und das war ein wunderbarer Gedanke.

Auf Marcos Wunsch begann der Vormittagsunterricht nun schon um acht Uhr, nicht erst eine halbe Stunde später. Als Student zog Ermanno es vor, morgens länger zu schlafen, aber er hatte dem hartnäckigen Drängen seines Schülers nichts entgegenzusetzen. Marco hatte jeden Morgen seine Vokabeln gelernt, seine Übungsdialoge durchgearbeitet und konnte den Drang, diese Sprache endlich einigermaßen zu beherrschen, kaum zügeln. Einmal schlug er sogar vor, schon um sieben anzufangen.

An dem Morgen, als er Rudolph kennen gelernt hatte, arbeitete er zwei Stunden lang intensiv mit, dann brach er abrupt ab. »*Vorrei vedere l'università.*« Ich möchte die Universität sehen.

»*Quando?*«, fragte Ermanno.

»*Adesso. Andiamo a fare una passeggiata.*« Jetzt. Machen wir einen Spaziergang.

»*Penso che dobbiamo continuare a studiare.*« Ich denke, wir sollten weiterlernen.

»*Sì, possiamo studiare camminando.*« Wir können beim Gehen lernen.

Marco war schon auf den Beinen und griff nach seinem Mantel. Sie verließen den deprimierenden Plattenbau und gingen Richtung Universität los.

»*Questa via, come si chiama?*«, fragte Ermanno. Wie heißt diese Straße?

»*Via Donati*«, antwortete Marco, ohne nach einem Straßenschild Ausschau zu halten.

Sie hielten vor einem überfüllten kleinen Laden. »*Che negozio è questo?*«, wollte Ermanno wissen. Was ist das für ein Geschäft?

»*Una tabaccheria.*«

»*Che cosa si può comprare in questo negozio?*« Was kann man in diesem Geschäft kaufen?

»*Si possono comprare molte cose: giornali, riviste, francobolli, sigarette.*« Man kann vieles kaufen: Zeitungen, Zeitschriften, Briefmarken, Zigaretten.

Die Stunde geriet zum heiteren Begrifferaten. Ermanno deutete auf irgendetwas und fragte: »*Cos'è quello?*« Was ist das? Ein Fahrrad, ein Polizist, ein blaues Auto, ein Stadtbus, eine Parkbank, ein Mülleimer, ein Student, ein Telefonhäuschen, ein kleiner Hund, ein Café, eine Konditorei. Vom Laternenpfahl abgesehen, wusste Marco alles sofort korrekt auf Italienisch zu benennen. Auch für die wichtigsten Verben – gehen, reden, sehen, studieren, kaufen, denken, sich unterhalten, atmen, essen, trinken, sich beeilen, fahren ... die Liste ließ sich beliebig fortsetzen – hatte er jederzeit die richtige Entsprechung parat.

Kurz nach zehn erwachte die Universität zum Leben. Ermanno erklärte, dass es keinen zentralen Campus gebe, kein mit Bäumen gesäumtes Karree, wie es in den USA üblich sei. Die *Università degli Studi* – so der offizielle Name – bestand aus Dutzenden schöner Gebäude, die zum Teil fünfhundert Jahre alt waren. Die meisten davon standen dicht nebeneinander in der Via Zamboni, doch im Verlauf der Jahrhunderte war der Komplex immer mehr ausgeufert und nahm inzwischen ein ganzes Stadtviertel ein.

Ein oder zwei Querstraßen lang vergaßen sie die Italienischstunde, weil sie in einen Schwarm von Studenten geraten waren, die zu ihren Kursen hasteten. Marco ertappte sich dabei, wie er nach einem älteren Mann mit grauem Haar Ausschau hielt – seinem Lieblingskommunisten, seiner ersten Bekanntschaft seit dem Gefängnis. Für ihn stand längst fest, dass er Rudolph wiedersehen wollte.

Vor dem Haus mit der Nummer zweiundzwanzig blieb er stehen und blickte auf das Schild, das zwischen der Tür und einem Fenster angebracht war: *Facoltà di giurisprudenza.*

»Ist das die juristische Fakultät?«

»*Sì.*«

Irgendwo dort drinnen war Rudolph und verbreitete linke Ideen unter seiner formbaren jungen Hörerschar.

Sie gingen ohne Eile weiter, nahmen ihr Ratespiel wieder auf und genossen die pulsierende Energie der Straße.

13

Die Lezione a piedi – der Unterricht zu Fuß – wurde am nächsten Tag wieder aufgenommen, als Marco nach einer Stunde zäher Grammatikübungen aus dem Lehrbuch streikte und spazieren gehen wollte.

»Ma Lei deve imparare la grammatica«, beharrte Ermanno. Sie müssen die Grammatik lernen.

Marco war bereits dabei, in seinen Mantel zu schlüpfen. »Sie irren sich, Ermanno. Ich muss Konversation üben, nicht komplizierte Sätze konstruieren.«

»Sono io l'insegnante.« Ich bin der Lehrer.

»Gehen wir. *Andiamo.* Bologna wartet. Die Straßen sind voll von lebensfrohen jungen Leuten, die Luft ist erfüllt vom Klang ihrer Sprache, und alles wartet nur darauf, von mir aufgesogen zu werden.« Als Ermanno zögerte, grinste Marco. »Ich war sechs Jahre in einer Zelle eingesperrt, die ungefähr so groß war wie diese Bude hier. Sie können nicht von mir erwarten, dass ich mich hier drin aufhalte. Da draußen ist eine Stadt, die vor Lebendigkeit vibriert. Gehen wir auf Entdeckungstour.«

Die Luft draußen war klar und frisch, kein Wölkchen stand am Himmel. Es war ein herrlicher Wintertag, der die warmblütigen Bologneser auf die Straße lockte, wo sie lange Spaziergänge oder ausgedehnte Schwätzchen mit alten Freunden machten. Studenten mit schlaftrunkenen Gesichtern begrüßten sich, Hausfrauen tauschten den neuesten Klatsch aus. Ältere Herren in Mantel und Krawatte schüttelten sich die Hand und begannen dann, alle auf einmal zu reden. Straßenhändler priesen ihre Waren an.

Ermanno betrachtete den Ausflug nicht als Spaziergang. Wenn sein Schüler Konversation üben wollte, bitte. Er deutete auf einen Polizisten. »Gehen Sie zu diesem Polizisten«, sagte er, natürlich auf Italienisch, »und fragen Sie, wie es zur Piazza Maggiore geht. Dann kommen Sie zu mir und wiederholen, was er gesagt hat.«

Marco ging langsam los, murmelte ein paar Worte vor sich hin und versuchte, sich andere ins Gedächtnis zu rufen. *»Buongiorno«*, sagte er und hielt beinahe den Atem an.

»Buongiorno«, erwiderte der Polizist.

»Mi può aiutare?« Können Sie mir helfen?

»Certo.« Sicher.

»Sono canadese. Non parlo molto bene l'italiano.« Ich bin Kanadier und spreche nicht besonders gut Italienisch.

»Allora?« Also? Der Polizist lächelte immer noch und schien gern bereit zu helfen.

»Dov'è la Piazza Maggiore?«

Der Polizist drehte sich um und blickte in die Ferne, Richtung Stadtzentrum. Er räusperte sich, und Marco richtete sich auf einen Schwall von Instruktionen ein. Nur ein paar Meter weiter stand Ermanno und lauschte.

»Es ist nicht weit«, begann der Polizist wohltuend langsam und mit den typisch italienischen Gesten. »Gehen Sie diese Straße entlang, die Via Zamboni, und folgen Sie ihr, bis Sie die zwei Türme sehen. Biegen Sie in die Via Rizzoli ein, und nach drei Querstraßen sind Sie da.«

Marco lauschte, so intensiv er konnte, und versuchte dann, die Sätze nachzusprechen. Geduldig wiederholte der Polizist, was er gesagt hatte. Marco bedankte sich, sprach die Sätze im Geiste noch einmal vor sich hin und ging zu Ermanno, um sie vor ihm aufzusagen.

»*Non male*«, sagte sein Lehrer. Nicht schlecht. Aber jetzt ging der Spaß erst los. Während Marco seinen kleinen Triumph noch auskostete, suchte Ermanno bereits nach dem nächsten ahnungslosen Konversationstrainer. Er fand ihn in einem alten Mann, der am Stock an ihnen vorbeischlurfte, eine Zeitung unter dem Arm. »Fragen Sie ihn, wo er die Zeitung gekauft hat«, trug er seinem Schüler auf.

Marco ließ sich Zeit und folgte dem Herrn ein paar Schritte, bis er glaubte, die richtige Formulierung gefunden zu haben. »*Buongiorno, scusi.*« Der Alte blieb stehen und starrte ihn an, sodass er einen Moment lang glaubte, er würde ihm den Stock über den Schädel ziehen. Er erwiderte den Gruß nicht.

»*Dove ha comprato questo giornale?*«

Der alte Mann blickte auf die Zeitung, als handelte es sich um Schmuggelware, und sah dann Marco an, als hätte er ihn beleidigt. Er ließ den Kopf zur Seite schnellen und brummte so etwas wie »Dort drüben« auf Italienisch. Damit war sein Beitrag zu diesem Gespräch beendet. Während er weiterschlurfte, schlenderte Ermanno zu Marco. »Das hilft uns nicht viel weiter, was?«, sagte er auf Englisch.

»Kann man nicht sagen, nein.«

Sie betraten ein kleines Café, wo sich Marco für einen Espresso entschied. Ermanno gab sich nicht mit den einfachen Dingen zufrieden; er wollte einen normalen Kaffee mit Zucker, aber ohne Milch, und ein Kirschtörtchen. Marco sollte bestellen. Dann legte er auf dem Tisch verschiedene Euro-Scheine aus, außerdem Fünfzig-Cent- und Ein-Euro-Münzen, um das Zählen und Rechnen zu üben. Schließlich wollte er noch einen Kaffee, diesmal allerdings ohne Zucker und mit etwas Milch. Marco nahm zwei Euro und kam mit dem Kaffee zurück. Dann zählte er das Wechselgeld auf den Tisch.

Nach der kurzen Kaffeepause gingen sie zurück auf die Straße und ließen sich über die Via San Vitale treiben, einen der vielen Boulevards des Universitätsviertels, der von Arkaden gesäumt und voller Studenten war, die sich auf dem Weg in den Unterricht befanden. Die Straße barst vor Fahrrädern, dem bevorzugten Fortbewegungsmittel. Ermanno hatte, wie er sagte, drei Jahre in Bologna studiert – wobei Marco wenig von dem glaubte, was ihm sein Lehrer und sein Kontaktmann erzählten.

»Das ist die Piazza Verdi.« Ermanno nickte in Richtung eines kleinen Platzes, auf dem gerade eine Protestaktion im Gange war. Ein langhaariges Relikt aus den Siebzigern war dabei, ein Mikrofon einzurichten, zweifellos um gleich lautstark irgendwelche Missetaten der Amerikaner irgendwo in der Welt anzuprangern. Seine Mitstreiter versuchten, ein riesiges, schlampig bemaltes Transparent aufzuspannen, dessen Slogan nicht einmal Ermanno verstand. Aber sie waren zu früh dran. Die Studenten schliefen noch halb und wollten vor allem pünktlich zu ihrem Unterricht erscheinen.

»Was haben die für ein Problem?«, wollte Marco im Vorbeigehen wissen.

»Ich weiß nicht genau. Es hat irgendwas mit der Weltbank zu tun. Hier wird immer demonstriert.«

Sie gingen weiter und ließen sich mit dem Strom der Studenten Richtung Zentrum treiben.

In einem Restaurant nahe der Universität namens Testerino trafen sie Luigi. Da der amerikanische Steuerzahler für seine Rechnung aufkam, bestellte Luigi, ohne auf den Preis zu achten. Ermanno, dem chronisch blanken Studenten, schien eine solche Verschwendung nicht recht zu behagen, aber als Italiener fand er die Aussicht auf ein ausgedehntes Mittagessen zu verlockend. Das Mahl dauerte schließlich zwei Stunden, in denen kein Wort Englisch fiel. Das Italienisch war langsam und teils stockend, und doch gab niemand der Versuchung nach, ins Englische zu wechseln. Marco konnte das Essen kaum genießen, so sehr war er damit beschäftigt, zu lauschen, zu verstehen, nach Worten zu suchen und im Geiste Antworten zu formulieren auf die Fragen und Bemerkungen, die an ihn gerichtet wurden. Oft erkannte er in einem Satz gerade einmal vage ein bis zwei Wörter, da folgte schon der nächste.

Doch seine beiden Tischgenossen redeten nicht einfach um des Redens willen. Sobald sie merkten, dass sich Marco aus der Unterhaltung zurückgezogen hatte und nur nickte, damit sie weitersprachen und er in Ruhe ein paar Bissen essen konnte, hielten sie sofort inne und hakten nach. »*Che cosa ho detto?*« Was habe ich gesagt?

Marco kaute gründlich, um Zeit zu gewinnen, bis ihm eine passende Antwort – auf Italienisch, verflixt! – eingefallen war. Trotz allem lernte er immer besser, zuzuhören und rasch die Schlüsselwörter zu erfassen. Die beiden hatten ihm wiederholt erklärt, dass man bei einer Fremdsprache immer mehr verstehe, als man sagen könne.

Das Essen rettete ihn schließlich. Was war der Unterschied zwischen Tortellini und Tortelloni? Auf der Karte standen beide Nudelsorten, die einen mit Fleisch gefüllt, die anderen mit Ricotta. Als der Koch mitbekam, dass Marco Kanadier war und sich für die Bologneser Küche interessierte, bestand er darauf, beides aufzutragen. Und wie immer erklärte Luigi, dass man diese Speisen natürlich nur in Bologna und nur bei den besten Köchen bekomme.

Marco beschränkte sich darauf, die Spezialitäten in sich hineinzuschlingen, um möglichst wenig sagen zu müssen.

Nach zwei Stunden bestand er auf einer Pause, leerte seinen zweiten Espresso und stand auf. Vor dem Restaurant trennten sie sich, er ging allein davon, mit klingenden Ohren und schwirrendem Kopf von dem unbarmherzigen Sprachtraining.

Zwei Straßen weiter bog er von der Via Rizzoli in eine Querstraße ab und machte von dort aus noch einmal ein paar Schwenker, um sicher zu sein, dass ihm niemand folgte. Die langen Arkadengänge waren ideal, um sich zu verstecken. Als die Straßen voller Studenten waren, überquerte er die Piazza Verdi, wo der Protest gegen die Weltbank gerade in einer flammenden Rede Ausdruck fand. Marco war zur Abwechslung einmal froh, dass er nichts verstand. In der Via Zamboni 22 blieb er stehen und blickte auf die massive Holztür der juristischen Fakultät. Er trat ein und gab sich alle Mühe, so auszusehen, als gehörte er hierher. Er sah keine Wegweiser, nur ein Schwarzes Brett, auf dem Wohnungen, Bücher, Freundschaften und viele weitere Dinge angeboten wurden, inklusive eines Sommerkurses an der Wake Forest Law School in Winston-Salem, North Carolina.

Der Korridor mündete in einen Hof, wo Studenten rauchend und telefonierend auf den Beginn des nächsten Kurses warteten. Marco fiel eine Treppe zu seiner Linken ins Auge. Er stieg in den dritten Stock hoch, wo er schließlich so etwas wie einen Wegweiser fand. Das Wort *Uffici* kannte er, und so folgte er der angewiesenen Richtung durch den Korridor an zwei Seminarräumen vorbei, bis er die Büros der Dozenten fand. Die meisten Türen waren mit Schildern versehen, einige wenige nicht. An der letzten stand »Rudolph Viscovitch«, der einzige nichtitalienische Name, der ihm im ganzen Gebäude aufgefallen war. Marco klopfte, aber nichts rührte sich. Er drückte die Klinke; die Tür war verschlossen. Rasch zog er aus seiner Manteltasche ein Blatt Papier, das er im Hotel Campeol in Treviso eingesteckt hatte, und schrieb:

Lieber Rudolph, ich war zufällig in der Gegend, da beschloss ich, bei Ihnen vorbeizugehen und Hallo zu sagen. Vielleicht treffen wir uns ja wieder mal im Fontana. War nett, mit Ihnen zu plaudern. Schön, gelegentlich die Muttersprache zu hören.
Ihr kanadischer Freund, Marco Lazzeri

Er schob den Zettel unter der Tür durch und ging hinter einer Gruppe Studenten die Treppe hinunter. Zurück in der Via Zamboni, ließ er sich treiben, ohne ein bestimmtes Ziel im Sinn zu haben. Einmal blieb er stehen, um ein *gelato* zu essen, dann kehrte er zum Hotel zurück. Für einen Mittagsschlaf war es in dem kleinen, dunklen Zimmer zu kalt. Wieder einmal nahm er sich vor, sich bei seinem Kontaktmann zu beschweren. Das Mittagessen hatte dreimal so viel gekostet wie drei Übernachtungen in dieser Klitsche. Zweifellos hätten Luigi und sein Verein sich eine schönere Bleibe für ihn leisten können.

Müde schleppte er sich zu Ermannos winziger Studentenbude, wo der Nachmittagsunterricht stattfinden sollte.

Luigi stand geduldig am Hauptbahnhof von Bologna und wartete auf den Eurostar aus Mailand. Es war relativ wenig los – die Ruhe vor dem Feierabendsturm. Pünktlich um 15.35 Uhr rauschte das schlanke, schimmernde Geschoss heran, und Whitaker stieg aus.

Whitaker lächelte grundsätzlich nicht, und so tauschten sie nur ein knappes Hallo und einen Händedruck, bevor sie zu Luigis Fiat gingen. »Wie geht's unserem Mann?«, fragte Whitaker, nachdem er die Autotür zugeschlagen hatte.

»Prima«, erwiderte Luigi. Er ließ den Motor an und fuhr los. »Er lernt fleißig. Hat ja auch sonst nicht viel zu tun.«

»Bleibt er in der Nähe?«

»Ja. Er spaziert gern in der Stadt herum, aber nicht zu weit, da fürchtet er sich. Außerdem hat er kein Geld.«

»Sorgen Sie dafür, dass das so bleibt. Wie ist sein Italienisch?«

»Er lernt schnell.« Sie befanden sich in der Via dell'-Indipendenza, einem breiten Boulevard, der ins Stadtzentrum führte. »Er ist sehr motiviert.«

»Hat er Angst?«

»Ich glaube schon.«

»Er ist klug, und er ist ein Manipulator, Luigi, vergessen Sie das nicht. Er hat Angst, weil er klug ist. Er kennt die Gefahr.«

»Ich habe ihm von Critz erzählt.«

»Und?«

»Er war ziemlich durcheinander.«

»Hat es ihn hellhörig gemacht?«

»Ja, ich denke schon. Wer war das mit Critz?«

»Ich nehme an, wir, aber man weiß nie. Ist das sichere Haus fertig?«

»Ja.«

»Gut. Sehen wir's uns an.«

Die Via Fondazza war eine ruhige Wohnstraße im Südosten der Altstadt, nur ein paar Straßen südlich der Universität. Wie überall sonst in Bologna waren auch hier die Gehsteige mit Arkaden überdacht. An den meisten Häusern waren neben der Sprechanlage Bronzeschilder angebracht, an der Nummer 112 nicht. Das Haus war namenlos, und das schon seit drei Jahren. Damals hatte es ein geheimnisvoller Geschäftsmann aus Mailand gemietet, der zwar regelmäßig zahlte, es aber selten nutzte. Whitaker war vor über einem Jahr zuletzt hier gewesen. Nicht dass es eine Attraktion gewesen wäre. Die Wohnung war rund sechzig Quadratmeter groß, bestand aus vier zweckmäßig möblierten Räumen und kostete zwölfhundert Euro im Monat. Es war ein sicheres Haus, nicht mehr und nicht weniger – eines von drei in Norditalien, die unter seiner Aufsicht standen.

Es gab zwei Schlafzimmer, eine winzige Küche und ein Wohnzimmer mit Sofa, Tisch und zwei Ledersesseln, aber ohne Fernseher. Luigi deutete auf das Telefon, und sie sprachen in einer praktisch unverständlichen Fachsprache über das Abhörsystem, das in den Apparat eingebaut war. In jedem Raum befanden sich zwei empfindliche Mikrofone, die auch das geringste menschliche Geräusch aufnahmen. Außerdem gab es zwei mikroskopische Überwachungskameras. Eine war im Spalt einer gebrochenen antiken Kachel an der Wohnzimmerdecke versteckt und bot einen Blick auf die Vordertür, die andere steckte im billigen Schirm der Küchenlampe und war auf die Hintertür gerichtet.

Das Schlafzimmer sollte nicht überwacht werden, und Luigi gestand, dass er darüber erleichtert war. Wenn Marco eine Frau mit nach Hause brachte, würde man sie über die Kamera im Wohnzimmer sehen, und das genügte Luigi. Falls er anfing, sich zu langweilen, konnte er immer noch eine Schaltung legen und sich einen Spaß daraus machen, zuzuhören.

Das Gebäude grenzte im Süden an ein Haus, von dem es eine dicke Steinmauer trennte. Hier, in einer Wohnung, die etwas größer war als die von Marco, würde sich Luigi aufhalten. Der Hinterausgang führte in einen kleinen Garten, der vom Nachbarhaus aus nicht einsehbar war. Die Küche war in eine Hightech-Überwachungszentrale umgebaut worden. Luigi konnte jederzeit die Kameras einschalten und sehen, was sich nebenan abspielte.

»Wird hier auch der Unterricht stattfinden?«, erkundigte sich Whitaker.

»Ja. Ich denke, es ist sicher genug. Außerdem kann ich sie dann dabei überwachen.«

Whitaker ging noch einmal durch alle Räume. »Und nebenan ist auch alles vorbereitet?«

»Alles. Ich habe die letzten beiden Nächte hier verbracht. Wir sind fertig.«

»Wann kann er einziehen?«

»Heute Nachmittag.«

»Sehr gut. Jetzt sehen wir uns den Knaben mal an.«

Sie folgten der Via Fondazza nach Norden, bis sie endete, und bogen dann auf einen breiteren Boulevard ein, die Strada Maggiore. Treffpunkt war ein kleines Café namens Lestre's. Luigi nahm eine Zeitung und setzte sich allein an einen Tisch, Whitaker tat dasselbe. Dabei ignorierten sie sich, als hätten sie einander noch nie gesehen. Pünktlich um 16.30 Uhr tauchten Ermanno und sein Schüler auf, um mit Luigi rasch einen Espresso zu trinken.

Nachdem sie sich begrüßt und die Mäntel ausgezogen hatten, fragte Luigi: »Haben Sie genug vom Italienischen, Marco?«

»Ich habe die Nase voll davon«, erwiderte Marco lächelnd.

»Gut. Dann reden wir englisch.«

»Gott segne Sie«, sagte Marco.

Whitaker saß zwei Meter entfernt rauchend hinter seiner Zeitung versteckt, als interessierte er sich nicht im Mindesten für seine Umgebung. Natürlich wusste er, wer Ermanno war, auch wenn er ihn noch nie gesehen hatte. Im Gegensatz zu Marco.

Whitaker war vor etwa zwölf Jahren beruflich in Washington gewesen, zu einer Zeit, als der Lobbyist in der ganzen Stadt bekannt war. Joel Backman war damals eine politische Größe gewesen, ein Mann, der ebenso viel Zeit darauf verwendete, sein Image zu pflegen, wie sich um seine berühmten Mandanten zu kümmern. Er war der Inbegriff von Reichtum und Macht, ein einflussreicher Geldsack, der sich alles erlauben, alles erreichen konnte.

Erstaunlich, was die sechs Jahre Gefängnis bewirkt hatten. Marco war hager und ging mit seiner Armani-Brille und dem von silbernen Fäden durchzogenen Kinnbart ohne weiteres als Europäer durch. Whitaker war sicher, dass niemand aus den Staaten diesen Mann als Joel Backman identifizieren würde.

Marco fiel auf, dass der Tischnachbar, der kaum drei Meter entfernt saß, einmal zu oft herüberblickte, dachte sich aber nichts dabei. Sie unterhielten sich auf Englisch, das hörte man hier nicht so häufig, im Lestre's schon gar nicht, anders als in unmittelbarer Nähe der Universität, wo in den Cafés praktisch alle Sprachen der Welt gesprochen wurden.

Ermanno entschuldigte sich nach einem Espresso. Wenige Minuten später brach auch Whitaker auf. Ein paar Straßen weiter betrat er ein Internetcafé, in dem er schon gewesen war. Nachdem er seinen Laptop angeschlossen hatte, ging er online und schrieb eine E-Mail an Julia Javier in Langley.

Fondazza ist fertig, Einzug soll heute Abend stattfinden. Habe mir unseren Mann angesehen, beim Kaffeetrinken mit unseren Freunden. Hätte ihn sonst nicht erkannt. Passt sich gut an. Alles in Ordnung hier; keinerlei Probleme.

Der Fiat hielt nach Sonnenuntergang mitten auf der Via Fondazza und war rasch entladen. Marco hatte nur leichtes Gepäck, da er praktisch nichts besaß – zwei Taschen mit Kleidung und ein paar Italienischbücher, mehr hatte er nicht zu transportieren. Als er seine neue Wohnung betrat, fiel ihm als Erstes auf, dass sie ausreichend beheizt war. »Hier kann man's schon eher aushalten«, sagte er zu Luigi.

»Ich suche einen Parkplatz. Sehen Sie sich inzwischen um.«

Marco wanderte durch die Wohnung und zählte vier Zimmer mit solidem Mobiliar. Es war nichts Besonderes, aber eine enorme Verbesserung gegenüber seiner vorherigen Unterkunft. Sein Leben verbesserte sich zusehends – vor zehn Tagen war er noch im Gefängnis gewesen.

Luigi kam zurückgeeilt. »Und? Was meinen Sie?«

»Ich bleibe. Danke.«

»Keine Ursache.«

»Dank auch an die Jungs in Washington.«

»Haben Sie die Küche gesehen?« Luigi schaltete das Licht ein.

»Ja, perfekt. Wie lange werde ich hier wohnen, Luigi?«

»Die Entscheidung liegt nicht bei mir. Das wissen Sie doch.«

»Natürlich.«

Dann waren sie wieder im Wohnzimmer. »Noch ein paar Dinge«, setzte Luigi an. »Erstens, Ermanno wird jeden Tag hierher kommen, um Unterricht mit Ihnen zu machen, vormittags von acht bis zwölf, nachmittags von zwei bis fünf – oder so lange Sie möchten.«

»Wunderbar. Bitte besorgen Sie dem Jungen eine andere Wohnung, ja? Dieses Loch ist eine Beleidigung für den amerikanischen Steuerzahler.«

»Zweitens, dies ist eine sehr ruhige Straße. Kommen und gehen Sie zügig, reden Sie nicht mit den Nachbarn, schließen Sie keine Bekanntschaften. Vergessen Sie nicht, Marco, je mehr Spuren Sie hinterlassen, desto eher werden Sie gefunden.«

»Das haben Sie mir schon zehnmal erzählt.«

»Dann erzähle ich es jetzt eben das elfte Mal.«

»Entspannen Sie sich, Luigi. Meine Nachbarn werden mich nicht zu Gesicht bekommen, versprochen. Mir gefällt's hier. Es ist viel netter als in meiner Gefängniszelle.«

14

Die Trauerfeier für Robert Critz fand in einem Country-Club-artigen Mausoleum in einem feudalen Vorort von Philadelphia statt, jener Stadt, in der er geboren worden war, die er aber in den letzten dreißig Jahren gemieden hatte. Da er ohne Testament gestorben war, hatte die arme Mrs Critz nicht nur die leidvolle Aufgabe, seinen Leichnam aus London nach Hause zu bringen, sondern sie musste auch noch entscheiden, wie mit ihm verfahren werden sollte. Einer der Söhne hatte seinen Vorschlag durchgesetzt, ihn einäschern und in einer hübschen Marmorgruft beisetzen zu lassen. Mrs Critz wäre inzwischen wahrscheinlich mit allem einverstanden gewesen. Nachdem sie sieben Stunden über den Atlantik geflogen war, die sterblichen Überreste ihres Gatten in einem ziemlich profanen, speziell für Lufttransporte geeigneten Behälter irgendwo unter ihren Füßen, waren ihre Nerven zum Zerreißen gespannt. Und dann noch das Debakel am Flughafen, als niemand kam, um sie abzuholen. Was für ein Chaos!

Die Feier war nur für geladene Gäste. Diese Bedingung hatte Ex-Präsident Arthur Morgan gestellt, der nach lediglich zwei Wochen Barbados reichlich ungern heimkam und auf keinen Fall gesehen werden wollte. Wenn er den lebenslangen Freund tatsächlich betrauerte, so zeigte er das nicht. Er feilschte mit den Critz' um die Einzelheiten der Feier, bis sie kurz davor waren, ihn wieder auszuladen. Seinetwegen wurde der Termin verschoben, die Reihenfolge der Zeremonie passte ihm nicht, und einer Trauerrede stimmte er nur zu, wenn er sich kurz fassen durfte. Die Wahrheit war, dass er Mrs Critz nie hatte leiden können und sie ihn auch nicht.

Dem kleinen Kreis von Freunden und Verwandten schien es ganz und gar unfassbar, dass Robert Critz sich in einem Londoner Pub so betrunken hatte, dass er auf dem Heimweg vor ein Auto gelaufen war. Als die Autopsie signifikante Spuren von Heroin in seinem Blut ergab, war Mrs Critz so aufgelöst, dass sie den Ergebnisbericht versiegeln und am liebsten vergraben lassen wollte. Sie verriet nicht einmal den Kindern etwas von dem Rauschgift, weil sie felsenfest davon überzeugt war, dass ihr Mann nie im Leben Drogen angefasst hatte – gut, er hatte zu viel getrunken, aber das wussten die wenigsten –, und sie war fest entschlossen, seinen guten Namen zu schützen.

Die Londoner Polizei war gern bereit, den Autopsiebericht wegzuschließen und den Fall zu den Akten zu legen. Sicher gab es noch offene Fragen, aber man hatte jede Menge andere Fälle zu bearbeiten, außerdem wollte die Witwe so schnell wie möglich nach Hause und alles hinter sich bringen.

Der Gottesdienst begann am Donnerstag um vierzehn Uhr – selbst die Tageszeit war von Morgan vorgegeben worden, so hatte er mit seinem Privatjet von Barbados ohne Zwischenstopp zum Philadelphia International Airport fliegen können – und dauerte eine Stunde. Zweiundachtzig Gäste waren eingeladen worden, einundfünfzig kamen, die meisten wohl eher, um Ex-Präsident Morgan zu sehen, als um dem guten alten Critz Lebewohl zu sagen. Die Zeremonie wurde von einem Geistlichen irgendeiner protestantischen Freikirche geleitet. Critz hatte vierzig Jahre lang kein Gotteshaus von innen gesehen, außer zu Hochzeiten und Beerdigungen. Der Pfarrer hatte die undankbare Aufgabe, eines Mannes zu gedenken, den er nie kennen gelernt hatte, und obwohl er sich alle Mühe gab, versagte er kläglich. Er las aus dem Buch der Psalmen und sprach ein Gebet, das so allgemeingültig war, dass es auf einen Diakon ebenso gepasst hätte wie auf einen Serienmörder. Er versuchte, tröstende Worte für die trauernden Angehörigen zu finden, die er nicht einmal mit Namen anreden konnte.

Der Gottesdienst war kein herzerwärmender Abschied, sondern kalt wie der Marmor in der Trauerhalle. Morgan, dessen Gesichtsfarbe für Februar geradezu lächerlich dunkel war, versuchte, die kleine Trauergemeinde mit Anekdoten über seinen alten Freund aufzuheitern, vermittelte dabei aber vor allem den Eindruck, er säße viel lieber längst wieder in seinem Flieger.

Nach langen Stunden unter der karibischen Sonne war Morgan zu der Überzeugung gelangt, dass das katastrophale Ergebnis der letzten Wahl allein auf Robert Critz' Konto ging. Von dieser Erkenntnis hatte er bislang niemandem erzählt – was auch schwierig gewesen wäre, denn im Strandhaus lebten außer ihm nur ein paar einheimische Bedienstete. Aber der Keim des Grolls war in ihm aufgegangen, und er hatte längst begonnen, die Freundschaft infrage zu stellen.

Als der Gottesdienst endlich vorbei war, kondolierte er Mrs Critz und ihren Kindern pflichtgemäß und redete kurz mit ein paar alten Freunden, denen er versprach, sich in einigen Wochen zu melden. Dann eilte er mitsamt seiner obligatorischen Geheimdiensteskorte davon. Hinter einem Zaun, außerhalb des Geländes, waren Fernsehkameras aufgestellt, aber sie bekamen kein einziges Bild vom ehemaligen Präsidenten, der sich im Fond eines der beiden schwarzen Schutzfahrzeuge duckte. Fünf Stunden später lag er bereits wieder an seinem Swimmingpool und erfreute sich am nächsten karibischen Sonnenuntergang.

Die Trauergemeinde war klein, total überwacht und bestens durchleuchtet. Noch während die Zeremonie im Gange war, hielt Teddy Maynard eine Liste aller einundfünfzig Teilnehmer in Händen. Verdächtige waren nicht darunter, keiner der Namen verursachte auch nur das geringste Stirnrunzeln.

Es war ein sauberer Mord gewesen. Der Autopsiebericht war weggeschlossen, dank Mrs Critz, aber auch weil man Hebel bewegt hatte, die wesentlich höher angesetzt waren als die Londoner Polizei. Robert Critz war zu einem Häuflein Asche verbrannt und würde in Kürze von der Welt vergessen sein. Seine idiotische Idee, Backman aufspüren zu wollen, hatte den Plan letztendlich nicht gefährdet.

Das FBI hatte vergeblich versucht, innerhalb der Trauerhalle eine versteckte Kamera anzubringen. Der Eigentümer hatte sich quergestellt und auch massivem Druck nicht nachgegeben. Gegen Außenkameras hingegen hatte er nichts einzuwenden gehabt, und so konnten von allen Trauergästen beim Betreten und Verlassen Nahaufnahmen gemacht werden. Die Daten wurden sofort weiterverarbeitet, die Namensliste ergänzt, und bereits eine Stunde nach Ende des Gottesdienstes bekam der CIA-Direktor ein umfassendes Briefing.

Am Tag vor Robert Critz' Tod waren beim FBI aufsehenerregende Informationen eingegangen. Sie waren ebenso unerwartet wie ungebeten von einem verzweifelten Wirtschaftsverbrecher gekommen, dem vierzig Jahre Haft in einem Staatsgefängnis blühten. Er war Manager bei einer großen Investmentgesellschaft gewesen und bei der Veruntreuung von Geldern ertappt worden – so weit ein Wallstreet-Skandal wie viele andere, bei dem es um ein paar Milliarden Dollar ging. Die Gesellschaft jedoch gehörte zu einem internationalen Bankentrust, in dessen innersten Kern sich der Mann im Laufe der Jahre vorgearbeitet hatte. Die Investmentgesellschaft war sehr erfolgreich – nicht zuletzt dank seines besonderen Talents –, und so blieb er nicht lange unbeachtet und wurde am Ende sogar in den Vorstand gewählt. Er bekam eine Luxuswohnung auf den Bermudas, wo sich der Hauptsitz der geheimnisvollen Organisation befand.

Angesichts der betrüblichen Perspektive, den Rest seines Lebens hinter Gittern verbringen zu müssen, verspürte er plötzlich den unwiderstehlichen Drang, Geheimnisse zu offenbaren – über heikle Bankdaten, zweifelhafte Offshore-Deals und dergleichen mehr. Er behauptete, er könne beweisen, dass der ehemalige US-Präsident Morgan für zumindest eine der Begnadigungen, die er in seinen letzten Amtstagen ausgesprochen hatte, drei Millionen Dollar kassiert habe. Das Geld sei von einer Bank auf Grand Cayman auf eine Bank in Singapur überwiesen worden, beides Häuser, die von demselben Trust kontrolliert wurden, für den er bis vor kurzem gearbeitet hatte. Das Geld liege noch in Singapur, so der Mann. Das entsprechende Konto sei von einer Mantelgesellschaft eröffnet worden, die ein alter Kumpel von Morgan leite, und stehe dem Präsidenten frei zur Verfügung.

Als die Daten der Überweisungen und Konten vom FBI bestätigt waren, wartete man sofort mit einem Angebot auf; die drohende Haftstrafe wurde in zwei Jahre lockeren Hausarrest umgewandelt. Ein erkaufter, vom Präsidenten höchstselbst genehmigter Straferlass war ein sensationelles Verbrechen, das in der FBI-Zentrale gewissermaßen höchste Alarmstufe auslöste.

Der Informant konnte nicht sagen, von wem die Überweisungen aus Grand Cayman stammten, aber für das FBI kamen nur zwei Kandidaten in Betracht, die sich Bestechungsgelder in dieser Höhe leisten konnten. Der erste war Duke Mongo, jener greise Milliardär, der einen zweifelhaften Rekord hielt: Keine andere Einzelperson hatte dem Finanzamt so viel Geld vorenthalten wie er. (Was Firmen anging, durfte man sich durchaus streiten, wem dieser Titel gebührte.) Allerdings glaubte der Informant nicht recht an diese Möglichkeit, weil der Duke mit den fraglichen Banken die längste Zeit im Clinch gelegen hatte und die Schweiz für sein Geld bevorzugte; das FBI bestätigte dies.

Der zweite Verdächtige war natürlich Joel Backman. Bestechungen waren für einen gewieften Geschäftsmann wie ihn etwas Alltägliches. Das FBI hatte ihm zwar nie nachweisen können, dass er ein Vermögen versteckte, doch der Verdacht hatte sich hartnäckig gehalten. Als Vermittler milliardenschwerer Geschäfte hatte er Kontakte zu Banken in der Schweiz und auf den karibischen

Inseln gepflegt. Er besaß ein dichtes Netz schemenhafter Freunde in wichtigen Positionen. Bestechung, Schmiergelder, Wahlkampfspenden, Parteienfinanzierung – auf diesem Terrain war er zu Hause.

FBI-Direktor Anthony Price war zu allem entschlossen. Präsident Morgan hatte ihn drei Jahre zuvor eingesetzt, aber sechs Monate später bereits versucht, ihn wieder loszuwerden. Price hatte um mehr Zeit gebeten und sie auch bekommen, doch seither schwelte zwischen den beiden eine persönliche Dauerfehde. Aus Gründen, an die er sich selbst nicht mehr erinnerte, hatte Price außerdem beschlossen, mit CIA-Chef Teddy Maynard die Klingen zu kreuzen. Maynard hatte in dem geheimen Krieg der Dienste noch selten eine Schlacht verloren, und vor Price hatte er schon gar keine Angst, denn der war seiner Meinung nach genauso ein Versager wie die meisten seiner Vorgänger.

Aber Maynard wusste nicht, dass dem FBI-Direktor unverhofft erkaufte Straferlasse in den Schoß gefallen waren. Der neue Präsident hatte bereits angekündigt, dass er Anthony Price aus dem Amt jagen und dessen Laden auf Vordermann bringen werde. Er hatte zwar auch versprochen, Maynard in die Wüste zu schicken, aber diese Drohung hatte man in Washington schon zu oft gehört, um ihr noch Glauben zu schenken.

Price witterte plötzlich eine wunderbare Chance, seinen Arbeitsplatz zu sichern und gleichzeitig Maynard kaltzustellen. Er ging ins Weiße Hause und informierte den nationalen Sicherheitsberater, der erst einen Tag im Amt war, über das verdächtige Konto in Singapur. Dabei belastete er Ex-Präsident Morgan schwer und forderte, dass Joel Backman aufgespürt und in die Staaten zurückgeholt werde, um verhört und gegebenenfalls unter Anklage gestellt zu werden. Wenn das alles stimme, drohe ein Skandal, wie ihn die Welt noch nicht gesehen habe.

Der nationale Sicherheitsberater hörte aufmerksam zu. Nach der Unterredung ging er ins Büro des Vizepräsidenten, schickte die Mitarbeiter hinaus, schloss die Tür ab und erzählte, was er soeben erfahren hatte. Gemeinsam suchte man daraufhin den Präsidenten auf.

Der neue Mann im Amt und sein Vorgänger waren nicht gut aufeinander zu sprechen, was an sich nichts Außergewöhnliches war. Die Wahlkampagnen waren von Niedertracht und hinterhältigen Tricks geprägt gewesen, also dem üblichen Umgangston, der in der modernen amerikanischen Politik gepflegt wurde. Doch selbst nach einem Erdrutschsieg von historischen Ausmaßen und im Triumphgefühl, ins Weiße Haus einziehen zu dürfen, war der neue Präsident nicht gewillt, sich über diesen moralischen Sumpf zu erheben. Die Vorstellung, Arthur Morgan eine weitere Demütigung zuzufügen, erschien ihm zu verlockend. Schon sah er sich selbst, wie er nach einem Sensationsprozess seinerseits großzügig einen Straferlass aussprach, um das Amt des Präsidenten vor dem verheerenden Imageverlust zu schützen.

Was für ein Augenblick!

Bereits um sechs Uhr am folgenden Morgen fuhr der Vizepräsident in seinem mit Panzerglas gesicherten Dienstfahrzeug zum CIA-Hauptquartier in Langley. Eigentlich war Direktor Maynard ins Weiße Haus berufen worden, aber er hatte sich entschuldigen lassen, weil er unter Schwindelanfällen leide und auf Anraten der Ärzte sein Büro nicht verlassen solle. Es kam in der Tat oft vor, dass er dort aß und sogar übernachtete, vor allem wenn sich die Anfälle häuften. Nützliche Gebrechen, diese Schwindelanfälle – ebenso wie die vielen anderen, die er hatte.

Das Treffen war kurz. Maynard saß, in Decken gewickelt, am Ende des langen Konferenztisches in seinem Rollstuhl, Hoby an seiner Seite. Der Vizepräsident hatte nur einen Berater mitgebracht. Nach einem kurzen, ziemlich steifen Geplänkel über die neue Administration kam er zum Punkt: »Mr Maynard, ich bin im Namen des Präsidenten hier.«

»Natürlich sind Sie das«, erwiderte Maynard mit einem sehr knappen Lächeln. Er rechnete fest damit, gefeuert zu werden. Jetzt war es so weit, nachdem man ihm achtzehn Jahre lang immer wieder damit gedroht hatte. Endlich ein Präsident, der Manns genug war, Teddy Maynard zu ersetzen. Während sie auf den Vize warteten, hatte er Hoby eingeweiht, damit er auf alles vorbereitet war.

Hoby kritzelte wie immer auf seinen Notizblock, diesmal in der bangen Erwartung, gleich die Worte schreiben zu müssen, mit denen er seit Jahren rechnete: *Mr Maynard, der Präsident fordert Sie zum Rücktritt auf.*

Stattdessen sagte der Vizepräsident etwas gänzlich Unerwartetes. »Mr Maynard, der Präsident wünscht, über Joel Backman informiert zu werden.«

Teddy Maynard brachte längst nichts mehr aus der Fassung. »Was ist mit ihm?«, erkundigte er sich ohne die geringste Verzögerung.

»Der Präsident möchte wissen, wo er sich aufhält und wie lange es dauern würde, ihn in die Staaten zurückzuholen.«

»Warum?«

»Das kann ich Ihnen nicht sagen.«

»Dann kann ich auch nichts sagen.«

»Es ist für den Präsidenten aber sehr wichtig.«

»Nun, das verstehe ich. Aber Mr Backman ist auch für unsere laufenden Operationen sehr wichtig.«

Der Vizepräsident blinzelte und sah zur Seite. Sein Berater hatte sich in seine Notizen vergraben, von ihm war Hilfe nicht zu erwarten. Sie durften der CIA auf keinen Fall von den Überweisungen und dem erkauften Straferlass erzählen. Maynard würde dieses kostbare Stück Information sofort nutzen, um sich seinen Posten zu sichern. Wenn sie verhindern wollten, dass er Katz und Maus mit ihnen spielte, musste er verschwinden.

Der Vizepräsident beugte sich vor und stützte sich mit einem Ellbogen auf. »Der Präsident ist nicht bereit, in dieser Sache nachzugeben, Mr Maynard. Er wird diese Auskünfte bekommen, und zwar bald. Andernfalls wird er Sie zum Rücktritt auffordern.«

»Ich trete nicht zurück.«

»Muss ich Sie daran erinnern, dass er über Ihr Amt verfügt?«

»Das müssen Sie nicht, nein.«

»Sehr gut. Dann sind die Fronten geklärt. Sie kommen mit der Backman-Akte ins Weiße Haus und sprechen sie ausführlich mit uns durch, sonst hat die CIA bald einen neuen Direktor.«

»So unverblümt kennt man Leute wie Sie gar nicht – bei allem gebührenden Respekt.«

»Ich fasse das als Kompliment auf.«

Damit war die Unterredung beendet.

Das Hoover Building war etwa so dicht wie ein lecker Eimer, und die Gerüchte regneten geradezu auf die Straßen von Washington herab. Sie dort aufzusammeln war unter anderem die Aufgabe von Dan Sandberg von der *Washington Post.* Im Gegensatz zum durchschnittlichen Enthüllungsjournalisten verfügte er über hervorragende Quellen, und so dauerte es nicht lange, bis er Wind von dem Skandal um die Begnadigungen bekam. Ein alter Maulwurf im Weißen Haus bestätigte ihm in groben Zügen, was er gehört hatte. Im Grunde gab es keinen Zweifel an der Geschichte, doch Sandberg wusste, dass er nur schwer an die Fakten herankommen würde. Die Belege der Überweisungen würde er jedenfalls mit Sicherheit nicht einsehen können.

Aber wenn es stimmte – ein US-Präsident sprach zum Ende seiner Amtszeit Straferlasse gegen Geld aus, um sich die Rente ein wenig aufzubessern –, dann war es eine Sensation. Ein US-Präsident unter Anklage, vor Gericht, vielleicht sogar zu einer Haftstrafe verurteilt ... unfassbar.

Sandberg saß an seinem von Papierbergen überwucherten Schreibtisch, als ein Anruf aus London kam. Am anderen Ende war ein alter Freund, der für den *Guardian* arbeitete und seine Beiträge ebenso gründlich recherchierte wie er. Sie sprachen ein paar Minuten lang über die neue Administration, das offizielle Titelthema in Washington. Es war Anfang Februar, dichter Schnee fiel, und der Kongress war mit der Arbeit in den Ausschüssen beschäftigt. Das Leben in der Hauptstadt verlief relativ ereignislos, und es gab wenig anderen Gesprächsstoff.

»Gibt's was Neues zum Tod von Bob Critz?«, fragte der Freund.

»Nein. Gestern war die Beerdigung«, entgegnete Sandberg. »Warum?«

»Na ja, es ist noch nicht abschließend geklärt, wie der arme Kerl wirklich gestorben ist, weißt du. Es gibt ein paar offene Fragen. Außerdem kommen wir nicht an den Autopsiebericht heran.«

»Was denn für offene Fragen? Ich dachte, der Fall wäre klar.«

»Schon möglich, aber er wurde etwas zu schnell zu den Akten gelegt. Ich habe nichts Konkretes in der Hand, wollte nur mal hören, ob bei euch drüben vielleicht was faul ist.«

»Ich könnte mich ein wenig umhören«, schlug Sandberg vor, dessen Neugier längst geweckt war.

»Tu das. Telefonieren wir in ein, zwei Tagen wieder.«

Sandberg legte auf und starrte auf seinen Computerbildschirm. Critz war mit Gewissheit dabei gewesen, als Morgan in letzter Minute die Straferlasse beschlossen hatte. Angesichts des Verfolgungswahns der beiden war sogar anzunehmen, dass Critz mit Morgan allein im Oval Office gewesen war, als der die Entscheidung getroffen und die Papiere unterzeichnet hatte.

Vielleicht hatte Critz zu viel gewusst.

Drei Stunden später verließ Sandberg Washington-Dulles und flog Richtung London.

15

Lange vor Sonnenaufgang erwachte Marco wieder einmal an einem fremden Ort in einem fremden Bett. Er brauchte eine ganze Weile, um seine Gedanken zu ordnen, sich die Ortswechsel der letzten Zeit ins Gedächtnis zu rufen und seine absurde Gesamtsituation zu erfassen – und bei alledem nicht an die Vergangenheit zu denken, während er gleichzeitig überlegte, was wohl in den kommenden zwölf Stunden passieren mochte. Die Nacht war unruhig gewesen. Er hatte ein paar Stunden gedöst, vielleicht vier oder fünf, genau konnte er es nicht sagen, weil in dem angenehm warmen kleinen Zimmer vollkommene Dunkelheit herrschte. Er nahm die Kopfhörer ab; kurz nach Mitternacht war er eingeschlafen, wie gewöhnlich frohsinnige italienische Übungsdialoge in den Ohren.

Für die Wärme war er sehr dankbar. Sie hatten ihn in Rudley erbärmlich frieren lassen, und das letzte Hotelzimmer war wieder kalt gewesen. Die neue Wohnung hatte dicke Wände und dichte Fenster, und die Heizung lief auf Hochtouren. Als er der Meinung war, dass er den vor ihm liegenden Tag zur Genüge durchgeplant hatte, senkte er langsam seine Füße auf den warmen Fliesenboden und dankte Luigi im Geiste noch einmal für die neue Unterkunft.

Wie lange er hier bleiben würde, war nicht sicher,

genauso wie alles andere in der Zukunft, die sie für ihn bestimmt hatten. Er schaltete die Lampe ein und sah auf seine Uhr – kurz vor fünf. Dann machte er im Bad das Licht an und musterte sich im Spiegel. Die Stoppeln über seiner Oberlippe, um seinen Mund herum und am Kinn waren erheblich grauer, als er erwartet hatte. Seit einer Woche ließ er sie nun stehen, und es war klar, dass sein Kinnbart hauptsächlich grau und nur von ein paar wenigen dunkelbraunen Sprenkeln durchsetzt sein würde. Zum Teufel damit. Er war zweiundfünfzig. Das modische Bärtchen war Teil seiner Tarnung und verlieh ihm eine gewisse distinguierte Würde. Mit seinem schmalen Gesicht, den eingefallenen Wangen, dem Bürstenschnitt und der schicken rechteckigen Designerbrille ging er gut und gern als Marco Lazzeri durch – in Bologna, in Mailand, in Florenz und jeder anderen Stadt, die er noch besuchen würde.

Eine Stunde später trat er auf die Straße hinaus, unter die kalten, schweigsamen Arkaden, deren Erbauer seit dreihundert Jahren tot waren. Der Wind war eisig und schneidend, und Marco nahm sich zum wiederholten Male vor, sich bei seinem Kontaktmann darüber zu beschweren, dass er keine richtige Winterkleidung hatte. Er las weder Zeitung, noch sah er fern, sodass er keine Ahnung hatte, was der Wetterbericht vermeldete. Er wusste nur, dass es täglich kälter wurde.

Unter den niedrigen Bogengängen der Via Fondazza hastete er Richtung Universität. Außer ihm war niemand unterwegs. Den Stadtplan hatte er tief in seiner Tasche vergraben. Wenn er sich verlief, konnte er ihn immer noch hervorholen und sich die kleine Niederlage eingestehen. Doch vorerst war er entschlossen, die Wege ohne

Hilfsmittel zu finden und sich einzuprägen. Dreißig Minuten später, die Sonne sandte inzwischen immerhin dämmriges Licht aus, erreichte er die Via Irnerio am nördlichen Rand des Universitätsviertels. Zwei Querstraßen weiter Richtung Osten, dann schimmerte ihm das hellgrüne Schild des Fontana entgegen. Durch das Fenster sah er einen grauen Haarschopf leuchten. Rudolph war bereits da.

Aus Gewohnheit wartete Marco einen Augenblick vor der Tür. Er drehte sich um, blickte die Via Irnerio hinunter, ob sich vielleicht ein lautloser Killer aus dem Schatten schälte. Als niemand kam, trat er ein.

»Mein Freund Marco«, sagte Rudolph lächelnd. »Bitte, setzen Sie sich doch.«

Das Café war etwa halb voll – wieder das gleiche akademische Publikum, vertieft in die Morgenzeitung, versunken in die eigene Welt. Marco bestellte einen Cappuccino, während Rudolph seine Meerschaumpfeife stopfte. Bald erfüllte aromatischer Duft ihre kleine Nische.

»Habe Ihre Nachricht bekommen«, sagte Rudolph und blies eine Rauchwolke über den Tisch. »Tut mir Leid, dass wir uns verpasst haben. Wo waren Sie denn?«

Marco war nirgendwo gewesen, aber als gut erholter kanadischer Tourist mit italienischen Wurzeln hatte er natürlich einen Ausflugsbericht in petto. »Ich war ein paar Tage in Florenz.«

»Ah, *Firenze* … eine wunderschöne Stadt.«

Eine Zeit lang redeten sie über Florenz, und Marco dozierte klug über Kunst, Geschichte und Sehenswürdigkeiten der Stadt, obwohl er sie nur aus dem billigen Stadtführer kannte, den Ermanno ihm geliehen hatte.

Das Heftchen war natürlich in Italienisch verfasst, sodass er erst einmal stundenlang mit einem Wörterbuch dagesessen und sich ein paar Informationen zusammengereimt hatte, die er jetzt souverän einsetzte, als wäre er wochenlang dort gewesen.

Die Tische füllten sich allmählich, und wer keinen Platz mehr bekam, drängte sich um die Bar. Luigi hatte Marco ganz zu Anfang erklärt, dass einem in Europa der Tisch, den man einmal besetzt habe, für den Rest des Tages gehöre. Niemand werde hier von seinem Stuhl vertrieben, damit ein neuer Gast sich setzen könne. Eine Tasse Kaffee, eine Zeitung, etwas zu rauchen, und man konnte für immer sitzen bleiben, während andere kamen und gingen.

Sie bestellten noch eine Runde, und Rudolph stopfte erneut seine Pfeife. Jetzt fielen Marco zum ersten Mal die Nikotinflecken auf den wild wuchernden Barthaaren neben seinem Mund auf. Auf dem Tisch lagen drei Morgenzeitungen, alle italienisch.

»Gibt es hier in Bologna eine gute englischsprachige Zeitung?«, fragte Marco.

»Warum fragen Sie?«

»Ach, ich weiß nicht. Manchmal interessiert es mich schon, was jenseits des Atlantiks passiert.«

»Ich kaufe mir gelegentlich die *Herald Tribune*, und dann bin ich jedes Mal wieder heilfroh, dass ich hier lebe, weit weg von Kriminalität, Verkehr, Umweltverschmutzung, Politik und Skandalen. Die amerikanische Gesellschaft ist verrottet. Und die Regierung ist der Gipfel der Scheinheiligkeit – von wegen beste Demokratie der Welt. Ha! Im ganzen Kongress sitzt doch keiner, der nicht von den großen Geldsäcken geschmiert wird.«

Er sah aus, als wollte er im nächsten Moment ausspucken, zog dann aber stattdessen an seiner Pfeife und begann, auf dem Mundstück zu kauen. Marco hielt den Atem an und rechnete mit einer weiteren Hasstirade gegen den amerikanischen Staat. Einen Augenblick lang passierte nichts, dann nippten sie beide an ihrem Kaffee.

»Ich hasse die US-Regierung«, brummte Rudolph verbittert.

Jetzt aber aufgepasst, dachte Marco. »Was ist mit der kanadischen?«, fragte er.

»Verdient bessere Noten. Leidlich bessere.«

Marco heuchelte Erleichterung und beschloss, das Thema zu wechseln. Er denke darüber nach, als Nächstes Venedig zu besuchen, sagte er. Natürlich war Rudolph schon viele Male dort gewesen und hatte gute Tipps. Marco machte sich Notizen, als wollte er am liebsten sofort in den nächsten Zug springen. Und dann war da noch Mailand, wobei Rudolph nicht viel von dieser Stadt hielt, wegen der »Faschisten«, die dort herumschlichen. »Es war das Machtzentrum Mussolinis, wissen Sie.« Er hatte sich vorgebeugt, als wäre unter den anderen Kommunisten im Café allein bei der Erwähnung des Diktators sofort ein Tumult ausgebrochen.

Als sich abzeichnete, dass Rudolph durchaus geneigt war, den Rest des Vormittags hier sitzen zu bleiben, zog Marco es vor, sich zu verabschieden. Sie verabredeten sich für den folgenden Montag, gleicher Ort, gleiche Zeit.

Es hatte leicht zu schneien begonnen, gerade so stark, dass die Lieferwagen auf der Via Irnerio Reifenspuren hinterließen. Marco verließ das angenehm warme Café und staunte wieder einmal, wie klug und vorausschauend es von den alten Baumeistern gewesen war, die Gehwege in der Stadt auf über dreißig Kilometern zu überdachen. Er ging ein paar Querstraßen Richtung Osten und wandte sich dann nach Süden, der Via dell'Indipendenza zu, einem breiten Boulevard, der in den Siebzigerjahren des achtzehnten Jahrhunderts gebaut worden war, um den vornehmen Leuten den Zugang zum Bahnhof im Norden der Stadt zu erleichtern. Als er die Via Marsala überquerte, trat er auf einen vermeintlichen Schneehaufen und erschrak, als er mit dem rechten Fuß tief in eisigem Schmelzwasser einsank.

Wieder einmal verfluchte er Luigi für seine unzureichende Kleidung – es musste doch jedem vernunftbegabten Menschen klar sein, dass man bei solchen Witterungsverhältnissen feste Stiefel brauchte! Der Gedanke mündete in ein allgemeines stummes Klagelied darüber, dass er von denen, die dieses Versteckspiel leiteten, so kurz gehalten wurde. Sie hatten ihn nach Bologna verfrachtet und gaben, um sein Leben zu schützen, zweifellos größere Summen aus – für Sprachunterricht, ein sicheres Haus, Personal und Verpflegung. Seiner Meinung nach war das alles nur Verschwendung von Zeit und Geld. Es wäre viel besser gewesen, ihn nach London oder Sydney zu bringen, wo es Amerikaner zuhauf gab und wo jeder Englisch sprach. Er hätte viel leichter untertauchen können.

Da trat der Adressat seiner stillen Schelte an seine Seite. »Ach, *buongiorno*, Luigi. Sind Sie mir mal wieder auf den Fersen?«

»Nein. Ich war spazieren und sah Sie zufällig auf der anderen Straßenseite. Ich liebe Schnee. Und Sie, Marco?«

In gemächlichem Tempo setzten sie ihren Weg zusammen fort. Marco wollte seinem Begleiter gern glauben, bezweifelte aber, dass das Treffen ein Zufall war. »Nun, er ist mir hier lieber als in Washington bei Feierabendverkehr. Darf ich Sie fragen, was Sie eigentlich den ganzen Tag tun, Luigi?«

»Selbstverständlich. Sie dürfen fragen, was Sie wollen.«

»Das dachte ich mir. Und sehen Sie, ich möchte mich über zwei Dinge beschweren. Eigentlich über drei.«

»Das überrascht mich nicht. Haben Sie schon einen Kaffee getrunken?«

»Ja, aber ich trinke gern noch einen.«

Luigi nickte in Richtung eines kleinen Cafés direkt vor ihnen. Sie traten ein und stellten fest, dass alle Tische besetzt waren, also gesellten sie sich zu der Menschentraube, die sich um die Bar scharte, und tranken ihren Espresso dort. »Also, schießen Sie los«, sagte Luigi mit leiser Stimme.

Marco beugte sich zu ihm, sodass ihre Nasen fast aneinander stießen. »Die ersten beiden Beschwerden hängen unmittelbar zusammen. Erstens, Geld. Es muss nicht viel sein, aber eine kleine Apanage würde ich sehr schätzen. Niemand ist gern pleite, Luigi. Es würde mir besser gehen, wenn ich ein wenig Geld in der Tasche hätte.«

»Wie viel?«

»Ach, ich weiß nicht. Es ist lange her, dass ich zuletzt Taschengeld ausgehandelt habe. Wie wäre es für den Anfang mit einhundert Euro die Woche? Damit kann ich Zeitungen, Magazine, was zu essen kaufen, also die wichtigsten Grundbedürfnisse stillen. Uncle Sam zahlt meine Rente, und dafür bin ich sehr dankbar. Genau genommen zahlt er ja schon seit sechs Jahren.«

»Sie könnten immer noch hinter Gittern sitzen.«

»Danke, dass Sie mich daran erinnern, Luigi.«

»Tut mir Leid, war nicht nett …«

»Hören Sie, Luigi. Ich bin recht zufrieden mit meiner Lage. Andererseits bin ich ein freier Mann und ein unbescholtener Staatsbürger eines freien Landes – welches, weiß ich manchmal nicht so genau –, und ich habe ein Recht darauf, respektvoll behandelt zu werden. Ich finde es unmöglich, mit leeren Taschen herumzulaufen, und ich finde es unmöglich, um Geld betteln zu müssen. Ich will einhundert Euro die Woche.«

»Ich werde sehen, was ich tun kann.«

»Danke.«

»Die zweite Beschwerde?«

»Ich brauche etwas Geld, um mir was zum Anziehen zu kaufen. Meine Füße sind eiskalt, weil ich nicht das passende Schuhwerk für dieses Wetter habe. Außerdem möchte ich einen dickeren Mantel und vielleicht ein paar Pullover.«

»Werde ich besorgen.«

»Nein, ich möchte das selbst machen, Luigi. Geben Sie mir etwas Bargeld, dann gehe ich einkaufen. Das ist nicht zu viel verlangt.«

»Ich werd's versuchen.«

Sie brachten ein paar Zentimeter Abstand zwischen ihre Nasen und nahmen einen Schluck aus ihren Tassen.

»Drittens?«, fragte Luigi.

»Ermanno. Er verliert zunehmend das Interesse. Wir sind fast sechs Stunden am Tag zusammen, und der Unterricht fängt an, ihn zu langweilen.«

Luigi verdrehte entnervt die Augen. »Ich kann nicht einfach mit den Fingern schnippen und einen anderen Sprachlehrer herzaubern, Marco.«

»Unterrichten *Sie* mich doch. Ich mag Sie, Luigi, wir verstehen uns gut. Sie wissen selbst, dass Ermanno keine Lust mehr hat; er ist jung und will sein Studium wieder aufnehmen. Aber Sie wären ein guter Lehrer.«

»Ich bin kein Lehrer.«

»Dann finden Sie bitte jemand anders für mich. Ermanno will nicht. Ich fürchte, ich mache keine Fortschritte mehr.«

Luigi blickte zur Seite und beobachtete zwei ältere Herren, die gerade hereingekommen waren und an ihnen vorbeischlurften. »Ich denke, er geht sowieso weg«, sagte er. »Wie Sie schon sagten, er will sein Studium fortführen.«

»Wie lange wird mein Sprachkurs dauern?«

Luigi schüttelte den Kopf, um zu verdeutlichen, dass er keine Ahnung hatte. »Das habe ich nicht zu entscheiden.«

»Ich habe eine vierte Beschwerde.«

»Fünftens, sechstens, siebtens. Lassen Sie am besten alle hören, vielleicht kommen wir dann mal eine Woche ohne aus.«

»Sie kennen sie schon, Luigi. Es ist so etwas wie ein grundsätzlicher Einwand meinerseits.«

»Das hört sich nach Juristenjargon an.«

»Sie sehen zu viel amerikanisches Fernsehen. Ich möchte nach London. Dort leben zehn Millionen Menschen, die alle Englisch sprechen. Ich müsste nicht zehn Stunden am Tag damit verbringen, eine neue Sprache zu lernen. Verstehen Sie mich nicht falsch, Luigi. Ich liebe Italienisch. Je mehr ich mich damit beschäftige, desto schöner finde ich es. Aber, mal ehrlich, wenn Sie mich verstecken wollen, dann bringen Sie mich doch am besten an einen Ort, wo ich mich auch ohne Hilfe durchschlagen kann.«

»Ich kann mich nur wiederholen, Marco. Diese Entscheidungen treffe nicht ich.«

»Ich weiß, ich weiß. Hauptsache, Sie bleiben dran.«

»Gehen wir.«

Als sie das Café verließen, um ihren Spaziergang unter den Arkaden fortzusetzen, hatte das Schneetreiben zugenommen. Elegant gekleidete Geschäftsleute auf dem Weg zur Arbeit hasteten an ihnen vorbei. Auch frühe Käufer waren schon unterwegs, vor allem Hausfrauen, die zum Markt strebten. Die Straße war voll von Kleinwagen und Vespas, die um Stadtbusse und die sich immer höher auftürmenden Matschhaufen herumkurvten.

»Wie oft schneit es hier?«, fragte Marco.

»Nur ein paarmal im Jahr, und dann nicht viel, außerdem gibt es diese wunderbaren Bogengänge, die einen trocken halten.«

»Na, so ein Glück.«

»Manche sind eintausend Jahre alt. Es gibt hier mehr davon als in jeder anderen Stadt der Welt, wussten Sie das?«

»Nein. Ich habe wenig zu lesen, Luigi. Wenn ich etwas Geld hätte, könnte ich Bücher kaufen und mir solche Dinge anlesen.«

»Beim Mittagessen werde ich Geld für Sie dabeihaben.«

»Und wo wird das Mittagessen stattfinden?«

»Ristorante Cesarina, Via Santo Stefano, ein Uhr?«

»Wer könnte da Nein sagen?«

Als Marco das Cesarina fünf Minuten zu früh betrat, saß Luigi mit einer Frau an einem Tisch nahe beim Eingang. Sie unterbrachen ein offensichtlich ernstes Gespräch, als er näher trat. Die Frau stand widerstrebend auf und streckte ihm mit finsterer Miene eine schlaffe Hand hin, während Luigi sie als Francesca Ferro vorstellte. Sie war Mitte vierzig, attraktiv und vielleicht ein wenig zu alt für Luigi, der lieber jungen Studentinnen hinterhergaffte. Und sie strahlte eine würdevolle Gereiztheit aus. Marco verspürte unwillkürlich den Drang, sich zu entschuldigen. Verzeihung, dass ich hier zum Essen eingeladen bin.

Sie setzten sich, und Marco fielen zwei Zigarettenkippen im Aschenbecher auf. Luigis Wasserglas war fast leer. Die beiden saßen schon mindestens zwanzig Minuten hier.

»Signora Ferro ist Sprachlehrerin und Fremdenführerin«, sagte Luigi in klarem, deutlichem Italienisch.

»*Sì*«, erwiderte Marco kläglich in die Pause, die daraufhin entstand.

Er sah die Signora an und schenkte ihr ein Lächeln, das sie frostig erwiderte. Offenbar fand sie ihn jetzt schon langweilig.

Luigi fuhr auf Italienisch fort: »Sie ist Ihre neue Lehrerin. Ermanno wird Sie vormittags unterrichten, Signora Ferro nachmittags.«

Marco hatte alles verstanden und blickte Francesca mit aufgesetztem Lächeln an. »*Va bene.*«

»Ermanno möchte sein Studium nächste Woche wieder aufnehmen«, erklärte Luigi.

»Das dachte ich mir«, entgegnete Marco auf Englisch.

Francesca Ferro zündete sich wieder eine Zigarette an, schloss ihre vollen Lippen um den Filter und blies eine enorme Rauchwolke aus. »Und?«, sagte sie. »Wie steht es mit Ihrem Italienisch?« Ihre Stimme war tief und rau, zweifellos von vielen Jahren des Rauchens. Ihr Englisch war langsam, gewählt und vollkommen akzentfrei.

»Grauenvoll«, sagte Marco.

»Er macht sich gut«, widersprach Luigi. Der Kellner brachte eine Flasche Mineralwasser und verteilte drei Speisekarten. Die Signora verschwand hinter der ihren, und Marco tat es ihr nach. Es folgte eine längere Stille, in der jeder für sich seine Auswahl traf.

Als die Karten schließlich gesenkt wurden, wandte Francesca Ferro sich an Marco. »Ich möchte hören, wie Sie auf Italienisch bestellen.«

»Kein Problem«, erwiderte er. Er hatte etwas gefunden, das er sagen konnte, ohne ausgelacht zu werden. Der Kellner erschien mit Block und Stift. *»Sì, allora, vorrei un'insalata di pomodori e una mezza porzione di lasagne.«* Ich möchte einen Tomatensalat und eine halbe Portion Lasagne. Wieder einmal war er heilfroh, dass Lasagne, Spaghetti, Ravioli und Pizza längst zu internationalen Exportartikeln geworden waren.

»Non male«, sagte sie.

Als die Salate kamen, drückten Luigi und die Signora ihre Zigaretten aus. Sie unterbrachen die ohnehin stockende Unterhaltung, um sich ihren Tellern zu widmen. Wein wurde nicht bestellt, obwohl er sicher hilfreich gewesen wäre.

Marcos Vergangenheit, die Gegenwart der Signora und Luigis geheimnisvoller Job waren als Themen tabu, und so retteten sie sich in Smalltalk über das Wetter, zu Marcos großer Erleichterung hauptsächlich auf Englisch.

Als jeder seinen Espresso getrunken und Luigi die

Rechnung bezahlt hatte, verließen sie das Restaurant. Im Hinausgehen steckte Luigi Marco einen Umschlag zu, sodass Francesca Ferro es nicht sehen konnte. »Hier sind ein paar Euro«, flüsterte er.

»Danke.«

Es schneite nicht mehr, stattdessen war die Sonne herausgekommen und strahlte ungetrübt vom Himmel. Luigi verabschiedete sich auf der Piazza Maggiore und verschwand auf seine bekannte unnachahmliche Art. Eine Weile gingen sie schweigend nebeneinander her. »*Che cosa vorrebbe vedere?*«, fragte Francesca Ferro dann. Was möchten Sie gern sehen?

Marco kannte die größte Kirche der Stadt noch nicht, die Basilica di San Petronio. Vor der weiten Freitreppe blieben sie stehen. »Sie ist ebenso schön wie traurig«, sagte Francesca auf Englisch und verriet den leichten Anflug eines britischen Akzents. »Die Väter der damals freien Stadt hatten sie zunächst nicht als Kathedrale, sondern als Tempelbau vorgesehen – als Ausdruck der Opposition gegen den Papst. Ursprünglich hätte sie größer als der Petersdom werden sollen, doch der Vatikan stellte sich dagegen und machte größere Summen locker, wodurch unter anderem die Universität entstand.«

»Wann wurde sie erbaut?«

»Sagen Sie das auf Italienisch«, ordnete sie an.

»Das kann ich nicht.«

»Dann hören Sie zu: *Quando è stata costruita?* Wiederholen Sie den Satz.«

Beim vierten Mal war sie zufrieden.

»Ich halte nichts von Büchern, Kassetten und solchen Sachen«, erklärte sie, während sie an der Fassade des wuchtigen Kirchenbaus hochblickten. »Ich glaube nur an

Konversation. Um eine Sprache zu lernen, muss man sie sprechen, sprechen, sprechen. Wenn Kinder sprechen lernen, machen sie es genauso.«

»Wo haben Sie Englisch gelernt?«, fragte er.

»Die Frage kann ich nicht beantworten. Ich habe Anweisung, nicht über meine Vergangenheit zu reden. Ebenso wenig wie über Ihre.«

Für den Bruchteil einer Sekunde war Marco nahe daran, sich umzudrehen und einfach wegzugehen. Er hatte die Nase voll von Leuten, die nicht mit ihm reden durften, die seinen Fragen auswichen und sich benahmen, als wimmelte es überall nur so von Spionen. Er hatte genug von dieser Farce.

Er war ein freier Mann, konnte frei entscheiden und kommen und gehen, wann er wollte. Wenn er Luigi, Ermanno oder Signora Ferro nicht mehr sehen wollte, konnte er ihnen – und zwar auf Italienisch – sagen, dass sie von ihm aus an einem Panino ersticken sollten.

»Der Bau begann 1390, und in den ersten hundert Jahren ging alles gut voran«, nahm Francesca ihren Vortrag wieder auf. Der Sockel der Fassade war kunstvoll mit rosafarbenem Marmor verkleidet und die oberen zwei Drittel der Wand bestanden aus nacktem, schmutzig braunem Mauerwerk. »Dann allerdings folgte eine schwierige Phase. Wie man sieht, wurde das Äußere nie vollendet.«

»Nicht besonders hübsch.«

»Nein, aber faszinierend. Möchten Sie hineingehen?«

Marco hatte in den nächsten drei Stunden ohnehin nichts anderes zu tun. »*Certo*«, erwiderte er.

Sie stiegen die Stufen hinauf und blieben vor dem Haupteingang stehen. Francesca Ferro blickte auf ein

Schild. »*Mi dica*«, begann sie. »Sagen Sie mir, wann die Basilika geschlossen wird.«

Marco legte die Stirn in tiefe Falten und suchte in seinem Hirn nach den richtigen Worten. »*La chiesa chiude alle sei.*« Um sechs.

»*Ripeta.*«

Er wiederholte den Satz sechsmal, bis sie sich endlich erbarmte, dann traten sie ein. »Die Basilika wurde nach San Petronio benannt, dem Schutzheiligen von Bologna«, erklärte sie mit gedämpfter Stimme.

In das Hauptschiff hätte ein ganzes Hockeyfeld samt Zuschauertribünen gepasst. »Sie ist riesig«, kommentierte Marco ehrfürchtig.

»Ja, dabei ist sie nur ein Viertel so groß, wie sie hätte werden sollen. Der Papst wurde nervös und begann, Druck auszuüben. Unsummen öffentlicher Gelder wurden ausgegeben, und am Ende wollten die Menschen von dem Bau nichts mehr wissen.«

»Trotzdem ist sie sehr eindrucksvoll.« Marco war wohl bewusst, dass sie englisch mit ihm sprach, und das kam ihm sehr gelegen.

»Möchten Sie die kurze oder die lange Version der Führung?«, fragte sie. Obwohl es drinnen fast so kalt war wie draußen, schien Signora Ferro allmählich etwas aufzutauen.

»Sie sind die Lehrerin«, gab er zurück.

Sie schlenderten auf die linke Seite hinüber und warteten, bis eine kleine japanische Touristengruppe die Besichtigung der Krypta beendet hatte. Von den Japanern abgesehen war das Kirchenschiff leer. Es war ein Freitag im Februar, also Nebensaison. Später am Nachmittag würde Marco erfahren, dass die Signora in den

Wintermonaten als Fremdenführerin kaum zu tun hatte – es war das Einzige, das sie an Persönlichem preisgab.

Da sonst keine Arbeit auf sie wartete, hatte sie in der Basilica di San Petronio keine Eile. Sie sahen sich sämtliche zweiundzwanzig Seitenkapellen an sowie den überwiegenden Teil der Gemälde, Skulpturen, Buntglasscheiben und Fresken. Die Kapellen waren über die Jahrhunderte von reichen Bolognesern errichtet worden, die für diese Familienmonumente eindrucksvolle Summen bezahlt hatten. Sie waren ein wichtiger Bestandteil der Stadtgeschichte, und Francesca Ferro wusste alles über sie. Sie zeigte ihm den gut erhaltenen Schädel des heiligen Petronius, der stolz auf einem Altar thronte, sowie eine astronomische Uhr, konstruiert 1655 von zwei Gelehrten auf der Grundlage der Studien von Galileo Galilei.

Obwohl ihn die Details von Gemälden und Skulpturen ebenso wie die Flut von Namen und Daten bald überforderten, hielt Marco tapfer durch. Die Sprache seiner Führerin hielt ihn gefangen, ihre gewählte Ausdrucksweise, ihr perfektes Englisch, vor allem aber der volle Klang ihrer Stimme.

Lange nachdem die Japaner die Basilika verlassen hatten, gingen sie zurück zum Haupteingang. »Haben Sie genug?«, fragte sie.

»Ja.«

Als sie draußen waren, zündete sie sich sofort eine Zigarette an.

»Wie wär's mit einem Kaffee?«, fragte er.

»Okay. Ich weiß auch schon, wo.«

Er folgte ihr über die Via Clavature. Nur ein paar

Schritte weiter betraten sie das Café Rosa Rose. »Hier gibt es den besten Cappuccino am Platz«, versicherte sie ihm und bestellte zwei an der Bar. Er wollte sie schon auf die italienische Sitte hinweisen, die das Cappuccino-Trinken nach halb elf vormittags verbot, schwieg dann aber. Während sie warteten, streifte sie sorgfältig Lederhandschuhe, Schal und Mantel ab. Offenbar sollte diese Kaffeepause länger dauern.

Sie nahmen einen Tisch am Fenster. Signora Ferro rührte zwei Stück Zucker in ihre Tasse und wirkte so weit zufrieden. Sie hatte in den letzten drei Stunden nicht gelächelt, also rechnete Marco auch jetzt nicht damit.

»Ich habe Kopien der Unterlagen, die Sie mit dem anderen Lehrer benutzen«, sagte sie und griff nach den Zigaretten.

»Ermanno.«

»Keine Ahnung, ich kenne ihn nicht. Ich schlage vor, wir machen nachmittags Konversationstraining, basierend auf dem, was Sie vormittags mit ihm durchgenommen haben.«

Er war nicht in der Position, ihre Vorschläge zu kritisieren. »Einverstanden«, entgegnete er deshalb mit einem Schulterzucken.

Sie zündete eine Zigarette an und trank einen Schluck Cappuccino.

»Was hat Ihnen Luigi über mich erzählt?«, fragte Marco.

»Nicht viel. Sie sind Kanadier und für längere Zeit in Italien, um zu reisen und die Sprache zu erlernen. Stimmt das?«

»Ist das eine persönliche Frage?«

»Nein, ich möchte nur wissen, ob es stimmt.«

»Ja.«

»Es gehört nicht zu meinen Aufgaben, diese Dinge zu hinterfragen.«

»Darum habe ich Sie auch nicht gebeten.«

Er fühlte sich unwillkürlich in einen Gerichtssaal versetzt, wo er sie als Zeugin in stoischer Arroganz vor der Richterbank sitzen sah, zutiefst davon überzeugt, dass sie jedem Kreuzverhör standhalten würde. Sie beherrschte den zerstreuten, immer leicht beleidigten Blick, der bei Europäerinnen offenbar verbreitet war, perfekt. Die Zigarette direkt vors Gesicht haltend, ließ sie ihre Augen über die Szenerie draußen auf der Straße wandern, ohne wirklich etwas zu sehen.

Smalltalk gehörte jedenfalls nicht zu ihren Talenten.

»Sind Sie verheiratet?«, wollte Marco wissen, vorsichtig das Kreuzverhör einleitend.

Ein sarkastisches Grunzen, ein aufgesetztes Lächeln. »Ich habe meine Anweisungen, Mr Lazzeri.«

»Marco, bitte. Wie darf ich Sie anreden?«

»Signora Ferro wäre mir recht für den Anfang.«

»Aber Sie sind zehn Jahre jünger als ich.«

»Die Umgangsformen sind hierzulande eben etwas strenger.«

»Das scheint mir auch so.«

Sie drückte ihre Zigarette aus, trank einen Schluck Cappuccino und ging zur Tagesordnung über. »Heute ist Ihr freier Tag, Mr Lazzeri. Deshalb haben wir englisch gesprochen. Ab morgen ist nur noch Italienisch erlaubt.«

»Völlig in Ordnung, ich möchte nur noch eines klarstellen: Sie tun mir hier keinen Gefallen, okay? Sie werden bezahlt. Es ist Ihr Beruf. Ich bin kanadischer Tourist und habe jede Menge Zeit. Wenn wir nicht miteinander auskommen, finde ich rasch jemand anders, der mich unterrichten kann.«

»Habe ich Sie beleidigt?«

»Sie könnten mehr lächeln.«

Ein leichtes Nicken, dann wurden ihre Augen plötzlich feucht. Sie sah aus dem Fenster. »Ich habe wenig, über das ich lächeln könnte.«

16

Die Geschäfte in der Via Rizzoli öffneten samstags um zehn Uhr. Während Marco wartete, sah er sich die Auslagen in den Schaufenstern an. Er hatte fünfhundert Euro in der Tasche, fühlte sich jedoch ziemlich unsicher und musste sich immer wieder bewusst machen, dass er keine andere Wahl hatte, als irgendwo hineinzugehen und seine erste echte Einkaufserfahrung in Italien zu machen. Am Vorabend hatte er im Bett Vokabeln und Redewendungen gepaukt, bis er eingeschlafen war, aber als sich jetzt die Ladentür hinter ihm schloss, wünschte er sich nur noch einen netten jungen Verkäufer, der fließend Englisch sprach.

Der ältere Herr mit dem freundlichen Lächeln konnte natürlich kein Wort Englisch. Fünfzehn Minuten lang radebrechte und gestikulierte Marco mit Händen und Füßen, wobei er mit Kleidergrößen und Preisen schon ganz gut zurechtkam, dann verließ er den Laden mit einem Paar preisgünstiger, jugendlich wirkender Wanderschuhe, wie er sie bei schlechtem Wetter rund um die Universität häufiger gesehen hatte, und einer schwarzen, wasserdichten Winterjacke mit einer Kapuze, die sich in den Kragen einrollen ließ. In seiner Tasche waren noch dreihundert Euro. Sparen lautete jetzt die Devise.

Er eilte zurück in seine Wohnung, zog Schuhe und Jacke an und ging dann wieder los. Der Dreißig-Minuten-Weg ins Zentrum der Stadt dauerte eine Stunde, da er immer wieder Umwege und Schleifen machte. Er sah sich nie um, sondern schlüpfte hin und wieder in ein Café, um von drinnen die Passanten zu beobachten, oder bewunderte die Köstlichkeiten im Schaufenster einer Konditorei, wobei er in Wirklichkeit auf die Reflexionen in der Scheibe achtete. Wenn sie ihm wirklich folgten, durften sie nicht merken, dass er auf der Hut war. Außerdem musste er üben. Luigi hatte ihm mehr als einmal gesagt, dass er bald verschwinden werde und Marco Lazzeri dann auf sich allein gestellt sei.

Aber inwieweit konnte er Luigi überhaupt vertrauen? Weder Marco Lazzeri noch Joel Backman vertrauten irgendjemandem.

Am Bahnhof wurde er noch einmal kurz nervös, als er die vielen Menschen sah. Über ihre Köpfe hinweg studierte er die Anzeigetafel und schaute sich dann nach einem Fahrkartenschalter um, aus alter Gewohnheit nach englischsprachigen Hinweisen Ausschau haltend. Es gelang ihm schon viel besser, die Nervosität zu unterdrücken und einfach drauflloszumachen. Er stellte sich an einer Schlange an, und als sich ein Fenster öffnete, trat er rasch hinzu und lächelte die kleine Dame hinter der Scheibe an. »*Buongiorno*«, sagte er, »*vado a Milano.*« Ich fahre nach Mailand.

Sie nickte.

»*Alle tredici e venti*«, fuhr er fort. Um 13.20 Uhr.

»*Sì, cinquanta euro*«, erwiderte sie. Fünfzig Euro.

Er gab ihr einen Hundert-Euro-Schein, weil er Kleingeld haben wollte, dann nahm er im Weggehen das Ticket und klopfte sich im Geiste auf die Schulter. Bis zur Abfahrt blieb ihm eine Stunde, und so verließ er den

Bahnhof und schlenderte die Via Boldrini entlang, bis er ein Café fand. Er bestellte ein Panino und ein Bier und genoss beides, während er beiläufig den Gehsteig beobachtete.

Der Eurostar kam fahrplanmäßig, und Marco schloss sich den zahlreichen Fahrgästen an. Es war seine erste Zugfahrt in Europa, und er wusste nicht genau, wie er sich verhalten musste. Beim Mittagessen hatte er seine Fahrkarte studiert und nichts gefunden, was auf eine Reservierung hingewiesen hätte. Die Platzwahl war offensichtlich frei, und so nahm er gleich den ersten freien Fensterplatz. Als sich der Zug um exakt 13.20 Uhr in Bewegung setzte, war sein Waggon etwa zur Hälfte besetzt.

Bald hatten sie Bologna hinter sich gelassen, und ländliche Gebiete huschten draußen vorbei. Die Bahnstrecke verlief parallel zur Autobahn 1, die Mailand mit Parma und Bologna verband und in der Verlängerung als A 14 Ancona und die gesamte Ostküste Italiens anschloss. Nach einer halben Stunde begann Marco der Blick aus dem Fenster bereits zu langweilen. Bei einer Geschwindigkeit von hundertsechzig Stundenkilometern ließ sich die Landschaft nicht genießen; alles war verschwommen, und das schönste Motiv war in Sekundenschnelle schon wieder verschwunden. Außerdem gab es an der Strecke ziemlich viele hässliche Fabriken.

Kein Wunder, dass sich außer ihm kein einziger Fahrgast im ganzen Waggon für die Aussicht interessierte. Alle über dreißig waren entspannt, ja, gelangweilt in Zeitungen und Magazine versunken, die jüngeren schliefen tief und fest. Nach einer Weile nickte auch Marco ein.

Er wurde vom Schaffner geweckt, der ihn in vollkommen unverständlichem Italienisch ansprach. Marco fing bei der zweiten oder dritten Wiederholung immerhin das Wort »*biglietto*« auf und streckte ihm rasch sein Ticket entgegen. Der Mann nahm es mürrisch, stanzte ein Loch hinein und gab es mit einem breiten Grinsen zurück, das sein Pferdegebiss entblößte.

Nach einer Stunde erklang eine Ansage aus dem Lautsprecher, in der Marco das Wort »*Milano*« zu hören glaubte, und die Aussicht begann sich schlagartig zu verändern. Der Zug hielt, fuhr wieder an, hielt wieder, während die Ausläufer der Stadt ihn in sich aufsogen. Dicht aneinander gedrängte Nachkriegsbauten glitten vorbei, zwischen denen sich breite, mehrspurige Straßen dahinzogen. Ermannos Stadtführer gab Mailands Bevölkerung mit vier Millionen an; es war eine wichtige Metropole, inoffizielle Hauptstadt des Nordens und Zentrum für Finanzen, Mode, Werbung und Industrie – selbstverständlich mit einem hübschen Zentrum samt Dom ausgestattet.

Die Gleise teilten und fächerten sich auf, als sie sich dem Hauptbahnhof näherten. Unter der weiten Kuppel hielt der Zug schließlich an. Überwältigt von der eindrucksvollen Größe der Halle stieg Marco aus. Auf dem Weg über den Bahnsteig zählte er mindestens ein Dutzend weitere Gleispaare; auf einigen warteten geduldig Züge auf ihre Fahrgäste. Am Ende des Bahnsteigs, mitten im Gewirr von tausenden ankommenden und abfahrenden Reisenden, blieb Marco stehen und studierte den Abfahrtsplan. Stuttgart, Rom, Florenz, Madrid, Paris, Berlin, Genf.

Ganz Europa zum Greifen nah, innerhalb weniger Stunden erreichbar.

Er folgte den Hinweisschildern Richtung Ausgang und ging zum Taxistand, wo er kurz anstehen musste, bevor er auf die Rückbank eines kleinen weißen Renaults rutschte. »*Aeroporto Malpensa*«, sagte er zu dem Fahrer. Sie schoben sich durch dichten Stadtverkehr, bis sie den Autobahnring erreichten. Nach zwanzig Minuten nahmen sie die Abfahrt Richtung Flughafen. »*Quale compagnia aerea?*«, fragte der Fahrer über die Schulter. Welche Fluglinie?

»Lufthansa«, erwiderte Marco. Vor dem Terminal zwei fuhren sie in eine Parklücke am Straßenrand, und Marco wurde erneut vierzig Euro los. Die automatischen Türen öffneten sich für eine wahre Flut von Reisewilligen, und Marco war froh, dass er kein Flugzeug erreichen musste. Er ging die Abfluginformationen durch und fand, was er suchte – einen Direktflug nach Washington-Dulles. Dann schlenderte er eine Weile herum, bis er den Abflugschalter von Lufthansa entdeckte. Eine lange Schlange wartete davor, aber dank der berühmten deutschen Tüchtigkeit ging die Abfertigung ziemlich schnell.

Als Erstes fiel ihm eine attraktive Rothaarige auf, schätzungsweise Mitte zwanzig und offenbar alleinreisend, was ihm besonders zusagte. Wer in Begleitung unterwegs war, wäre sicherlich eher versucht, über den komischen Typ am Flughafen und sein seltsames Anliegen zu reden. Die Rothaarige stand am Businessclass-Schalter als Zweite in der Schlange. Während er sie beobachtete, entdeckte er auch schon Nummer zwei: einen in Jeans gekleideten Studenten, unrasiert, mit ungepflegten langen Haaren, einem abgerissenen Rucksack und einem Sweatshirt von der Universität Toledo. Perfekt. Er stand ziemlich weit hinten in der Schlange und hatte leuchtend gelbe Kopfhörer auf den Ohren.

Marco folgte der Rothaarigen, als sie mit Bordkarte und Handgepäck den Schalter verließ. Bis zum Abflug waren es noch zwei Stunden, und so schlenderte sie durch die Menge zum Dutyfreeshop, wo sie die neuesten Schweizer Uhren betrachtete. Da ihr offenbar keine gefiel, ging sie zu einem Kiosk und kaufte zwei Modezeitschriften. Als sie auf den Flugsteig und die erste Gepäckkontrolle zusteuerte, nahm Marco allen Mut zusammen und trat vor. »Hallo, Miss, verzeihen Sie bitte.« Sie konnte nicht umhin, ihn anzusehen, aber sie war zu misstrauisch, um etwas zu erwidern.

»Fliegen Sie zufällig nach Dulles?«, fragte er mit breitem Grinsen und kurzatmig, als wäre er ihr nachgerannt.

»Ja«, fauchte sie. Kein Lächeln. Ohne Zweifel eine Amerikanerin.

»Ich im Prinzip auch, aber mein Pass wurde mir gestohlen. Keine Ahnung, wann ich nach Hause komme.« Er zog einen Umschlag aus der Tasche. »Das ist eine Geburtstagskarte für meinen Vater. Könnten Sie sie einwerfen, wenn Sie in Washington sind? Der Geburtstag ist nächsten Dienstag, und ich fürchte, bis dahin schaffe ich es nicht. Bitte.«

Argwöhnisch beäugte sie erst ihn, dann den Umschlag. Es war nur eine Geburtstagskarte, keine Bombe, keine Waffe.

Marco kramte in seiner Tasche herum. »Entschuldigen Sie, dass noch keine Briefmarke draufklebt. Hier ist ein Euro. Es wäre wahnsinnig nett, wenn Sie das für mich tun könnten.«

Endlich entspannte sich ihre Miene, und sie brachte

fast ein Lächeln zustande. »Klar«, sagte sie, nahm Umschlag und Münze und steckte beides in ihre Handtasche.

»Vielen, vielen Dank«, antwortete Marco mit einem Ausdruck, als wäre er den Tränen nahe. »Es ist sein Neunzigster. Vielen Dank.«

»Klar, ist doch kein Problem«, gab sie zurück.

Bei dem Typ mit den gelben Kopfhörern war es nicht so einfach. Auch er war Amerikaner, und auch er fiel auf die Geschichte mit dem gestohlenen Pass herein. Aber als Marco versuchte, ihm den Umschlag in die Hand zu drücken, sah er sich nervös um, als fürchtete er, etwas Illegales zu tun.

»Ich weiß nicht, Mann«, sagte er und trat einen Schritt zurück. »Ich mach das lieber nicht.«

Statt weiter zu drängen, trat Marco lieber den Rückzug an. »Na, dann guten Flug«, sagte er so sarkastisch wie möglich.

Mrs Ruby Ausberry aus York, Pennsylvania, war einer der letzten Passagiere am Schalter. Sie hatte vierzig Jahre lang Geschichte an der Highschool unterrichtet und investierte nun freudig ihre Rente in Reisen zu all den Orten, die sie bislang nur aus Schulbüchern kannte. Im Augenblick befand sie sich auf dem Heimweg von einer dreiwöchigen Rundreise durch die Türkei, und in Mailand war sie nur, weil sie von Istanbul nach Washington keinen Direktflug bekommen hatte. Der nette Herr kam mit einem verzweifelten Lächeln auf sie zu und erklärte, dass man ihm seinen Pass gestohlen habe und er deshalb den neunzigsten Geburtstag seines Vaters verpassen werde. Bereitwillig nahm sie die Karte entgegen und verstaute sie in ihrer Tasche. Nachdem sie die Gepäckkontrolle passiert hatte, ging sie noch etwa anderthalb

Kilometer bis zum Flugsteig, wo sie sich einen Sitzplatz suchte und häuslich einrichtete.

Kaum fünf Meter hinter ihr traf im selben Moment die Rothaarige eine Entscheidung. Es könnte doch eine Briefbombe sein. Der Umschlag schien zwar nicht dick genug, um Sprengstoff zu enthalten, aber was wusste sie schon von diesen Dingen? Am Fenster stand ein Abfalleimer – eine schlanke, chromglänzende Tonne mit ebensolchem Deckel (schließlich waren sie ja in Mailand) –, auf den sie nun zuschlenderte, um den Brief unauffällig hineinfallen zu lassen.

Was, wenn er da drin explodierte?, fragte sie sich, als sie sich setzte. Aber es war zu spät. Sie würde nicht hinübergehen und ihn wieder herausangeln. Außerdem, was sollte sie dann damit machen? Zu irgendeinem Uniformträger gehen und ihm auf Englisch zu erklären versuchen, dass sie glaubte, möglicherweise eine Briefbombe in Händen zu halten? Vergiss es, sagte sie zu sich selbst. Sie nahm ihr Handgepäck und ging auf die andere Seite des Flugsteigs hinüber, um so weit wie möglich von dem Abfalleimer weg zu sein. Aber sie konnte die Augen nicht davon abwenden.

Der Gedanke, dass vielleicht ein Anschlag bevorstand, verdichtete sich immer mehr in ihrem Kopf. Sie stand als Erste bereit, um an Bord zu gehen, als die 747 ihre Türe öffnete. Bei einem Glas Sekt nach dem Start konnte sie sich endlich etwas entspannen. Sobald sie zu Hause in Baltimore war, würde sie den Fernseher einschalten. Sie war inzwischen fest davon überzeugt, dass sie dann von einem Blutbad auf dem Malpensa-Flughafen erfahren würde.

Das Taxi zurück zum Hauptbahnhof kostete fünfundvierzig Euro, aber Marco diskutierte nicht mit dem Fahrer. Wozu auch? Die Fahrt nach Bologna war genauso teuer wie die Hinfahrt. Einkaufen und Bahnfahren hatten seine ohnehin spärlichen Mittel bis auf einhundert Euro schrumpfen lassen.

Es war schon fast dunkel, als der Zug in den Bahnhof Bologna einfuhr. Beim Aussteigen fiel Marco zwischen all den anderen müden Reisenden nicht auf, obwohl er insgeheim vor Stolz platzte. Er hatte sich allein etwas zum Anziehen gekauft, war mit dem Zug gefahren, hatte den Wahnsinn an Bahnhof und Flughafen heil überstanden und war zweimal mit dem Taxi gefahren – und er hatte seine Post aufgegeben. Es war ein erfüllter und erfolgreicher Tag gewesen, und nichts deutete darauf hin, dass ihn jemand erkannt oder verfolgt hätte.

Und er war nicht ein einziges Mal aufgefordert worden, sich in irgendeiner Form auszuweisen.

Luigi hatte einen anderen Zug nach Mailand genommen, den Expresszug um 11.45 Uhr. Allerdings stieg er in Parma aus, wo er im Getümmel untertauchte. Für den kurzen Weg zum Treffpunkt, einem beliebten Café in der Stadt, nahm er ein Taxi. Er musste fast eine Stunde auf Whitaker warten, weil der den Zug in Mailand verpasst hatte und erst mit dem nächsten kam. Wie gewöhnlich war Whitaker schlechter Laune, die durch den Umstand, dass man sich an einem Samstag treffen musste, noch verstärkt wurde. Sie bestellten rasch, und als der Kellner weg war, kam Whitaker gleich zum Punkt. »Ich mag diese Frau nicht.«

»Francesca?«

»Ja, die Fremdenführerin. Wir haben sie bislang noch nie eingesetzt, oder?«

»Stimmt. Aber beruhigen Sie sich, sie ist in Ordnung. Sie hat keine Ahnung.«

»Wie sieht sie aus?«

»Ziemlich attraktiv.«

»Ziemlich attraktiv kann alles bedeuten, Luigi. Wie alt ist sie?«

»Das habe ich nie gefragt. Mitte vierzig, schätze ich.«

»Verheiratet?«

»Ja, hat aber keine Kinder. Sie hat einen älteren Mann, um dessen Gesundheit es ziemlich schlecht steht. Er liegt im Sterben.«

Wie immer machte sich Whitaker Notizen, während er bereits über die nächste Frage nachdachte. »Im Sterben? Woran stirbt er?«

»Ich denke, an Krebs. Ich habe nicht nachgefragt.«

»Vielleicht sollten Sie mehr Fragen stellen.«

»Vielleicht gibt es Dinge, über die sie lieber nicht redet – über ihr Alter etwa oder ihren todkranken Mann.«

»Wo haben Sie sie aufgetrieben?«

»Das war gar nicht so leicht. Sprachlehrer wachsen nicht auf den Bäumen. Ein Freund hat sie empfohlen. Ich habe mich umgehört, sie hat einen guten Ruf in der Stadt. Und sie hat Zeit. Es ist fast unmöglich, einen Lehrer zu finden, der drei Stunden am Tag für einen Schüler opfert.«

»Jeden Tag?«

»Wochentags. Sie hat zugesagt, rund einen Monat lang jeden Nachmittag zu arbeiten. Es ist Nebensaison – kann sein, dass sie ein oder zwei Aufträge die Woche zusätzlich hat, aber sie versucht, trotzdem immer zur Verfügung zu stehen. Also entspannen Sie sich, sie ist gut.«

»Was bekommt sie an Honorar?«

»Zweihundert Euro die Woche, bis zum Frühjahr, wenn wieder mehr Touristen kommen.«

Whitaker verdrehte die Augen, als müsste er das Geld von seinem eigenen Gehalt abzweigen. »Marco ist zu teuer«, sagte er mehr zu sich selbst.

»Marco hat eine wunderbare Idee. Er möchte nach Australien oder Neuseeland. Jedenfalls irgendwohin, wo die Sprache kein Problem für ihn darstellt.«

»Er will einen Transfer?«

»Ja, und ich halte das für eine hervorragende Idee. Laden wir ihn woanders ab.«

»Das haben nicht wir zu entscheiden, oder, Luigi?«

»Ich schätze, nein.«

Die Salate kamen, und sie schwiegen für eine Weile.

»Trotzdem mag ich diese Frau nicht«, sagte Whitaker schließlich. »Suchen Sie jemand anders.«

»Es gibt niemand anders. Worüber machen Sie sich Sorgen?«

»Sie könnte die Dinge komplizieren. Bei Frauen besteht immer die Gefahr, dass es zu einer Affäre kommt, und Marco war als notorischer Schürzenjäger bekannt.«

»Ich habe sie gewarnt. Außerdem braucht sie das Geld.«

»Ist sie pleite?«

»Ich habe den Eindruck, dass sie ziemlich knapp bei Kasse ist. Es ist Nebensaison, und ihr Mann arbeitet nicht.«

Whitaker zeigte den Anflug eines Lächelns, als wären das gute Nachrichten für ihn. Er stopfte sich ein großes Stück Tomate in den Mund und kaute, während er in der Trattoria herumspähte, um zu sehen, ob sie jemand bei ihrer gedämpften Unterhaltung auf Englisch belauschte.

»Reden wir über E-Mails«, sagte er, nachdem er endlich hinuntergeschluckt hatte. »Marco war nie wirklich ein Computerspezialist. In seinen glorreichen Zeiten lebte er vom Telefon – hatte vier oder fünf in seinem Büro, zwei im Auto, eins in der Tasche – und konnte drei Gespräche gleichzeitig führen. Er gab damit an, dass er potenziellen Mandanten für den ersten Anruf fünftausend Mäuse abknöpfte. Das war sein Ding. Aber Computer hat er nie benutzt. Seine Mitarbeiter sahen ihn wohl hin und wieder mal eine E-Mail lesen. Verschickt hat er aber selten welche, und wenn, dann hat er das von einer Sekretärin machen lassen. Sein Büro war zwar immer auf dem neuesten Stand der Technik, aber die Korrespondenz haben andere für ihn erledigt. Schließlich war er ein hohes Tier.«

»Und im Gefängnis?«

»Kein Hinweis auf E-Mail-Kontakte. Er hatte einen Laptop, den er aber nur zum Briefeschreiben benutzte, nie für elektronische Post. Er schrieb gelegentlich an seine Mutter und seinen Sohn, aber immer über den normalen Postweg.«

»Klingt nach totaler Ahnungslosigkeit.«

»Klingt so, aber in Langley macht man sich trotzdem Sorgen, dass er Kontakt nach draußen aufnehmen könnte. Übers Telefon geht das nicht, zumindest nicht momentan. Er hat keine Adresse, die er angeben könnte – somit scheidet Briefpost wohl auch aus.«

»Er wäre dumm, wenn er Briefe verschicken würde«, sagte Luigi. »So würde er verraten, wo er sich aufhält.«

»Richtig. Das Gleiche gilt für Telefon und Fax – alles außer E-Mails.«

»Auch E-Mails lassen sich zurückverfolgen.«

»Schon, aber da gibt es Mittel und Wege.«

»Er hat keinen Computer und kein Geld, um einen zu kaufen.«

»Ich weiß, aber er könnte – rein hypothetisch – in ein Internetcafé gehen, einen anonymen Account einrichten, eine E-Mail verschicken, alle Daten löschen, seine Einheiten bezahlen und gehen.«

»Sicher, aber wer sollte ihm beibringen, wie das funktioniert?«

»Er ist lernfähig. Vielleicht findet er ein Buch mit einer Anleitung. Es ist unwahrscheinlich, ja, aber das Risiko besteht trotzdem.«

»Ich durchsuche seine Wohnung jeden Tag«, sagte Luigi. »Zentimeter für Zentimeter. Wenn er ein Buch kauft oder eine Quittung irgendwo hinlegt, dann weiß ich das sofort.«

»Durchforsten Sie die Internetcafés in der Nähe. Es gibt inzwischen mehrere in Bologna.«

»Ich kenne alle.«

»Wo ist Marco gerade?«

»Ich weiß es nicht. Heute ist Samstag, sein freier Tag. Wahrscheinlich streunt er durch die Straßen von Bologna und genießt seine Freiheit.«

»Hat er immer noch Angst?«

»Und wie.«

Mrs Ruby Ausberry nahm ein leichtes Sedativum, woraufhin sie sechs der acht Stunden schlief, die der Flug von Mailand zum Dulles International Airport dauerte. Der lauwarme Kaffee, den sie kurz vor der Landung serviert bekam, trug wenig dazu bei, sie aufzuwecken, und als die 747 auf den Flugsteig zurollte, war sie bereits wieder weggedämmert. Sie dachte längst nicht mehr an die Geburtstagskarte in ihrer Tasche, während sie mit den anderen Passagieren in den Shuttlebus stieg und über das Rollfeld zum Hauptterminal fuhr. Sie dachte nicht daran, während sie inmitten der Menge auf ihr Gepäck wartete und durch den Zoll ging. Und sie dachte nicht daran, als sie ihre geliebte Enkelin am Ausgang stehen sah.

Sie dachte erst wieder daran, als sie wohlbehalten zu Hause in York, Pennsylvania, angekommen war und ihre Handtasche nach Souvenirs durchwühlte. »Ach du liebe Zeit«, sagte sie, als die Karte auf den Küchentisch fiel. »Das hätte ich doch am Flughafen einwerfen sollen.« Dann erzählte sie ihrer Enkelin die Geschichte von dem armen Mann am Mailänder Flughafen, der seinen Pass verloren hatte und seinen Vater an dessen neunzigstem Geburtstag deshalb nicht besuchen konnte.

Die Enkelin sah sich den Umschlag an. »Sieht gar nicht aus wie eine Geburtstagskarte«, wunderte sie sich und las die Adresse: Rechtsanwalt R.N. Backman, Main Street 412, Culpeper, Virginia, 22701.

»Kein Absender«, stellte sie fest.

»Ich werfe den Brief morgen früh ein«, erklärte Mrs Ausberry. »Hoffentlich kommt er noch rechtzeitig zum Geburtstag an.«

17

AM MONTAGMORGEN UM ZEHN UHR verließen die geheimnisvollen drei Millionen Dollar auf dem Konto der Old Stone Group Ltd. in Singapur auf elektronischem Weg das Land und begaben sich auf eine diskrete Reise um die halbe Welt. Neun Stunden später, als die Galleon Bank and Trust auf der Karibikinsel Saint Christopher aufmachte, kam das Geld an und wurde unverzüglich auf einem Nummernkonto ohne Namen verbucht. Normalerweise wäre es eine vollkommen anonyme Transaktion gewesen – eine von mehreren tausend an diesem Montagmorgen –, doch Old Stone wurde inzwischen vom FBI überwacht. Die Bank in Singapur hatte sich zu einer rückhaltlosen Zusammenarbeit mit dem FBI entschlossen. Die Bank auf Saint Christopher noch nicht, doch es war nur eine Frage der Zeit, bis auch sie kooperieren würde.

Als FBI-Direktor Anthony Price am Montag noch vor Tagesanbruch sein Büro im Hoover Building betrat, lag bereits eine brandeilige Nachricht vor. Er sagte sämtliche für den Vormittag geplanten Termine ab, trommelte seine Mitarbeiter zusammen und wartete darauf, dass das Geld bei der Bank auf Saint Christopher einging.

Dann rief er den Vizepräsidenten an.

Vier Stunden später, in denen recht undiplomatisch Druck ausgeübt wurde, war das FBI im Besitz der gewünschten Informationen. Zuerst weigerten sich die Bankangestellten beharrlich, doch was konnte eine kleine Bananenrepublik schon gegen die brachiale Gewalt der einzigen verbliebenen Supermacht auf Erden ausrichten? Als der Vizepräsident dem Premierminister der Insel mit Sanktionen für Wirtschaft und Bankwesen drohte, die die ohnehin nur in Ansätzen vorhandene Volkswirtschaft des winzigen Staates vollends vernichten würden, gab dieser nach und instruierte die Bankangestellten entsprechend.

Das Nummernkonto konnte problemlos Artie Morgan, dem einunddreißigjährigen Sohn des Ex-Präsidenten, zugeschrieben werden. Er war kurz vor dem Ende der Amtszeit seines Vaters mehrmals mit einer Bierflasche in der Hand ins Oval Office gekommen und hatte sowohl Critz als auch dem Präsidenten Ratschläge erteilt.

Der Skandal wurde mit jeder Stunde größer.

Die Überweisung von Grand Cayman über Singapur nach Saint Christopher war das Werk eines Amateurs, der seine Spuren zu verwischen suchte. Ein Profi hätte das Geld in acht Teilen auf Konten bei verschiedenen Banken in mehreren Ländern eingezahlt und einige Monate zwischen den Überweisungen verstreichen lassen. Aber selbst einem Anfänger wie Artie wäre es wahrscheinlich gelungen, die Millionen zu verstecken. Die Offshore-Banken, die er sich ausgesucht hatte, waren verschwiegen genug, um seine Anonymität zu wahren. Das FBI hatte nur von dem Geld erfahren, weil der auf Abwege geratene Manager eine Heidenangst vor dem Gefängnis hatte.

Allerdings gab es immer noch keinen Hinweis darauf, wo das Geld hergekommen war. In den letzten drei Tagen seiner Amtszeit hatte Präsident Morgan zweiundzwanzig Straferlasse gewährt, über die bis auf zwei Fälle – Joel Backman und Duke Mongo – nichts an die Öffentlichkeit gedrungen war. Das FBI suchte fieberhaft nach Informationen über die Finanzverhältnisse der übrigen zwanzig Personen. Wer von ihnen besaß drei Millionen Dollar? Wer hatte die Ressourcen, um sich so viel Geld zu verschaffen? Sämtliche Freunde, Familienangehörige und Geschäftspartner wurden von den FBI-Beamten unter die Lupe genommen.

Eine erste Analyse bestätigte, was bereits alle wussten: Mongo war Milliardär und mit Sicherheit korrupt genug, um jemanden zu bestechen. Auch Backman wäre es zuzutrauen. Die dritte Möglichkeit war ein ehemaliger Abgeordneter aus New Jersey, dessen Familie durch Straßenbauverträge mit der Regierung ein Vermögen gemacht hatte. Er war vor zwölf Jahren einige Monate auf Staatskosten untergebracht worden und forderte jetzt seine Bürgerrechte zurück.

Der Präsident befand sich gerade in Europa. Er war auf einer Triumphtour um die Welt, bei der er Antrittsbesuche in verschiedenen Staaten machte, und wurde erst in drei Tagen zurückerwartet. Der Vizepräsident beschloss zu warten. Das FBI wollte das Geld im Auge behalten, Fakten und Details noch ein zweites und drittes Mal überprüfen und dem Präsidenten bei seiner Rückkehr einen wasserdichten Fall vorlegen. Ein Straferlass gegen Geld würde das Land in Aufruhr versetzen. Der Skandal würde die Opposition demütigen und ihren Stand im Kongress schwächen. Er würde dafür sorgen, dass Anthony Price noch einige Jahre an der Spitze des FBI blieb. Und er würde Teddy Maynard endlich ins Altersheim schicken. Es sprach nichts dagegen, dass das FBI einen Überraschungsangriff auf einen Ex-Präsidenten startete, der keine Ahnung hatte, was da auf ihn zukam.

Marcos Lehrerin wartete auf der hintersten Sitzbank der Basilica di San Francesco auf ihn. Sie war dick eingemummt und hatte die behandschuhten Hände in den Taschen ihres dicken Mantels vergraben. Draußen schneite es wieder, und in der riesigen, leeren Kirche war es nicht viel wärmer als im Freien. Er setzte sich neben sie und begrüßte sie mit einem leisen »*Buongiorno*«.

Ihre Mundwinkel bewegten sich gerade so weit nach oben, dass man es noch als höflich werten konnte. »*Buongiorno*«, antwortete sie.

Auch Marco behielt die Hände in den Taschen, und eine ganze Weile saßen sie nebeneinander da wie zwei durchgefrorene Spaziergänger, die vor dem schlechten Wetter geflüchtet waren. Ihr Gesicht sah so traurig aus wie immer, und sie schien mit den Gedanken ganz woanders zu sein, nur nicht bei dem stammelnden kanadischen Geschäftsmann, der ihre Sprache lernen wollte. Sie war distanziert und abgelenkt, und Marco hatte genug davon. Ermanno wurde mit jedem Tag lustloser. Francescas Verhalten war kaum zu ertragen. Luigi schlich irgendwo im Hintergrund herum und beobachtete ihn, doch auch er schien langsam das Interesse an dem Spiel zu verlieren.

Marco spürte, dass bald etwas geschehen würde. Man würde seine Rettungsleine zerschneiden und ihn den Wellen überlassen, und er würde versinken oder ohne Hilfe zu schwimmen beginnen. Und wenn schon. Er war jetzt seit fast einem Monat auf freiem Fuß. Er hatte genug Italienisch gelernt, um zurechtzukommen. Er konnte auch allein weiterlernen.

»Wie alt ist diese Kirche?«, fragte er, nachdem klar geworden war, dass er die Unterhaltung beginnen sollte.

Francesca zuckte zusammen, räusperte sich und nahm die Hände aus den Manteltaschen, als hätte er sie aus dem Tiefschlaf gerissen. »Mit dem Bau wurde 1236 von einigen Franziskanermönchen begonnen. Dreißig Jahre später war das Hauptschiff fertig.«

»Die Mönche hatten es ganz schön eilig.«

»Ja, es ging recht schnell. Im Laufe der Jahrhunderte kamen auf beiden Seiten Kapellen hinzu. Dann errichtete man die Sakristei und den Glockenturm. 1798 haben die Franzosen unter Napoleon die Kirche säkularisiert und ein Zollamt aus ihr gemacht. 1886 wurde sie wieder geweiht, 1928 restauriert. Als Bologna von den Alliierten bombardiert wurde, hat die Fassade schwere Schäden erlitten. Die Kirche hat stürmische Zeiten hinter sich.«

»Von außen sieht sie nicht gerade schön aus.«

»Das liegt an den Bomben.«

»Italien hatte sich wohl für die falsche Seite entschieden.«

»Bologna nicht.«

Es hatte keinen Zweck, den Krieg noch einmal zu führen. Sie schwiegen, während es schien, als würden ihre Stimmen nach oben schweben und von der Kuppel zurückgeworfen werden. Joels Mutter hatte ihn als Kind mehrmals im Jahr in die Kirche mitgenommen, aber dieser halbherzige Versuch, einen Glauben zu praktizieren, war in der Highschool recht schnell aufgegeben worden und in den letzten vierzig Jahren vollkommen in Vergessenheit geraten. Nicht einmal das Gefängnis hatte ihn bekehren können, ganz im Gegensatz zu einigen anderen Häftlingen. Für einen Mann ohne jeden Glauben war es schwer zu verstehen, wie man seinem Gott in einem derart kalten, herzlosen Museumsbau huldigen konnte.

»Es sieht so leer aus. Finden hier überhaupt Gottesdienste statt?«

»Jeden Tag wird hier eine Messe gelesen, und sonntags wird ein Hochamt gehalten. Ich habe hier geheiratet.«

»Sie sollen mir doch nichts Privates über sich erzählen. Luigi wird böse werden.«

»Italienisch, Marco, kein Englisch mehr.« Dann fragte sie auf Italienisch: »Was haben Sie heute Morgen mit Ermanno durchgenommen?«

»*La famiglia.*«

»*La Sua famiglia, mi racconti!*« Erzählen Sie mir von Ihrer Familie.

»Ein heilloses Durcheinander«, antwortete er auf Englisch.

»*Sua moglie?*« Ihre Frau?

»Welche? Ich habe drei.«

»Auf Italienisch.«

»*Quale? Ne ho tre.*«

»*L'ultima.*« Die letzte.

Erst jetzt fiel es ihm auf. Er war nicht Joel Backman, der drei Ex-Frauen und eine zerrüttete Familie hatte. Er war Marco Lazzeri aus Toronto, der eine Frau, vier Kinder und fünf Enkel hatte. »War ein Scherz«, sagte er auf Englisch. »Ich habe nur eine Frau.«

»*Mi parli in italiano di Sua moglie?*«

In sehr langsamem Italienisch beschrieb Marco seine erfundene Frau. Sie heißt Laura. Sie ist zweiundfünfzig

Jahre alt. Sie lebt in Toronto. Sie arbeitet für eine kleine Firma. Sie reist nicht gern. Und so weiter.

Jeder Satz musste mindestens dreimal wiederholt werden. Jedes falsch ausgesprochene Wort rief eine Grimasse und ein schnelles »*Ripeta*« hervor. Marco erzählte endlos lange von einer Laura, die es gar nicht gab. Und als er mit ihr fertig war, musste er mit seinem ältesten Sohn weitermachen, der Alex hieß. Dreißig Jahre alt, Rechtsanwalt in Vancouver, geschieden, zwei Kinder usw.

Zum Glück hatte ihn Luigi mit einem kurzen Lebenslauf von Marco Lazzeri versorgt, in dem auch sämtliche Daten standen, über die er jetzt im hinteren Teil dieser frostig kalten Kirche redete. Francesca forderte ihn zum Weitersprechen auf, verbesserte ihn unermüdlich und mahnte ihn, nicht zu schnell zu sprechen, wozu viele Anfänger neigten.

»*Deve parlare lentamente*«, sagte sie immer wieder. Sie müssen langsam sprechen.

Sie war streng und ernst, aber auch sehr motivierend. Wenn er es schaffen würde, auch nur halb so gut Italienisch zu lernen, wie sie Englisch sprach, war schon viel gewonnen. Und wenn sie an ständige Wiederholungen glaubte, tat er das auch.

Während sie über seine Mutter sprachen, betrat ein älterer Herr die Kirche und setzte sich in die Bank direkt vor ihnen. Bald schon war er in Andacht und Gebet versunken. Sie beschlossen, die Kirche zu verlassen. Da immer noch leichter Schnee fiel, gingen sie in das nächste Café, wo sie Espresso bestellten und Francesca sich eine Zigarette ansteckte.

»*Possiamo adesso parlare della Sua famiglia?*«, fragte er. Können wir jetzt über *Ihre* Familie reden?

Zu seiner Überraschung lächelte sie und erwiderte: »*Benissimo, Marco. Ma non possiamo, mi dispiace.*« Das geht nicht, tut mir Leid.

»*Perché no?*« Warum nicht?

»*Abbiamo delle regole.*« Wir haben Regeln.

»*Dov'è Suo marito?*« Wo ist Ihr Mann?

»*Qui, a Bologna.*«

»*Dove lavora?*« Wo arbeitet er?

»*Non lavora.*«

Nach ihrer zweiten Zigarette wagten sie sich wieder unter die Arkaden hinaus, wo Francesca den Schnee als Unterrichtsthema nutzte. Sie sagte kurze Sätze auf Englisch, die er übersetzen sollte. Es schneit. In Florida schneit es nie. Vielleicht wird es morgen schneien. Letzte Woche hat es zweimal geschneit. Ich liebe Schnee. Ich hasse Schnee.

Sie liefen am Rand der Piazza Maggiore entlang und blieben unter den Arkaden. In der Via Rizzoli kamen sie an dem Geschäft vorbei, in dem Marco seine Schuhe und die Winterjacke gekauft hatte. Er dachte, Francesca wollte die Geschichte vielleicht hören, und war sicher, dass er das meiste davon auf Italienisch erzählen konnte. Doch dann ließ er die Gelegenheit verstreichen, weil sie so mit dem Wetter beschäftigt schien. An einer Kreuzung blieben sie stehen und sahen zu den Due Torri hoch, den zwei verbliebenen Geschlechtertürmen, auf die die Bologneser so stolz waren.

Früher waren es mehr als zweihundert Türme, sagte sie. Dann bat sie ihn, den Satz zu wiederholen. Er versuchte es, fing aber bei der Vergangenheitsform und der Zahl zu stottern an – und musste den verdammten Satz so lange wiederholen, bis alles richtig war.

Aus Gründen, die moderne Italiener nicht erklären können, entwickelten ihre Vorfahren im Mittelalter eine geradezu zwanghafte Vorliebe für den Bau hoher, schlanker Wohntürme. Da Kriege zwischen den Adelsgeschlechtern und Auseinandersetzungen auf lokaler Ebene damals an der Tagesordnung waren, dienten die Türme in erster Linie dem Schutz ihrer Bewohner. Sie waren hervorragende Aussichtsposten und sehr nützlich bei Angriffen, doch für Wohnzwecke denkbar ungeeignet. Um die Vorräte vor Plünderungen zu schützen, wurden die Küchen oft im obersten Stockwerk eingerichtet, dreihundert oder mehr Treppenstufen über der Straße, sodass zuverlässiges Hauspersonal nur schwer zu finden war. Brachen Kämpfe aus, flogen Pfeile und Speere kurzerhand zwischen den Türmen der verfeindeten Familien hin und her, damit man nicht wie das gemeine Volk auf der Straße unten kämpfen musste.

Die Türme wurden auch bald zum Statussymbol. Kein Adliger, der etwas auf sich hielt, konnte zulassen, dass sein Nachbar und/oder Rivale einen höheren Turm hatte. Und so veränderte im zwölften und dreizehnten Jahrhundert ein sonderbarer Wettstreit das Stadtbild von Bologna, bei dem die Adligen mit aller Macht zu verhindern suchten, dass sie von ihren Nachbarn übertrumpft wurden. Die Stadt erhielt den Beinamen *la turrita*, »die Getürmte«. Ein englischer Reisender nannte sie einmal »ein Spargelbeet«.

Im vierzehnten Jahrhundert konnte sich ein Stadtparlament in Bologna etablieren, und seinen Mitgliedern mit Weitblick war klar, dass den Adligen Einhalt geboten werden musste. Wann immer es durchgesetzt werden konnte, ließ die Stadt einen Turm niederreißen. Zeit und Schwerkraft forderten ihren Tribut von den anderen, und die miserabel ausgeführten Fundamente begannen nach wenigen Jahrhunderten zu bröckeln.

Ende des achtzehnten Jahrhunderts wurde mit einer knappen Mehrheit beschlossen, alle Geschlechtertürme abzureißen. Nur zwei entkamen der Zerstörung – Asinelli und Garisenda, die nah beieinander an der Piazza di Porta Ravegnana stehen. Beide sind schief, und Garisenda neigt sich in einem Winkel nach Norden, der dem weitaus bekannteren und sehr viel gefälliger anzusehenden Turm von Pisa Konkurrenz macht. Die zwei Veteranen wurden im Laufe der Jahrzehnte oft sehr anschaulich beschrieben. Ein französischer Dichter verglich sie mit zwei betrunkenen Matrosen, die sich auf dem Weg nach Hause gegenseitig zu stützen versuchten. Ermannos Stadtführer betitelte sie als »Stan und Olli« der mittelalterlichen Architektur.

Der Torre degli Asinelli wurde Anfang des zwölften Jahrhunderts gebaut und ist mit 97,2 Metern doppelt so hoch wie sein Pendant. Der Garisenda fing schon kurz nach der Fertigstellung im dreizehnten Jahrhundert an, sich bedrohlich zur Seite zu neigen, und wurde kurzerhand auf die Hälfte abgetragen, um einen Einsturz zu vermeiden. Die Familie Garisenda verlor jegliches Interesse an ihrem Turm und verließ schließlich in Schimpf und Schande die Stadt.

Marco hatte die Geschichte der Geschlechtertürme in Ermannos Stadtführer gelesen. Das wusste Francesca allerdings nicht, und so redete sie wie alle guten Fremdenführer fünfzehn kalte Minuten lang über die Wahrzeichen der Stadt. Sie formulierte einen einfachen Satz, sprach ihn vor und half Marco, ihn zu wiederholen. Dann nahm sie sich zielstrebig den nächsten vor.

»Im Torre degli Asinelli sind es vierhundertachtundneunzig Stufen bis nach oben«, sagte sie.

»*Andiamo*«, erwiderte Marco schnell. Sie betraten den mächtigen Sockel durch eine schmale Tür und folgten einer engen Wendeltreppe etwa fünfzehn Meter nach oben, wo man einen kleinen Verkaufsstand in eine Ecke gequetscht hatte. Marco erstand zwei Eintrittskarten zu je drei Euro, dann machten sie sich auf den Weg nach oben. Der Turm war hohl, und die Treppe führte an der Außenmauer entlang.

Francesca sagte, sie sei seit mindestens zehn Jahren nicht mehr auf den Turm gestiegen, und es schien, als würde ihr das kleine Abenteuer großen Spaß machen. Sie ging die schmalen, klobigen Stufen aus Eichenholz nach oben, und Marco folgte ihr in einiger Entfernung. Von Zeit zu Zeit kam er an einem kleinen, offenen Fenster vorbei, durch das Licht und kalte Luft hereinströmten. »Lassen Sie sich ruhig Zeit«, rief sie ihm auf Englisch über die Schulter zu, während sich ihr Vorsprung immer mehr vergrößerte. An diesem verschneiten Februarnachmittag waren sie die Einzigen im Turm.

Marco ließ sich also Zeit, und bald schon hatte er Francesca aus den Augen verloren. Etwa auf halbem Weg nach oben blieb er an einem großen Fenster stehen, damit der Wind sein erhitztes Gesicht kühlen konnte. Er wartete, bis sich sein Atem beruhigt hatte, dann ging er weiter, langsamer noch als zuvor. Einige Minuten später blieb er wieder stehen. Sein Herz klopfte wie wild, die Lungen brannten, und er fragte sich, ob er es bis nach oben schaffen würde. Nach vierhundertachtundneunzig

Stufen verließ er das kastenförmige oberste Geschoss und trat auf das Dach des Turms hinaus. Francesca rauchte eine Zigarette und sah auf ihre schöne Stadt hinunter. Auf ihrem Gesicht war nicht der kleinste Schweißtropfen zu sehen.

Der Blick vom Turm war atemberaubend. Auf den roten Ziegeldächern der Stadt lagen zwei Zentimeter Schnee. Direkt unter ihnen befand sich die hellgrüne Kuppel von San Bartolomeo, auf der sich die weiße Decke nicht halten konnte. »An einem klaren Tag kann man im Osten bis zur Adria und im Norden bis zu den Alpen sehen«, sagte sie auf Englisch. »Bologna ist einfach wunderschön, selbst im Schnee.«

»Ja, wunderschön«, stimmte er ihr außer Atem zu. Durch die Metallstäbe zwischen den gemauerten Zinnen peitschte der Wind, und es war erheblich kälter als unten auf der Straße.

»Der Turm ist das fünfthöchste Gebäude des alten Italien«, sagte sie stolz. Er war sicher, dass sie ihm die anderen vier jederzeit hätte nennen können.

»Warum ist er nicht auch abgerissen worden?«, fragte er.

»Dafür gibt es, glaube ich, zwei Gründe. Zum einen ist es eine stabile, solide gebaute Konstruktion. Die Familie Asinelli war stark und mächtig. Außerdem hat man ihn im vierzehnten Jahrhundert, als viele der anderen Türme zerstört wurden, vorübergehend als Gefängnis verwendet. Aber eigentlich weiß niemand so genau, warum ausgerechnet dieser hier übrig geblieben ist.« Knapp einhundert Meter über den Straßen von Bologna war sie eine völlig andere Person. Ihre Augen strahlten, die Stimme klang lebhaft.

»Wenn ich hier oben bin, muss ich immer daran denken, warum ich meine Stadt so liebe«, sagte sie. Ein seltenes Lächeln lag auf ihren Lippen. Es galt nicht ihm, nicht dem, was er gesagt hatte, sondern ganz allein den Dächern und der Silhouette Bolognas. Sie gingen auf die andere Seite und ließen den Blick nach Südwesten schweifen. Auf einem Hügel über der Stadt konnten sie die Umrisse des Santuario della Madonna di San Luca sehen, einer Wallfahrtskirche auf einem Hügel vor der Stadt.

»Sind Sie schon einmal dort gewesen?«, fragte sie.

»Nein.«

»Wir sehen uns die Kirche an, wenn das Wetter besser ist, einverstanden?«

»Natürlich.«

»Wir müssen uns noch so viel anschauen.«

Vielleicht sollte er ja doch mit dem Unterricht bei ihr weitermachen. Er hungerte so nach Gesellschaft – vor allem nach der einer Frau –, dass er ihre Arroganz, ihre Schwermütigkeit und ihre wechselnden Launen wohl ertragen konnte. Er nahm sich vor, noch fleißiger zu lernen, um ihre Anerkennung zu bekommen.

Der Aufstieg zur Spitze des Asinelli-Turms mochte bei Francesca für gute Laune gesorgt haben, doch kaum waren sie wieder unten auf der Straße angelangt, kehrte die altbekannte Griesgrämigkeit zurück. Nach einem schnellen Espresso in einem Café in der Nähe der Türme verabschiedeten sie sich voneinander. Als sie ging, ohne flüchtige Umarmung, ohne Wangenküsschen, sogar ohne kurzen Händedruck, beschloss er, dass er ihr noch eine Woche geben würde.

Francesca war sozusagen in der Probezeit. Sie hatte

sieben Tage, um nett zu werden, andernfalls würde er den Unterricht bei ihr beenden. Das Leben war zu kurz.

Aber sie war schon sehr hübsch.

Der Umschlag war von seiner Sekretärin geöffnet worden, wie die übrige Post von gestern und vorgestern. Doch im ersten Umschlag steckte noch ein zweiter, der nur den Namen Neal Backman trug. Auf Vorder- und Rückseite stand in Druckschrift: PERSÖNLICH UND VERTRAULICH, NUR VON NEAL BACKMAN ZU ÖFFNEN.

»Sie sollten sich den Brief ganz oben vielleicht zuerst ansehen«, sagte die Sekretärin, als sie Neal die Post um neun Uhr morgens vorlegte. »Der Umschlag, in dem er gekommen ist, wurde vor zwei Tagen in York, Pennsylvania, abgestempelt.« Nachdem sie die Tür hinter sich geschlossen hatte, sah sich Neal den Brief an. Ein hellbrauner Umschlag mit seinem Namen und dem Vertraulichkeitsvermerk, sonst nichts. Die Schrift kam ihm bekannt vor.

Mit einem Brieföffner schnitt er den Umschlag langsam auf, dann zog er ein gefaltetes weißes Blatt Papier heraus. Der Brief war von seinem Vater. Es war ein Schock, der jedoch nicht ganz unerwartet kam.

21. Februar

Lieber Neal,
zurzeit bin ich sicher, aber ich glaube nicht, dass das lange so bleiben wird. Ich brauche deine Hilfe. Ich habe keine Adresse, kein Telefon, kein Faxgerät, und wenn ich etwas davon hätte, würde ich es vermutlich nicht benutzen. Ich brauche einen E-Mail-Zugang, der

nicht zurückverfolgt werden kann. Ich habe keine Ahnung, wie man so etwas anstellt, aber ich bin sicher, dass du eine Lösung finden wirst. Ich habe weder einen Computer noch Geld. Du wirst wahrscheinlich beobachtet. Was immer du auch tust, du darfst keine Spuren hinterlassen. Verwisch alle Spuren! Auch meine. Vertrau niemandem. Sei vorsichtig. Lies diesen Brief und vernichte ihn dann. Schick mir so viel Geld wie möglich. Du weißt, dass ich es dir zurückzahlen werde. Benutze nie deinen richtigen Namen. Du erreichst mich unter folgender Adresse:
Signor Rudolph Viscovitch, Università degli Studi di Bologna, Via Zamboni 22, 40126 Bologna, Italien.
Verwende zwei Umschläge – den ersten für Viscovitch, den zweiten für mich. Schreib ihm, dass er das Päckchen für Marco Lazzeri aufbewahren soll.

Beeil dich!

Herzliche Grüße, Marco

Neal legte den Brief auf seinen Schreibtisch, stand auf und schloss die Tür seines Büros ab. Dann setzte er sich auf ein kleines Ledersofa und versuchte, Ordnung in seine Gedanken zu bringen. Er hatte sich bereits gedacht, dass sein Vater das Land verlassen hatte, denn sonst hätte er sich schon vor Wochen gemeldet. Warum war er in Italien? Und warum war der Brief in York, Pennsylvania, aufgegeben worden?

Neals Frau hatte ihren Schwiegervater noch nie gesehen. Er war schon zwei Jahre im Gefängnis gewesen, als sie sich kennen gelernt und geheiratet hatten. Sie hatten ihm Fotos von der Hochzeit geschickt und später eines von ihrem Kind, Joels zweiter Enkeltochter.

Joel war ein Thema, über das Neal ausgesprochen ungern sprach. Oder nachdachte. Er war ein lausiger Vater gewesen und hatte in Neals Kindheit vor allem durch Abwesenheit geglänzt. Sein erstaunlich tiefer Fall hatte alle, die ihm nahe standen, peinlich berührt. Neal hatte ihm widerwillig Briefe und Karten ins Gefängnis geschrieben, aber er würde sich und auch seine Frau belügen, wenn er behauptete, seinen Vater zu vermissen. Im Grunde genommen kannte er ihn ja gar nicht.

Und jetzt war er wieder da und bat um Geld, das Neal nicht hatte. Er ging einfach davon aus, dass Neal genau das tun würde, worum er ihn gebeten hatte, und nahm sogar in Kauf, dass sein Sohn dabei in Gefahr geriet.

Neal ging zu seinem Schreibtisch und las den Brief ein zweites, dann ein drittes Mal. Es war das gleiche, schwer entzifferbare Gekrakel, das ihn sein ganzes Leben lang begleitet hatte. Und genau die Methode, die sein Vater auch früher schon verwendet hatte, egal, ob zu Hause oder im Büro. Tu das, tu dies, und alles wird gut. Tu es so, wie ich es will, und tu es sofort! Beeil dich! Riskier alles, weil ich dich brauche.

Und wenn alles wie gewünscht lief und sein Vater zurückkam? Er würde mit Sicherheit keine Zeit für Neal und seine Enkelin haben. Wenn er die Chance dazu bekam, würde Joel Backman wieder einen rasanten Aufstieg in Washingtons Machtkreisen hinlegen. Er würde sich die richtigen Freunde suchen, die richtigen Mandanten an sich binden, die richtige Frau heiraten, die richtigen Partner finden und innerhalb eines Jahres wieder in einem riesigen Büro sitzen, wo er exorbitante

Honorare berechnen und Kongressabgeordneten auf die Nerven gehen konnte.

Das Leben war um einiges einfacher gewesen, als sein Vater noch im Gefängnis gesessen hatte.

Was sollte er Lisa, seiner Frau, sagen? Liebling, die zweitausend Dollar auf unserem Sparbuch sind gerade verplant worden. Außerdem brauche ich noch ein paar hundert Mäuse für ein verschlüsseltes E-Mail-System. Und du und die Kleine solltet den ganzen Tag die Tür verriegeln, da unser Leben ab jetzt erheblich gefährdeter sein wird.

Da dieser Tag sowieso im Eimer war, drückte Neal auf die Gegensprechanlage und bat seine Sekretärin, keine Anrufe mehr durchzustellen. Dann streckte er sich auf dem Sofa aus und streifte die Schuhe ab. Er schloss die Augen und fing an, sich die Schläfen zu massieren.

18

In dem schmutzigen kleinen Krieg zwischen der CIA und dem FBI setzten beide Seiten aus taktischen Gründen des Öfteren Journalisten ein. Durch die Manipulation der Presse ließen sich Präventivschläge ausführen, Gegenangriffe abschwächen, Rückzüge verschleiern, ja, sogar Schadensbegrenzungen durchsetzen. Dan Sandberg pflegte seine Quellen auf beiden Seiten seit fast zwanzig Jahren und ließ sich bereitwillig benutzen, wenn die Informationen korrekt waren – und er sie exklusiv bekam. Er übernahm auch gern die Rolle eines Kuriers, der mit großer Vorsicht unbestätigte Gerüchte zwischen den Armeen hin- und hertrug, um herauszufinden, wie viel die andere Seite wusste. Da er gehört hatte, dass das FBI gerade einem Skandal auf der Spur war, bei dem es um erkaufte Straferlasse ging, setzte er sich mit seiner zuverlässigsten Quelle bei der CIA in Verbindung. Wie üblich stieß er erst einmal auf Granit, was sich nach nicht einmal achtundvierzig Stunden jedoch änderte.

Sein Kontakt in Langley war Rusty Lowell, ein viel beschäftigter Mann in ständig wechselnden Positionen. Für was auch immer man ihn bezahlte, im Grunde genommen war es seine Aufgabe, die Presse im Auge zu behalten und Teddy Maynard Hinweise darauf zu liefern, wie man sie gebrauchen und missbrauchen konnte. Lowell war kein Verräter und gab auch nichts weiter, das nicht stimmte. Sandberg kannte ihn schon seit Jahren, und inzwischen war er sich einigermaßen sicher, dass fast alles, was Lowell ihm zuspielte, von Maynard selbst in Umlauf gebracht wurde.

Sie trafen sich in einem Einkaufszentrum in Tyson's Corner, gleich hinter dem Beltway in Virginia gelegen, in einer billigen Pizzeria auf der oberen Etage des Food Court. Nachdem sie sich ein Stück Pizza und etwas zu trinken gekauft hatten, suchten sie sich einen Tisch in einer Nische, wo sie von niemandem gesehen werden konnten. Wie immer galten folgende Regeln: (1) Alles, was gesagt wurde, war vertraulich, und Lowell durfte nicht als Quelle genannt werden. (2) Sandberg konnte die Geschichte erst bringen, wenn Lowell grünes Licht gegeben hatte. (3) Wenn eine andere Quelle dem, was Lowell sagte, widersprach, hatte er das Recht, vor Veröffentlichung des Artikels dazu Stellung zu nehmen.

Da Sandberg Enthüllungsjournalist war, hasste er diese Regeln. Aber Lowell hatte noch nie danebengelegen, und er redete mit niemand anders von der Presse. Wenn Sandberg die Geschichte haben wollte, musste er die Regeln einhalten.

»Das FBI hat Geld gefunden«, begann Sandberg. »Und vermutlich hat es etwas mit einem Straferlass zu tun.«

Lowells Augen verrieten ihn immer, weil er ein grundehrlicher Mann war. Sie verengten sich zu schmalen Schlitzen, und es war klar, dass er noch nichts davon gehört hatte.

»Weiß die CIA von der Sache?«, fragte Sandberg.

»Nein«, erwiderte Lowell, ohne zu zögern. Er hatte noch nie Angst vor der Wahrheit gehabt. »Wir haben ein paar Offshore-Konten beobachtet, aber es ist nichts passiert. Wie viel ist es gewesen?«

»Eine ganze Menge. Und ich weiß nicht, wie sie es gefunden haben.«

»Wo ist es hergekommen?«

»Das wissen sie nicht so genau, aber sie wollen es unbedingt mit Joel Backman in Verbindung bringen. Sie reden mit dem Weißen Haus.«

»Aber nicht mit uns.«

»Offenbar nicht. Das Ganze riecht nach Politik. Das FBI würde Präsident Morgan liebend gern einen Skandal anhängen, und Backman wäre der perfekte Mann dafür.«

»Duke Mongo wäre ebenfalls ein geeigneter Kandidat.«

»Ja, aber er ist schon so gut wie tot. Er hat eine lange, schillernde Karriere als Steuerbetrüger hinter sich, doch das war einmal. Backman dagegen hat viele Geheimnisse. Sie wollen ihn zurückholen und im Justizministerium in die Mangel nehmen, damit Washington für ein paar Monate Gesprächsstoff hat. Für Morgan wäre es eine ungeheure Demütigung.«

»Die Wirtschaft ist im freien Fall nach unten. Was für eine wunderbare Ablenkung.«

»Wie ich schon sagte, es geht dabei nur um Politik.«

Lowell biss in sein Stück Pizza und kaute darauf herum, während er nachdachte. »Backman kann es nicht sein. Da liegen sie völlig daneben.«

»Sind Sie sicher?«

»Ganz sicher. Backman hatte keine Ahnung, dass er begnadigt werden sollte. Wir haben ihn mitten in der Nacht aus seiner Zelle gezerrt, ein paar Papiere unterschreiben lassen und dann vor Sonnenaufgang aus dem Land geschafft.«

»Wo ist er hin?«

»Woher soll ich das wissen? Und selbst wenn ich es wüsste, würde ich es Ihnen nicht sagen. Fakt ist, dass Backman gar keine Zeit hatte, um das Geld für eine Bestechung zu organisieren. Er war so tief im Gefängnis vergraben, dass er nicht einmal von einer Begnadigung *geträumt* hätte. Es war Maynards Idee, nicht seine. Backman ist der Falsche.«

»Sie suchen nach ihm.«

»Warum? Man hat ihn begnadigt. Er ist ein freier Mann, kein Häftling auf der Flucht. Er kann nicht ausgeliefert werden, es sei denn, sie fabrizieren eine Anklage.«

»Was natürlich durchaus im Bereich des Möglichen liegt.«

Lowell starrte auf den Tisch. »Ich kann mir nicht vorstellen, dass es für eine Anklage reicht. Die haben keine Beweise. Wie Sie schon sagten, die haben verdächtiges Geld auf einem Konto, aber sie wissen nicht, wo es hergekommen ist. Und ich versichere Ihnen, dass es nicht von Backman stammt.«

»Werden sie ihn finden?«

»Sie werden Maynard unter Druck setzen, und deshalb wollte ich ja auch mit Ihnen reden.« Er schob das halb aufgegessene Stück Pizza zur Seite und beugte sich vor. »Es wird schon sehr bald eine Besprechung im Oval Office geben. Maynard wird daran teilnehmen, und der Präsident wird ihn auffordern, das Geheimmaterial zu Backman vorzulegen. Maynard wird sich weigern. Und dann wird es zu einer Machtprobe kommen. Wird der Präsident so viel Mumm haben, den alten Mann zu feuern?«

»Und? Wird er?«

»Vermutlich ja. Zumindest geht Maynard davon aus. Das ist jetzt der vierte Präsident, unter dem er dient, was, wie Sie wissen, ein Rekord ist, und bereits die ersten drei wollten ihn alle feuern. Aber jetzt ist er alt und amtsmüde.«

»Er ist schon seit einer Ewigkeit alt und amtsmüde.«

»Das stimmt, aber er hat seine Organisation fest im Griff. Dieses Mal ist es anders.«

»Warum tritt er nicht einfach zurück?«

»Weil er ein störrischer alter Esel ist. Das wissen Sie doch.«

»Und da bin ich nicht der Einzige.«

»Wenn man ihn feuert, wird er mit Sicherheit nicht leise gehen. In diesem Fall hätte er gern eine ausgeglichene Berichterstattung.«

»Ausgeglichene Berichterstattung« bedeutete in etwa so viel wie »schreiben Sie's so, dass wir gut aussehen«.

Sandberg schob seine Pizza auch zur Seite und ließ die Fingerknöchel knacken. »Ich sehe das Ganze so«, sagte er, was ebenfalls zu ihrem Ritual gehörte. »Nach achtzehn Jahren an der Spitze der CIA wird Teddy Maynard vom neuen Präsidenten gefeuert. Und zwar, weil er sich geweigert hat, Einzelheiten zu laufenden Geheimoperationen preiszugeben. Er hat nicht nachgegeben, weil die nationale Sicherheit auf dem Spiel steht, und sich der Anordnung des Präsidenten widersetzt, der, ebenso wie das FBI, an geheime Informationen kommen will, damit das FBI Ermittlungen zu einigen von Ex-Präsident Morgan gewährten Straferlassen durchführen kann.«

»Sie dürfen Backman auf keinen Fall erwähnen.«

»Ich werde überhaupt keine Namen verwenden. Ich habe noch keine Bestätigung.«

»Ich versichere Ihnen, dass das Geld nicht von Backman stammt. Und wenn Sie in diesem Stadium der Ermittlungen seinen Namen nennen, ist die Wahrscheinlichkeit sehr groß, dass er den Artikel sieht und etwas Dummes tut.«

»Zum Beispiel?«

»Zum Beispiel um sein Leben rennen.«

»Warum ist das etwas Dummes?«

»Weil wir nicht wollen, dass er um sein Leben rennt.«

»Sie wollen ihn tot sehen?«

»Natürlich. Das ist der Plan. Wir wollen wissen, wer ihn umbringt.«

Sandberg lehnte sich gegen die harte Kunststofflehne der Bank und wandte den Blick ab. Lowell klaubte die Salamischeiben von seiner kalten Pizza, die eine gummiähnliche Konsistenz angenommen hatte. Eine Weile dachten sie schweigend nach. Schließlich trank Sandberg seine Cola light aus und sagte: »Maynard hat Morgan irgendwie überredet, Backman zu begnadigen, und Backman spielt jetzt irgendwo den Lockvogel für seinen Mörder.«

Lowell sah ihn nicht an, aber er nickte.

»Und der Mord wird einige Fragen in Langley beantworten?«

»Vielleicht. Das ist jedenfalls der Plan.«

»Weiß Backman, warum er begnadigt worden ist?«

»Wir haben es ihm nicht gesagt, aber er ist so intelligent, dass er von selbst draufkommen dürfte.«

»Wer ist hinter ihm her?«

»Ein paar sehr gefährliche Leute, die noch eine Rechnung offen haben.«

»Wissen Sie, wer?«

Ein Nicken, ein Achselzucken, eine Antwort, die keine war. »Es gibt mehrere Möglichkeiten. Wir sehen einfach zu, und vielleicht finden wir es heraus. Vielleicht aber auch nicht.«

»Und warum haben diese Leute noch eine Rechnung offen?«

Lowell lachte amüsiert. »Netter Versuch, Sandberg. Das fragen Sie mich schon seit sechs Jahren. Ich muss jetzt gehen. Arbeiten Sie an der ausgeglichenen Berichterstattung, und legen Sie mir den Artikel vor, bevor er in Druck geht.«

»Wann findet die Besprechung mit dem Präsidenten statt?

»Ich weiß nicht genau. Vermutlich, sobald er wieder da ist.«

»Und wenn Maynard gefeuert wird?«

»Sind Sie der Erste, der es erfährt.«

Als Anwalt in der kleinen Stadt Culpeper, Virginia, verdiente Neal Backman erheblich weniger als die Summe, von der er beim Jurastudium noch geträumt hatte. Damals hatte die Kanzlei seines Vaters derart viel Einfluss in Washington gehabt, dass er davon ausgegangen war, schon nach ein paar Jahren als Anwalt an das ganz große Geld zu kommen. In der Kanzlei Backman, Pratt & Bolling hatten Junganwälte mit einhunderttausend Dollar im Jahr angefangen, und ein vielversprechender, dreißigjähriger Juniorpartner hatte etwa dreimal so viel bekommen. In Neals zweitem Studienjahr hatte ein lokales Magazin ein Foto seines Vaters auf die Titelseite gesetzt und über seine teuren Spielzeuge geschrieben. Sein Einkommen wurde auf zehn Millionen Dollar jährlich geschätzt. An der Fakultät hatte der Artikel für Wirbel gesorgt, was Neal überhaupt nicht peinlich gewesen war. Er wusste noch, dass er sich seine Zukunft damals rosig und mit enormen Verdienstmöglichkeiten vorgestellt hatte.

Doch knapp ein Jahr nachdem er als Junganwalt in der Kanzlei angefangen hatte und kurz nachdem sich sein Vater für schuldig erklärt hatte, wurde er entlassen und im wahrsten Sinne des Wortes aus dem Bürogebäude geworfen.

Neal hatte bald aufgehört, vom großen Geld und einem aufwendigen Lebensstil zu träumen. Er war damit zufrieden, in einer kleinen Kanzlei in Culpeper als Anwalt zu praktizieren und – wenn alles gut ging – fünfzigtausend Dollar im Jahr heimzubringen. Lisa hatte aufgehört zu arbeiten, als ihre Tochter geboren wurde. Sie kümmerte sich um die Familienfinanzen und sorgte dafür, dass ihr Lebenswandel im Rahmen des Budgets blieb.

Nach einer schlaflosen Nacht wusste Neal in etwa, wie er vorgehen würde. Am schwierigsten war die Entscheidung gewesen, ob er es seiner Frau erzählen sollte oder nicht. Nachdem er beschlossen hatte, ihr nichts zu sagen, nahm der Plan Gestalt an. Um acht Uhr ging er wie jeden Morgen in die Kanzlei und verbrachte eineinhalb Stunden im Internet, bis er sicher sein konnte, dass die Bank geöffnet war. Als er die Hauptstraße hinunterging, konnte er sich kaum vorstellen, dass vielleicht jeder seiner Schritte beobachtet wurde. Trotzdem würde er kein Risiko eingehen.

Richard Koley leitete die nächstgelegene Filiale der Piedmont National Bank. Sie gingen zusammen in die Kirche und auf die Moorhuhnjagd, spielten regelmäßig Softball für den Rotary Club. Neals Kanzlei erledigte ihre Bankgeschäfte schon seit Ewigkeiten bei der Piedmont National. Die Schalterhalle war zu dieser frühen Stunde noch leer, aber Richard saß bereits mit einem großen Becher Kaffee und dem *Wall Street Journal* an seinem Schreibtisch und hatte offenbar nicht viel zu tun. Er war angenehm überrascht, Neal zu sehen, und sie unterhielten sich zwanzig Minuten lang über die Basketballmannschaft des örtlichen College. Als sie schließlich zum Geschäftlichen kamen, fragte Richard: »Was kann ich für dich tun?«

»Mich würde interessieren, wie viel Geld ich mit meiner Unterschrift leihen könnte«, erwiderte Neal wie beiläufig. Er hatte die Sätze den ganzen Morgen über geübt. »Nur so aus Neugier.«

»Knapp bei Kasse, was?« Richard griff nach der Maus und starrte auf den Bildschirm, in dem alle Antworten gespeichert waren.

»Nein, nein, nichts dergleichen. Aber die Zinsen sind zurzeit so niedrig, und ich habe ein paar vielversprechende Aktien im Auge.«

»Gar keine schlechte Strategie, obwohl ich das natürlich nicht laut sagen darf. Jetzt, wo der Dow wieder auf zehntausend ist, wundert es mich sowieso, warum nicht alle einen Kredit aufnehmen und Aktien kaufen. Der Bank würde es mit Sicherheit gut tun.« Er lachte kurz in sich hinein, als er sich über seinen Witz amüsierte. »Einkommensbereich?«, fragte er dann wieder mit ernstem Filialleitergesicht, während sich seine Finger über die Tastatur bewegten.

»Das variiert«, sagte Neal. »Sechzig bis achtzig.«

Richard runzelte die Stirn, und Neal wusste nicht, ob er schockiert war, weil sein Freund so wenig oder erheblich mehr als er verdiente. Er würde es wohl nie erfahren. Allerdings waren Banken in kleinen Städten nicht gerade dafür bekannt, dass sie ihren Angestellten zu viel bezahlten.

»Schulden, mit Ausnahme der Hypothek?«, fragte Richard, während er wieder etwas eingab.

»Moment.« Neal schloss die Augen und ging die Zahlen noch einmal durch. Die Hypothek auf das Haus betrug fast zweihunderttausend Dollar und lief natürlich über die Piedmont. Lisa hatte eine solche Aversion gegen Schulden, dass ihre Konten nur selten im Minus waren. »Etwa eintausend auf den Kreditkarten. Eigentlich nicht viel.«

Richard nickte, starrte aber unverwandt auf den Bildschirm. Schließlich hörte er auf zu tippen und setzte das Gesicht eines großzügigen Filialleiters auf. »Ich könnte dir dreitausend geben. Sechs Prozent Zinsen, für zwölf Monate.«

Da Neal noch nie einen Kredit ohne Sicherheit aufgenommen hatte, wusste er nicht, wie viel er erwarten konnte. Er hatte keine Ahnung, was seine Unterschrift wert war. Aber dreitausend Dollar klangen nicht schlecht. »Könnten wir viertausend daraus machen?«, fragte er.

Noch ein Stirnrunzeln, noch ein langer Blick auf den Bildschirm, dann hatte Richard die Antwort darin gefunden. »Sicher, warum nicht? Schließlich weiß ich ja, wo ich dich finde.«

»Gut. Und wegen der Aktien halte ich dich auf dem Laufenden.«

»Das will ich hoffen.«

Als Richard eine Schublade aufzog und darin nach Formularen kramte, sagte Neal: »Richard, da wäre noch etwas. Könnten wir das für uns behalten? Du weißt schon, was ich meine. Lisa soll den Kreditantrag nicht unterschreiben.«

»Kein Problem«, erwiderte Richard, der jetzt wie der Inbegriff der Diskretion aussah. »Was die Finanzen angeht, weiß meine Frau auch nur die Hälfte. Frauen haben einfach kein Händchen für so was.«

»Genau. Und deshalb wäre es mir auch lieb, wenn ich das Geld in bar bekommen könnte.«

Eine Pause, ein verwunderter Blick, aber bei Piedmont war schließlich alles möglich. »Sicher. In etwa einer Stunde habe ich die viertausend.«

»Ich muss jetzt in die Kanzlei und jemanden verklagen. Aber gegen zwölf komme ich wieder, um den Papierkram zu erledigen und das Geld zu holen.«

Neal eilte mit einem flauen Gefühl im Magen zurück in die Kanzlei, die nur zwei Querstraßen weiter lag. Lisa würde ihn umbringen, wenn sie dahinterkam, und in einer kleinen Stadt ließ sich nur schwer etwas verheimlichen. In den vier Jahren ihrer sehr glücklichen Ehe hatten sie alle Entscheidungen gemeinsam getroffen. Es würde nicht einfach sein, ihr den Grund für den Kredit zu erklären, obwohl sie vermutlich einlenken würde, wenn er ihr die Wahrheit sagte.

Die Rückzahlung des Kredits war ein Problem. Sein Vater hatte schon immer leichtfertig Versprechungen gemacht. Manchmal hatte er sie gehalten, manchmal nicht, doch nie hatte er sich viele Gedanken deshalb gemacht. Aber das war der alte Joel Backman gewesen. Der neue Joel Backman war verzweifelt und hatte keine Freunde, niemanden, dem er vertrauen konnte.

Warum machte er sich eigentlich so verrückt deshalb? Es waren nur viertausend Dollar. Richard würde nicht darüber reden. Und um den Kredit wollte sich Neal später kümmern. Schließlich war er ja Anwalt. Er würde einfach hier und da ein paar Honorare zusätzlich berechnen und noch mehr Überstunden machen als bisher.

Das Wichtigste war jetzt das Päckchen für Rudolph Viscovitch.

In der Mittagspause, als er das Geld in der Tasche hatte, verließ Neal Culpeper und fuhr in das neunzig Minuten entfernt liegende Alexandria. Das Geschäft namens Chatter war in einem kleinen Einkaufszentrum in der Russell Road, etwa zwei Kilometer vom Potomac entfernt. In der Onlinewerbung von Chatter hieß es, dass man dort die neuesten technischen Spielereien aus dem Telekommunikationsbereich bekam. Außerdem war es angeblich eines der wenigen Geschäfte in den Vereinigten Staaten, wo man freigeschaltete Mobiltelefone kaufen konnte, die auch in Europa funktionierten. Als Neal einen kurzen Blick auf die Auslagen warf, wunderte er sich darüber, wie groß die Auswahl an Telefonen, Funkempfängern, Computern, Satellitentelefonen war – es gab alles nur Erdenkliche, was sich dazu gebrauchen ließ, um mit jemandem in Verbindung zu bleiben. Aber er hatte nicht viel Zeit, um sich umzusehen, da für sechzehn Uhr eine eidesstattliche Aussage in seinem Büro angesetzt war. Außerdem würde Lisa wie jeden Tag mehrmals in der Kanzlei anrufen, um sich zu erkundigen, was es Neues in der Stadt gab.

Er bat einen Verkäufer, ihm das Ankyo 850 PC Pocket Smartphone zu zeigen, das größte technologische Wunderwerk, das in den letzten neunzig Tagen auf den Markt gekommen war. Der Verkäufer holte es aus der Vitrine und zählte begeistert die Ausstattung auf, wobei er plötzlich in ein unverständliches Kauderwelsch ausbrach: »QWERTY-Volltastatur, Triband-Betrieb auf fünf Kontinenten, achtzig Megabyte an internem Speicher, Highspeed-Datenanbindung an EGPRS, drahtloser LAN-Zugang, Bluetooth-Technologie, Dual-Stack-Unterstützung von IPv4 und IPv6, Infrarot, Symbian-Betriebssystem Version OS 7.0s, Series-80-Benutzeroberfläche und ...«

»Automatische Bandbreitenumschaltung?«

»Ja.«

»Einbuchung in europäische Netze?«

»Selbstverständlich.«

Das Smartphone war etwas größer als ein normales Mobiltelefon, lag aber angenehm in der Hand. Es hatte eine glatte Metalloberfläche mit einer angerauten Kunststoffschale auf der Rückseite, die verhinderte, dass es beim Gebrauch wegrutschte.

»Es ist zwar größer als ein normales Mobiltelefon«, fuhr der Verkäufer fort, »aber dafür kann man auch eine ganze Menge damit machen – E-Mail, Multimedia-Messaging, Digicam, Video-Player, Textverarbeitung, Internet-Browsing. Und man hat fast überall auf der Welt drahtlosen Internetzugang. Wohin wollen Sie es mitnehmen?«

»Italien.«

»Kein Problem. Sie müssten nur noch einen Vertrag bei einem Netzbetreiber abschließen.«

Ein Vertrag bedeutete Papierkram. Papierkram hinterließ Spuren, und das wollte Neal um jeden Preis verhindern. »Gibt es dafür eine Prepaid-SIM-Card?«, erkundigte er sich.

»Die kann ich Ihnen auch anbieten. In Italien macht das TIM – Telecom Italia Mobile. Das ist der größte italienische Netzbetreiber. Er deckt etwa fünfundneunzig Prozent des Landes ab.«

»Ich nehme sie.«

Als Neal das Gehäuse auseinander klappte, kam eine komplette Buchstabentastatur zum Vorschein. »Am besten halten Sie es mit beiden Händen fest und tippen mit den Daumen. Für das Zehnfingersystem ist das Tastenfeld zu klein«, erklärte der Verkäufer. Er nahm Neal das Smartphone aus der Hand und zeigte ihm, wie man mit beiden Daumen tippte.

»Alles klar«, sagte Neal. »Ich nehme es.«

Das Smartphone kostete neunhundertfünfundzwanzig Dollar plus Verkaufssteuer, dazu kamen neunundachtzig Dollar für die TIM-Karte. Neal bezahlte in bar und lehnte Garantieverlängerung, Rückvergütung, Benutzerregistrierung und alles andere ab, was Papier und damit Spuren hinterlassen hätte. Als der Verkäufer nach seinem Namen und seiner Adresse fragte, wollte Neal sie ihm nicht geben. »Wäre es zu viel verlangt, wenn ich einfach nur dafür bezahlen könnte?«, fragte er schließlich genervt.

»Äh, nein, natürlich nicht«, stammelte der Verkäufer.

»Dann sollten wir das tun. Ich habe es eilig.«

Er verließ Chatter und fuhr einen Kilometer weiter bis zu einem großen Geschäft für Bürobedarf. Dort suchte er sich einen Hewlett-Packard Tablet PC mit integriertem drahtlosem Internetzugang aus und investierte weitere vierhundertvierzig Dollar in die Sicherheit seines Vaters. Den Laptop würde er in seinem Büro in der Kanzlei verstecken. Mithilfe einer Straßenkarte, die er aus dem Internet heruntergeladen hatte, fuhr er zu einem Postamt in einem anderen nahe gelegenen Einkaufszentrum. Am Paketschalter schrieb er hastig zwei Seiten mit Anweisungen für seinen Vater, faltete sie zusammen und steckte sie in einen Umschlag, der bereits einen Brief und weitere Anweisungen, die er am Morgen zu Papier gebracht hatte, enthielt. Als er sicher war, unbeobachtet zu sein, steckte er zwanzig Hundert-Dollar-Scheine in die kleine schwarze Tasche, die zu dem Wunderwerk von Ankyo gehörte. Dann legte er den Brief und die Anweisungen, das Smartphone und die Tragetasche in einen Karton, den er am Schalter gekauft hatte. Er verschloss ihn mit Klebeband und schrieb auf den Deckel: FÜR MARCO LAZZERI. Der Karton kam in einen zweiten, etwas größeren Karton, der an Rudolph Viscovitch, Via Zamboni 22, Bologna, adressiert wurde. Als Absender gab er die Adresse des Postamts an. Da er keine andere Wahl hatte, hinterließ er Namen, Adresse und Telefonnummer am Schalter, für den Fall, dass das Päckchen zurückkam. Der Angestellte wog es und fragte, ob er eine Versicherung abschließen wolle, was Neal verneinte, um noch mehr Papierkram zu vermeiden. Nachdem der Angestellte die Briefmarken auf das Päckchen geklebt hatte, sagte er: »Macht achtzehn Dollar zwanzig.«

Neal gab ihm das Geld und erhielt noch die Information, dass das Päckchen am Nachmittag verschickt werde.

19

Im Halbdunkel der kleinen Wohnung erledigte Marco seine morgendliche Routine so schnell und effizient wie immer. Bis auf seine Zeit im Gefängnis, als er so gut wie keine Wahl und nur wenig Motivation gehabt hatte, stets mit Vollgas an den Start zu gehen, hatte er morgens noch nie herumgetrödelt. Es gab viel zu viel zu tun, viel zu viel zu sehen. Früher war er oft schon vor sechs Uhr morgens in der Kanzlei erschienen – häufig nach nur drei oder vier Stunden Schlaf –, wo er Gift und Galle gespuckt und nach seinem ersten Opfer Ausschau gehalten hatte.

Diese Gewohnheiten kehrten jetzt zurück. Zwar griff er nicht mehr jeden neuen Tag an, als wäre dieser sein Feind, aber es gab genug andere Herausforderungen.

Er duschte in weniger als drei Minuten, auch eine alte Gewohnheit, die dadurch gefördert wurde, dass in der Via Fondazza ein akuter Mangel an Heißwasser herrschte. Am Waschbecken rasierte er sich und sparte dabei sorgsam den Bartwuchs aus, der inzwischen sein Gesicht zierte. Er sah nicht mehr aus wie Joel Backman, und er hörte sich auch nicht mehr so an wie er. Er achtete darauf, langsamer und weicher zu sprechen. Und natürlich in einer anderen Sprache.

Zu seiner Morgenroutine gehörte auch ein wenig Spionageabwehr. Neben seinem Bett stand eine Kommode, in der er seine Sachen aufbewahrte. Vier Schubladen, alle gleich groß, von denen die unterste fünfzehn Zentimeter über dem Fußboden endete. Er nahm einen sehr dünnen weißen Faden, den er aus einem Bettlaken herausgezogen hatte und jeden Tag benutzte. Dann feuchtete er beide Enden an, wobei er so viel Speichel wie möglich auf dem Faden hinterließ, und presste das eine Ende unter den Boden der letzten Schublade. Das andere Ende kam seitlich an den Korpus der Kommode, sodass der unsichtbare Faden heruntergerissen wurde, wenn die Schublade bewegt wurde.

Denn jemand – Luigi, wie er annahm – betrat dieses Zimmer jeden Tag, während er Unterricht bei Ermanno oder Francesca hatte, und durchsuchte die Schubladen.

Sein Schreibtisch stand in dem kleinen Wohnzimmer, unter dem einzigen Fenster. Dort bewahrte er Zeitungen, Notizblöcke und Bücher auf: Ermannos Stadtführer für Bologna, einige Ausgaben der *Herald Tribune,* eine triste Sammlung kostenloser Einkaufsführer, die ihm Zigeuner auf der Straße in die Hand gedrückt hatten, sein inzwischen recht abgenutztes Wörterbuch Italienisch-Englisch und den stetig wachsenden Stapel von Übungsmaterial, mit dem Ermanno ihn Tag für Tag überschüttete. Auf dem Schreibtisch herrschte ein leichtes Chaos, was ihn ärgerte. Auf seinem alten Schreibtisch, der größer gewesen war als so manches Wohnzimmer, hatte stets peinliche Ordnung geherrscht. Eine seiner Sekretärinnen hatte ihn jeden Nachmittag aufgeräumt.

Doch hinter dem Chaos steckte ein System. Die Platte des Schreibtisches war aus einem Hartholz, das im Lauf der Jahrzehnte zerkratzt und abgeschabt worden war.

Auf dem Holz befand sich ein kleiner Fleck, von dem Marco annahm, dass es Tinte war. Er war in etwa so groß wie ein kleiner Knopf und war fast genau in der Mitte des Schreibtisches. Jeden Morgen schob Marco die Ecke eines Blatt Notizpapiers genau auf die Mitte des kleinen Tintenflecks, was nicht einmal den gewissenhaftesten Spionen aufgefallen wäre.

Den anderen sowieso nicht. Wer auch immer sich zur täglichen Wohnungsdurchsuchung hereinschlich, war nicht ein einziges Mal so umsichtig gewesen, Blätter und Bücher exakt auf ihre ursprüngliche Position zurückzulegen.

Jeden Tag, sieben Tage die Woche, selbst an den Wochenenden, an denen kein Unterricht stattfand, kamen Luigi und seine Leute herein und verrichteten ihre schmutzige Arbeit. Marco war dabei, einen Plan auszutüfteln, der vorsah, dass er an einem Sonntagmorgen mit heftigen Kopfschmerzen aufwachte, Luigi anrief, der immer noch der Einzige war, den er mit seinem Mobiltelefon kontaktierte, und ihn bat, ihm ein paar Aspirin – oder was immer man in solchen Fällen in Italien benutzte – aus der Apotheke vorbeizubringen. Er würde so tun, als müsste er sich schonen und im Bett bleiben, kein Licht in der Wohnung machen und am späten Nachmittag Luigi wieder anrufen und verkünden, dass es ihm schon viel besser gehe und er etwas zu essen brauche. Sie würden wie üblich in einem Restaurant um die Ecke eine Kleinigkeit essen. Dann wollte Marco unter dem Vorwand, es ginge ihm ganz plötzlich wieder schlechter, in die Wohnung zurückkehren. So würde er kaum eine Stunde fort sein.

Würde jemand anders die Wohnung durchsuchen?

Der Plan nahm Gestalt an. Marco wollte wissen, von wem er noch beobachtet wurde. Wie groß war das Netz? Wenn es ihnen nur darum ging, ihn am Leben zu halten, warum durchsuchten sie dann jeden Tag seine Wohnung? Wovor hatten sie Angst?

Sie hatten Angst, dass er verschwand. Aber warum war das ein Problem für sie? Er war ein freier Mann und hatte daher auch das Recht, sich frei zu bewegen. Seine Tarnung war gut. Seine Italienischkenntnisse waren rudimentär, aber er kam zurecht und wurde mit jedem Tag besser. Was kümmerte es sie, wenn er fortging? In einen Zug stieg und irgendwohin fuhr? Nicht zurückkam? Würde ihnen das das Leben nicht erheblich einfacher machen?

Und warum hielten sie ihn an der kurzen Leine, ohne Pass und mit wenig Geld?

Sie hatten Angst, dass er verschwand.

Er schaltete das Licht aus und öffnete die Tür. Draußen in den Bogengängen der Via Fondazza war es noch dunkel. Er sperrte die Tür hinter sich ab und machte sich auf die Suche nach einem Café, das so früh am Morgen schon geöffnet war.

Luigi hinter der mächtigen Mauer wurde durch einen Summer geweckt, der irgendwo in der Wohnung angesprungen war und ihn fast jeden Morgen zu einer solch unchristlichen Zeit weckte.

»Was ist das denn?«, fragte Simona.

»Nichts«, erwiderte er, während er die Bettdecke in ihre Richtung aufschlug und nackt aus dem Raum taumelte. Er lief durch das Arbeitszimmer zur Küche, schloss die Tür auf und ging hinein. Nachdem er die Tür hinter sich zugezogen hatte, warf er einen Blick auf die

Bildschirme, die auf einem Campingtisch standen. Marco verließ wie gewöhnlich seine Wohnung. Um zehn Minuten nach sechs, was ebenfalls nichts Ungewöhnliches war. Eine schreckliche Angewohnheit. Diese verdammten Amerikaner.

Luigi drückte auf einen Knopf und schaltete den Alarm am Bildschirm aus. Die Vorschriften sahen vor, dass er sich sofort anzog, die Wohnung verließ, Marco suchte und beobachtete, bis Ermanno Kontakt aufnahm. Aber er hatte allmählich genug von den Vorschriften. Außerdem wartete Simona auf ihn.

Sie war noch keine zwanzig, Studentin aus Neapel und eine wahre Augenweide. Er hatte sie vor einer Woche in einer Diskothek kennen gelernt, in die er durch Zufall geraten war. Es war ihre erste gemeinsame Nacht gewesen und mit Sicherheit nicht ihre letzte. Sie schlief schon wieder, als er zurückkam und unter die Decke schlüpfte.

Draußen war es kalt. Neben ihm lag Simona. Whitaker war in Mailand und vermutlich auch noch im Bett, zusammen mit einer Italienerin. Niemand überprüfte, was er, Luigi, heute machte. Marco trank sowieso nur Kaffee.

Er zog Simona an sich und schlief wieder ein.

Es war ein klarer, sonniger Tag Anfang März. Marco hatte gerade zwei Stunden Unterricht bei Ermanno hinter sich. Wie immer, wenn es das Wetter erlaubte, waren sie in Bolognas Stadtzentrum herumgelaufen und hatten nur italienisch gesprochen. Das Verb des Tages war *fare* gewesen, das »tun« oder »machen« bedeutete und – soweit Marco das beurteilen konnte – eines der wandlungsfähigsten und viel zu häufig gebrauchten Verben der italienischen Sprache war. »Einkaufen« war *fare la spesa*, was man wörtlich als »die Ausgaben machen, die Anschaffungen tun« übersetzen konnte. »Eine Frage stellen« war *fare una domanda*, »eine Frage machen«. »Frühstücken« war *fare colazione*, »Frühstück machen«.

Ermanno wollte etwas früher gehen als sonst und behauptete wieder einmal, etwas für sein Studium tun zu müssen. Wenn der Unterricht auf der Straße zu Ende war, pflegte fast immer Luigi aufzutauchen und Marco von Ermanno zu übernehmen, der dann mit bemerkenswerter Geschwindigkeit verschwand. Marco nahm an, dass ihm dieser nahtlose Wechsel das Gefühl geben sollte, ständig unter Beobachtung zu sein.

Sie verabschiedeten sich mit einem kurzen Händedruck auf der Straße vor Feltrinelli, einer der vielen Buchhandlungen im Universitätsviertel. Gleich darauf kam Luigi um die Ecke und begrüßte ihn mit dem üblichen »*Buongiorno. Pranziamo?*«. Gehen wir Mittag essen?

»*Certo.*«

Sie aßen inzwischen nicht mehr so häufig zusammen, sodass Marco immer öfter die Gelegenheit bekam, sich allein mit der Speisekarte und der Bedienung herumzuschlagen.

»*Ho trovato un nuovo ristorante.*« Ich habe ein neues Lokal entdeckt.

»*Andiamo!*«

Marco wusste nicht, was Luigi tagsüber zu tun hatte, aber er musste Stunden damit zubringen, die Stadt nach Cafés, Trattorien und Restaurants abzusuchen. Sie hatten noch nie zweimal im selben Lokal gegessen.

Sie gingen durch ein paar enge Gassen und kamen zur Via dell'Indipendenza. Luigi bestritt den größten Teil ihrer Unterhaltung, immer in sehr langsamem, präzisem Italienisch. Was Marco anging, so hatte er vergessen, dass er Englisch sprach.

»Francesca kann heute Nachmittag nicht kommen«, sagte Luigi.

»Warum nicht?«

»Sie hat eine Tour. Gestern kam ein Anruf von einer Reisegruppe aus Australien. In dieser Jahreszeit hat sie nicht viel zu tun. Mögen Sie sie?«

»Muss ich das?«

»Es wäre nett.«

»Sie ist nicht gerade die Herzlichkeit in Person.«

»Ist sie eine gute Lehrerin?«

»Eine ausgezeichnete. Ihr perfektes Englisch sorgt dafür, dass ich mich noch mehr anstrenge.«

»Sie hat gesagt, dass Sie sehr fleißig lernen und ein netter Mann sind.«

»Sie mag mich?«

»Ja. Als Schüler. Finden Sie sie attraktiv?«

»Die meisten Italienerinnen sind attraktiv. Francesca auch.«

Sie bogen in eine kleine Straße ein, die Via Gioto. Luigi deutete auf ein Gebäude vor ihnen. »Hier«, sagte er, während sie an der Tür zum Restaurant Franco Rossi stehen blieben. »Ich bin noch nie hier gewesen, aber es soll sehr gut sein.«

Franco persönlich begrüßte sie mit einem breiten Lächeln und offenen Armen. Sein schicker dunkler Anzug bildete einen schönen Kontrast zu seinem dichten grauen Haar. Er nahm ihnen ihre Jacken ab und plauderte mit Luigi, als wären sie alte Freunde. Luigi ließ ein paar Namen fallen, die Franco wohlwollend zur Kenntnis nahm.

Sie bekamen einen Tisch in der Nähe des Fensters. »Unser bester Tisch«, rief Franco überschwänglich. Marco sah sich um und konnte keinen einzigen schlechten Tisch entdecken.

»Unsere Antipasti sind hervorragend«, sagte Franco bescheiden, als würde er nicht gern mit seinem Essen prahlen. »Meine Empfehlung für heute wäre aber der Salat aus hauchdünn geschnittenen Pilzen. Lino gibt ein paar Trüffeln hinzu, eine Winzigkeit Parmesan, ein paar Apfelscheibchen ...« Francos Worte verloren sich, während er seine Fingerspitzen küsste. »Köstlich«, presste er mit geschlossenen Augen heraus.

Sie bestellten den Salat, und Franco ging, um die nächsten Gäste zu begrüßen. »Wer ist Lino?«, erkundigte sich Marco.

»Sein Bruder, der Koch.« Luigi tunkte ein Stück toskanisches Brot in eine Schale mit Olivenöl. Ein Kellner kam an ihren Tisch und fragte, ob sie Wein trinken wollten. »Selbstverständlich«, erwiderte Luigi. »Ich hätte gern einen Roten aus der Gegend hier.«

Die sonst übliche Diskussion über den Wein wurde bereits im Keim erstickt. Der Kellner deutete mit einem Kugelschreiber auf die Weinkarte und sagte: »Dieser hier, ein Liano aus Imola. Er ist fantastisch.« Geräuschvoll sog er die Luft ein, um seiner Meinung Nachdruck zu verleihen. Luigi hatte keine Wahl. »Wir nehmen ihn.«

»Wir hatten gerade von Francesca gesprochen«, sagte Marco. »Sie scheint mit ihren Gedanken immer woanders zu sein. Was ist mit ihr los?«

Luigi tunkte wieder ein Stück Brot in das Olivenöl und kaute darauf herum, während er überlegte, wie viel er

Marco erzählen konnte. »Ihrem Mann geht es nicht sehr gut«, sagte er schließlich.

»Hat sie Kinder?«

»Ich glaube nicht.«

»Was ist denn mit ihrem Mann?«

»Er ist sehr krank. Ich glaube, er ist um einiges älter als sie. Aber ich kenne ihn nicht.«

Signor Rossi kam zurück, um ihnen die Speisekarte zu erläutern, was im Grunde genommen nicht notwendig war. Er erklärte, dass die Tortellini die besten in ganz Bologna und heute besonders gut gelungen seien. Lino komme gern aus der Küche, um ihnen das zu bestätigen. Nach den Tortellini sei das Kalbsfilet mit Trüffeln eine ausgezeichnete Wahl.

Mehr als zwei Stunden lang folgten sie Francos Empfehlungen. Nachdem sie das Restaurant verlassen hatten, schoben sie ihre schweren Bäuche über die Via dell'Indipendenza zurück und besprachen ihre Pläne für die Siesta.

Marco begegnete Francesca zufällig auf der Piazza Maggiore. Er trank gerade einen Espresso an einem Tisch im Freien, wo er nach einem strammen, halbstündigen Spaziergang bei strahlendem Sonnenschein der Kälte trotzte, als er eine kleine Gruppe weißhaariger Senioren aus dem Palazzo Comunale, dem Rathaus der Stadt, kommen sah. Ihnen voraus ging eine vertraute Gestalt, eine schlanke, zierliche Frau mit durchgedrücktem Rücken, auf deren dunklem Haar eine burgunderfarbene Baskenmütze saß. Marco legte einen Euro auf den Tisch und ging auf sie zu. An der Fontana del Nettuno schlich er sich hinter die Gruppe, die aus zehn Personen bestand, und hörte Francesca bei der Arbeit zu. Sie erklärte gerade, dass die riesige Bronzestatue des römischen Meeresgottes Neptun von einem Franzosen angefertigt worden sei, der drei Jahre dafür gebraucht habe, von 1563 bis 1566. Das Kunstwerk war von einem Bischof in Auftrag gegeben worden, aus Anlass einer Aktion zur Verschönerung der Stadt, mit der er dem Papst eine Freude machen wollte. Der Legende nach kamen dem Franzosen noch vor Beginn der eigentlichen Arbeit Bedenken wegen der freizügigen Darstellung des Gottes – Neptun ist splitternackt –, sodass er den Entwurf nach Rom zur Genehmigung schickte. Der Papst schrieb zurück: »Für Bologna geht es in Ordnung.«

Vor den Touristen wirkte Francesca etwas lebendiger als beim Unterricht mit Marco. Ihre Stimme hatte mehr Kraft, und sie lächelte bereitwilliger. Sie trug eine modische Sonnenbrille, die sie zehn Jahre jünger machte. Während er sich hinter den Australiern versteckte, sah und hörte er ihr zu, ohne von ihr bemerkt zu werden.

Sie erklärte, dass die Fontana del Nettuno eines der Wahrzeichen der Stadt sei und zu den beliebtesten Fotomotiven gehöre. Wie auf Kommando wurden aus sämtlichen Taschen Fotoapparate hervorgezogen, und es dauerte geraume Zeit, bis sich jeder der Touristen vor der Statue in Position gestellt hatte und fotografiert worden war. Schließlich gelang es Marco, so nah an Francesca heranzukommen, dass er Augenkontakt herstellen konnte. Als sie ihn sah, lächelte sie automatisch und sagte leise: »*Buongiorno.*«

»*Buongiorno*. Macht es Ihnen etwas aus, wenn ich mich der Gruppe anschließe?«, fragte er auf Englisch.

»Nein, natürlich nicht. Tut mir Leid, dass der Unterricht ausgefallen ist.«

»Das macht doch nichts. Darf ich Sie zum Abendessen einladen?«

Sie sah sich um, als hätte sie gerade etwas Verbotenes getan. »Natürlich nur, um den Unterricht nachzuholen«, sagte er schnell.

»Nein, tut mir Leid«, erwiderte sie. Ihr Blick ging an ihm vorbei über die Piazza, an der die Basilica di San Petronio stand. »Sehen Sie das kleine Café dort drüben?«, fragte sie. »Neben der Kirche, an der Ecke. Warten Sie dort um fünf auf mich, dann machen wir noch eine Stunde Unterricht.«

»Va bene.«

Die Reisegruppe ging ein paar Schritte zur Westmauer des Palazzo Comunale, wo Francesca die Senioren vor drei großen Wandkästen mit Schwarzweißfotos versammelte. Die Lektion in Geschichte handelte davon, dass Bologna und die umliegende Region im Zweiten Weltkrieg das Zentrum des italienischen Widerstands gewesen waren. Die Bologneser hatten Mussolini, dessen Faschisten und die deutschen Besatzer gehasst und aus dem Untergrund bekämpft. Die Nazis hatten furchtbare Rache genommen – nach einer allseits bekannten Regel waren für jeden vom Widerstand getöteten deutschen Soldaten zehn Italiener ermordet worden. Bei fünfundfünfzig Massakern in und um Bologna waren so tausende von jungen italienischen Widerstandskämpfern ums Leben gekommen. Ihre Namen und Gesichter hatte man an dieser Wand verewigt.

Es war ein ernster, düsterer Moment, und die Australier drängten sich um die Schaukästen, um sich die

Widerstandskämpfer anzusehen. Auch Marco trat näher heran. Er war tief betroffen angesichts ihrer Jugend, angesichts der Tatsache, dass man ihnen ihre Zukunft geraubt hatte. Sie waren für ihre Tapferkeit hingerichtet worden.

Als Francesca mit der Gruppe weiterzog, blieb er zurück und starrte die Gesichter an, die den größten Teil der langen Mauer bedeckten. Es waren hunderte, vielleicht tausende. Hin und wieder das Gesicht einer hübschen Frau. Brüder, Väter und Söhne. Eine ganze Familie.

Bauern, die bereit gewesen waren, für ihr Land und ihre Überzeugung zu sterben. Treue Patrioten, die nichts außer ihrem Leben besessen hatten. Nicht so Marco. O nein. Als er zwischen Loyalität und Geld hatte wählen müssen, hatte er genau das getan, was er immer getan hatte. Er hatte sich für das Geld entschieden. Er hatte seinem Land den Rücken gekehrt.

Und das alles für den schönen Schein des Geldes.

Francesca stand hinter der Eingangstür des Cafés und wartete auf ihn. Sie hatte nichts bestellt, aber natürlich eine Zigarette in der Hand. Marco war sicher, dass sie sich nur deshalb noch so spät mit ihm traf, weil sie das Geld brauchte.

»Haben Sie Lust auf einen Spaziergang?«, fragte sie, noch bevor sie ihn begrüßte.

»Natürlich.« Er war am Morgen mehrere Kilometer mit Ermanno durch die Stadt gelaufen, dann wieder stundenlang nach dem Mittagessen, während sie mit ihrer Tour unterwegs gewesen war. Er war genug gelaufen für einen Tag, aber was konnte er in Bologna sonst schon machen? Nach einem Monat, in dem er jeden Tag mehrere Kilometer zurückgelegt hatte, war er mittlerweile recht gut in Form. »Wohin?«

»Es ist ziemlich weit«, antwortete sie.

Sie gingen durch die engen Straßen nach Südwesten, während sie sich langsam auf Italienisch unterhielten und über die Lektion sprachen, die Ermanno am Morgen durchgenommen hatte. Dann erzählte Francesca von den Australiern, die die ganze Zeit über freundlich und liebenswürdig gewesen seien. Als sie den Rand der Altstadt erreicht hatten und die Porta Saragozza in Sicht kam, wusste Marco, wo er war und welches Ziel sie hatte.

»Sie wollen hoch nach San Luca«, sagte er.

»Ja. Wir haben schönes Wetter, und am Abend wird es klar bleiben. Das ist doch kein Problem für Sie, oder?«

Seine Füße brachten ihn fast um, aber das hätte er nie im Leben zugegeben. »*Andiamo*«, sagte er.

Dreihundert Meter über der Stadt, auf dem Colle della Guardia, einem Ausläufer der Apenninen, wacht seit acht Jahrhunderten das Santuario della Madonna di San Luca über Bologna. Um die Wallfahrtskirche trockenen Fußes und unbehelligt von Hitze und grellem Sonnenschein erreichen zu können, beschlossen die Bologneser, das zu tun, was sie am besten konnten – sie errichteten einen Bogengang. Der Bau begann 1674 und dauerte ohne Unterbrechung fünfundsechzig Jahre. In dieser Zeit entstanden sechshundertsechsundsechzig Bögen über einem Gang, der sich 3,6 Kilometer hinzieht: der längste Laubengang der Welt.

Obwohl Marco sich mit der Stadtgeschichte beschäftigt hatte, waren die Details viel interessanter, wenn sie von Francesca erzählt wurden. Der Weg nach oben stieg stetig an. Nach einhundert Bögen fingen seine Waden an zu brennen. Sie dagegen schritt ungerührt weiter aus, als würde sie jeden Tag einen Berg besteigen. Er hoffte inständig darauf, dass die Mengen an Zigarettenrauch in ihren Lungen sie irgendwann bremsen würden.

Um das Geld für ein derart gewaltiges und ausgefallenes Projekt aufzubringen, hatte Bologna auf seinen beachtlichen Reichtum zurückgegriffen. In einer seltenen Geste der Eintracht unter den miteinander verfeindeten Fraktionen wurde jeder Bogen des Portikus von einer anderen Gruppe aus Händlern, Handwerkern, Studenten, Kirchen und Adelsfamilien finanziert. Um die Großzügigkeit der Spender für die Nachwelt zu dokumentieren und ihnen Unsterblichkeit zu sichern, wurde ihnen gestattet, Gedenktafeln an »ihrem« Bogen aufzuhängen, von denen allerdings die meisten im Laufe der Zeit wieder verschwanden.

Am hundertsiebzigsten Bogen, an dem eine der wenigen verbliebenen Gedenktafeln hing, legte Francesca eine kurze Pause ein. Die Tafel wurde *la Madonna grassa* genannt, »die beleibte Madonna«. Auf dem Weg nach oben gab es insgesamt fünfzehn Kapellen. Zwischen der achten und neunten Kapelle, wo eine Brücke über eine Straße gebaut worden war, blieben sie noch einmal stehen. Lange Schatten fielen zwischen die Bögen, während sie sich über den steilsten Teil des Weges nach oben mühten. »Wenn wir am Abend wieder hinuntergehen, wird der Gang beleuchtet sein«, versicherte sie ihm.

Marco dachte nicht an den Rückweg. Er starrte unverwandt nach oben, auf die Kirche, die manchmal zum Greifen nah schien und dann plötzlich den Eindruck erweckte, als würde sie sich ein Stück von ihnen fortschleichen. Inzwischen taten ihm auch die Oberschenkel weh, und seine Schritte wurden immer schwerer.

Als sie die Spitze des Hügels erreicht hatten und unter dem sechshundertsechsundsechzigsten Bogen hervortraten, lag die prächtige Basilika direkt vor ihnen. Da in den Hügeln über Bologna die Dämmerung eingesetzt hatte, waren die Scheinwerfer eingeschaltet worden, und die Kuppel der Wallfahrtskirche schimmerte in verschiedenen Goldtönen. »Sie ist schon geschlossen«, sagte Francesca. »Wir werden ein andermal wiederkommen müssen.«

Auf dem Weg nach oben hatte er einen flüchtigen Blick auf einen Bus erhascht, der langsam den Hügel hinuntergefahren war. Für den Fall, dass er tatsächlich noch einmal nach San Luca wollte, um sich dort eine weitere der zahllosen Kirchen Bolognas anzusehen, würde er mit Sicherheit den Bus nehmen.

»Hier entlang.« Francesca winkte ihn zu sich. »Ich kenne einen Geheimweg.«

Er folgte ihr auf einen Kiesweg, der hinter der Kirche zu einem Aussichtspunkt führte, wo sie stehen blieben und auf die Stadt unter sich blickten. »Das ist mein Lieblingsplatz«, sagte sie, während sie in tiefen Zügen die Luft einsog, als wollte sie die Schönheit Bolognas einatmen.

»Wie oft kommen Sie hierher?«

»Mehrmals im Jahr, für gewöhnlich mit Gruppen. Sie nehmen immer den Bus. Und manchmal mache ich sonntagnachmittags einen Spaziergang hier hoch.«

»Allein?«

»Ja, allein.«

»Könnten wir uns irgendwo hinsetzen?«

»Ja, dort drüben steht eine kleine Bank, die ganz versteckt liegt. Niemand weiß davon.« Er folgte ihr einige Treppenstufen nach unten und dann auf einem felsigen Pfad zu einem anderen Aussichtspunkt, von dem man einen genauso spektakulären Blick auf die Stadt hatte.

»Tun Ihnen die Beine weh?«, fragte sie.

»Natürlich nicht«, log er.

Sie zündete sich eine Zigarette an und zog mit einem so offensichtlichen Vergnügen daran, wie man es nur noch selten sah. Lange Zeit saßen sie schweigend nebeneinander, ruhten sich aus, dachten nach und starrten auf die glitzernden Lichter von Bologna.

Schließlich brach Marco die Stille. »Luigi hat mir erzählt, dass Ihr Mann sehr krank ist. Das tut mir wirklich Leid.«

Sie sah ihn überrascht an und wandte dann den Blick ab. »Luigi hat mir verboten, über Privates zu sprechen.«

»Luigi ändert die Regeln gern. Was hat er Ihnen über mich erzählt?«

»Ich habe ihn nichts gefragt. Sie kommen aus Kanada, reisen herum, versuchen, Italienisch zu lernen.«

»Glauben Sie das?«

»Nicht so ganz.«

»Warum nicht?«

»Weil Sie behaupten, eine Frau und Kinder zu haben, aber trotzdem auf eine lange Reise nach Italien gehen. Und wenn Sie wirklich nur ein Geschäftsmann im Urlaub sind, wie passt dann Luigi ins Bild? Und Ermanno? Warum brauchen Sie diese Leute?«

»Gute Fragen. Ich habe keine Frau.«

»Dann ist alles gelogen.«

»Ja.«

»Und die Wahrheit?«

»Die kann ich Ihnen nicht erzählen.«

»Gut. Ich will sie nämlich auch nicht wissen.«

»Sie haben schon genug Probleme, nicht wahr, Francesca?«

»Meine Probleme gehen nur mich etwas an.«

Sie zündete sich eine weitere Zigarette an. »Kann ich auch eine haben?«, fragte er.

»Sie rauchen?«

»Vor vielen Jahren habe ich einmal.« Er nahm sich eine Zigarette aus ihrer Packung und zündete sie an. Die Lichter der Stadt wurden heller, als die Nacht sich auf die Hügel legte.

»Erzählen Sie Luigi alles, was wir tun?«, fragte er.

»Ich erzähle ihm nur sehr wenig.«

»Gut.«

20

Teddy Maynards letzter Besuch im Weißen Haus war für zehn Uhr vormittags angesetzt. Er hatte vor, zu spät zu kommen. Ab sieben Uhr an diesem Morgen beriet er sich mit seiner inoffiziellen Übergangsmannschaft, die aus den vier Vizedirektoren und den leitenden Angestellten bestand. In unauffälligen Besprechungen im kleinen Kreis setzte er seine Mitarbeiter, denen er schon seit vielen Jahren vertraute, darüber in Kenntnis, dass er nicht mehr lange Direktor der CIA sein werde, dass sich dies schon seit langem abgezeichnet habe, dass die Organisation in guter Verfassung sei und das Leben weitergehen werde.

Die Mitarbeiter, die ihn gut kannten, spürten eine Art Erleichterung. Schließlich war Maynard schon fast achtzig und seine legendär schlechte Gesundheit gab inzwischen tatsächlich Anlass zur Sorge.

Um genau 8.45 Uhr, während einer Besprechung mit dem Vizedirektor William Lucat, Leiter des Bereichs Operative Aufklärung, rief er Julia Javier hinzu, um den Fall Backman zu erörtern. Backman war zwar wichtig, aber auf der Liste der weltweiten Spionageaktivitäten rangierte er irgendwo in der Mitte.

Es war schon sehr merkwürdig, dass Maynard eine Operation zum Verhängnis wurde, bei der es um einen in Ungnade gefallenen ehemaligen Lobbyisten ging.

Julia Javier setzte sich neben Hoby, der immer noch eifrig Notizen machte, obwohl niemand mehr sie sehen würde, und fasste in nüchternem Ton die Fakten zusammen: »Er ist immer noch in Bologna. Wenn wir jetzt aktiv werden müssten, ginge das problemlos.«

»Ich dachte, der Plan wäre, ihn in irgendein Dorf auf dem Land zu schaffen, wo wir ihn besser beobachten können?«, fragte Maynard.

»Das wird erst in einigen Monaten möglich sein.«

»So viel Zeit haben wir nicht.« Maynard wandte sich an Lucat. »Was passiert, wenn wir das Ganze schon jetzt starten?«

»Es wird funktionieren. Sie werden ihn irgendwo in Bologna erwischen. Eine schöne Stadt, in der es kaum Kriminalität gibt. Morde sind dort so gut wie unbekannt, daher wird sein Tod für Aufsehen sorgen, wenn man seine Leiche findet. Den Italienern dürfte recht schnell klar werden, dass er nicht ... Wie heißt er noch mal?«

»Marco«, sagte Maynard, ohne einen Blick auf seine Notizen zu werfen. »Marco Lazzeri.«

»Sie werden sich am Kopf kratzen und sich fragen, wer zum Teufel er ist.«

Julia nickte. »Es gibt keinen Hinweis auf seine wahre Identität. Sie werden eine Leiche haben, einen falschen Pass, aber keine Familie, keine Freunde, keine Adresse, keinen Job, nichts. Sie werden ihn in einem Armengrab verscharren und die Akte ein Jahr lang offen halten. Dann wird der Fall geschlossen.«

»Das ist nicht unser Problem«, warf Maynard ein. »Wir bringen ihn ja nicht um.«

»Genau«, sagte Lucat. »In der Stadt wird es etwas aufwendiger sein, aber unser Mann geht gern spazieren. Sie werden ihn schon erwischen. Vielleicht wird er überfahren. Die Italiener fahren wie die Irren.«

»Es wird nicht sehr schwierig sein, oder?«

»Ich glaube nicht.«

»Und wie stehen unsere Chancen, dass wir davon erfahren, wenn es passiert ist?«, wollte Maynard wissen.

Lucat kratzte sich am Kopf und blickte zu Julia, die an einem Fingernagel kaute und Hoby ansah, der mit einem Plastikstäbchen in einem Becher mit grünem Tee herumrührte. Schließlich sagte Lucat: »Ich würde sagen fünfzig zu fünfzig. Unser Mann steht rund um die Uhr unter Beobachtung, aber die Leute, die ihn ausschalten, werden die Besten der Besten sein. Es wird vielleicht keine Zeugen geben.«

»Ein paar Wochen nach der Beerdigung wird die Wahrscheinlichkeit, dass wir was erfahren, am größten sein. Wir haben gute Leute vor Ort. Wir werden uns aufmerksam umhören. Ich glaube, wir werden später auf jeden Fall Näheres herausbekommen«, fügte Julia hinzu.

»Allerdings besteht durchaus die Möglichkeit, dass wir nicht mit Sicherheit wissen werden, was passiert ist – wie immer, wenn wir nicht selbst den Finger am Abzug haben«, ergänzte Lucat.

»Es darf nichts schief gehen, ist das klar? Zwar wäre es schön zu wissen, dass Backman tot ist – er hat es weiß Gott verdient –, aber das Ziel der Operation besteht darin, in Erfahrung zu bringen, wer ihn umbringt«, sagte Maynard, während seine bleichen, faltigen Hände langsam einen Papierbecher mit grünem Tee an den Mund führten. Er schlürfte laut und geräuschvoll.

Vielleicht war es wirklich an der Zeit für den alten

Mann, sich ins Altersheim zurückzuziehen und seine Tage dort zu beschließen.

»Ich gehe davon aus, dass alles gut gehen wird«, sagte Lucat. Hoby schrieb es auf.

»Wenn wir es jetzt durchsickern lassen, wie lange dauert es dann, bis er tot ist?«, fragte Maynard.

Lucat zuckte mit den Achseln und wandte den Blick ab, während er nachdachte. Julia knabberte am nächsten Fingernagel. »Das kommt ganz darauf an«, erwiderte sie vorsichtig. »Wenn die Israelis reagieren, könnten wir innerhalb einer Woche ein Ergebnis haben. Die Chinesen brauchen normalerweise etwas länger. Die Saudis werden vermutlich einen Profi beauftragen, und es könnte einen Monat dauern, bis sie den in Bologna haben.«

»Die Russen würden es in einer Woche schaffen«, fügte Lucat hinzu.

»Ich werde nicht mehr hier sein, wenn es passiert«, sagte Maynard traurig. »Und niemand auf dieser Seite des Atlantiks wird je etwas davon erfahren. Sie müssen mich unbedingt auf dem Laufenden halten.«

»Dann haben wir also grünes Licht?«, fragte Lucat.

»Ja. Aber sorgen Sie dafür, dass die Information allen Beteiligten zur gleichen Zeit zugespielt wird. Alle Jäger müssen die gleiche Chance haben, die Beute zu erwischen.«

Sie verabschiedeten sich von Maynard und verließen sein Büro. Um 9.30 Uhr schob Hoby ihn in die Empfangshalle hinaus zum Fahrstuhl. Dann fuhren sie acht Stockwerke nach unten in die Tiefgarage, wo die kugelsicheren weißen Transporter für Teddy Maynards letzte Fahrt ins Weiße Haus warteten.

Die Besprechung dauerte nicht lange. Dan Sandberg saß an seinem Schreibtisch in der Redaktion der *Washington Post,* als sie einige Minuten nach zehn im Oval Office begann. Er saß immer noch dort, als zwanzig Minuten später der Anruf von Rusty Lowell kam. »Es ist so weit«, sagte er.

»Was ist passiert?«, fragte Sandberg, während seine Finger bereits über die Tastatur flogen.

»Es ist wie vorgesehen gelaufen. Der Präsident wollte wissen, was mit Backman ist. Maynard hat sich geweigert. Der Präsident hat gesagt, er habe ein Recht darauf, alles darüber zu erfahren. Maynard hat ihm zugestimmt, aber eingewandt, dass die Informationen für politische Zwecke missbraucht werden würden, was eine geheime Operation gefährde. Sie haben sich kurz gestritten. Maynard hat sich feuern lassen. Genau wie ich Ihnen gesagt habe.«

»Ich bin beeindruckt.«

»Das Weiße Haus gibt in fünf Minuten eine Pressekonferenz. Schalten Sie den Fernseher ein.«

Die PR-Maschine wurde wie immer sofort in Gang gesetzt. Der Pressesekretär des Präsidenten gab mit ernstem Gesicht bekannt, dass der Präsident »einen Kurswechsel für die Nachrichtendienste« anstrebe. Er lobte Direktor Maynard für dessen legendäre Führung der CIA und schien aufrichtig betrübt zu sein, dass er jetzt einen Nachfolger für ihn suchen musste. Bei der ersten Frage, die aus der vordersten Reihe kam, ging es darum, ob Maynard zurückgetreten oder gefeuert worden war.

»Der Präsident und Direktor Maynard haben sich in gegenseitigem Einvernehmen getrennt.«

»Was heißt das?«

»Genau das, was ich gesagt habe.«

Und so ging es die nächsten dreißig Minuten weiter.

Sandbergs Artikel, der am nächsten Morgen auf der Titelseite erschien, ließ gleich zwei Bomben platzen. Er begann mit der Bestätigung, dass Maynard gefeuert worden war, nachdem er sich geweigert hatte, geheime Informationen preiszugeben, die seiner Meinung nach lediglich für politische Zwecke verwendet werden sollten. Es gab keinen Rücktritt und kein »gegenseitiges Einvernehmen«. Das Ganze war ein handfester Rausschmiss gewesen. Die zweite Bombe setzte die interessierte Öffentlichkeit darüber in Kenntnis, dass der Versuch des Präsidenten, sich die Geheiminformationen zu verschaffen, in direktem Zusammenhang mit neuen Ermittlungen des FBI zu gekauften Straferlassen stand. Der Skandal war lediglich ein dumpfes Grollen am Horizont gewesen, bis Sandberg die Tür geöffnet hatte. Sein Artikel brachte den Verkehr auf der Arlington Memorial Bridge praktisch zum Erliegen.

Während sich Sandberg in der Redaktion herumdrückte und seinen Triumph genoss, klingelte sein Mobiltelefon. Es war ein sehr kurz angebundener Rusty Lowell. »Rufen Sie mich auf einer Festnetzleitung an, und zwar schnell.« Sandberg ging in ein kleines Büro, wo er ungestört war, und wählte Lowells Nummer in Langley.

»Lucat ist gerade gefeuert worden«, sagte Lowell. »Er hat sich heute Morgen um acht mit dem Präsidenten im Oval Office getroffen. Der Präsident hat ihn gebeten, als Interimsdirektor zur Verfügung zu stehen. Lucat hat Ja gesagt. Anschließend haben sie sich eine Stunde lang unterhalten. Der Präsident hat wegen Backman Druck gemacht. Lucat wollte nicht nachgeben. Er hat sich feuern lassen, genau wie Maynard.«

»Aber er ist doch schon seit einhundert Jahren bei der CIA.«

»Achtunddreißig, um genau zu sein. Einer unserer besten Männer. Ein großartiger Abteilungsleiter.«

»Wer ist als Nächster dran?«

»Gute Frage. Wir zucken alle zusammen, wenn es an der Tür klopft.«

»Und wer leitet jetzt die Organisation?«

»Kennen Sie Susan Penn?«

»Nein. Ich weiß, wer sie ist, aber ich kenne sie nicht persönlich.«

»Vizedirektorin und Leiterin der Abteilung Wissenschaft und Technologie. Maynard gegenüber sehr loyal, so wie wir alle, aber eine Kämpfernatur. Sie sitzt gerade im Oval Office. Wenn man ihr den Posten als Interimsdirektorin anbietet, wird sie ihn nehmen. Und sie wird Backman dafür hergeben.«

»Er ist der Präsident. Er hat ein Recht darauf, alles zu wissen.«

»Natürlich. Außerdem geht es ums Prinzip. Ich kann ihm eigentlich keinen Vorwurf machen. Er hat gerade angefangen und lässt ein wenig die Muskeln spielen. Sieht ganz so aus, als würde er uns alle feuern, bis er bekommt, was er haben will. Ich habe Susan Penn geraten, das Angebot anzunehmen, um dem Gemetzel ein Ende zu machen.«

»Dann dürfte das FBI also sehr bald wissen, wo Backman sich aufhält?«

»Ich gehe davon aus, dass sie es heute noch erfahren. Allerdings bin ich mir nicht sicher, was sie tun werden, wenn sie wissen, wo er ist. Von einer Anklage sind sie noch Wochen entfernt. Sie werden vermutlich nur unsere Operation gefährden.«

»Wo ist er?«

»Ich weiß es nicht.«

»Jetzt zieren Sie sich doch nicht so, Lowell. Schließlich hat sich einiges geändert.«

»Die Antwort ist nein. Das ist mein letztes Wort. Über das Gemetzel werde ich Sie auf dem Laufenden halten.«

Eine Stunde später stellte sich der Pressesekretär des Weißen Hauses vor die Presse und gab die Ernennung von Susan Penn zur Interimsdirektorin der CIA bekannt. Er erwähnte mehr als nur einmal, dass sie als erste Frau auf diesen Posten berufen worden sei, was wieder einmal unter Beweis stelle, wie sehr sich der Präsident für die Gleichberechtigung einsetze.

Luigi saß allein und fertig angezogen auf dem Bettrand und wartete auf das Signal von nebenan. Es kam vierzehn Minuten nach sechs – Marco wurde immer mehr zum Gewohnheitstier. Luigi lief in den Kontrollraum und drückte auf einen Knopf, um den Summer abzustellen, der meldete, dass Marco aus seiner Wohnung gegangen war. Ein Computer zeichnete die genaue Uhrzeit auf, und innerhalb weniger Sekunden würde jemand in Langley wissen, dass Marco Lazzeri um genau 6.14 Uhr das sichere Haus in der Via Fondazza verlassen hatte.

Luigi war ihm schon seit ein paar Tagen nicht mehr nachgegangen. Simona hatte bei ihm übernachtet. Er wartete einige Sekunden, schlüpfte durch die Hintertür seiner Wohnung und nahm eine Abkürzung durch eine schmale Gasse. Als er durch die Schatten der Arkaden spähte, sah er Marco links von sich. Er ging in Richtung Süden, wie immer in einem flotten Tempo, das immer schneller wurde, je länger er in Bologna war. Er war mindestens zwanzig Jahre älter als Luigi, aber seit er sich angewöhnt hatte, jeden Tag mehrere Kilometer durch die Stadt zu laufen, war er besser in Form. Außerdem rauchte er nicht, trank nur in Maßen und schien sich nicht im Geringsten für Frauen und Bolognas Nachtleben zu interessieren. Dazu kam, dass er die letzten sechs Jahre in einem Käfig verbracht hatte. Kein Wunder, dass er stundenlang durch die Straßen wandern konnte.

Die neuen Schuhe trug er jeden Tag. Luigi hatte noch keine Gelegenheit gehabt, sie zu präparieren. Sie blieben wanzenfrei und gaben kein Signal von sich. Whitaker in Mailand machte sich Sorgen deshalb, aber er machte sich über alles und jedes Sorgen. Luigi war fest davon überzeugt, dass Marco Bologna auf keinen Fall verlassen würde, selbst wenn er hunderte von Kilometern in der Stadt herumspazierte. Manchmal verlor er Marco für eine Weile aus den Augen, während dieser die Straßen erkundete oder etwas besichtigte, aber er fand ihn immer wieder.

Marco bog in die Via Santo Stefano, eine breite Straße, die sich von der südöstlichen Ecke der Altstadt bis in das Zentrum um die Piazza Maggiore zog. Luigi ging über die Straße und folgte Marco auf der anderen Seite. Praktisch im Dauerlauf nahm er über das Funkgerät Kontakt zu Zellman auf, seinem neuen Mann, den Whitaker geschickt hatte, um das Netz noch etwas enger zu ziehen. Zellman wartete auf der Strada Maggiore, einer anderen Hauptstraße, die zwischen dem sicheren Haus und der Universität verlief.

Zellmans Ankunft war ein Hinweis darauf, dass die heiße Phase des Plans begonnen hatte. Luigi kannte inzwischen fast alle Einzelheiten und bedauerte aufrichtig, dass Marcos Tage gezählt waren. Er wusste nicht, wer ihn ausschalten würde, und so, wie es aussah, wusste Whitaker es auch nicht.

Luigi hoffte, dass er nicht selbst Hand anlegen musste. Er hatte bereits zwei Männer getötet und zog es vor, solchen Aktionen aus dem Weg zu gehen. Außerdem mochte er Marco.

Bevor Zellman übernehmen konnte, war Marco verschwunden. Luigi blieb stehen und lauschte. Er presste sich in einen Hauseingang, nur für den Fall, dass Marco ebenfalls stehen geblieben war.

Marco hörte ihn hinter sich, die schweren Schritte, den keuchenden Atem. Schnell nach links in eine schmale Gasse, Via Castellata, fünfzig Meter gerannt, dann wieder nach links in die Via de' Chiari und ein abrupter Richtungswechsel, von Norden nach Westen, anschließend ein flotter Marsch durch die Straßen, bis er nach einer Weile zu einer Lücke in den Gebäuden kam, einem kleinen, quadratischen Platz namens Piazza Cavour. Er kannte die Altstadt inzwischen so gut wie seine Westentasche, die Boulevards, Passagen, Sackgassen, Kreuzungen, das Gewirr der krummen, kleinen Sträßchen, die Namen der Plätze und fast aller Geschäfte und kleinen Läden. Er wusste, welche Tabakläden um sechs Uhr öffneten und welche um sieben. Er konnte auf Anhieb fünf Cafés finden, die schon bei Sonnenaufgang brechend voll waren, obwohl die meisten erst aufmachten, wenn es hell geworden war. Er wusste, an welchen Tisch am Fenster er sich setzen musste, um versteckt hinter einer Zeitung den Gehsteig beobachten zu können, bis irgendwann Luigi vorbeikam.

Er konnte Luigi jederzeit abschütteln, spielte aber fast jeden Tag brav mit und ließ sich bereitwillig verfolgen. Doch die Tatsache, dass er die ganze Zeit unter Beobachtung stand, sprach Bände.

Sie wollen nicht, dass ich verschwinde, sagte er sich immer wieder. Und warum? Weil es einen ganz bestimmten Grund dafür gibt, dass ich hier bin.

Er bewegte sich in einem weiten Bogen in den Westen der Stadt, weit weg von den Vierteln, in denen man ihn vermutete. Nachdem er fast eine Stunde lang im Zickzack durch Dutzende kleine Straßen und Gassen gelaufen war, trat er auf die Via Irnerio hinaus und beobachtete die Passanten. Das Fontana lag genau auf der anderen Straßenseite. Er wurde von niemandem beobachtet.

Viscovitch saß im hinteren Teil des Cafés und hatte den Kopf in seiner Morgenzeitung vergraben, hinter der bläulicher Pfeifenrauch in einer langsamen, trägen Spirale aufstieg. Sie hatten sich seit zehn Tagen nicht gesehen, und nach der herzlichen Begrüßung war Viscovitchs erste Frage: »Sind Sie in Venedig gewesen?«

Ja, ein wunderbarer Ausflug. Marco erwähnte die Namen sämtlicher Sehenswürdigkeiten, die er in einem Reiseführer gefunden und auswendig gelernt hatte. Er schwärmte von der Schönheit der Kanäle, der erstaunlichen Vielfalt der Brücken, den allgegenwärtigen Touristenhorden. Ein zauberhafter Ort. Er wollte auf jeden Fall noch einmal hin. Viscovitch kramte eigene Erinnerungen hervor. Marco beschrieb die Kirche von

San Marco, als hätte er eine ganze Woche dort verbracht.

Wo sollte es als Nächstes hingehen?, erkundigte sich Viscovitch. Wahrscheinlich in den Süden, wo es jetzt schon wärmer war. Vermutlich Sizilien oder die Amalfiküste. Viscovitch war natürlich ganz begeistert von Sizilien und erzählte von seinen Besuchen dort. Nach einer halben Stunde, in der sie sich über die touristischen Höhepunkte Italiens unterhielten, kam Marco zur Sache. »Da ich so viel unterwegs bin, habe ich keine feste Adresse. Ein Freund aus den Staaten wollte mir ein Päckchen schicken, deshalb habe ich ihm Ihre Adresse in der juristischen Fakultät gegeben. Ich hoffe, Sie haben nichts dagegen.«

Viscovitch zündete gerade seine Pfeife wieder an. »Es ist schon da. Kam gestern«, sagte er, während schwerer Rauch aus seinem Mund quoll.

Marco stockte für einen Moment das Herz. »Hatte das Päckchen einen Absender?«

»Irgendwo in Virginia.«

»Gut.« Sein Mund war plötzlich trocken. Er trank einen Schluck Wasser und versuchte, seine Aufregung zu verbergen. »Ich hoffe, es hat Ihnen keine Umstände gemacht.«

»Aber nein.«

»Ich komme später vorbei, um es abzuholen.«

»Ich bin von elf bis halb eins in meinem Büro.«

»Gut, danke.« Noch ein Schluck. »Nur so aus Neugierde: Wie groß ist das Päckchen?«

Viscovitch kaute auf dem Mundstück seiner Pfeife herum und sagte: »Ungefähr so groß wie eine kleine Zigarrenschachtel.«

Am späten Vormittag setzte ein kalter Regen ein. Marco und Ermanno, die gerade durch das Universitätsviertel spazierten, suchten in einer ruhigen, kleinen Bar Zuflucht. Sie beendeten den Unterricht früher als sonst, in erster Linie deshalb, weil es der Schüler so haben wollte. Ermanno war immer froh, wenn er früher gehen konnte.

Da er nicht mit Luigi zum Mittagessen verabredet war, konnte Marco tun und lassen, was er wollte, und das aller Wahrscheinlichkeit nach auch, ohne beobachtet zu werden. Trotzdem war er vorsichtig. Er führte seine kleinen Manöver aus, um etwaige Verfolger abzuschütteln, und kam sich dabei wie immer ziemlich albern vor. Albern hin, albern her, inzwischen war dieses Verhalten bei ihm zur Standardprozedur geworden. Als er wieder auf der Via Zamboni war, ging er hinter einer Gruppe von Studenten her, die ohne erkennbares Ziel über die Straße schlenderten. Am Eingang zur juristischen Fakultät duckte er sich und schlüpfte durch die Tür. Er rannte die Treppe hinauf und klopfte kurze Zeit später an die halb geöffnete Tür von Viscovitchs Büro.

Viscovitch saß vor einer uralten Schreibmaschine und tippte etwas, das wie ein privater Brief aussah. »Da drüben«, sagte er, während er auf einen Stapel Papiere zeigte, der auf einem seit Jahrzehnten nicht mehr aufgeräumten Schreibtisch thronte. »Das braune Ding ganz oben.«

Marco nahm das Päckchen so beiläufig wie möglich an sich. »Nochmals vielen Dank«, sagte er, aber Viscovitch tippte schon wieder und war anscheinend nicht in der Laune für Besuch. Er war eindeutig gestört worden.

»Keine Ursache«, sagte er über die Schulter, während eine dicke Rauchwolke aus seiner Pfeife aufstieg.

»Gibt es hier irgendwo eine Toilette?«, fragte Marco.

»Den Gang runter, auf der linken Seite.«

»Danke. Auf Wiedersehen.«

Die Toilette war mit einem Urinal aus prähistorischen Zeiten und drei durch hölzerne Wände abgetrennte Kabinen ausgestattet. Marco ging in die am weitesten vom Eingang entfernt liegende Kabine und schloss die Tür ab. Dann klappte er den Klodeckel herunter und setzte sich. Vorsichtig öffnete er den Karton und faltete die obenauf liegenden Papierblätter auseinander. Das erste Blatt war einfaches weißes Briefpapier ohne Briefkopf. Als er die Worte »Lieber Marco« sah, hätte er am liebsten geweint.

5. März

Lieber Marco,

ich brauche wohl nicht zu sagen, wie sehr ich mich gefreut habe von dir zu hören. Ich war so froh, als du aus dem Gefängnis entlassen wurdest, und hoffe, dass du in Sicherheit bist. Du weißt, dass ich alles tun werde, um dir zu helfen.

Mit diesem Brief schicke ich dir ein Smartphone, das Neueste vom Neuen, mit allen möglichen Funktionen. Was Mobilfunk und drahtlose Internettechnologie angeht, sind uns die Europäer ein ganzes Stück voraus, ich bin also zuversichtlich, dass das Telefon bei dir funktionieren wird. Auf einem zweiten Blatt Papier habe ich dir einige Anweisungen aufgeschrieben. Ich weiß, dass das böhmische Dörfer für dich sind, aber eigentlich ist es gar nicht so kompliziert.

Ruf mich auf keinen Fall an, da solche Gespräche leicht abgehört werden können. Außerdem müsstest du dazu einen Namen angeben und dich freischalten lassen.

Wir werden per E-Mail kommunizieren. Wenn wir KwyteMail mit Verschlüsselung verwenden, können unsere Nachrichten von niemand anders gelesen werden. Es wäre am besten, wenn du nur mir E-Mails schickst. Falls es notwendig sein sollte, kann ich eine Nachricht weiterleiten.
Ich habe einen neuen Laptop, den ich nicht aus den Augen lassen werde.
Es wird funktionieren, Marco. Vertrau mir. Schick mir eine E-Mail, sobald du online bist. Dann können wir chatten.

Viel Glück, Grinch

Grinch? Das musste ein Code sein. Er hatte nicht ihre richtigen Namen benutzt.

Marco musterte das schmale Gerät, bei dem er nicht einmal wusste, wo oben und unten war. Doch er war fest entschlossen, das verdammte Ding in Gang zu setzen. Als er sich die kleine Tasche ansah, fand er das Geld und zählte es so langsam, als wäre es Gold. Plötzlich öffnete und schloss sich die Tür zur Toilette. Jemand benutzte das Urinal. Marco war so nervös, dass er kaum noch atmen konnte. Entspann dich, sagte er sich.

Die Tür zur Toilette öffnete und schloss sich wieder, und er war allein. Die Seite mit den Anweisungen war mit der Hand geschrieben, und Neal hatte offenbar nicht viel Zeit dafür gehabt.

Ankyo 850 PC Pocket Smartphone – voll aufgeladen – sechs Stunden Sprechzeit, bevor der Akku wieder aufgeladen werden muss, Ladegerät anbei.

1. *Such dir ein Internetcafé mit drahtlosem Zugang – Liste anbei*
2. *Geh in das Café oder halt dich höchstens sechzig Meter davon entfernt auf*
3. *Smartphone einschalten, Schalter oben rechts*
4. *Auf dem Display erscheint die Meldung »Zugangsbereich«, dann die Frage »Zugang?«. Taste »Ja« unter dem Display drücken, warten*
5. *Tastenfeldschalter drücken, unten rechts, dann das Tastenfeld aufklappen*
6. *Wi-Fi-Zugang auf dem Display drücken*
7. *»Start« für Internet-Browser drücken*
8. *An Cursorposition »www.kwytemail.com« eingeben*
9. *Benutzername »Grinch456« eingeben*
10. *Passsatz »post hoc ergo propter hoc« eingeben*
11. *»Schreiben« drücken, um Formular für neue Nachricht aufzurufen*
12. *Meine E-Mail-Adresse auswählen: 123Grinch@kwytemail.com*
13. *Nachricht an mich eingeben*
14. *»Nachricht verschlüsseln« anklicken*
15. *»Abschicken« anklicken*
16. *Bingo – ich habe die Nachricht*

Auf der Rückseite des Blatts standen weitere Anweisungen, aber Marco brauchte eine Pause. Das Smartphone wurde immer schwerer, da es mehr Fragen als Antworten lieferte. Er war noch nie in einem Internetcafé gewesen und hatte keinen blassen Schimmer davon, warum man es auch von der anderen Straßenseite aus benutzen konnte. Oder aus sechzig Metern Entfernung.

Um die E-Mail-Flut hatten sich immer seine Sekretärinnen gekümmert. Er war viel zu beschäftigt gewesen, um sich vor einen Bildschirm zu setzen.

In der kleinen Tasche war auch eine Bedienungsanleitung, die er aufs Geratewohl aufschlug. Er las ein paar Zeilen und verstand keinen einzigen Satz. Vertrau Neal, sagte er sich.

Du hast keine andere Wahl, Marco. Du musst lernen, wie dieses verdammte Ding funktioniert.

Von einer Website namens www.AxEss.com hatte Neal eine Liste mit Orten in Bologna ausgedruckt, an denen ein kostenloser drahtloser Internetzugang möglich war – drei Cafés, zwei Hotels, eine Bibliothek und eine Buchhandlung.

Marco faltete die Geldscheine zusammen, steckte sie in die Tasche und verstaute die Kartons wieder ineinander. Er stand auf, betätigte aus unerfindlichen Gründen die Spülung und verließ die Toilette. Telefon, Brief, Anweisungen, Tasche und das kleine Ladegerät hatte er ohne Probleme in den großen Taschen seiner Jacke untergebracht.

Als er die juristische Fakultät verließ, hatte sich der Regen in Schnee verwandelt, doch die Bogengänge schützten ihn und die zum Mittagessen eilenden Studenten vor den Unbilden des Wetters. Während er das Universitätsviertel verließ, überlegte er, wie er Neals wundervolle Geschenke verstecken konnte. Das Telefon wollte er ab jetzt ständig bei sich tragen. Das Geld auch. Doch wo sollte er den Papierkram – den Brief, die Anweisungen, das Handbuch – aufbewahren? In seiner Wohnung war nichts sicher. Sein Blick fiel auf ein Schaufenster, in dem eine Art Umhängetasche ausgestellt war. Er ging in das Geschäft und erkundigte sich danach. Es war eine Laptoptasche der Marke Silvio, marineblau, wasserfest, aus einem synthetischen Material, für das die Verkäuferin keinen englischen Ausdruck kannte. Sie kostete sechzig Euro, die Marco widerstrebend auf den Ladentisch legte. Nachdem er die Tasche gekauft hatte, verstaute er das Smartphone und die anderen Sachen darin. Vor dem Geschäft streifte er den Schultergurt über und klemmte sich die Tasche unter den rechten Arm.

Für Marco Lazzeri war die Tasche der Weg in die Freiheit. Er würde sie mit seinem Leben verteidigen.

Er suchte die Buchhandlung in der Via Ugo Bassi auf. Die Zeitschriften befanden sich in der ersten Etage. Zwanzig Minuten lang stand er vor dem Regal und blätterte in einer Fußballzeitschrift, während er den Eingang im Auge behielt. Wie albern. Aber es war inzwischen zur Gewohnheit geworden. Die Hotspots waren in der zweiten Etage, in einem kleinen Café. Er kaufte sich ein Stück Kuchen und eine Cola und setzte sich in eine kleine Nische, von der aus er die Leute kommen und gehen sah.

Hier würde ihn niemand finden.

Mit gespieltem Selbstvertrauen holte er das Ankyo 850 aus der Laptoptasche, warf dann einen Blick in das Handbuch und las noch einmal Neals Anweisungen durch. Er befolgte sie haargenau und tippte mit beiden Daumen auf dem winzigen Tastenfeld, wie es in der Bedienungsanleitung erklärt wurde. Nach jedem Schritt hob er den Kopf, um nachzusehen, was im Café vor sich ging.

Alles klappte reibungslos. Zu seiner Überraschung war er innerhalb kurzer Zeit online, und nachdem er alles eingegeben hatte, erhielt er eine Meldung, die ihn aufforderte, eine Nachricht zu schreiben. Langsam bewegte er die Daumen über das Tastenfeld und tippte die erste E-Mail seines Lebens:

Lieber Grinch, ich habe das Päckchen bekommen. Du kannst dir nicht vorstellen, wie viel es mir bedeutet. Vielen Dank für deine Hilfe. Bist du sicher, dass unsere Nachrichten von niemandem gelesen werden können? Wenn dem so ist, werde ich dir mehr über meine augenblickliche Lage erzählen. Ich fürchte, ich bin nicht mehr sicher. Es ist jetzt etwa 8.30 Uhr deiner Zeit. Ich werde diese Nachricht abschicken und in einigen Stunden nachsehen, ob eine Antwort von dir eingegangen ist. Herzliche Grüße, Marco.

Er sandte die Nachricht ab, schaltete das Smartphone aus und blieb noch eine Stunde sitzen, um das Handbuch zu lesen. Bevor er zum Unterricht bei Francesca ging, schaltete er das Telefon noch einmal ein und folgte den Anweisungen, um online zu gehen. Auf dem Display klickte er »Websuche mit Google« an und gab »Washington Post« ein. Sandbergs Artikel fiel ihm ins Auge, und er ließ sich den Inhalt anzeigen.

Er kannte Teddy Maynard nicht persönlich, aber sie hatten mehrmals miteinander telefoniert. Es waren stets sehr angespannte Gespräche gewesen. Der Mann war schon vor zehn Jahren so gut wie tot gewesen. In seinem anderen Leben war Joel einige Male mit der CIA aneinander geraten, für gewöhnlich wegen irgendwelcher Mauscheleien, die seine Mandanten aus der Rüstungsindustrie eingefädelt hatten.

Vor der Buchhandlung ließ Marco den Blick über die

Straße schweifen, doch er sah nichts, das sein Interesse weckte. Dann begab er sich auf einen seiner langen Spaziergänge.

Straferlasse gegen Geld? Sicher, eine sensationelle Geschichte, aber es war zu viel verlangt zu glauben, ein aus dem Amt scheidender Präsident würde sich auf diese Weise bestechen lassen. Nach seinem spektakulären Sturz vom Gipfel der Macht hatte Joel vieles über sich gelesen, von dem nur die Hälfte wahr gewesen war. Er hatte viel Lehrgeld bezahlen müssen, bis er gelernt hatte, nicht alles zu glauben, was gedruckt wurde.

21

In der Pinsker Street im Stadtzentrum von Tel Aviv betrat ein Agent namens Efraim ein unauffälliges Gebäude ohne Hausnummer und ging an den Fahrstühlen vorbei in einen Korridor, der an einer verschlossenen Tür endete. Die Tür hatte weder einen Drehknopf noch eine Klinke. Er zog ein Gerät aus der Tasche, das eine entfernte Ähnlichkeit mit einer kleinen TV-Fernbedienung hatte, und richtete es auf die Tür. Irgendwo dahinter wurden massive Zuhaltungen zurückgezogen, dann klickte es laut, und die Tür öffnete sich. Dahinter lag eines der vielen sicheren Häuser, die vom Mossad, dem israelischen Geheimdienst, unterhalten wurden. Es hatte vier Räume – zwei mit Stockbetten, in denen Efraim und seine drei Kameraden schliefen, eine kleine Küche, in der sie sich ihre einfachen Mahlzeiten kochten, und ein großes, chaotisch wirkendes Arbeitszimmer, in dem sie viele Stunden am Tag damit verbrachten, eine Operation zu planen, die vor sechs Jahren von einem Tag auf den anderen abgeblasen worden war, jetzt aber wieder zu den wichtigsten Prioritäten des Mossad zählte.

Die vier waren Mitglieder einer »Kidon«, einer kleinen Einheit hoch spezialisierter Einsatzkräfte, die in erster Linie für Liquidierungen zuständig war. Schnelle, effiziente, unauffällige Liquidierungen. Die Zielpersonen waren Feinde Israels, denen kein Prozess gemacht werden konnte, weil die Gerichte keine Zuständigkeit besaßen. Die meisten Zielpersonen hielten sich in arabischen und islamischen Ländern auf, allerdings wurden Kidon auch häufig im ehemaligen Ostblock, in Europa, Asien und den Vereinigten Staaten eingesetzt. Für sie gab es weder Grenzen noch Hindernisse. Nichts konnte sie davon abhalten, jene zu beseitigen, die Israel vernichten wollten. Die Frauen und Männer der Kidon besaßen die Lizenz, für ihr Land zu töten. Wenn die Liquidierung einer Zielperson erst einmal schriftlich vom Premierminister genehmigt war, wurde ein Operationsplan entwickelt, eine Einheit organisiert, und der Feind Israels war schon so gut wie tot. Grünes Licht von der Spitze des Staates zu bekommen war nur selten ein Problem.

Efraim warf eine Tüte mit Gebäck auf einen der Campingtische, an denen Rafi und Shaul über ihren Unterlagen brüteten. Amos saß in einer Ecke vor dem Computer und war in Stadtpläne von Bologna vertieft.

Die meisten ihrer Unterlagen waren inzwischen veraltet, darunter zahllose Seiten mit nutzlosen Hintergrundinformationen über Joel Backman, die vor Jahren zusammengetragen worden waren. Sie wussten alles über sein chaotisches Privatleben – über die drei Ex-Frauen, die drei Kinder, die ehemaligen Partner, die Freundinnen, die Mandanten, die früheren Freunde aus Washingtons Machtzirkeln. Als die Liquidierung vor sechs Jahren genehmigt worden war, hatte eine andere Kidon die Hintergrundinformationen zu Backman in aller Eile zusammengestellt. Ein erster Plan, nach dem Backman bei einem Autounfall in Washington ums Leben kommen sollte, war verworfen worden, als er sich plötzlich für schuldig erklärt hatte und ins Gefängnis geflüchtet war. In der

Schutzhaft in Rudley konnte ihn nicht einmal eine Kidon erreichen.

Die Hintergrundinformationen waren jetzt nur noch wichtig, weil darin auch sein Sohn erwähnt wurde. Seit Backman vor sieben Wochen überraschend freigekommen und dann sofort verschwunden war, ließ der Mossad Neal Backman von zwei Agenten überwachen, einem Mann und einer Frau. Sie wechselten sich alle drei bis vier Tage ab, damit niemand in Culpeper Verdacht schöpfte. In kleinen Städten mit neugierigen Nachbarn und gelangweilten Polizeibeamten konnte eine Observation zum echten Problem werden. Die Frau, eine hübsche Agentin mit deutschem Akzent, hatte es fertig gebracht, Neal auf der Hauptstraße in ein Gespräch zu verwickeln. Sie hatte sich als Touristin ausgegeben und nach dem Weg zu dem nahe gelegenen Haus von Ex-Präsident James Madison gefragt. Dann hatte sie mit ihm geflirtet – oder es jedenfalls versucht – und durchblicken lassen, dass sie zu mehr bereit war. Er hatte den Köder nicht geschluckt. Der Mossad hatte Wanzen in seinem Haus und der Kanzlei installiert und hörte die Gespräche ab, die er über sein Mobiltelefon führte. Von einem Labor in Tel Aviv aus fingen sie sämtliche E-Mails ab, die er im Büro und zu Hause schrieb. Sie überwachten sein Bankkonto und den Einsatz seiner Kreditkarte. Sie wussten, dass er vor sechs Tagen nach Alexandria gefahren war, aber sie wussten nicht, warum.

Der Mossad beobachtete auch Backmans Mutter in Oakland, aber der alten Dame ging es zunehmend schlechter. Schon seit Jahren spielte man mit der Idee, ihr eine der Giftpillen aus dem großen Arsenal der Kidon zu verabreichen. Doch die Vorschriften, die für die Kidon galten, verboten die Liquidierung von Familienangehörigen, es sei denn, diese stellten ebenfalls eine Bedrohung für die Sicherheit des Staates Israel dar.

Allerdings war der Anschlag mit der Giftpille noch nicht zu den Akten gelegt worden, und Amos war ihr eifrigster Befürworter.

Sie wollten Backman umbringen, aber sie wollten auch, dass er noch einige Stunden lebte, bevor er das Zeitliche segnete. Sie mussten mit ihm reden, mussten ihm einige Fragen stellen, und wenn er ihnen nicht bereitwillig antwortete, kannten sie Mittel und Wege, um ihn zum Reden zu bringen. Irgendwann redete jeder, wenn der Mossad Antworten haben wollte.

»Wir haben sechs Agenten gefunden, die italienisch sprechen«, sagte Efraim. »Zwei von ihnen werden heute Nachmittag um drei zu einer Besprechung herkommen.« Italienisch konnte keiner der vier, aber alle sprachen fließend Englisch und Arabisch und insgesamt weitere acht Sprachen.

Jeder der vier besaß Kampferfahrung und hervorragende Computerkenntnisse und war Experte für Grenzübertritte (mit und ohne Papiere), Verhöre, Tarnung und Fälschung. Außerdem konnten sie kaltblütig und erbarmungslos töten. Ihr Durchschnittsalter war vierunddreißig, und jeder von ihnen hatte an mindestens fünf erfolgreichen Liquidierungen durch eine Kidon teilgenommen.

Bei voller Einsatzstärke bestand eine Kidon aus zwölf Mitgliedern. Vier führten die eigentliche Liquidierung aus, die anderen acht kümmerten sich um Deckung, Überwachung und taktische Unterstützung und räumten nach dem Anschlag auf.

»Haben wir eine Adresse?«, fragte Amos vom Computer aus.

»Nein, noch nicht«, erwiderte Efraim. »Und ich bezweifle, dass wir eine bekommen. Die Informationen stammen von der Spionageabwehr.«

»Bologna hat eine halbe Million Einwohner«, murmelte Amos.

»Vierhunderttausend«, korrigierte Shaul. »Und einhunderttausend davon sind Studenten.«

»Wir sollen noch ein Bild von ihm bekommen«, sagte Efraim. Die anderen drei hoben interessiert den Kopf. »Es gibt irgendwo ein Foto von Backman, ein aktuelles, das nach seiner Entlassung aus dem Gefängnis aufgenommen wurde. Man hat uns eine Kopie davon versprochen.«

»Das würde uns weiterhelfen«, meinte Rafi.

Sie hatten hunderte alte Fotos von Joel Backman. Sie hatten jeden Quadratzentimeter seines Gesichts untersucht, jede Falte, jede Ader in seinen Augen, jede Haarsträhne auf seinem Kopf. Sie hatten seine Zähne gezählt und Röntgenaufnahmen von seinem Zahnarzt beschafft. Die Spezialisten im Hauptquartier des Instituts für Nachrichtenwesen und Sonderaufgaben, besser bekannt als Mossad, hatten hervorragende Computergrafiken erstellt, die zeigten, wie Backman jetzt aussehen könnte, sechs Jahre nachdem man ihm zum letzten Mal in der Öffentlichkeit gesehen hatte. Eine Serie von digitalen Projektionen zeigte Backmans Gesicht bei einem Körpergewicht von stolzen hundertzehn Kilo; so viel hatte er gewogen, als er sich für schuldig erklärt hatte. Eine andere Serie zeigte ihn mit den achtzig Kilo, die er jetzt angeblich auf die Waage brachte. Sie hatten mit seinen Haaren experimentiert. Zuerst waren sie von seiner natürlichen Haarfarbe ausgegangen und hatten berechnet, wie sie bei einem Zweiundfünfzigjährigen aussehen würde. Sie hatten ihm die Haare schwarz, rot und braun gefärbt. Dann hatten sie ihm eine Kurzhaarfrisur und anschließend wieder längere Haare verpasst. Sie hatten ihm ein Dutzend unterschiedliche Brillengestelle auf die Nase gesetzt und einen Bart hinzugefügt, zuerst einen dunklen, dann einen grauen.

Doch am wichtigsten waren letzten Endes die Augen. Man musste immer auf die Augen achten.

Efraim war zwar der Anführer der Einheit, aber Amos war schon länger dabei. Er war der Operation Backman 1998 zugeteilt worden, als der Mossad zum ersten Mal Gerüchte über die »JAM«-Software gehört hatte, die von einem Lobbyisten aus Washington offeriert wurde. Über ihren Botschafter in Washington hatten die Israelis damals den Kauf von »JAM« eingefädelt. Sie waren davon ausgegangen, den Zuschlag bekommen zu haben, doch dann hatten sie plötzlich mit leeren Händen dagestanden, weil Backman und Jacy Hubbard die Ware an jemand anders verscherbelt hatten.

Der Preis war nie bekannt geworden. Und das Geschäft war nie zum Abschluss gebracht worden. Es war zwar Geld geflossen, aber Backman hatte aus irgendeinem Grund nicht geliefert.

Wo war die Software jetzt? Hatte sie überhaupt jemals existiert?

Das wusste nur Backman.

Da die Jagd auf Joel Backman für sechs Jahre unterbrochen gewesen war, hatte Amos genügend Zeit gehabt, um einige Lücken zu füllen. Er und seine Vorgesetzten gingen inzwischen davon aus, dass das Satellitensystem mit dem Codenamen »Neptun« von den Chinesen ins All geschossen worden war; dass die Chinesen für den Bau einen dicken Batzen des Staatshaushaltes verwendet hatten; dass sie die dafür notwendige Technologie von den Amerikanern gestohlen hatten; dass es ihnen gelungen war, den Abschuss des Systems geheim zu halten und amerikanische, russische und israelische Satelliten zu täuschen; und dass sie es nicht geschafft hatten, das System neu zu programmieren, um die Software zu überschreiben, die »JAM« auf die Satelliten geladen hatte. Ohne »JAM« war »Neptun« nur ein Haufen Schrott, und die Chinesen würden die Große Mauer hergeben, wenn sie dafür die Software und Backman bekämen.

Amos und der Mossad glaubten ferner, dass Faruk Khan, das letzte überlebende Mitglied des Trios und Hauptentwickler der Software, vor acht Monaten von den Chinesen aufgespürt und liquidiert worden war. Der Mossad war ihm auf der Spur gewesen, als er plötzlich verschwand.

Außerdem vermuteten sie, dass die Amerikaner noch immer nicht genau wussten, wer »Neptun« gebaut hatte, was den amerikanischen Geheimdiensten ungeheuer peinlich war. Die Satelliten der Amerikaner hatten vierzig Jahre lang den Himmel beherrscht und waren so leistungsfähig, dass sie es fertig brachten, durch eine Wolkendecke hindurchzusehen, eine Maschinenpistole unter einem Zeltdach zu erkennen, die Banküberweisung eines Drogenhändlers abzufangen, ein Gespräch in einem Gebäude abzuhören und mit Infrarotbildtechnik Ölvorkommen in der Wüste zu finden. Sie waren um Längen besser als alles, was je von den Russen ins All geschossen worden war. Dass es jemandem gelingen würde, ohne Wissen der CIA und des Pentagons ein System mit ebenso guter oder besserer Technologie zu entwickeln, zu bauen, in eine Umlaufbahn zu bringen und dann auch noch in Betrieb zu nehmen, war für unmöglich gehalten worden.

Israelische Satelliten waren sehr gut, aber längst nicht so gut wie die der Amerikaner. Inzwischen war jedoch sämtlichen Geheimdiensten der Welt klar geworden, dass »Neptun« leistungsfähiger war als alles, was je die Startrampen der USA verlassen hatte.

Das waren jedoch alles nur Vermutungen; Beweise gab es kaum. Die einzige Kopie von »JAM« war verschwunden. Und die Entwickler der Software waren tot.

Amos beschäftigte sich seit fast sieben Jahren mit dem Fall und war froh, dass jetzt eine neue Kidon gebildet worden war und Operationspläne entwickelt wurden. Die Zeit drängte. Die Chinesen würden halb Italien in die Luft sprengen, wenn auch nur die geringste Chance bestand, dass die Trümmer Backman unter sich begruben. Die Amerikaner würden vielleicht ebenfalls versuchen, sich Backman zu schnappen. Auf amerikanischem Boden stand er unter dem Schutz der Verfassung und konnte sich auf seine Rechte als Bürger berufen. Das Gesetz schrieb vor, dass man ihn anständig behandelte und in ein Gefängnis verfrachtete, wo er rund um die Uhr bewacht wurde. Aber auf der anderen Seite des Atlantiks war er Freiwild.

Kidon waren auch schon zur Liquidierung einiger außer Kontrolle geratenen Israelis verwendet worden, aber diese Einsätze hatten nie auf heimischem Boden stattgefunden. Die Amerikaner hielten es genauso.

Neal Backman verwahrte seinen neuen, ultraflachen Laptop in dem alten, abgenutzten Aktenkoffer, den er jeden Abend mit nach Hause nahm. Lisa hatte den neuen Computer noch nicht bemerkt, weil er ihn nie herausnahm. Der Aktenkoffer blieb zu und war nie mehr als einen oder zwei Meter von ihm entfernt.

Außerdem hatte er sich eine Kundenkarte von Jerry's Java gekauft, einer neu eröffneten Cafékette, die ihren Kunden neben Donuts und ausgefallenen Kaffeesorten auch kostenlose Zeitungen und Zeitschriften sowie einen drahtlosen Internetzugang bot. Das Franchiseunternehmen hatte das leer stehende Gebäude einer Fastfoodkette am Stadtrand übernommen und mit einer unkonventionellen Einrichtung aufgepeppt. Seit der Eröffnung vor zwei Monaten boomte das Geschäft.

In der Fahrspur des Drive-in standen drei Autos vor ihm. Der Laptop lag auf seinen Knien, direkt unter dem Lenkrad. Am Fenster bestellte er einen doppelten Caffè Mocha ohne Schlagsahne, und während er darauf wartete, dass die Autos vor ihm anfuhren, tippte er mit beiden Händen auf der Tastatur. Als er online war, rief er die Website von KwyteMail auf. Er gab seinen Benutzernamen ein – »Grinch123« –, dann seinen Passsatz – »post hoc ergo propter hoc«. Sekunden später wurde die erste Nachricht seines Vaters auf dem Bildschirm angezeigt.

Neal stockte der Atem, während er las. Dann nahm er den Fuß von der Bremse und fuhr ein Stück vor. Es hatte funktioniert! Sein Vater hatte es tatsächlich geschafft.

Schnell gab er ein:

Marco: Unsere E-Mails können nur von uns gelesen werden. Du kannst alles schreiben, was du willst, aber es ist immer am besten, nur so wenig wie nötig zu sagen. Ich bin froh, dass du dort bist und nicht mehr in Rudley. Ich werde jeden Tag um diese Zeit online gehen – jetzt ist es genau 7.50 Uhr meiner Zeit. Ich muss los. Grinch

Er schob den Laptop auf den Beifahrersitz, ließ das Fenster herunter und zahlte fast vier Dollar für einen Becher Kaffee. Als er wegfuhr, warf er immer wieder einen Blick auf den Bildschirm des Computers, um herauszufinden, wie stark das Zugangssignal des Hotspots war. Er bog auf die Straße ab. Nach etwa siebzig Metern war das Signal weg.

Im November des letzten Jahres, kurz nach Arthur Morgans vernichtender Niederlage, hatte Teddy Maynard mit den Planungen für Backmans Straferlass begonnen. Mit der ihm eigenen Präzision bereitete er alles für den Tag vor, an dem diverse Maulwürfe Backmans Aufenthaltsort verraten sollten. Damit die Chinesen, denen er die Information ebenfalls zuspielen wollte, keinen Verdacht schöpften, suchte Maynard nach dem perfekten Verräter.

Sie hieß Helen Wang, war Amerikanerin chinesischer Abstammung in fünfter Generation und hatte acht Jahre lang als Analystin in der Asienabteilung der CIA gearbeitet. Sie war sehr klug, sehr hübsch und sprach leidlich Mandarin. Maynard sorgte dafür, dass sie vorübergehend ins Außenministerium versetzt wurde. Dort knüpfte sie Kontakte zu Diplomaten aus China, von denen einige selbst für Geheimdienste arbeiteten und häufig ihrerseits aktiv auf der Suche nach neuen Agenten waren.

Die Chinesen waren bekannt für ihre aggressive Vorgehensweise bei der Rekrutierung neuer Spione. Jedes Jahr schrieben sich fünfundzwanzigtausend junge Chinesen an amerikanischen Universitäten ein, und die Geheimpolizei spürte jeden Einzelnen von ihnen auf. Von chinesischen Geschäftsleuten wurde erwartet, dass sie bei der Rückkehr mit dem Geheimdienst zusammenarbeiteten. Tausende von amerikanischen Unternehmen, die in der Volksrepublik Geschäfte machten, waren unter ständiger Beobachtung. Die leitenden Angestellten dieser Firmen wurden vom Geheimdienst bespitzelt. Vielversprechende Kandidaten sprach man manchmal auch direkt an.

Als Helen Wang »zufällig« erwähnte, dass sie einige Jahre für die CIA gearbeitet habe und darauf hoffe, bald wieder eine Stelle dort zu bekommen, erregte das die Aufmerksamkeit von hochrangigen Mitarbeitern des Geheimdienstes in Peking. Sie nahm die Einladung eines neuen Bekannten zum Mittagessen in einem eleganten Washingtoner Restaurant an. Kurze Zeit später ließ sie sich von ihm zum Abendessen ausführen. Helen Wang spielte ihre Rolle glänzend und reagierte auf die Anwerbeversuche der Chinesen mit genau der richtigen Mischung aus zögerlicher Ablehnung und vager Zustimmung. Ihre detaillierten Berichte wurden Maynard nach jedem Treffen per Kurier gebracht.

Als Backman plötzlich freikam und klar wurde, dass man ihn irgendwo versteckte und er nicht so schnell wieder auftauchen würde, setzten die Chinesen Wang unter

Druck. Sie boten ihr einhunderttausend Dollar für die Information über seinen Aufenthaltsort. Die Agentin gab vor, eingeschüchtert zu sein, und brach für einige Tage den Kontakt zu den Chinesen ab. Maynard reagierte sofort. Er machte die Versetzung ins Außenministerium rückgängig und holte Helen wieder nach Langley. Zwei Wochen lang hatte sie keinen Kontakt zu ihren neuen Freunden, die als verdeckte Spione in der chinesischen Botschaft arbeiteten.

Dann rief sie die Chinesen an. Das Angebot erhöhte sich auf fünfhunderttausend Dollar. Helen Wang wurde habgierig und verlangte eine Million Dollar, mit der Begründung, dass sie ihre Karriere und ihre Freiheit riskiere und dies ganz sicher mehr Geld wert sei. Die Chinesen waren einverstanden.

Am Tag nach der Entlassung Maynards meldete sie sich bei ihrem Kontaktmann und bat ihn um ein geheimes Treffen. Sie gab ihm ein Blatt Papier mit Angaben zu einem Bankkonto in Panama, das der CIA gehörte. Wenn das Geld auf dem Konto eingegangen sei, sagte sie, werde sie sich wieder mit ihm treffen und ihm den Aufenthaltsort von Joel Backman mitteilen. Außerdem bekomme er ein aktuelles Foto von Backman.

Die Übergabe erfolgte als so genannter »indirekter Kontakt« bei einem Treffen zwischen Maulwurf und Kontaktperson und lief so ab, dass keinem Unbeteiligten etwas auffallen würde. Nach der Arbeit trat Helen Wang in einen großen Supermarkt in Bethesda. Sie ging bis zum Ende von Gang zwölf, wo ein Regal mit Zeitschriften und Zeitungen stand. Ihr Kontaktmann wartete bereits mit dem *Lacrosse Magazine* in der Hand auf sie. Helen nahm ein Exemplar der gleichen Zeitschrift aus dem

Regal und steckte einen Umschlag hinein. Dann blätterte sie eine Weile überzeugend gelangweilt darin herum und legte die Zeitschrift ins Regal zurück. Ihr Kontaktmann sah sich eine Sportzeitschrift nach der anderen an. Nachdem sich Helen vergewisserte hatte, dass er das *Lacrosse Magazine* an sich genommen hatte, in das sie den Umschlag gesteckt hatte, verließ sie den Supermarkt.

Die üblichen Vorkehrungen waren dieses Mal gar nicht notwendig. Helens Freunde von der CIA sahen nicht zu, weil sie die Übergabe arrangiert hatten. Und ihren Kontaktmann kannten sie schon seit Jahren.

Der Umschlag enthielt nur ein Blatt Papier – die Farbkopie eines Fotos von Joel Backman, der offenbar eine Straße hinunterging. Er war viel dünner als früher und ließ sich gerade einen grauen Kinnbart wachsen. Mit einer modischen Brille und europäisch aussehender Kleidung wirkte er wie ein Einheimischer. Unten auf dem Blatt war mit der Hand hingeschrieben worden: Joel Backman, Via Fondazza, Bologna, Italien. Der Kontaktmann starrte das Foto an, während er sich in sein Auto setzte. Dann gab er Gas und fuhr zur Botschaft der Volksrepublik China in Washingtons Wisconsin Avenue.

Die Russen schienen zuerst kein Interesse am Aufenthaltsort von Joel Backman zu haben. Ihre Reaktion wurde in Langley sehr unterschiedlich bewertet. Allerdings wurden keine vorzeitigen Schlussfolgerungen gezogen, ganz einfach deshalb, weil keine möglich waren. Jahrelang hatten die Russen unter der Hand angedeutet, das so genannte »Neptun«-System gehöre ihnen, was bei der CIA für erhebliche Verwirrung gesorgt hatte.

Zur Überraschung sämtlicher Geheimdienste hatten es die Russen tatsächlich fertig gebracht, um die hundertsechzig Aufklärungssatelliten in einer Umlaufbahn zu halten, was in etwa der Anzahl der Satelliten in der ehemaligen Sowjetunion entsprach. Damit gehörte Russland im Weltraum nach wie vor zu den führenden Nationen, ganz im Gegensatz zu dem, was Pentagon und CIA vorausgesagt hatten.

1999 informierte ein Überläufer vom GRU – dem militärischen Geheimdienst Russlands, Nachfolger des KGB – die CIA, dass »Neptun« *nicht* den Russen gehöre. Sie seien genauso überrumpelt worden wie die Amerikaner. Jetzt richtete sich der Verdacht auf die Chinesen, die in der Satellitentechnologie weit hinten lagen.

Aber vielleicht lagen sie ja gar nicht *so* weit zurück.

Die Russen hatten Interesse an »Neptun«, aber sie waren nicht bereit, für Informationen über Backman zu bezahlen. Nachdem man die Angebote aus Langley zum größten Teil ignoriert hatte, wurde das Farbfoto, das man den Chinesen verkauft hatte, als Anhang einer anonymen E Mail an vier russische Geheimdienstchefs geschickt, die, als Diplomaten getarnt, in Europa tätig waren.

Um die Saudis kümmerte sich Taggett, ein leitender Angestellter einer amerikanischen Ölfirma in Riad, der schon seit mehr als zwanzig Jahren dort lebte. Er sprach fließend Arabisch und verfügte wie alle Ausländer über beste Kontakte in den gesellschaftlichen Kreisen Riads. Eine besonders enge Freundschaft pflegte er mit einem hoch gestellten Beamten des saudischen Außenministeriums, und bei einem späten Nachmittagstee erwähnte er, dass sein Unternehmen früher einmal von Joel Backman vertreten worden sei. Außerdem behauptete er zu wissen, wo Backman sich versteckt halte.

Fünf Stunden später wurde Taggett von der Türglocke aus dem Schlaf gerissen. Drei junge Herren in dunklen Anzügen stürmten in die Wohnung und forderten einige Minuten seiner Zeit. Sie entschuldigten sich für die späte Störung und erklärten, dass sie für einen speziellen Zweig der saudischen Polizei arbeiteten und sich dringend mit ihm unterhalten müssten. Nachdem man ihn ein wenig unter Druck gesetzt hatte, gab Taggett mit gebührendem Zögern die Informationen weiter, die er ihnen zuspielen sollte.

Joel Backman verstecke sich in Italien, in Bologna, unter einem anderen Namen. Das sei alles, was er wisse.

Wäre es eventuell möglich, mehr herauszufinden?, fragten sie.

Vielleicht.

Dann fragten sie, ob er am nächsten Morgen abreisen könne, um am Firmensitz in New York mehr über Backman in Erfahrung zu bringen. Es sei sehr wichtig für die saudische Regierung und die Königsfamilie.

Taggett willigte ein. Alles für den König.

22

Jedes Jahr im Mai kurz vor Christi Himmelfahrt ziehen die Einwohner Bolognas in einer großen Prozession vom Stadttor Porta Saragozza den Colle della Guardia hinauf, durch alle sechshundertsechsundsechzig Bögen und an allen fünfzehn Kapellen vorbei bis zur Spitze des Hügels, auf dem sich das Santuario della Madonna di San Luca erhebt. In der Wallfahrtskirche wird die Madonnenstatue von ihrem Platz genommen und in die Stadt hinuntergebracht, wo sie durch die von Gläubigen gesäumten Straßen getragen und schließlich für acht Tage in der Cattedrale di San Pietro aufgestellt wird, bis man sie in einer zweiten Prozession wieder nach Hause bringt. Die Feierlichkeiten zu Ehren der Madonna gehören zu den kulturellen Höhepunkten Bolognas und finden seit 1476 jedes Jahr statt.

Während Francesca und Marco im Santuario della Madonna di San Luca saßen, schilderte sie die Prozession und sprach darüber, wie viel sie den Einwohnern Bolognas bedeutete. Die Wallfahrtskirche war hübsch, aber für Marco lediglich eine weitere Kirche, die er abhaken konnte.

Dieses Mal hatten sie den Bus genommen und so die sechshundertsechsundsechzig Bögen und die anstrengenden 3,6 Kilometer den Hügel hinauf vermieden. Seine Waden schmerzten noch von seinem letzten Besuch in San Luca vor drei Tagen.

Francesca war derart mit anderen, ernsteren Dingen beschäftigt, dass sie ins Englische fiel und es nicht einmal bemerkte. Er beschwerte sich nicht darüber. Als sie mit der Beschreibung der Prozession fertig war, fing sie an, auf interessante Details der Kirche zu zeigen – die Architektur und die Konstruktion der großen Kuppel, die Fresken an den Wänden und an der Decke. Marco bemühte sich verzweifelt, ihren Ausführungen zu folgen. Die vielen Kuppeln, verblassten Fresken, Marmorgräber und toten Heiligen Bolognas purzelten munter durcheinander, und er ertappte sich dabei, dass er wärmeres Wetter herbeisehnte. Dann hätten sie draußen spazieren gehen und reden können. Sie hätten sich die schönen Parkanlagen der Stadt ansehen können, und er hätte rebelliert, wenn sie das Wort Kirche auch nur erwähnt hätte.

Francesca dachte nicht an wärmeres Wetter. Ihre Gedanken waren ganz woanders.

»Das haben Sie mir schon erklärt«, unterbrach er sie, als sie auf ein Fresko in der Taufkapelle zeigte.

»Tut mir Leid. Langweile ich Sie?«

Er wollte schon die Wahrhaft sagen, hielt sich aber gerade noch zurück. »Nein, aber trotzdem reicht es jetzt.«

Sie verließen die Kirche und gingen um das Gebäude herum zu dem versteckten Weg, der zu jener Stelle führte, von der aus man den besten Blick auf Bologna hatte. Der Schnee auf den roten Ziegeldächern schmolz dahin. Es war der achtzehnte März.

Francesca zündete sich eine Zigarette an und schien es

zu genießen, eine Weile schweigend dazustehen und Bologna zu bewundern. »Gefällt Ihnen meine Stadt?«, fragte sie schließlich.

»Ja, sehr sogar.«

»Was gefällt Ihnen daran besonders?«

Nach sechs Jahren im Gefängnis hätte Marco jede Stadt begeistert. Er dachte kurz nach und sagte dann: »Bologna ist eine richtige Stadt, mit Leuten, die auch dort wohnen, wo sie arbeiten. Sie ist sicher und sauber und irgendwie zeitlos. Im Lauf der Jahrhunderte hat sie sich nicht sehr verändert. Die Menschen hier sind stolz auf ihre Geschichte und auf das, was sie geschaffen haben.«

Sie nickte leicht, als würde sie seine Analyse gutheißen. »Ich bin immer ganz verwirrt, wenn ich mit Amerikanern zu tun habe. Wenn ich sie durch die Stadt führe, haben sie es immer eilig. Sie drängen darauf, zu einer Sehenswürdigkeit zu kommen, damit sie sie auf ihrer Liste abhaken und zur nächsten hetzen können. Und sie erkundigen sich immer nach morgen und übermorgen. Warum eigentlich?«

»Da fragen Sie den Falschen.«

»Warum?«

»Ich bin aus Kanada. Schon vergessen?«

»Sie sind nicht aus Kanada.«

»Stimmt. Ich komme aus Washington.«

»Da bin ich schon einmal gewesen. Ich habe noch nie so viele Menschen gesehen, die hektisch in der Gegend herumrennen und nirgendwo hingehen. Ich verstehe einfach nicht, warum jemand ein derart hektisches Leben führt. Alles muss schnell gehen – Arbeit, Essen, Sex.«

»Ich hatte seit sechs Jahren keinen Sex mehr.«

Sie warf ihm einen Blick zu, der viele Fragen enthielt. »Darüber möchte ich nicht sprechen.«

»Sie haben aber damit angefangen.«

Sie zog an ihrer Zigarette. »Also gut. Warum hatten Sie seit sechs Jahren keinen Sex mehr?«

»Weil ich im Gefängnis war, in Einzelhaft.«

Sie zuckte leicht zusammen und schien noch etwas aufrechter zu stehen als sonst. »Haben Sie jemanden getötet?«

»Nein, nein, nichts dergleichen. Ich bin ziemlich harmlos.«

Wieder eine Pause, wieder ein Zug an der Zigarette. »Warum sind Sie hier?«

»Ich habe keine Ahnung.«

»Wie lange werden Sie bleiben?«

»Das kann vielleicht Luigi beantworten.«

»Luigi.« In ihrer Stimme schwang Verachtung. Sie drehte sich um und ging weiter. Er folgte ihr. »Wovor verstecken Sie sich?«, wollte sie wissen.

»Das ist eine sehr, sehr lange Geschichte, die ich Ihnen besser nicht erzähle.«

»Sind Sie in Gefahr?«

»Ich glaube schon. Ich weiß nicht, wie ernst die Lage ist. Vielleicht sollte man es so sagen: Ich habe Angst, meinen richtigen Namen zu benutzen und nach Hause zu gehen.«

»Das hört sich für mich aber schon so an, als wären Sie in Gefahr. Und was hat Luigi mit Ihnen zu tun?«

»Ich glaube, er beschützt mich.«

»Wie lange noch?«

»Keine Ahnung.«

»Warum verschwinden Sie nicht einfach?«

»Das tue ich doch gerade. Ich bin dabei zu verschwinden. Aber wohin sollte ich von hier aus gehen? Ich habe kein Geld, keinen Pass, keinen Ausweis. Offiziell gibt es mich gar nicht.«

»Das ist alles sehr verwirrend.«

»Ja. Wir sollten von etwas anderem sprechen.«

Er sah kurz in die andere Richtung und bekam deshalb nicht mit, wie sie stürzte. Francesca trug schwarze Lederstiefel mit niedrigen Absätzen und knickte wegen eines Steins auf dem schmalen Weg mit dem linken Fuß um. Sie verlor das Gleichgewicht, fing den Sturz aber in letzter Sekunde mit den Händen ab. Ihre Handtasche fiel zu Boden. Francesca schrie etwas auf Italienisch. Marco ging rasch in die Knie und griff nach ihr.

»Mein Knöchel«, stöhnte sie. Tränen standen in ihren Augen, und ihr schönes Gesicht war schmerzverzerrt.

Behutsam hob er sie von dem nassen Weg auf und trug sie zu der Bank in der Nähe. Dann holte er ihre Handtasche. »Ich bin gestolpert«, sagte sie immer wieder. »Es tut mir Leid.« Sie kämpfte gegen die Tränen an, konnte sie dann aber nicht mehr zurückhalten.

»Ist ja gut, ist ja gut«, murmelte Marco beruhigend. Er kniete sich vor sie. »Kann ich den Fuß anfassen?«

Sie hob langsam das linke Bein, aber die Schmerzen waren zu stark.

»Den Stiefel lassen wir besser an«, sagte Marco, wäh rend er vorsichtig ihren Knöchel betastete.

»Ich glaube, er ist gebrochen«, murmelte Francesca. Sie zog ein Taschentuch aus der Handtasche und trocknete ihre Tränen. Schwer atmend, biss sie die Zähne zusammen. »Es tut mir Leid.«

»Das braucht Ihnen doch nicht Leid zu tun.« Marco

sah sich um. Sie waren die Einzigen hier oben. Der Bus nach San Luca war so gut wie leer gewesen, und seit zehn Minuten hatten sie niemanden mehr gesehen. »Ich gehe in die Kirche und hole Hilfe.«

»Ja, bitte.«

»Nicht bewegen. Ich bin gleich wieder da.« Er tätschelte ihr das Knie, und sie zwang sich zu einem Lächeln. Dann lief er davon und wäre dabei fast selbst gestürzt. Er rannte zum hinteren Teil der Kirche, sah aber niemanden. Wo, bitte schön, ist in einer Wallfahrtskirche das Büro? Wo finde ich den Küster, den Verwalter, den Priester? Wer ist hier der Chef? Er rannte zweimal um San Luca herum, bis er einen Mesner sah, der aus einer halb verborgenen Tür am Park herauskam.

»*Mi può aiutare?*«, rief er.

Der Mesner starrte ihn an, antwortete aber nicht. Marco war sicher, dass er laut und deutlich gesprochen hatte. Er ging noch ein Stück auf ihn zu und sagte: »*La mia amica si è fatta male.*« Meine Freundin hat sich verletzt.

»*Dov'è?*«, grunzte der Mann. Wo ist sie?

Marco wies hinter sich. »*Lì, dietro la chiesa.*« Da drüben, hinter der Kirche.

»*Aspetti.*« Warten Sie. Der Mann drehte sich um, ging zurück zur Tür und öffnete sie.

»*Si sbrighi, per favore.*« Bitte beeilen Sie sich.

Eine oder zwei unerträglich lange Minuten vergingen, und Marco wartete nervös, obwohl er am liebsten zurückgelaufen wäre, um nach Francesca zu sehen. Wenn sie sich etwas gebrochen hatte, konnte der Schock ganz plötzlich einsetzen. Schließlich öffnete sich eine größere Tür unterhalb der Taufkapelle, und ein Mann in einem Anzug eilte heraus, gefolgt vom Mesner.

»*La mia amica è caduta*«, sagte Marco. Meine Freundin ist gestürzt.

»Wo ist sie?«, fragte der Mann in hervorragendem Englisch. Sie liefen durch einen kleinen, gepflasterten Innenhof und wichen kleinen Schneehäufchen aus, die noch nicht geschmolzen waren.

»Hinter der Kirche, am Aussichtspunkt. Sie hat sich am Knöchel verletzt und glaubt, er ist gebrochen. Wir brauchen vielleicht einen Krankenwagen.«

Der Mann rief dem Mesner etwas zu, der sich daraufhin umdrehte und davoneilte.

Francesca saß auf der Kante der Bank und versuchte, Haltung zu bewahren. Das Taschentuch hielt sie an den Mund gepresst, die Tränen hatten aufgehört zu fließen. Der Mann sprach sie nicht mit ihrem Namen an, aber er hatte sie offenbar schon in San Luca gesehen. Sie unterhielten sich auf Italienisch, und Marco verstand so gut wie nichts.

Sie hatte den linken Stiefel immer noch an, und alle waren der Meinung, es sei besser, ihn nicht auszuziehen, um ein Anschwellen des Knöchels zu verhindern. Der Mann, Signor Coletta, schien etwas von Erster Hilfe zu verstehen. Er untersuchte Francescas Knie und Hände. Sie waren aufgeschürft und wund, bluteten aber nicht. »Der Knöchel ist nur verstaucht«, sagte sie. »Ich glaube nicht, dass etwas gebrochen ist.«

»Es würde ewig dauern, bis ein Krankenwagen kommt«, meinte Signor Coletta. »Ich fahre Sie ins Krankenhaus.«

Ganz in der Nähe hupte ein Auto. Der Mesner hatte einen Wagen geholt und ihn so nah wie möglich herangefahren.

»Ich glaube, ich kann allein gehen«, sagte Francesca tapfer, während sie versuchte aufzustehen.

»Nein, nein, wir werden Ihnen helfen«, widersprach Marco. Er und Signor Coletta fassten sie am Ellbogen und zogen sie langsam hoch. Als sie ihren Fuß belastete, verzog sie das Gesicht, versicherte aber: »Er ist nicht gebrochen. Nur verstaucht.« Sie bestand darauf, zum Wagen zu gehen. Trotzdem trugen sie die beiden halb.

Signor Coletta übernahm das Kommando und verfrachtete Marco und Francesca nach hinten ins Auto, wo Francesca ihre Beine auf Marcos Schoß legte und sich mit dem Rücken an die linke Tür lehnte. Dann setzte sich Signor Coletta ans Steuer und legte den Gang ein. Sie rollten rückwärts über einen von Büschen gesäumten Kiesweg, bis sie eine enge, geteerte Straße erreicht hatten. Kurz darauf fuhren sie den Hügel hinunter nach Bologna.

Francesca setzte ihre Sonnenbrille auf, um ihre Augen zu verdecken. Marco bemerkte, dass ihr linkes Knie blutete. Er nahm ihr das Taschentuch aus der Hand und betupfte damit die Wunde. »Danke«, flüsterte sie. »Es tut mir Leid, dass ich Ihnen den Tag verdorben habe.«

»Jetzt hören Sie schon auf damit«, sagte er mit einem Lächeln.

Genau genommen war es der schönste Tag gewesen, den er bis jetzt mit Francesca verbracht hatte. Der Sturz hatte sie gedemütigt und ließ sie menschlich wirken. Er brachte Gefühle zum Vorschein, obwohl sie das gar nicht wollte. Und er machte es möglich, dass Marco sie berührte, dass er ihr zu helfen versuchte. Der Sturz hatte ihn in ihr Leben gedrängt. Was auch immer als Nächstes geschah, ob im Krankenhaus oder bei ihr zu Hause, er würde zumindest für einen Moment in ihrem Leben sein. Sie war in einer Notlage und brauchte ihn, obwohl sie es ganz gewiss nicht wollte.

Während er ihre Beine hielt und aus dem Fenster starrte, wurde ihm klar, wie sehr er sich nach einer Beziehung sehnte. Irgendeiner, mit irgendjemandem.

Er brauchte einen Freund. Oder eine Freundin.

»Ich möchte in meine Wohnung«, sagte Francesca zu Signor Coletta, als sie am Fuß des Hügels waren.

Er sah in den Rückspiegel. »Ich glaube, Sie sollten zum Arzt.«

»Vielleicht später. Ich werde mich eine Weile ausruhen und sehen, wie es mir dann geht.« Die Entscheidung war getroffen; es war sinnlos, darüber zu streiten.

Marco hätte ebenfalls etwas dazu zu sagen gehabt, aber er schwieg. Er wollte wissen, wo sie wohnte.

»Wenn Sie darauf bestehen«, sagte Signor Coletta.

»Ich wohne in der Via Don Giovanni Minzoni, in der Nähe vom Bahnhof.«

Marco musste insgeheim lächeln, weil er stolz darauf war, dass er die Straße kannte. Er sah sie auf dem Stadtplan vor sich, am nördlichen Rand der Altstadt, eine gute Gegend, aber nicht das Nobelviertel. Er war mindestens einmal durch diese Straße gegangen. Dort, wo sie an der Piazza dei Martiri endete, hatte er ein Café entdeckt, das schon sehr früh am Morgen öffnete. Während sie im Nachmittagsverkehr durch die Randbezirke fuhren, sah er sich jedes Straßenschild an, merkte sich jede Kreuzung und wusste immer ganz genau, wo sie gerade waren.

Es war still im Auto. Marco hielt Francescas Beine, während ihre modischen, aber schon etwas abgenutzten schwarzen Stiefel seine Wollhose schmutzig machten, was ihm in diesem Moment völlig egal war. Als sie in die Via Don Giovanni Minzoni einbogen, sagte sie: »Zwei Querstraßen weiter, auf der rechten Seite.« Und kurz darauf: »Da vorn. Hinter dem grünen BMW ist ein Parkplatz frei.«

Sie halfen ihr vorsichtig aus dem Auto und stützten sie bis zum Gehsteig, wo sie sich losmachte und allein zu gehen versuchte. Doch kaum hatte sie einen Schritt gemacht, gab ihr Knöchel nach, und sie fingen sie auf. »Ich wohne im ersten Stock«, stieß sie zwischen zusammengebissenen Zähnen hervor. In dem Haus gab es acht Wohnungen. Marco sah genau hin, als sie auf den Knopf neben dem Namen »Giovanni Ferro« drückte. Eine weibliche Stimme antwortete.

»Francesca«, sagte sie. Die Tür schnarrte. Sie betraten ein dunkles, schäbig wirkendes Foyer. Rechts von ihnen wartete ein Fahrstuhl mit geöffneter Tür. Die drei passten gerade hinein. »Mir geht es gut. Wirklich«, sagte sie in dem vergeblichen Versuch, Marco und Signor Coletta loszuwerden.

»Sie müssen Eis auf den Knöchel legen«, riet Marco, während sie langsam nach oben fuhren.

Nachdem der Fahrstuhl geräuschvoll angehalten hatte und die Tür aufgegangen war, schoben sie sich in kleinen Schritten hinaus, während die beiden Männer Francesca unter den Ellbogen stützten. Bis zu ihrer Wohnung waren es nur ein paar Meter. Als sie vor der Tür standen, war das Signor Coletta offenbar weit genug.

»Es tut mir sehr Leid wegen Ihres Unfalls«, sagte er. »Rufen Sie mich bitte an, wenn Ihnen Kosten für einen Arzt entstehen.«

»Nein, auf keinen Fall. Sie sind wirklich sehr nett gewesen. Ich danke Ihnen vielmals.«

»Vielen Dank«, sagte auch Marco, der Francesca immer noch hielt. Er läutete an der Tür und wartete, während Signor Coletta zum Fahrstuhl zurückging.

Francesca löste sich von ihm und sagte: »Schon gut, Marco. Den Rest schaffe ich allein. Meine Mutter ist heute da.«

Er hoffte darauf, dass sie ihn in die Wohnung bat, konnte sie aber nicht drängen. Sein Part war zu Ende, er hatte getan, was er konnte, und dabei sehr viel mehr erfahren als erwartet. Er lächelte, ließ ihren Arm los und wollte sich gerade verabschieden, als auf der Innenseite ein Schloss klickte. Francesca drehte sich zur Tür und belastete dabei ihren verletzten Knöchel. Er gab wieder nach, und sie schrie auf und suchte bei Marco nach Halt.

Die Tür öffnete sich in dem Moment, als Francesca ohnmächtig wurde.

Ihre Mutter, Signora Altonelli, war eine alte Dame in den Siebzigern, sprach kein Wort Englisch und glaubte in den ersten hektischen Minuten, Marco hätte ihrer Tochter etwas angetan. Sein stümperhaftes Italienisch erwies sich als völlig unzureichend, ihr das Gegenteil zu beweisen, insbesondere in einer solchen Situation. Er trug Francesca zum Sofa, legte ihre Beine hoch und schaffte es, ihrer Mutter zu verdeutlichen, dass sie »*Ghiaccio, ghiaccio*« brauchten, Eis. Signora Altonelli wich zögernd zurück und verschwand schließlich in der Küche.

Francesca schlug gerade die Augen auf, als ihre Mutter mit einem nassen Waschlappen und einer kleinen Plastiktüte mit Eiswürfeln zurückkam.

»Sie sind ohnmächtig geworden«, sagte Marco, der sich über sie beugte. Sie griff nach seiner Hand und sah sich verwirrt um.

»*Chi è?*«, fragte ihre Mutter misstrauisch. Wer ist das?

»*Un amico.*« Marco strich mit dem Waschlappen über ihr Gesicht, und sie erholte sich rasch. Im schnellsten Italienisch, das er je gehört hatte, erklärte sie ihrer Mutter, was passiert war. Ihm wurde ganz schwindlig, als er versuchte, im Stakkato der hin- und herfliegenden Sätze wenigstens ein Wort zu verstehen. Schließlich gab er auf. Plötzlich fing Signora Altonelli zu lächeln an und klopfte ihm anerkennend auf die Schulter. Guter Junge.

Als sie erneut in der Küche verschwand, sagte Francesca: »Sie macht uns Kaffee.«

»Großartig.« Er hatte einen kleinen Hocker neben das Sofa gezogen und saß abwartend da. »Wir sollten Eis auf den Knöchel legen«, sagte er schließlich.

»Ja, das wäre sicher besser.«

Sie musterten beide ihre Stiefel. »Würden Sie mir die Schuhe ausziehen?«, fragte sie.

»Aber natürlich.« Er öffnete den Reißverschluss des rechten Stiefels und zog ihn ihr so behutsam aus, als wäre dieser Fuß ebenfalls verletzt. Beim linken Fuß ging er noch langsamer vor. Selbst die kleinste Bewegung verursachte ihr starke Schmerzen, sodass er schließlich fragte: »Möchten Sie es nicht lieber selbst machen?«

»Nein, nein, bitte machen Sie weiter.« Der Reißverschluss ließ sich nur bis zum Knöchel öffnen. Die Schwellung machte es schwierig, sie von dem Stiefel zu befreien. Nach einigen langen Minuten, in denen er vorsichtig zog und schob, was sie mit zusammengebissenen Zähnen ertrug, war der Stiefel endlich herunter.

Francesca trug schwarze Strümpfe. Marco musterte sie, dann verkündete er entschlossen: »Die Strümpfe müssen runter.«

»Ja, Sie haben Recht.« Ihre Mutter kam wieder und feuerte etwas auf Italienisch ab. »Würden Sie bitte einen Moment in die Küche gehen?«, fragte Francesca Marco.

Die Küche war klein, aber hervorragend ausgestattet, mit viel Chrom und Glas. Nicht ein Zentimeter war ungenutzt geblieben. Auf der Arbeitsplatte stand eine blitzende Espressomaschine. An den Wänden der kleinen Frühstücksecke hingen abstrakte Bilder in kräftigen Farben. Während Marco wartete, lauschte er den Stimmen der beiden Frauen, die gleichzeitig aufeinander einredeten.

Die Strümpfe ließen sich ohne größeren Zwischenfall ausziehen. Als Marco ins Wohnzimmer zurückging, packte Signora Altonelli gerade die Eiswürfel um Francescas linken Knöchel.

»Meine Mutter hat gesagt, es ist nichts gebrochen«, sagte Francesca. »Sie hat jahrelang in einem Krankenhaus gearbeitet.«

»Wohnt sie auch in Bologna?«

»In Imola, das ist ein paar Kilometer von hier.«

Marco wusste, wo Imola war, auf der Landkarte jedenfalls. »Ich glaube, ich sollte jetzt gehen«, sagte er. Eigentlich wollte er noch nicht aufbrechen, aber er kam sich mit einem Mal wie ein Eindringling vor.

»Ich glaube, Sie brauchen jetzt einen Kaffee«, sagte Francesca. Ihre Mutter sprang auf und schoss in die Küche.

»Ich will nicht stören.«

»Nein, bitte bleiben Sie. Nach allem, was Sie heute für

mich getan haben, ist das doch das Mindeste, was ich tun kann.«

Signora Altonelli kam zurück, ein Glas Wasser und zwei Tabletten in der Hand. Francesca schluckte alles hinunter und ließ den Kopf in die Kissen sinken. Nachdem sie ein paar kurze Sätze mit ihrer Mutter gewechselt hatte, sagte sie: »Im Kühlschrank steht ein Schokoladenkuchen. Möchten Sie ein Stück?«

»Ja, gern.«

Signora Altonelli ging wieder in die Küche. Sie summte vor sich hin und schien sich darüber zu freuen, dass sie jemanden hatte, den sie bemuttern und füttern konnte. Marco nahm wieder seinen Platz auf dem Hocker ein. »Tut es weh?«

»Ja«, erwiderte Francesca lächelnd. »Ich würde lügen, wenn ich das Gegenteil behaupten würde. Es tut weh.«

Da er nicht wusste, was er darauf antworten sollte, bewegte er sich auf vertrautes Terrain zurück. »Es ist alles so schnell gegangen«, sagte er. Sie unterhielten sich eine Weile über den Sturz. Dann schwiegen sie. Francesca machte die Augen zu und schien einzunicken. Marco verschränkte die Arme vor der Brust und starrte auf ein riesiges, sonderbares Gemälde, das fast eine ganze Wand bedeckte.

Das Gebäude war sehr alt, aber die Einrichtung der Wohnung wies Francesca und ihren Mann eindeutig als Modernisten aus. Die Möblierung bestand aus niedrigen schwarzen Ledersesseln mit glänzenden Stahlrahmen, sehr minimalistisch. An den Wänden hing ausgefallene zeitgenössische Kunst.

»Wir dürfen Luigi nichts davon erzählen«, flüsterte sie.

»Warum nicht?«

Sie zögerte, sprach dann aber weiter. »Er zahlt mir zweihundert Euro die Woche dafür, dass ich Ihnen Unterricht gebe, meint aber, das wäre zu viel. Wir haben uns gestritten. Er hat gedroht, sich jemand anders zu suchen. Aber ich brauche das Geld. In dieser Jahreszeit bekomme ich nur ein oder zwei Aufträge in der Woche; wir haben immer noch Nebensaison. In einem Monat, wenn die Touristen kommen, wird es besser, aber zurzeit verdiene ich nicht genug.«

Die stoische Fassade war verschwunden. Marco konnte nicht glauben, dass sie ihre Verwundbarkeit so offen zugab. Sie hatte Angst, aber er würde Kopf und Kragen riskieren, um ihr zu helfen.

»Ich bin sicher, dass er mir kündigt, wenn ich ein paar Tage nicht unterrichten kann.«

»Ein paar Tage werden es sicher werden«, erwiderte er mit einem vielsagenden Blick auf ihren in Eis gepackten Knöchel.

»Kann es denn nicht unter uns bleiben?«

»Wir können es versuchen, aber Luigi ist für gewöhnlich sehr gut informiert. Er beobachtet mich. Ich werde ihn morgen anrufen und so tun, als wäre ich krank. Dann überlegen wir uns etwas für übermorgen. Vielleicht könnten wir den Unterricht hier machen.«

»Das geht nicht. Mein Mann ist hier.«

Marco warf unwillkürlich einen Blick über die Schulter. »Hier?«

»Im Schlafzimmer. Er ist sehr krank.«

»Was ...«

»Krebs. Im Endstadium. Meine Mutter bleibt bei ihm, wenn ich arbeite. Jeden Nachmittag kommt eine

Krankenschwester, um ihm seine Medikamente zu geben.«

»Das tut mir Leid.«

»Mir auch.«

»Machen Sie sich keine Sorgen wegen Luigi. Ich werde ihm sagen, dass ich von Ihrer Unterrichtsmethode begeistert bin und mich weigere, bei jemand anders Italienisch zu lernen.«

»Das wäre aber eine Lüge, nicht wahr?«

»Irgendwie schon.«

Signora Altonelli kam mit einem Tablett aus der Küche, auf dem Espressotassen und ein Schokoladenkuchen standen. Sie stellte es auf einen leuchtend roten Beistelltisch mitten im Wohnzimmer und schnitt den Kuchen an. Francesca nahm sich Kaffee, wollte aber nichts essen. Marco aß so langsam wie möglich und nippte an seiner kleinen Tasse, als wäre es der letzte Espresso seines Lebens. Als Signora Altonelli auf einem zweiten Stück Kuchen bestand, ließ er sich nur zu gern überreden.

Er blieb etwa eine Stunde. Als er im Fahrstuhl nach unten fuhr, wurde ihm klar, dass er die ganze Zeit über keinen Ton von Giovanni Ferro gehört hatte.

23

Der zivile Nachrichtendienst Chinas, das Ministerium für Staatssicherheit oder kurz MSS, setzte kleine, speziell ausgebildete Einheiten ein, um weltweit Liquidierungen durchzuführen, und ging insofern ähnlich wie die Russen, Israelis, Briten und Amerikaner vor.

Ein wesentlicher Unterschied zur Vorgehensweise dieser Geheimdienste war jedoch die Tatsache, dass die Chinesen inzwischen fast ausschließlich mit einer einzigen Einheit arbeiteten. Anstatt die schmutzige Arbeit wie die anderen Länder auf verschiedene Teams zu verteilen, wandte sich das MSS zuerst an einen jungen Mann, den CIA und Mossad schon seit mehreren Jahren mit wachsender Bewunderung beobachteten. Er hieß Sammy Tin und war der Sohn zweier chinesischer Diplomaten, die angeblich vom MSS ausgewählt worden waren, um zu heiraten und Nachwuchs zu produzieren. Wenn es je einen perfekt geklonten Agenten gegeben hatte, war das Sammy Tin. Er war in New York geboren worden und in einem Vorort von Washington aufgewachsen. Sobald er laufen konnte, unterrichteten Privatlehrer ihn in Fremdsprachen. Mit sechzehn begann er ein Studium an der Universität von Maryland, das er mit einundzwanzig und zwei akademischen Graden abschloss. Dann studierte er Maschinenbau in Hamburg. Irgendwann suchte er sich Bombenbauen als Hobby aus. Sprengstoffe wurden für ihn zur Leidenschaft, und er spezialisierte sich auf kontrollierte Explosionen aus allen möglichen Behältern – Umschläge, Papierbecher, Kugelschreiber, Zigarettenpackungen. Er war ein ausgezeichneter Schütze, aber Schusswaffen waren ihm zu einfach. Sie langweilten ihn. Sammy Tin liebte seine Bomben.

Später studierte er unter falschem Namen Chemie in Tokio und erlernte die Kunst und Wissenschaft der Giftmischerei. Als er vierundzwanzig war, hatte er ein Dutzend verschiedene Namen, beherrschte in etwa so viele Fremdsprachen und überquerte mit einem gewaltigen Repertoire an Pässen und Identitäten mühelos sämtliche Grenzen der Welt. Er konnte jeden beliebigen Zollbeamten davon überzeugen, dass er Japaner, Koreaner oder Taiwanese war.

Um seine Ausbildung abzurunden, absolvierte er bei einer Eliteeinheit der chinesischen Armee ein äußerst strapaziöses Training, das ein volles Jahr dauerte. Er lernte, wie man in der Einöde ein Lager baute, über offenem Feuer kochte, reißende Flüsse überquerte, auf dem Meer überlebte und sich tagelang im Dschungel verbarg. Als er sechsundzwanzig wurde, war das MSS der Meinung, dass der Junge genug gelernt hatte. Es war Zeit, mit dem Töten zu beginnen.

Soweit Langley das beurteilen konnte, begann die erstaunliche Karriere Sammy Tins mit der Liquidierung von drei chinesischen Wissenschaftlern, die auf allzu vertrautem Fuß mit den Russen standen. Er eliminierte sie beim Abendessen in einem Moskauer Restaurant. Während die Leibwächter draußen vor der Tür warteten, wurde dem Ersten die Kehle durchgeschnitten, als er am Urinal stand. Seine Leiche, die in eine ziemlich kleine

Mülltonne gestopft worden war, fand man erst nach einer Stunde. Der Zweite beging den Fehler, sich Sorgen um den Ersten zu machen. Er betrat die Toilette, in der der als Hausmeister verkleidete Sammy Tin schon auf ihn wartete. Als man den Toten entdeckte, hing er mit dem Kopf in einer verstopften Toilettenschüssel, in der Fäkalien schwammen. Der Dritte, der inzwischen allein am Tisch saß und sich fragte, wo seine Kollegen blieben, starb wenige Sekunden später. Ein Mann in einer Kellnerjacke stieß ihm im Vorbeigehen einen Giftpfeil in den Nacken.

Die Morde waren allesamt recht schlampig durchgeführt worden. Zu viel Blut, zu viele Zeugen. Die Flucht war riskant, aber Sammy Tin hatte Glück und konnte unbeobachtet durch die Küche entkommen, in der gerade Hochbetrieb herrschte. Als die Leibwächter gerufen wurden, rannte er schon durch eine kleine Gasse hinter dem Restaurant. Er verschwand in den Schatten der Stadt, hielt ein Taxi an und betrat zwanzig Minuten später die chinesische Botschaft. Am nächsten Tag war er in Peking und feierte seinen ersten Erfolg.

Die dreisten Anschläge erschütterten die internationalen Geheimdienste. Konkurrierende Dienste versuchten herauszufinden, wer der Killer gewesen war. Die Operation war das genaue Gegenteil der Vorgehensweise, mit der die Chinesen ihre Feinde sonst eliminierten. Sie waren bekannt und berühmt für ihre Geduld, für die Fähigkeit zu warten und zu warten, bis der perfekte Zeitpunkt gekommen war. Sie jagten ihre Beute so lange, bis diese aufgab. Falls sie nicht aufgab, gingen sie zum nächsten Plan über und warteten auf ihre Chance.

Als es wieder geschah, einige Monate später in Berlin,

war die Legende Sammy Tins geboren. Ein französischer Manager hatte den Chinesen gefälschte Geheimdokumente aus dem Hightech-Bereich übergeben, die etwas mit mobilem Radar zu tun hatten. Er wurde vom Balkon seines im dreizehnten Stock liegenden Hotelzimmers geworfen. Als er neben dem Pool aufschlug, bekamen das zahlreiche entsetzte Sonnenanbeter mit. Wieder gab es zu viele Zeugen.

In London blies Sammy Tin einem Mann mit einem Mobiltelefon den Kopf weg. In New Yorks Chinatown verlor ein Überläufer den größten Teil seines Gesichts, als seine Zigarette explodierte. Es dauerte nicht lange, bis Sammy Tin die meisten spektakulären Geheimdienstmorde zugeschrieben wurden. Die Legende verbreitete sich. Obwohl seine Einheit noch vier oder fünf andere Mitglieder hatte, arbeitete er oft allein. In Singapur verlor er einen Mann, als die Zielperson plötzlich mit ein paar Freunden auftauchte, die bis an die Zähne bewaffnet waren. Es war einer seiner seltenen Fehlschläge, und er lernte daraus, personalintensive Operationen zu vermeiden, schnell zuzuschlagen und nicht zu viele Mitwisser zu beschäftigen.

Als Sammy Tin älter wurde, fielen die Liquidationen weniger spektakulär und weniger gewalttätig aus und ließen sich erheblich einfacher vertuschen. Er war jetzt dreiunddreißig und ohne Zweifel der am meisten gefürchtete Agent der Welt. Die CIA gab ein Vermögen aus, um über jeden seiner Schritte informiert zu sein. Sie wussten, dass er in seiner Pekinger Luxuswohnung war. Nach seiner Abreise spürten sie ihn in Hongkong wieder auf. Als er an Bord eines Flugzeugs nach London ging, wurde Interpol verständigt. In London benutzte er einen anderen Pass und stieg im letzten Moment in eine Maschine der Alitalia, deren Ziel Mailand war.

Interpol konnte nur untätig zusehen. Sammy Tin reiste oft mit einem Diplomatenpass. Er war kein Krimineller. Er war Agent, Diplomat, Geschäftsmann, Universitätsprofessor, alles, was er sein wollte.

Vor Mailands Flughafen Malpensa wartete ein Wagen auf ihn. Er fuhr in Richtung Stadt. Soweit die CIA wusste, war Sammy Tin seit viereinhalb Jahren nicht mehr in Italien gewesen.

Mr Elya sah aus wie ein wohlhabender saudischer Geschäftsmann, allerdings war sein Anzug aus schwerer Wolle fast schwarz und damit ein wenig zu dunkel für Bologna, und die Nadelstreifen hätte man bei einem italienischen Design nie so breit gemacht. Außerdem war sein Hemd rosafarben, mit einem strahlend weißen Kragen. Sicher, keine schlechte Kombination, aber, nun ja, rosafarben eben. Der Kragen war mit einer goldenen Spange geschmückt – auch diese viel zu breit –, die den Knoten der Krawatte zu strangulieren schien. Links und rechts auf der Krawattenspange glitzerte je ein Diamant. Mr Elya hatte eine Schwäche für Diamanten – an jeder Hand funkelte ein großer Diamantring, die Rolex war damit übersät, und an den goldenen Manschettenknöpfen blitzten noch mehr von ihnen auf. Die nagelneuen braunen Schuhe hielt Stefano zwar für italienisch, aber sie waren viel zu hell, um zum Anzug zu passen.

Der Gesamteindruck war grauenhaft. Aber immerhin, er gab sich Mühe. Als sie vom Flughafen, wo Mr Elya und sein Assistent mit einem Privatjet gelandet waren, ins Stadtzentrum von Bologna fuhren, hatte Stefano genug

Zeit, sich seinen Kunden anzusehen. Sie hatten auf dem Rücksitz eines schwarzen Mercedes Platz genommen, der von Elya angefordert worden war. Vorn neben dem Fahrer, der noch kein einziges Wort gesagt hatte, saß Mr Elyas Assistent, der offenbar nur Arabisch sprach. Mr Elyas Englisch war recht passabel und kam in Form von kurzen Feuerstößen, denen meist einige an den Assistenten gerichtete Worte auf Arabisch folgten. Der Assistent fühlte sich verpflichtet, alles aufzuschreiben, was sein Herr und Meister von sich gab.

Nach zehn Minuten im selben Wagen mit ihnen hoffte Stefano, dass sie noch vor dem Mittagessen fertig wurden.

Die erste Wohnung, die er ihnen zeigte, lag in der Nähe der Universität, an der Mr Elyas Sohn in Kürze sein Medizinstudium beginnen würde. Vier Zimmer im ersten Stock, kein Fahrstuhl, solides altes Gebäude, geschmackvolle Einrichtung, für einen Studenten mit Sicherheit luxuriös – tausendachthundert Euro im Monat, Mietvertrag für ein Jahr, sämtliche Nebenkosten extra. Mr Elya runzelte schon die Stirn, während er zur Tür hereinkam, als hätte sein verwöhnter Filius eine schönere Wohnung verdient. Auch der Assistent runzelte die Stirn. Die beiden runzelten immer noch die Stirn, als sie die Treppe wieder hinuntergingen. Sie sagten kein Wort, während der Fahrer zur zweiten Wohnung fuhr.

Sie befand sich in der Via Remorsella, eine Querstraße westlich von der Via Fondazza. Die Wohnung war etwas größer als die erste, hatte eine Küche von der Größe eines Besenschranks, eine erbärmliche Einrichtung und keine nennenswerte Aussicht, lag zwanzig Minuten von der Universität entfernt, kostete zweitausendsechshundert Euro im Monat und roch etwas streng. Das Stirnrunzeln hörte auf; die Wohnung gefiel ihnen. »Ich nehme sie«, sagte Mr Elya. Stefano atmete erleichtert auf. Mit etwas Glück würde er sie nicht zum Mittagessen einladen müssen. Außerdem gab es eine hübsche Provision.

Sie fuhren ins Büro von Stefanos Firma, wo der Papierkram in Rekordzeit erledigt wurde. Mr Elya war ein viel beschäftigter Mann, der noch eine wichtige Besprechung in Rom hatte, und wenn er den Mietvertrag nicht auf der Stelle unterschreiben konnte, jetzt, sofort, dann müssten sie das Ganze vergessen.

Der schwarze Mercedes brachte sie zum Flughafen zurück, wo ein nervöser und erschöpfter Stefano Danke und Auf Wiedersehen sagte und so schnell wie möglich das Weite suchte. Mr Elya und sein Assistent eilten über die Rollbahn zu ihrem Privatjet und gingen an Bord. Die Tür schloss sich hinter ihnen.

Das Flugzeug bewegte sich nicht. In der Kabine hatten Mr Elya und sein Assistent inzwischen ihre Anzüge ausgezogen. Sie trugen bequeme Kleidung und steckten mit drei anderen Mitgliedern ihres Teams die Köpfe zusammen. Nach einer Stunde verließen sie das Flugzeug, brachten eine erhebliche Menge Gepäck zum Privatterminal und verstauten es dort in wartende Transporter.

Luigi war die marineblaue Tasche aufgefallen. Marco ließ sie nie in seiner Wohnung und hütete sie wie einen Schatz. Er trug sie ständig mit sich herum, den Tragegurt über der Schulter, die Tasche fest unter den rechten Arm geklemmt, als enthielte sie Gold.

Was besaß er Wertvolles, das derart beschützt werden musste? Sein Übungsmaterial konnte es nicht sein. Wenn Ermanno drinnen unterrichtete, war das immer in Marcos Wohnung. Wenn der Unterricht draußen stattfand, führten sie lange Gespräche auf Italienisch. Dazu brauchte man keine Bücher.

Auch Whitaker in Mailand war misstrauisch geworden, vor allem, weil Marco in einem Internetcafé in der Nähe der Universität gesehen worden war. Er schickte einen Beamten namens Krater nach Bologna, der Zellman und Luigi helfen sollte, Marco und seine geheimnisvolle Tasche im Auge zu behalten. Da die Schlinge sich langsam zuzog und demnächst wohl mit einer Eskalation der Lage zu rechnen war, forderte Whitaker noch ein paar zusätzliche Männer in Langley an.

Doch in Langley herrschte Chaos. Maynards Kündigung war zwar nicht völlig unerwartet gekommen, hatte aber die gesamte Organisation auf den Kopf gestellt. Die Druckwelle von Lucats Entlassung war noch überall zu spüren. Der Präsident drohte mit einer radikalen Umgestaltung der CIA, und die Vizedirektoren und Abteilungsleiter waren so beschäftigt damit, die eigene Haut zu retten, dass sie ihre Operationen vernachlässigten.

Krater bekam von Luigi über Funk die Nachricht, dass Marco in Richtung Piazza Maggiore ging, vermutlich, um sich ein Café für seinen Nachmittagsespresso zu suchen. Krater entdeckte ihn, als er über den Platz kam, die blaue Tasche unter den rechten Arm geklemmt, fast so schick wie ein Einheimischer. Nachdem Krater eine dicke Akte über Joel Backman durchgeackert hatte, freute er sich über die Gelegenheit, ihn endlich mit eigenen

Augen zu sehen. Wenn der arme Kerl nur wüsste, was ihn erwartete.

Aber Marco hatte keine Lust auf einen Espresso, noch nicht jedenfalls. Er ging an den Cafés und Geschäften vorbei, sah sich kurz um und verschwand dann im Nettuno, einem Boutiquehotel mit fünfzig Zimmern direkt an der Piazza. Krater informierte über Funk Zellman und Luigi, dem dies ein Rätsel war, da Marco keinen Grund hatte, ein Hotel zu betreten. Krater wartete fünf Minuten, dann ging er in die Lobby und sah sich um. Rechts von ihm standen einige Sessel und ein breiter Couchtisch, auf dem verschiedene Reisemagazine ausgebreitet waren. Links von ihm lag ein kleiner, leerer Raum mit einem Gästetelefon, dessen Tür offen stand. Im Raum daneben saß jemand – Marco. Er hatte sich über das Tischchen gebeugt, das unter dem an der Wand montierten Telefon stand. Die blaue Tasche lag offen vor ihm. Er war beschäftigt und bemerkte nicht, wie Krater an ihm vorbeiging.

»Kann ich Ihnen helfen?«, fragte der Mitarbeiter an der Rezeption.

»Ja. Ich bräuchte ein Zimmer«, entgegnete Krater auf Italienisch.

»Für wann?«

»Für heute.«

»Es tut mir Leid, aber wir sind ausgebucht.«

Krater nahm sich einen Hotelprospekt von der Theke. »Sie sind immer ausgebucht«, erwiderte er lächelnd. »Ein sehr beliebtes Hotel.«

»Ja, da haben Sie Recht. Vielleicht ein anderes Mal.«

»Ach, was ich noch fragen wollte – gibt es hier einen Internetzugang?«

»Selbstverständlich.«

»Kabellos?«

»Ja. Wir sind das erste Hotel in der Stadt, das seinen Gästen einen drahtlosen Internetzugang bietet.«

Krater entfernte sich von der Rezeption. »Danke. Ich versuche es ein anderes Mal wieder.«

»Wir würden uns freuen.«

Auf dem Weg nach draußen kam er an dem kleinen Raum mit dem Gästetelefon vorbei. Marco hob nicht einmal den Kopf.

Marco gab mit beiden Daumen den Text ein und hoffte, dass der Mitarbeiter an der Rezeption ihn nicht hinauskomplimentieren würde. Das Nettuno machte zwar Werbung mit seinem Internetzugang, aber er war nur für eigene Gäste gedacht. In den Cafés, den Bibliotheken und einer der Buchhandlungen konnte jeder, der hereinkam, ins Netz, nicht jedoch in den Hotels.

In seiner E-Mail hatte er Folgendes geschrieben:

Grinch,
ich hatte früher einmal geschäftlich mit einem Bankier in Zürich namens Mikel van Thiessen zu tun, von der Rheinland-Bank in der Bahnhofstraße in Zürich. Finde heraus, ob er immer noch bei der Bank ist. Falls er nicht mehr da ist, wer ist sein Nachfolger? Aber hinterlass keine Spuren!
Marco

Er klickte auf »Abschicken« und betete wieder einmal, dass er alles richtig gemacht hatte. Dann schaltete er das Ankyo 850 aus und steckte es in die blaue Tasche zurück.

Als er ging, nickte er dem Mitarbeiter an der Rezeption zu, der gerade telefonierte.

Zwei Minuten, nachdem Krater das Hotel verlassen hatte, kam auch Marco heraus. Sie beobachteten ihn von drei verschiedenen Punkten aus und folgten ihm, als er sich unter die Passanten mischte, von denen viele gerade aus den Büros kamen und Feierabend hatten. Zellman ging ins Nettuno und betrat den zweiten Telefonraum auf der linken Seite. Dann setzte er sich auf den Stuhl, auf dem Marco vor weniger als zwanzig Minuten gesessen hatte. Der Mitarbeiter an der Rezeption, dem das Ganze inzwischen sonderbar vorkam, tat so, als wäre er beschäftigt.

Eine Stunde später trafen sie sich in einem Café und rekonstruierten, was Marco im Nettuno getan haben musste. Die Erklärung war nahe liegend, aber trotzdem schwer zu schlucken – da Marco das Gästetelefon nicht benutzt hatte, musste er sich in den drahtlosen Internetzugang des Hotels eingeloggt haben. Es gab keinen anderen Grund dafür, die Lobby eines Hotels zu betreten, sich knapp zehn Minuten vor ein Telefon zu setzen und dann wieder zu gehen. Doch wie hatte er es angestellt? Er hatte weder einen Laptop noch ein Mobiltelefon, bis auf das von Luigi, ein veraltetes Modell, das nur in Bologna funktionierte und nicht aufgerüstet werden konnte, um damit online zu gehen. Hatte er sich ein Hightech-Modell beschafft? Aber er hatte kein Geld.

Vielleicht hatte er es ja gestohlen.

Sie spielten verschiedene Szenarien durch. Zellman ging, um Whitaker per E-Mail über diese beunruhigende Entwicklung zu unterrichten. Krater wurde losgeschickt, um eine identische blaue Laptoptasche derselben Marke zu kaufen.

Luigi blieb allein zurück und dachte darüber nach, wo er zu Abend essen sollte.

Seine Überlegungen wurden von einem Anruf Marcos unterbrochen. Er sei in seiner Wohnung, fühle sich nicht gut, sein Magen habe schon den ganzen Nachmittag über Probleme gemacht. Den Unterricht bei Francesca hatte er abgesagt, und jetzt wollte er auch das Abendessen ausfallen lassen.

24

WENN DAN SANDBERGS TELEFON vor sechs Uhr morgens klingelte, bedeutete das nie Gutes. Er war eine Nachteule, ein Nachtmensch, der häufig so lange schlief, dass er das Frühstück mit dem Mittagessen zusammenlegen konnte. Sämtliche Freunde und Bekannte wussten, dass es sinnlos war, ihn am frühen Morgen anzurufen.

Es war ein Kollege von der *Washington Post*. »Dan, dir ist jemand zuvorgekommen«, verkündete er.

»Was?«, blaffte Sandberg.

»Die *Times* hat dich wie einen Anfänger aussehen lassen.«

»Um was geht es?«

»Backman.«

»Was?«

»Du siehst es dir am besten selbst an.«

Sandberg rannte ins Arbeitszimmer seiner unaufgeräumten Wohnung und setzte sich vor seinen Computer. Kurz darauf hatte er den Artikel gefunden, geschrieben von Heath Frick, einem innig gehassten Reporter der *New York Times*. Die Schlagzeile auf der Titelseite lautete: FBI SUCHT JOEL BACKMAN.

Frick zitierte eine ganze Batterie ungenannter Quellen und behauptete, die Ermittlungen des FBI zu erkauften Straferlassen hätten sich intensiviert, sodass man jetzt nach einzelnen Personen suche, die vom ehemaligen Präsidenten Morgan begnadigt worden seien. Duke Mongo wurde als »wichtiger Zeuge« für die Ermittlungen bezeichnet, ein Euphemismus, der immer dann auftauchte, wenn die Behörden jemanden in Verruf bringen wollten, gegen den sie nicht genug Beweise für eine Anklage hatten. Allerdings lag Mongo im Krankenhaus und war angeblich gerade dabei, das Zeitliche zu segnen.

Die Ermittlungen würden sich nun auf Joel Backman konzentrieren, dessen Begnadigung kurz vor dem Ende von Morgans Amtszeit in weiten Kreisen für Entsetzen und Verärgerung gesorgt habe, wie Frick schrieb. Backmans geheimnisvolles Verschwinden habe Spekulationen geschürt, nach denen er sich den Straferlass erkauft habe und vor nahe liegenden Fragen geflüchtet sei. Frick erinnerte daran, dass noch einige andere Gerüchte herumschwirrten. Diverse ungenannte und vertrauenswürdige Quellen deuteten an, die Theorie, Backman hätte irgendwo ein Vermögen versteckt, sei noch nicht offiziell widerlegt worden.

»Was für ein Schwachsinn«, knurrte Sandberg, während er durch den Text scrollte. Er kannte die Fakten besser als jeder andere. Für diesen Mist gab es keinerlei Beweise. Backman hatte sich seine Begnadigung nicht gekauft.

Niemand, der auch nur im Entferntesten mit dem ehemaligen Präsidenten in Verbindung gebracht werden konnte, wollte den Artikel kommentieren. Bis jetzt seien es nur Ermittlungen. Man habe noch keine Anklage erhoben, aber die schwere Artillerie sei in Stellung gebracht worden. Angeblich wartete ein eifriger Staatsanwalt nur darauf, endlich anfangen zu können. Er habe noch keine Anklagejury, aber sein Büro brauche nur noch grünes Licht vom Justizministerium.

Frick schloss mit zwei Absätzen über Backman, ein lauwarmer Aufguss eines Artikels, der bereits einmal in der Zeitung erschienen war.

»Zeilenschinderei, sonst nichts!«, schäumte Sandberg.

Der Präsident las den Artikel ebenfalls, aber er reagierte völlig anders. Er machte sich ein paar Notizen und hielt sie bereit, als um 7.30 Uhr Susan Penn, die Interimsdirektorin der CIA, zur Morgenbesprechung eintraf. Der Präsident wurde aus historischen Gründen vom CIA-Direktor selbst informiert, immer im Oval Office und in der Regel zu Beginn des Arbeitstages. Doch Teddy Maynard und seine schlechte Gesundheit hatten diese Regel geändert, und in den letzten zehn Jahren war immer jemand anders zu der Besprechung gekommen. Jetzt konnte man die Tradition wieder fortsetzen.

Jeden Tag um Punkt sieben Uhr morgens wurde ein Blatt Papier mit der Zusammenfassung aktueller geheimdienstlicher Aktivitäten auf den Schreibtisch des Präsidenten gelegt. Nach fast zwei Monaten im Amt hatte er sich angewöhnt, jedes Wort davon zu lesen. Er fand es überaus faszinierend. Sein Vorgänger hatte sich damit gebrüstet, dass er kaum eine Zeile las – weder Bücher noch Zeitungen oder Zeitschriften. Und Gedrucktes zu Gesetzgebung, Politik, Verträgen oder täglichen Besprechungen schon gar nicht. Morgan hatte nicht einmal seine Reden fehlerfrei vom Blatt lesen können. Doch inzwischen hatte sich so einiges geändert.

Jeden Morgen wurde Susan Penn in einem gepanzerten Wagen von ihrer Wohnung in Georgetown zum Weißen Haus gefahren, wo sie um 7.15 Uhr eintraf. Unterwegs las sie eine Kurzfassung der wichtigsten Aktivitäten, die von der CIA zusammengestellt wurde. An diesem Morgen standen auf Seite vier einige Zeilen über Joel Backman. Er zog die Aufmerksamkeit einiger sehr gefährlicher Subjekte auf sich, zu denen vielleicht sogar Sammy Tin gehörte.

Der Präsident begrüßte sie sehr herzlich und hatte bereits Kaffee neben das Sofa stellen lassen. Wie immer waren sie allein und machten sich sofort an die Arbeit.

»Haben Sie heute Morgen schon die *New York Times* gelesen?«, fragte er.

»Ja, habe ich.«

»Wie groß ist die Wahrscheinlichkeit, dass Backman sich seine Freilassung erkauft hat?«

»Sehr gering. Wie ich Ihnen bereits erklärt habe, hatte er keine Ahnung, dass er begnadigt wird. Er hatte keine Zeit, um etwas zu arrangieren. Außerdem sind wir ziemlich sicher, dass er gar nicht das Geld dafür hatte.«

»Aber warum wurde Backman dann begnadigt?«

Susan Penns Loyalität Teddy Maynard gegenüber schmolz wie Butter in der Sonne. Maynard war nicht mehr bei der CIA und würde bald tot sein, doch sie musste an ihre Karriere denken. Mit vierundvierzig Jahren lag vielleicht noch Großes vor ihr. Die Zusammenarbeit mit dem Präsidenten klappte ausgesprochen gut. Er schien keine Eile zu haben, einen neuen CIA-Direktor zu ernennen.

»Offen gesagt, Maynard wollte ihn tot sehen.«

»Warum? Weshalb wollte Maynard ihn tot sehen?«

»Das ist eine lange Geschichte ...«

»Nein, ist es nicht.«

»Wir wissen nicht alles.«

»Sie wissen genug. Erzählen Sie mir, was Sie wissen.«

Sie ließ ihre Zusammenfassung auf das Sofa fallen und holte tief Luft. »Backman und Jacy Hubbard hatten sich an eine Sache gewagt, die ihnen über den Kopf wuchs. Es ging um eine Software, die ›JAM‹ genannt wurde. Ihre Mandanten waren so dumm gewesen, die Software in die Vereinigten Staaten zu bringen, weil sie sie für viel Geld verkaufen wollten.«

»Das waren diese jungen Pakistaner, nicht wahr?«

»Ja. Inzwischen sind sie alle tot.«

»Wissen Sie, wer sie getötet hat?«

»Nein.«

»Wissen Sie, wer Jacy Hubbard getötet hat?«

»Nein.«

Der Präsident stand auf, nahm seine Kaffeetasse und ging zu seinem Schreibtisch. Er lehnte sich dagegen und starrte sie an. »Ich kann nicht ganz glauben, dass wir so etwas nicht wissen.«

»Ich auch nicht. Aber es ist nicht so, dass wir nicht versucht hätten, es herauszufinden. Das ist einer der Gründe, warum Maynard alles getan hat, damit Backman freikommt. Sicher, er wollte ihn tot sehen, schon aus Prinzip – die beiden sind einige Male aneinander geraten, und Maynard hat Backman für einen Verräter gehalten. Aber er war auch immer der Meinung, dass uns der Mord an Backman wichtige Informationen liefern würde.«

»Wie bitte?«

»Die entscheidende Frage ist, *wer* ihn liquidiert. Wenn es die Russen tun, können wir davon ausgehen, dass das Satellitensystem ihnen doch gehört. Für die Chinesen gilt das Gleiche. Wenn er von den Israelis getötet wird, haben Backman und Hubbard aller Wahrscheinlichkeit nach versucht, die Software an die Saudis zu verkaufen. Wenn die Saudis ihn umbringen, spricht vieles dafür, dass Backman sie aufs Kreuz gelegt hat. Wir sind fast sicher, dass die Saudis dachten, sie hätten den Zuschlag bekommen.«

»Und Backman hat sie reingelegt?«

»Vielleicht. Vielleicht auch nicht. Wir glauben, dass Hubbards Tod alles durcheinander gebracht hat. Backman hat Angst bekommen und ist ins Gefängnis geflüchtet. Und damit waren sämtliche Absprachen hinfällig.«

Der Präsident ging zu dem Tisch neben dem Sofa und schenkte sich Kaffee nach. Er setzte sich Susan Penn gegenüber und schüttelte den Kopf. »Und ich soll allen Ernstes glauben, dass sich drei junge Pakistaner in ein Satellitensystem gehackt haben, das so hoch entwickelt ist, dass wir nichts davon gewusst haben?«

»Ja. Sie waren brillant, aber sie hatten auch Glück. Sie haben sich nicht nur in das System gehackt, sondern auch ein erstaunliches Programm geschrieben, mit dem sie es manipulierten.«

»Und das ist ›JAM‹?«

»So haben sie die Software genannt.«

»Gibt es jemanden, der diese Software schon einmal gesehen hat?«

»Die Saudis. Daher wissen wir ja auch, dass ›JAM‹ nicht nur existiert, sondern auch so funktioniert, wie das behauptet wurde.«

»Wo ist die Software jetzt?«

»Das weiß niemand, bis auf Backman selbst vielleicht.«

Der Präsident nippte an seinem lauwarmen Kaffee. Dann stützte er die Ellbogen auf die Knie und sagte: »Was ist für uns das Beste? Was ist in unserem Interesse?«

Susan Penn zögerte keine Sekunde. »Wir sollten Maynards Plan ausführen. Backman wird eliminiert. Von der Software haben wir seit sechs Jahren nichts mehr gehört, sie dürfte also für immer verloren sein. Die Satelliten sind noch intakt, aber wer auch immer sie ins All geschossen hat, er kann nichts mit ihnen anfangen.«

Noch ein Schluck Kaffee. Der Präsident schüttelte den Kopf und sagte: »In Ordnung.«

Neal Backman las die *New York Times* nicht, aber jeden Morgen suchte er im Internet nach dem Namen seines Vaters. Als er Fricks Artikel überflogen hatte, hängte er ihn an eine E-Mail und schickte ihn zusammen mit seiner Nachricht über den Hotspot von Jerry's Java an Marco.

In der Kanzlei las er den Artikel noch einmal. Dabei musste er an die alten Gerüchte denken, nach denen Joel Backman ein Vermögen zur Seite geschafft habe, während es mit der Kanzlei bergab gegangen sei. Er hatte seinen Vater nie direkt danach gefragt, weil er wusste, dass er keine Antwort darauf erhalten hätte. Im Laufe der Jahre hatte er sich jedoch der vorherrschenden Meinung angeschlossen, dass Joel Backman wie die meisten verurteilten Straftäter keinen Cent mehr besaß.

Aber warum ließ ihn dann das Gefühl nicht los, dass an dem im Artikel erwähnten Straferlass gegen Geld durchaus etwas Wahres sein konnte? Denn wenn es jemanden gab, der so etwas arrangieren konnte, während er in einem Staatsgefängnis einsaß, dann war das sein Vater. Aber wie war er nach Bologna gelangt? Und warum? Und wer war hinter ihm her?

Fragen über Fragen, und die Antworten so schwer fassbar wie immer.

Während er an einem doppelten Caffè Mocha nippte und auf die verschlossene Tür seines Büros starrte, stellte er sich wieder einmal die Frage, die ihn verfolgte, seit er sich den Kaffee gekauft hatte: Wie sollte er es anstellen, einen Schweizer Bankier zu finden, ohne dazu ein Telefon, ein Fax, einen Brief oder eine E-Mail zu verwenden?

Nun, er würde es schon herauskriegen. Er brauchte nur Zeit.

Der Artikel in der *New York Times* wurde auch von Efraim gelesen, der gerade mit dem Zug von Florenz nach Bologna fuhr. Ein Anruf aus Tel Aviv hatte ihn darauf aufmerksam gemacht, und er hatte den Artikel im Internet gesucht. Amos saß vier Reihen hinter ihm und las ebenfalls die *New York Times* auf seinem Laptop.

Rafi und Shaul sollten am nächsten Morgen eintreffen, Rafi mit einem Flug aus Mailand, Shaul mit dem Zug aus Rom. Die vier italienisch sprechenden Mitglieder der Kidon waren bereits in Bologna und hatten in aller Eile die beiden sicheren Häuser eingerichtet, die sie für die Operation brauchten.

Der vorläufige Plan sah vor, dass sie sich Backman in den dunklen Bogengängen an der Via Fondazza oder einer anderen geeigneten Seitenstraße schnappten, vorzugsweise früh am Morgen oder nach Einbruch der Dunkelheit. Sie wollten ihn ruhig stellen, in einen Transporter verfrachten, in ein sicheres Haus bringen und warten, bis die Wirkung des Beruhigungsmittels nachgelassen hatte. Nachdem sie ihn verhört und mit einer Giftinjektion getötet hatten, sollte seine Leiche nach Norden gebracht werden, zu dem zwei Stunden entfernt liegenden Gardasee, und den Fischen zum Fraß vorgeworfen werden.

Der Plan war recht schlicht und nicht ohne Risiko, aber sie hatten grünes Licht. Es gab kein Zurück mehr. Jetzt, da Backman so viel Aufmerksamkeit bekam, mussten sie schnell handeln.

Eile war auch deshalb geboten, weil der Mossad guten Grund zu der Annahme hatte, dass Sammy Tin entweder schon in Bologna war oder sich irgendwo in der Nähe aufhielt.

In unmittelbarer Nähe von Francescas Wohnung lag eine hübsche alte Trattoria namens Da Nino. Da sie die beiden Söhne des alten Nino schon seit Jahren kannte, hatte sie ihnen von ihrem Unfall berichtet. Als sie nun vor der Trattoria stand, kamen die beiden angerannt und hätten sie fast hineingetragen. Die Brüder nahmen ihr Stock, Tasche und Mantel ab und führten sie langsam zum besten Tisch, den sie noch etwas näher zum Kamin geschoben hatten. Dann brachten sie Kaffee und Wasser und fragten, was sie sonst noch brauche. Es war Nachmittag, und die Mittagsgäste waren schon lange gegangen. Francesca und ihr Schüler hatten das Da Nino ganz für sich allein.

Als Marco einige Minuten später die Trattoria betrat, wurde er von den beiden Brüdern wie ein Familienmitglied begrüßt. »*La professoressa La sta già aspet-*

tando«, sagte einer von ihnen. Die Lehrerin erwartet Sie schon.

Der Sturz auf dem Hügel von San Luca und der verstauchte Knöchel hatten einen anderen Menschen aus Francesca gemacht. Von ihrer kühlen Distanziertheit war nichts mehr zu spüren, und sie wirkte – zumindest im Moment – auch nicht mehr so traurig. Sie lächelte, als sie Marco sah, streckte sogar die Hand aus und zog ihn zu sich, damit sie sich Wangenküsschen geben konnten, eine italienische Sitte, die Marco jetzt schon seit zwei Monaten sah. Allerdings hatte er noch nie Gelegenheit gehabt, diese Form der Begrüßung zu verwenden, denn Francesca war seine erste und einzige weibliche Bekannte in Italien. Sie deutete auf den Stuhl ihr gegenüber. Die Brüder, die neugierig waren, wie Italienischunterricht aussah und sich anhörte, schlichen um den Tisch herum, nahmen seine Jacke, fragten, ob er Kaffee wolle.

»Was macht der Fuß?«, fragte Marco und beging den Fehler, dies auf Englisch zu tun. Sie legte den Finger auf die Lippen, schüttelte den Kopf und sagte: »*Non in inglese, Marco, in italiano.*«

Er runzelte die Stirn. »Das hatte ich befürchtet.«

Ihr Fuß tat sehr weh. Sie hatte ihn mit Eis gekühlt, während sie gelesen oder ferngesehen hatte, und die Schwellung war zurückgegangen. Für den kurzen Weg zur Trattoria hatte sie eine halbe Ewigkeit gebraucht, aber es war wichtig, den Fuß zu bewegen. Ihre Mutter hatte darauf bestanden, dass sie einen Stock benutzte. Er war ihr eine große Hilfe, doch sie fand es peinlich, damit gesehen zu werden.

Noch mehr Kaffee und Wasser wurden an den Tisch gebracht, und nachdem die beiden Brüder sich vergewissert hatten, dass ihre liebe Freundin Francesca und deren kanadischer Schüler alles hatten, was sie brauchten, zogen sie sich widerstrebend in den vorderen Teil der Trattoria zurück.

»Wie geht es Ihrer Mutter?«, fragte er auf Italienisch.

Gut, aber sie ist sehr müde. Sie pflegt Giovanni nun schon seit einem Monat, was sehr anstrengend ist.

Aha, dachte Marco, über Giovanni darf jetzt gesprochen werden. Wie geht es ihm?

Inoperabler Gehirntumor, erwiderte Francesca, und es dauerte eine Weile, bis Marco das verstanden hatte. Er ist jetzt seit fast einem Jahr schwer krank, das Ende ist nahe. Er ist bewusstlos. Zum Glück.

Was für einen Beruf hatte er, was hat er gemacht?

Er hat viele Jahre lang mittelalterliche Geschichte an der Universität gelehrt. Sie hatten sich dort kennen gelernt – sie war Studentin gewesen, er ihr Professor. Damals war er noch verheiratet, aber die Ehe war schon kaputt. Er hatte zwei Söhne mit seiner Frau. Francesca und ihr Professor verliebten sich ineinander und begannen eine Affäre, die zehn Jahre dauerte, bis er sich von seiner Frau scheiden ließ und sie heiratete.

Kinder? Nein, sagte sie traurig. Giovanni hatte schon zwei, wollte keine mehr. Sie bereute, keine Kinder bekommen zu haben, so wie sie vieles andere auch bereute.

Es war klar, dass ihre Ehe nicht glücklich gewesen war. Vielleicht sollte ich ihr von meinen Ehen erzählen, dachte Marco.

Er bekam bald die Gelegenheit dazu. »Erzählen Sie mir etwas von sich«, bat sie. »Und sprechen Sie langsam. Achten Sie auf die Betonung.«

»Ich bin nur ein kanadischer Geschäftsmann«, fing Marco auf Italienisch an.

»Nein, das stimmt nicht. Wie heißen Sie wirklich?«

»Das kann ich Ihnen nicht sagen.«

»Wie heißen Sie?«

»Wir bleiben besser bei Marco. Es ist eine lange Geschichte, Francesca, und ich kann nicht darüber reden.«

»Also gut. Haben Sie Kinder?«

Ah, ja. Eine ganze Weile erzählte er von seinen drei Kindern – Namen, Alter, Beruf, Häuser, Ehefrauen, Kinder. Zuweilen bog er die Wahrheit etwas zurecht, fügte hier und da ein paar erfundene Details hinzu und vollbrachte ein kleines Wunder, weil es ihm gelang, seine Familie als halbwegs normal darzustellen. Francesca hörte aufmerksam zu und wartete darauf, sich auf ein nicht perfekt ausgesprochenes Wort oder ein falsch konjugiertes Verb zu stürzen und ihn zu korrigieren. Einer von Ninos Söhnen brachte ihnen Pralinen und lungerte so lange am Tisch herum, bis er mit einem breiten Lächeln sagen konnte: »*Parla molto bene, signore.*« Sie sprechen sehr gut.

Nach einer Stunde wurde Francesca unruhig, und Marco sah ihr an, dass das lange Sitzen für sie unbequem war. Er konnte sie schließlich überreden, den Unterricht zu beenden, und genoss es, sie in die Via Don Giovanni Minzoni zu begleiten. Sie hatte sich mit der rechten Hand bei ihm eingehakt und stützte sich mit der linken auf den Stock. Die beiden gingen so langsam wie möglich. Francesca graute es davor, in ihre Wohnung zurückzukehren, wo Krankheit und Tod auf sie warteten. Und Marco wäre am liebsten stundenlang neben ihr hergegangen, nur um ihre Hand auf seinem Arm zu spüren und das Gefühl zu haben, dass es jemanden gab, der ihn brauchte.

Vor ihrer Wohnung verabschiedeten sie sich mit Wangenküsschen und verabredeten sich für den nächsten Tag bei Da Nino zum Unterricht, dieselbe Zeit, derselbe Tisch.

Jacy Hubbard hatte annähernd fünfundzwanzig Jahre in Washington gewohnt; ein Vierteljahrhundert, in dem er das Leben in vollen Zügen genossen hatte, was bei ihm mit einem bemerkenswerten Verbrauch an Frauen einhergegangen war. Die letzte war Mae Szun gewesen, eine fast eins achtzig große Schönheit mit perfekten Gesichtszügen, pechschwarzen Augen und einer heiseren Stimme. Sie hatte keinerlei Schwierigkeiten damit gehabt, Hubbard in einer Bar anzusprechen und nach draußen in ein Auto zu locken. Nach einer Stunde wildem Sex hatte sie ihn Sammy Tin übergeben, der ihn eliminiert und auf dem Grab von Hubbards Bruder zurückgelassen hatte.

Wenn bei einer Liquidierung Sex im Spiel war, arbeitete Sammy Tin am liebsten mit Mae Szun zusammen. Sie war eine brillante MSS-Agentin, aber ihre körperlichen Vorzüge sorgten für eine zusätzliche Dimension, die sich bei mindestens drei Operationen als tödlich erwiesen hatte. Er ließ sie nach Bologna kommen, wollte sie aber zunächst nicht auf die Zielperson ansetzen. Sie sollte vielmehr mit einem anderen Agenten Händchen halten und ein glücklich verheiratetes Touristenpaar spielen. Was allerdings nicht ausschloss, dass er sie vielleicht doch noch als Lockvogel einsetzte. Immerhin hatte Backman sechs Jahre Gefängnis hinter sich, ohne Frauen, versteht sich.

Mae entdeckte Marco, als er mit anderen Passanten über die Strada Maggiore ging, in Richtung Via Fondazza. Sie beschleunigte ihre Schritte, zog ein Mobiltelefon aus der Tasche und brachte es fertig, den Abstand zwischen sich und Marco zu verringern, während sie gleichzeitig wie eine gelangweilte Touristin aussah, die sich die Schaufenster ansah.

Dann verschwand er. Er bog ganz plötzlich nach links in eine schmale Gasse ein, die Via Begatto, und lief nach Norden, von der Via Fondazza weg. Als sie um die Ecke bog, konnte sie ihn nicht mehr sehen.

25

ENDLICH WURDE ES IN BOLOGNA FRÜHLING. Die letzten Schneeflocken waren geschmolzen, und am Vortag war das Thermometer bis auf zehn Grad geklettert. Als Marco noch vor Sonnenaufgang vor die Tür trat, überlegte er, ob er seine Winterjacke gegen eine andere eintauschen sollte. Er ging ein paar Schritte unter den dunklen Arkaden, wobei er die Temperatur prüfte, und kam zu dem Schluss, dass es kalt genug war. In ein paar Stunden konnte er immer noch zurückkommen und sich eine leichtere Jacke holen. Er steckte die Hände in die Taschen und begab sich auf seine morgendliche Wanderung.

Der Artikel in der *New York Times* ging ihm nicht aus dem Kopf. Seinen Namen in fetten Lettern auf der Titelseite zu sehen hatte schmerzliche Erinnerungen geweckt. Das an sich war schon schlimm genug. Noch mehr ärgerte ihn aber, dass er nicht juristisch gegen die Behauptung, den Präsidenten bestochen zu haben, vorgehen konnte. In seinem früheren Leben hätte er den Tag damit begonnen, jeden einzelnen Beteiligten mit Prozessen zu überziehen. Die *New York Times* hätte keine Chance gehabt.

Die Zweifel ließen ihn nicht los. Was bedeutete die ganze Aufmerksamkeit zu diesem Zeitpunkt für ihn? Würde Luigi erneut mit ihm untertauchen wollen?

Über allem stand die Frage, ob sich seine Sicherheitslage von einem Tag auf den anderen verschlechtert hatte.

Es ging ihm gut in seinem Versteck in dieser bezaubernden Stadt, wo niemand seinen richtigen Namen wusste. Niemand kannte sein Gesicht. Niemand interessierte sich für ihn. Die Bologneser lebten ihr Leben, ohne andere zu belästigen.

Er erkannte sich ja nicht einmal selbst. Jeden Morgen, wenn er nach der Rasur die Brille und die braune Mütze aus Kord aufsetzte, sagte er im Spiegel Marco Guten Morgen. Verschwunden waren die fleischigen Hängebacken und die verquollenen dunklen Augen, das dichtere, längere Haar. Verschwunden das selbstgefällige Grinsen und die Arroganz. Er war einer von vielen unauffälligen Menschen auf der Straße.

Er lebte nur für den jeweiligen Tag, und ein Tag reihte sich an den anderen. Kein Leser der *New York Times* ahnte auch nur, wo er war und was er tat.

Als er den Mann in dem dunklen Anzug passierte, wusste er sofort, dass er in Schwierigkeiten war. Der Anzug war fehl am Platz. Es war ein ausländisches Modell von der Stange, aus einem Billigladen. So etwas hatte er in seinem früheren Leben jeden Tag gesehen. Das weiße Hemd war von der langweiligen Sorte, die ihm aus dreißig Jahren Washington nur allzu vertraut war. Einmal hatte er mit einem internen Memo blau-weiße Baumwollhemden mit Button-down-Kragen verbieten wollen, aber Carl Pratt hatte es ihm ausgeredet.

Er hätte nicht sagen können, welche Farbe die Krawatte hatte.

Solche Anzüge sah man unter den Arkaden entlang der Via Fondazza nicht, weder vor Sonnenaufgang noch sonst irgendwann. Er ging ein paar Schritte, warf einen Blick über die Schulter und stellte fest, dass ihm der

Anzug folgte. Ein Weißer, dreißig, massig, durchtrainiert, Marco in einem Wettlauf oder Faustkampf klar überlegen. Also musste er zu einer anderen Strategie greifen. Er blieb abrupt stehen und drehte sich um. »Kann ich Ihnen helfen?«

»Hier drüben, Backman«, antwortete jemand anders.

Er erstarrte. Für einen Augenblick wurden seine Knie weich, seine Schultern sanken herab. Nein, sagte er sich, das war kein Traum. All die Schrecken, die das Wort »Backman« mit sich brachte, zogen vor seinen Augen vorüber. Traurig, vor seinem eigenen Namen solche Angst zu haben.

Es waren zwei. Der mit der Stimme kam von der anderen Seite der Via Fondazza herüber. Er trug praktisch denselben Anzug, aber mit einem gewagten weißen Hemd ohne Knöpfe am Kragen. Er war älter, kleiner und viel dünner. Dick und Doof.

»Was wollen Sie?«, fragte Marco.

Die beiden griffen langsam in ihre Taschen. »Wir sind vom FBI«, erklärte der Dicke. Amerikanisches Englisch, vermutlich Mittlerer Westen.

»Wer's glaubt«, entgegnete Marco.

Vorschriftsmäßig hielten sie ihm ihre Ausweise unter die Nase, aber in der Dunkelheit der Arkaden konnte Marco nichts erkennen. »Das kann ich nicht lesen«, erklärte er.

»Gehen wir spazieren«, sagte der Dünne. Dem Akzent nach aus Boston, irische Abstammung.

»Haben Sie sich verlaufen?«, erkundigte sich Marco, ohne sich von der Stelle zu rühren. Er hatte keine Lust, sich zu bewegen, und seine Füße waren ohnehin schwer wie Blei.

»Wir wissen genau, wo wir sind.«

»Das bezweifle ich. Haben Sie einen Haftbefehl?«

»Brauchen wir nicht.«

Der Dicke beging den Fehler, Marco am linken Ellbogen zu berühren, als wollte er ihn in die gewünschte Richtung bugsieren. Marco riss sich los. »Fassen Sie mich nicht an! Verschwinden Sie. Sie können hier niemanden verhaften. Reden ist alles, was Sie dürfen.«

»Gut, reden wir«, schlug der Dünne vor.

»Ich muss mich nicht mit Ihnen unterhalten.«

»Ein paar Blocks weiter ist ein Café«, sagte der Dicke.

»Freut mich, dann trinken Sie dort einen Kaffee. Und gönnen Sie sich ein Stück Kuchen dazu. Aber lassen Sie mich in Ruhe.«

Dick und Doof sahen sich an, blickten in die Runde, überlegten, was sie tun sollten, welche Konsequenzen ihr Vorgehen haben konnte.

Marco rührte sich nicht. Nicht dass er sich da, wo er war, besonders sicher gefühlt hätte, aber er konnte das dunkle Auto, das hinter der Ecke wartete, geradezu vor sich sehen.

Wo zum Teufel steckte Luigi? War der Zwischenfall Teil eines Komplotts?

Man hatte ihn auf der Via Fondazza aufgespürt, erkannt, demaskiert, bei seinem richtigen Namen genannt. Das bedeutete mit Sicherheit einen weiteren Ortswechsel, einen neuen Unterschlupf.

Der Dünne beschloss, die Kontrolle über die Begegnung an sich zu reißen. »Klar, wir können auch hier reden. In den USA gibt es eine Menge Leute, die Ihnen gern ein paar Fragen stellen würden.«

»Vielleicht bin ich genau deswegen in Bologna.«

»Wir ermitteln wegen des Straferlasses, den Sie sich erkauft haben.«

»Dann verschwenden Sie einen Haufen Geld und Zeit, aber das ist beim FBI ja nichts Neues.«

»Wir haben ein paar Fragen zu dem Deal.«

»Was für ein Blödsinn.« Marco spie dem Dünnen die Worte geradezu ins Gesicht. Zum ersten Mal seit Jahren fühlte er sich wieder wie der Lobbyist, der einen eingebildeten Bürokraten oder begriffsstutzigen Abgeordneten abkanzelte. »Das FBI gibt gutes Geld dafür aus, zwei Clowns wie euch nach Bologna zu schicken, damit ihr mir auf der Straße Fragen stellen könnt, die kein Mensch bei klarem Verstand beantworten würde. Ihr seid wirklich Vollidioten! Warum fahrt ihr nicht nach Hause und sagt eurem Boss, dass er auch ein Vollidiot ist. Und wenn ihr schon dabei seid, könnt ihr ihm gleich ausrichten, dass er Zeit und Geld verschwendet, wenn er denkt, dass ich für meine Begnadigung bezahlt habe.«

»Sie streiten also ab ...«

»Ich streite nichts ab. Ich gebe auch nichts zu. Ich sage gar nichts, außer dass das hier das FBI in seiner schlimmsten Form ist. Die Sache ist eine Nummer zu groß für euch, Jungs.«

In den Staaten hätten sie ihn jetzt ein wenig herumgeschubst, geflucht, ihn beschimpft. Aber im Ausland wussten sie nicht so recht, wie sie sich benehmen sollten. Ihr Auftrag lautete, ihn aufzuspüren, nachzuprüfen, ob er tatsächlich unter der von der CIA angegebenen Adresse lebte. Wenn sie ihn gefunden hatten, sollten sie ihn aufrütteln, ihm Angst einjagen, ihn mit Fragen zu Eilüberweisungen und Offshore-Konten bombardieren.

Sie hatten alles genau geplant und oft geübt. Aber

unter den Arkaden der Via Fondazza versagte ihre Strategie.

»Wir bleiben in Bologna, bis Sie mit uns reden«, drohte der Dicke.

»Herzlichen Glückwunsch, dann haben Sie einen langen Urlaub vor sich.«

»Wir haben unsere Anweisungen, Mr Backman.«

»Ich auch.«

»Nur ein paar Fragen, bitte«, sagte der Dünne.

»Sprechen Sie mit meinem Anwalt«, erwiderte Marco und wandte sich in Richtung seiner Wohnung.

»Wer ist Ihr Anwalt?«

»Carl Pratt.«

Sie rührten sich nicht, folgten ihm nicht. Marco beschleunigte seine Schritte. Er überquerte die Straße, warf einen kurzen Blick in Richtung seiner Wohnung, wurde aber nicht langsamer. Falls sie ihm folgen wollten, warteten sie zu lange. Als er in die Via del Piombo bog, wusste er, dass sie ihn nie finden würden. Mittlerweile war er hier zu Hause, in diesen Straßen und Gassen mit den dunklen Eingängen zu Läden, die erst in mehr als drei Stunden öffnen würden.

In der Via Fondazza hatten sie ihn nur aufgespürt, weil sie seine Adresse kannten.

Am südwestlichen Rand der Altstadt, in der Nähe der Porta Santo Stefano, nahm er einen Stadtbus, mit dem er eine halbe Stunde lang herumfuhr. An der Endstation in der Nähe des Hauptbahnhofs am nördlichen Stadtrand stieg er in einen anderen Bus und fuhr wieder ins Zentrum. Allmählich füllten sich die Busse mit Frühaufstehern auf dem Weg zur Arbeit. Ein dritter Bus brachte ihn quer durch die Stadt zur Porta Saragozza. Dort begann der 3,6 Kilometer lange Fußweg nach San Luca. Am vierhundertsten Bogen blieb er stehen, um Atem zu schöpfen und sich umzusehen. Zwischen den Säulen unter ihm war kein Verfolger zu entdecken. Das hatte er auch nicht erwartet.

Er setzte den Aufstieg langsamer fort und war nach fünfundfünzig Minuten oben angelangt. Hinter dem Santuario folgte er dem schmalen Pfad, auf dem Francesca gestürzt war, und ließ sich schließlich auf der Bank nieder, auf der sie gewartet hatte. Von hier aus bot sich ein atemberaubender Blick über das morgendliche Bologna. Er zog seine Winterjacke aus, um sich abzukühlen. Die Sonne war mittlerweile aufgegangen und die Luft traumhaft klar und hell. Lange Zeit saß Marco allein da und sah zu, wie die Stadt zum Leben erwachte.

Er wusste die Einsamkeit und die Sicherheit, die sie ihm bot, zu schätzen. Warum konnte er nicht jeden Morgen hier heraufkommen und hoch über Bologna einfach nur dasitzen und nachdenken, höchstens vielleicht noch Zeitung lesen oder einen Freund anrufen und ein wenig plaudern?

Leider hatte er keine Freunde.

Es war ein Wunschtraum, der nicht in Erfüllung gehen würde.

Mit Luigis Mobiltelefon rief er Ermanno an und sagte den Vormittagsunterricht ab. Dann meldete er sich bei Luigi und teilte ihm mit, dass ihm nicht nach Lernen zumute sei.

»Stimmt was nicht?«

»Nein, ich brauche nur eine Pause.«

»Das ist ja sehr schön, Marco, aber wir bezahlen

Ermanno dafür, dass er Ihnen Italienisch beibringt. Sie müssen jeden Tag Unterricht haben.«

»Hören Sie auf, Luigi. Heute fällt der Unterricht aus.«

»Das finde ich nicht in Ordnung.«

»Mir egal. Suspendieren Sie mich. Werfen Sie mich raus.«

»Sind Sie sauer?«

»Nein, Luigi, mir geht es ausgezeichnet. Es ist ein schöner Tag, in Bologna ist Frühling, und ich mache einen ausgedehnten Spaziergang.«

»Wohin?«

»Nein, danke, Luigi. Auf Gesellschaft kann ich verzichten.«

»Wollen Sie heute Mittag mit mir essen gehen?«

Marcos Magen meldete sich gierig zu Wort. Mit Luigi zu speisen war immer ein Erlebnis – eines, das ihn nichts kostete. »Gern.«

»Lassen Sie mich nachdenken. Ich rufe Sie zurück.«

»In Ordnung, Luigi. Ciao.«

Sie trafen sich um halb eins im Caffè Atene, einem uralten Kellerlokal in einer engen Gasse, von der aus ein paar Stufen nach unten zu dem winzigen Restaurant führten. Die kleinen quadratischen Tische berührten einander fast. Dazwischen balancierten Kellner Tabletts mit Essen hoch über dem Kopf, und aus der Küche brüllten die Köche. Der Speiseraum war verraucht, laut und überfüllt mit hungrigen Gästen, die sich während des Essens in voller Lautstärke unterhielten. Luigi erklärte, dass das Restaurant schon seit Jahrhunderten bestehe. Es sei so gut wie unmöglich, einen Tisch zu bekommen, und das Essen sei selbstverständlich exquisit. Er schlug vor, dass sie sich als Vorspeise eine Portion Calamari teilten.

Nachdem er den ganzen Vormittag oben bei San Luca hin und her überlegt hatte, war Marco zu dem Schluss gekommen, dass er Luigi besser nichts von seiner Begegnung mit dem FBI erzählte. Zumindest nicht gleich. Vielleicht morgen oder übermorgen, aber für den Augenblick wollte er erst einmal Ordnung in seine Gedanken bringen. Der Hauptgrund für diese Zurückhaltung war, dass er keine Lust hatte, schon wieder seine Zelte abzubrechen und unterzutauchen. Auf jeden Fall nicht zu Luigis Bedingungen.

Wenn er verschwinden musste, dann allein.

Er hatte nicht die geringste Ahnung, was das FBI in Bologna wollte. Offenkundig wussten Luigi und seine Auftraggeber nichts davon, zumindest schien sich sein Gegenüber in erster Linie für Speise- und Weinkarte zu interessieren. Das Leben war schön. Alles war in Ordnung.

Dann gingen die Lichter aus. Plötzlich lag das Caffè Atene in völliger Dunkelheit. Im nächsten Augenblick lief ein fluchender Kellner gegen ihren Tisch und kippte sein Tablett über Luigi und Marco aus. Die Beine des antiken Tisches gaben nach, und die Tischkante bohrte sich schmerzhaft in Marcos Schoß. Gleichzeitig traf ihn ein harter Fußtritt oder Schlag an der Schulter. Alles schrie durcheinander. Glas splitterte. Menschen wurden beiseite gestoßen, dann schrie in der Küche jemand »Feuer!«.

Das Getümmel drinnen und draußen auf der Straße ging ohne ernsthafte Schäden ab. Als Letzter verließ Marco den Raum. Er hatte nach seiner Laptoptasche gesucht, wobei er von der panischen Menge fast überrannt worden wäre. Wie immer hatte er die Tasche am

Riemen über seine Stuhllehne gehängt, so dicht an seinem Körper, dass er sie spüren konnte. Im Handgemenge war sie verschwunden.

Die Italiener standen auf der Straße und starrten ungläubig auf das Restaurant. Da drinnen verdarb ihr Essen. Schließlich stieg ein dünnes Rauchwölkchen auf, das sich alsbald in Luft auflöste. Ein Kellner lief mit einem Feuerlöscher herum. Dann war noch mehr Rauch zu sehen, aber nicht viel.

»Ich habe meine Tasche verloren«, sagte Marco zu Luigi, während sie zusahen und warteten.

»Die blaue?«

Wie viele Taschen schleppe ich mit mir herum, Luigi? »Ja, die blaue.« Jemand musste sie gestohlen haben.

Ein kleines Löschfahrzeug mit grotesk lauter Sirene fuhr vor, bremste abrupt und heulte vor sich hin, während die Feuerwehrleute ins Gebäude stürzten. Die Minuten vergingen, und die Italiener fingen an, sich zu zerstreuen.

Die Entscheidungsfreudigen gingen auf die Suche nach einem anderen Restaurant, solange noch Zeit war. Die anderen glotzten auf den Ort dieses entsetzlichen Unrechts.

Schließlich wurde die Sirene ausgeschaltet. Offenbar war es nicht nötig gewesen, das Restaurant unter Wasser zu setzen. Nachdem die Feuerwehr eine Stunde lang diskutiert und debattiert und nur sehr wenig gelöscht hatte, war die Situation unter Kontrolle. »Irgendwas in der Toilette«, rief ein Kellner einem Freund zu, einem der wenigen vom Hunger geschwächten Stammgäste, die noch da waren.

Sie durften ins Lokal, um ihre Mäntel zu holen. Gäste, die sich ein anderes Restaurant gesucht hatten, kehrten zurück, um ihre Habseligkeiten einzusammeln. Luigi unterstützte Marco eifrig bei der Suche nach der Tasche. Er besprach die Lage mit dem Oberkellner, und bald war das halbe Personal dabei, das Restaurant zu durchforsten. In dem aufgeregten Geschnatter hörte Marco, wie ein Kellner von einer »Rauchbombe« sprach.

Die Tasche war fort, und Marco wusste es.

Sie setzten sich vor einem Straßencafé in die Sonne, wo sie den hübschen Mädchen nachsehen konnten, aßen ein Panino und tranken ein Bier dazu. Der Diebstahl beschäftigte Marco, aber er versuchte verzweifelt, sich nichts anmerken zu lassen.

»Tut mir Leid mit der Tasche«, sagte Luigi irgendwann.

»Nicht so schlimm.«

»Ich besorge Ihnen ein anderes Mobiltelefon.«

»Danke.«

»Was war sonst noch drin?«

»Nichts. Nur ein paar Stadtpläne, Aspirin, eine Hand voll Euros.«

In einem Hotelzimmer ein paar hundert Meter entfernt hatten Zellman und Krater die Tasche auf das Bett gelegt und ihren Inhalt sorgfältig ausgebreitet. Dieser bestand neben dem Ankyo Smartphone aus zwei abgegriffenen Stadtplänen von Bologna, die nicht viel verrieten, vier Hundert-Dollar-Scheinen, dem Mobiltelefon, das Luigi Marco gegeben hatte, einer Packung Aspirin und der Bedienungsanleitung für das Ankyo.

Zellman, der mehr von Computern verstand, steckte das Smartphone in einen Internetanschluss und war schon bald mit den Menüs beschäftigt. »Das ist ein tolles Ding«, sagte er beeindruckt. »Neueste Technik.«

Ohne große Überraschung stellte er fest, dass das Passwort nicht zu knacken war. Damit würde Langley sich herumschlagen müssen. Von seinem Laptop aus schickte er eine Nachricht mit der Seriennummer und anderen Informationen an Julia Javier.

Zwei Stunden nach dem Diebstahl saß ein CIA-Agent auf dem Parkplatz von Chatter in Alexandria und wartete darauf, dass das Geschäft öffnete.

26

Marco beobachtete aus der Ferne, wie Francesca tapfer mit ihrem Stock über den Gehweg der Via Don Giovanni Minzoni humpelte. Er folgte ihr und hatte sie bald bis auf zehn Meter eingeholt. Diesmal trug sie braune Wildlederstiefel mit niedrigen Absätzen, die vermutlich ihren Knöchel stützen sollten. Flache Schuhe wären bequemer gewesen, aber schließlich war sie Italienerin, da hatte die Mode oberste Priorität. Zu einem knielangen, hellbraunen Rock trug sie einen leuchtend roten Wollpullover, der ihre perfekte Figur betonte. Es war das erste Mal, dass er sie so sah, sonst war sie stets gegen die Kälte dick eingemummt gewesen.

Sie trat vorsichtig auf und hinkte leicht, aber sie näherte sich Da Nino mit einer Entschlossenheit, bei der ihm warm ums Herz wurde. Alles, damit sie ihm bei einer Tasse Kaffee ein oder zwei Stunden Italienischunterricht geben konnte! Nur für ihn!

Und wegen des Geldes.

Einen Augenblick lang dachte er über ihre finanzielle Situation nach. Trotz der unheilbaren Erkrankung ihres Mannes und der saisonalen Flaute bei ihren Einkünften als Reiseführerin kleidete sie sich stilsicher und lebte in einer elegant eingerichteten Wohnung. Giovanni war Professor gewesen. Vielleicht hatte er fleißig gespart, und jetzt zehrte seine Krankheit an ihren Mitteln.

Wie auch immer. Marco hatte seine eigenen Probleme. Er hatte soeben vierhundert Dollar in bar und seine einzige Verbindung zur Außenwelt verloren. Leute, die nicht hätten wissen dürfen, wo er war, kannten seine Adresse. Vor neun Stunden hatte ihn jemand auf der Via Fondazza mit seinem richtigen Namen angesprochen.

Er verlangsamte sein Tempo, damit Francesca das Restaurant allein betreten konnte, wo sie von Ninos Söhnen erneut wie ein geliebtes Mitglied der Familie begrüßt wurde. Dann ging er eine Runde um den Block, um ihnen Zeit zu geben, sie an ihren Tisch zu setzen, ein wenig um sie herumzuspringen, ihr einen Kaffee zu bringen, einen Augenblick zu plaudern und den neuesten Tratsch auszutauschen. Als er zehn Minuten nach ihr durch die Tür trat, fiel ihm Ninos jüngster Sohn um den Hals. Francescas Freunde waren auch seine Freunde.

Ihre Stimmung wechselte so häufig, dass Marco keine Ahnung hatte, was ihn erwartete. Er erinnerte sich noch gut an ihre warme Art vom Vortag, aber er hielt es durchaus für möglich, dass ihn heute kalte Gleichgültigkeit erwartete. Doch als sie lächelnd nach seiner Hand griff und ihn auf die Wangen küsste, wusste er sofort, dass der Unterricht der einzige Lichtblick an diesem schwarzen Tag werden würde.

Als sie endlich allein waren, erkundigte er sich nach ihrem Mann. Die Lage war unverändert. »Es ist nur noch eine Frage von Tagen«, sagte sie mit starrer Miene, als wäre sie bereits in Trauer.

Er fragte nach ihrer Mutter, Signora Altonelli, und erhielt einen ausführlichen Bericht. Sie war dabei, den Birnenkuchen zu backen, den Giovanni immer so gern gegessen hatte – nur für den Fall, dass er den Duft aus der Küche wahrnahm.

»Und wie war Ihr Tag?«

Eine einzige Katastrophe – von dem Schock, in der Dunkelheit seinen echten Namen zu hören, bis zu dem sorgfältig inszenierten Diebstahl. Schlimmer hätte es nicht kommen können.

»Ein kleiner Zwischenfall beim Mittagessen«, erwiderte er.

»Erzählen Sie.«

Er beschrieb seinen Fußmarsch nach San Luca, zu der Stelle, wo sie gestürzt war, und ihrer Bank, die Aussicht, die Absage bei Ermanno, das Essen mit Luigi, das Feuer, den Verlust seiner Tasche. Ihr war nicht aufgefallen, dass sie fehlte, bis er davon erzählte.

»In Bologna gibt es kaum Kriminalität«, meinte sie entschuldigend. »Ich kenne das Caffè Atene. Dort kommt normalerweise nichts weg.«

Diese Diebe waren auch nicht von hier, hätte er am liebsten gesagt, doch er nickte nur betroffen. Ja, ja, wo soll das alles enden?

Nach diesem Geplänkel verwandelte sie sich wieder in die gestrenge Lehrerin. Sie sei in der Stimmung, sich mit Verben zu befassen, verkündete sie. Er nicht, aber seine Stimmungen waren unwichtig. Sie ließ ihn das Futur von *abitare* (»wohnen«) und *vedere* (»sehen«) aufsagen. Dann musste er beide Verben in sämtlichen Zeiten in hunderte von Beispielsätzen einbauen. Selbst der geringste Aussprachefehler wurde umgehend korrigiert. Grammatikfehler wurden getadelt, als hätte er die nationale Ehre Italiens beleidigt.

Sie war den ganzen Tag lang mit ihrem sterbenden

Mann und ihrer geschäftigen Mutter in ihrer Wohnung eingesperrt gewesen. Der Unterricht war ihre einzige Möglichkeit, Dampf abzulassen. Dagegen war Marco bereits erschöpft. Der anstrengende Tag forderte seinen Tribut, aber Francescas anspruchsvolles Tempo ließ ihn seine Müdigkeit und Verwirrung vergessen. Eine Stunde verging wie im Flug. Nachdem sie ihre Energiereserven mit noch mehr Kaffee aufgefüllt hatten, wagten sie sich in die düsteren Gefilde des Konjunktivs – Präsens, Präteritum und Perfekt. Schließlich geriet er ins Trudeln. Sie tröstete ihn mit der Versicherung, dass viele Lernende am Konjunktiv scheiterten. Aber er war müde und hätte am liebsten kapituliert.

Nach zwei Stunden gab er auf. Er war völlig erschöpft und sehnte sich nach einem weiteren langen Spaziergang. Es dauerte eine Viertelstunde, bis sie sich von Ninos Söhnen verabschiedet hatten. In gehobener Stimmung brachte er Francesca zu ihrer Wohnung, wo sie sich auf die Wangen küssten und umarmten, nachdem sie sich für den nächsten Tag verabredet hatten.

Wenn er den kürzesten Weg nahm, war seine Wohnung nur fünfundzwanzig Minuten entfernt. Aber es war über einen Monat her, dass er auf direktem Weg irgendwohin gegangen war.

Er fing an, ziellos herumzuwandern.

Um sechzehn Uhr waren acht Mitglieder der Kidon auf der Via Fondazza unterwegs. Einer trank in einem Straßencafé einen Espresso, einige schlenderten ziellos in einem Abstand von etwa hundert Metern durch die Straße, einer fuhr auf einer Vespa hin und her, und wieder ein anderer sah aus einem Fenster im zweiten Stock.

Einen knappen Kilometer entfernt, außerhalb des Stadtzentrums, spielten die vier übrigen Mitglieder der Kidon im ersten Stock über einem Blumengeschäft, das einem älteren Juden gehörte, Karten und warteten nervös. Einer von ihnen, ein gewisser Ari, war einer der Topmänner des Mossad für auf Englisch geführte Verhöre.

Sie spielten, ohne viel zu reden. Die vor ihnen liegende Nacht würde lang und unangenehm werden.

Den ganzen Tag über hatte sich Marco mit der Frage herumgeschlagen, ob er in die Via Fondazza zurückkehren sollte. Gut möglich, dass sich die Kerle vom FBI noch dort herumtrieben. Das konnte hässlich werden. Die ließen sich bestimmt nicht noch einmal so leicht abwimmeln, schließlich wollten ihre Vorgesetzten zu Hause Ergebnisse sehen.

Intuitiv vermutete er, dass Luigi hinter dem Diebstahl seiner Tasche steckte, obwohl er sich keineswegs sicher war. Das Feuer war kein echter Brand gewesen, mehr ein Ablenkungsmanöver, damit sich jemand im Schutz der Dunkelheit die Tasche schnappen konnte.

Er traute Luigi nicht, weil er niemandem traute.

Sie hatten sein cleveres kleines Smartphone, in dem irgendwo Neils Codes steckten. Ob sie zu knacken waren? Würde die Spur zu seinem Sohn führen? Marco hatte nicht die geringste Ahnung, wie diese Dinger funktionierten, was möglich war, was nicht.

Der Drang, Bologna zu verlassen, war übermächtig. Wohin er wollte und wie er dorthin gelangen sollte, das waren Fragen, auf die er sich noch keine Antwort überlegt hatte. Er fühlte sich verletzlich, wie er so durch die Stadt wanderte, fast hilflos. Hinter jedem Gesicht, das ihn ansah, konnte jemand stecken, der seinen echten Namen kannte. An einer überfüllten Bushaltestelle drängte er sich an der Schlange vorbei und stieg in einen Bus, ohne zu wissen, wohin er wollte. Der Bus war voller müder Pendler, die sich Schulter an Schulter durchrütteln ließen. Durch die Fenster beobachtete er die Fußgänger unter den belebten Arkaden des Stadtzentrums.

In letzter Sekunde sprang er aus dem Bus und ging dreihundert Meter die Via San Vitale entlang, bis er einen anderen Bus sah. Er fuhr fast eine Stunde lang im Kreis und stieg schließlich in der Nähe des Bahnhofs aus. Er ließ sich mit der Menge treiben und rannte dann quer über die Via dell'Indipendenza zum Busbahnhof. Drinnen studierte er den Fahrplan, stellte fest, dass in zehn Minuten ein Bus nach Piacenza fuhr. Das lag eineinhalb Stunden Fahrtzeit mit fünf Zwischenstopps entfernt. Für dreißig Euro kaufte er sich eine Fahrkarte und versteckte sich bis zur letzten Minute in der Toilette. Der Bus war so gut wie voll. Die Sitze waren breit und hatten hohe Kopfstützen, und während sich der Bus langsam durch den dichten Verkehr schob, wäre Marco fast eingenickt. Doch er riss sich zusammen. Schlafen kam nicht in Frage.

Es war so weit – das war die Flucht, an die er seit seinem ersten Tag in Bologna gedacht hatte. Er war zu dem Schluss gekommen, dass er verschwinden, Luigi zurücklassen und seinen eigenen Weg finden musste, wenn er überleben wollte. Oft hatte er sich gefragt, wie und wann genau die Flucht beginnen würde. Was würde sie auslösen? Ein Gesicht? Eine Drohung? Würde er Bus oder Zug nehmen, Taxi oder Flugzeug? Wohin würde er sich wenden? Wo sich verstecken? Würde er sich mit seinem dürftigen Italienisch durchschlagen können? Wie viel Geld würde er zu diesem Zeitpunkt haben?

Nun war es so weit. Die Dinge waren in Bewegung geraten. Es gab kein Zurück mehr.

Der erste Halt war das kleine Dorf Bazzano, fünfzehn Kilometer westlich von Bologna. Marco stieg aus und nicht mehr ein. Wieder versteckte er sich in der Toilette des Busbahnhofs, bis der Bus abgefahren war. Dann ging er über die Straße zu einem Lokal, wo er ein Bier bestellte und sich beim Besitzer nach dem nächsten Hotel erkundigte.

Bei seinem zweiten Bier fragte er nach Zügen und erfuhr, dass Bazzano keinen Bahnhof besaß. Nur Busse, erklärte der Besitzer.

Das Hotel Cantino befand sich fünf- oder sechshundert Meter entfernt nahe beim Zentrum. Es war dunkel, als er dort ankam – ohne jegliches Gepäck, was der Signora an der Rezeption nicht entging.

»Ich hätte gern ein Zimmer«, sagte er auf Italienisch.

»Für wie viele Nächte?«

»Nur eine.«

»Das Zimmer kostet fünfundfünfzig Euro.«

»In Ordnung.«

»Ihren Pass, bitte.«

»Den habe ich leider verloren.«

Misstrauisch zog sie die gezupften und gemalten Augenbrauen hoch. Dann schüttelte sie den Kopf. »Tut mir Leid.«

Marco legte zwei Hundert-Euro-Scheine auf die Theke vor ihr. Es war klar, was er wollte: Wenn sie den Papierkram vergaß und ihm einen Schlüssel gab, gehörte das Geld ihr.

Noch mehr Kopfschütteln, noch mehr Stirnrunzeln. »Sie müssen einen Pass haben.« Damit verschränkte sie die Arme vor der Brust, reckte herausfordernd das Kinn und bereitete sich auf den nächsten Schlagabtausch vor. Gegen sie kam er nicht an.

Er wanderte durch die Straßen des fremden Ortes. In einem Lokal trank er einen Kaffee. Keinen Alkohol mehr, er brauchte jetzt einen klaren Kopf.

»Wo finde ich ein Taxi?«, fragte er den Mann hinter dem Tresen.

»Am Busbahnhof.«

Um einundzwanzig Uhr ging Luigi unruhig in seiner Wohnung auf und ab und wartete darauf, dass Marco nebenan erschien. Schließlich rief er Francesca Ferro an. Er sei nachmittags zum Unterricht erschienen, berichtete sie, es sei sogar eine ganz besonders erfreuliche Stunde gewesen. Wie schön, dachte er.

Marcos Verschwinden war natürlich Teil des Plans, aber Whitaker und Langley hatten angenommen, dass es noch ein paar Tage dauern würde. Hatten sie ihn bereits verloren? So schnell? Mittlerweile hielten sich fünf Agenten ganz in der Nähe auf: Luigi, Zellman, Krater und zwei, die aus Mailand hergeschickt worden waren.

Luigi hatte den Plan immer schon für fragwürdig gehalten. In einer Großstadt wie Bologna war es unmöglich, eine Person rund um die Uhr zu überwachen. Luigi hatte leidenschaftlich die Ansicht vertreten, dass der Plan nur in einem kleinen Dorf funktionieren konnte, wo Backmans Bewegungsfreiheit und Möglichkeiten eingeschränkt waren. Besucher mussten an einem solchen Ort viel mehr auffallen. Das war der ursprüngliche Plan gewesen, der aber in Washington überraschend geändert worden war.

Um 21.12 Uhr gab der Summer in der Küche ein leises Signal von sich. Luigi lief zu den Monitoren. Marco war also zurück. Seine Wohnungstür öffnete sich. Luigi starrte auf das digitale Bild, das die in der Decke des Wohnzimmers nebenan versteckte Kamera lieferte.

Zwei Fremde – nicht Marco. Zwei Männer in den Dreißigern in normaler Straßenkleidung. Sie schlossen die Tür schnell, leise, professionell hinter sich und fingen an, sich umzusehen. Einer von ihnen trug eine kleine schwarze Tasche bei sich.

Sie waren gut, sehr gut. Um das Schloss eines sicheren Hauses zu knacken, mussten sie gut sein.

Luigi lächelte aufgeregt. Mit ein wenig Glück würden seine Kameras Marcos Entführung aufzeichnen. Vielleicht würden sie ihn auch an Ort und Stelle im Wohnzimmer umbringen, und alles wäre dann auf Film gebannt. Möglicherweise funktionierte der Plan doch noch.

Er schaltete den Ton ein und stellte lauter. Die Sprache war in diesem Fall von größter Bedeutung, weil sie wissen mussten, woher die Männer kamen. Doch es war kein Geräusch zu vernehmen. Die beiden bewegten sich völlig lautlos. Ein- oder zweimal flüsterten sie etwas, aber das war kaum zu hören.

27

DAS TAXI HIELT AN DER VIA GRAMSCI in der Nähe von Bus- und Schienenbahnhof. Marco bezahlte vom Rücksitz aus in bar, sprang zwischen zwei geparkte Autos und war bald in der Dunkelheit verschwunden. Seine Flucht aus Bologna war sehr kurz gewesen, aber sie war schließlich auch noch nicht zu Ende. Aus Gewohnheit schlug er Haken und ging parallel zu seinem Weg wieder zurück, wobei er nach eventuellen Verfolgern Ausschau hielt.

In der Via Don Giovanni Minzoni verschwand er eilig unter den Bogengängen und blieb dann vor Francescas Haus stehen. Den Luxus, seine Meinung zu ändern, konnte er sich nicht leisten. Für Zögern und Zweifel blieb ihm keine Zeit. Er klingelte zweimal, wobei er verzweifelt hoffte, dass Francesca und nicht Signora Altonelli antworten würde.

»Wer ist da?«, fragte ihre bezaubernde Stimme.

»Francesca, ich bin es, Marco Lazzeri. Ich brauche Hilfe.«

Eine kurze Pause. »Ja, natürlich«, sagte sie dann.

Sie empfing ihn an ihrer Tür im ersten Stock und bat ihn herein. Zu seiner Bestürzung war Signora Altonelli immer noch da. Mit einem Geschirrtuch in der Hand stand sie in der Küchentür und ließ ihn nicht aus den Augen.

»Alles in Ordnung?«, fragte Francesca auf Italienisch.

»Englisch, bitte«, sagte er, wobei er ihre Mutter ansah und lächelte.

»Ja, natürlich.«

»Ich brauche einen Unterschlupf, wo ich heute übernachten kann. Ein Zimmer kann ich mir nicht nehmen, weil ich keinen Pass habe. Den verlangen sie sogar in den kleinen Hotels, und Schmiergeld nehmen die auch nicht.«

»So sind die Gesetze hier in Europa.«

»Ja, das habe ich mittlerweile gemerkt.«

Sie deutete auf das Sofa. Dann bat sie ihre Mutter, Kaffee zu kochen. Sie setzten sich. Ihm fiel auf, dass sie barfuß war und ohne Stock ging, obwohl sie den eigentlich noch brauchte. In den engen Jeans und dem weiten Pullover sah sie aus wie eine hübsche Schülerin.

»Warum verraten Sie mir nicht, was los ist?«, fragte sie.

»Es ist eine komplizierte Geschichte, und das meiste kann ich Ihnen nicht erzählen. Sagen wir, dass ich mich im Augenblick nicht sehr sicher fühle, dass ich Bologna unbedingt so schnell wie möglich verlassen muss.«

»Wohin wollen Sie?«

»Das weiß ich nicht genau. Ich muss aus Italien, aus Europa raus, irgendwohin, wo ich wieder untertauchen kann.«

»Wie lange müssen Sie sich versteckt halten?«

»Lange. Genau weiß ich es nicht.«

Sie sah ihn unverwandt an. Ihr Blick war kühl, aber er erwiderte ihn, denn ihre Augen waren schön, auch wenn sie eisige Kälte verströmten.

»Wer sind Sie?«, fragte sie.

»Nicht Marco Lazzeri.«

»Wovor laufen Sie weg?«

»Vor meiner Vergangenheit, und die ist gerade dabei, mich einzuholen. Ich bin kein Verbrecher, Francesca. Ich war mal Anwalt und bin in Schwierigkeiten geraten. Ich war im Gefängnis, dann wurde mir die Reststrafe erlassen. Ich bin kein schlechter Mensch.«

»Warum ist man hinter Ihnen her?«

»Es geht um ein Geschäft, das ich vor sechs Jahren arrangiert habe. Ein paar sehr unangenehme Menschen sind nicht damit zufrieden, wie die Sache gelaufen ist. Sie geben mir die Schuld daran und wollen mich finden.«

»Um Sie zu töten?«

»Ja, genau das haben sie vor.«

»Das ist sehr verwirrend. Warum sind Sie hergekommen? Warum hat Luigi Ihnen geholfen? Warum hat er mich und Ermanno engagiert? Ich verstehe das nicht.«

»Und ich habe keine Antwort auf diese Fragen. Vor zwei Monaten dachte ich, ich würde noch vierzehn Jahre im Gefängnis sitzen. Plötzlich war ich frei, besaß eine neue Identität und wurde nach Italien verfrachtet, zuerst nach Treviso, dann nach Bologna. Ich vermute, sie wollen mich hier töten.«

»Hier? In Bologna!«

Er nickte und warf einen Blick in Richtung Küche, wo nun Signora Altonelli mit einem Tablett mit Kaffee und einem noch nicht angeschnittenen Birnenkuchen erschien. Als sie Marco auf einem kleinen Teller ein Stück davon servierte, wurde ihm bewusst, dass er seit dem Mittagessen nichts mehr zu sich genommen hatte.

Seit dem Mittagessen mit Luigi, bei dem ihm das Smartphone gestohlen worden war. Er dachte an Neal. Hoffentlich war sein Sohn in Sicherheit.

»Köstlich«, sagte er auf Italienisch zu Signora Altonelli. Francesca aß nichts. Sie beobachtete jede seiner Bewegungen, jeden Bissen, jeden Schluck Kaffee.

»Für wen arbeitet Luigi?«, fragte sie, als ihre Mutter wieder in der Küche verschwunden war.

»Ich bin mir nicht sicher. Vermutlich für die CIA. Sie kennen die CIA?«

»Ja, ich lese Spionageromane. Die CIA hat Sie hergebracht?«

»Ich gehe davon aus, dass mich die CIA aus dem Gefängnis geholt, außer Landes gebracht und hier in Bologna in einem sicheren Haus versteckt hat, während überlegt wurde, was man mit mir anfangen soll.«

»Wollen die Sie umbringen?«

»Schon möglich.«

»Luigi?«

»Kann sein.«

Sie stellte ihre Tasse auf den Tisch und spielte eine Weile mit einer Haarsträhne. »Möchten Sie ein Glas Wasser?«, fragte sie und erhob sich.

»Nein, danke.«

»Ich brauche Bewegung«, erklärte sie, wobei sie vorsichtig ihren linken Fuß belastete. Sie humpelte langsam in die Küche, wo nach einem Augenblick der Stille ein Streit losbrach. Es kam zu einem hitzigen Wortwechsel zwischen ihr und ihrer Mutter, der in einem deutlich vernehmbaren, erbosten Flüsterton geführt wurde.

Der Streit zog sich ein paar Minuten lang hin, erstarb und flackerte wieder auf. Offenbar wollte keine von beiden nachgeben. Schließlich kehrte Francesca mit einer kleinen Flasche San Pellegrino zurück und setzte sich wieder auf das Sofa.

»Was war los?«, wollte er wissen.

»Ich habe ihr gesagt, dass Sie heute Nacht hier schlafen wollen. Das hat sie missverstanden.«

»Keine Sorge, wenn nötig übernachte ich im Wandschrank. Mir ist das egal.«

»Sie ist sehr altmodisch.«

»Bleibt sie heute Nacht hier?«

»Jetzt schon.«

»Geben Sie mir einfach ein Kissen, ich schlafe auf dem Küchentisch.«

Als Signora Altonelli das Kaffeegeschirr abräumte, war sie wie verwandelt. Sie funkelte Marco an, als hätte er ihrer Tochter unsittliche Anträge gemacht, und Francesca hätte sie offenbar am liebsten den Hintern versohlt. Ein paar Minuten lang machte sie sich schmollend in der Küche zu schaffen, dann verschwand sie irgendwo hinten in der Wohnung.

»Sind Sie müde?«, fragte Francesca.

»Nein. Sie?«

»Nein. Lassen Sie uns reden.«

»Okay.«

»Erzählen Sie mir alles.«

Nach ein paar Stunden Schlaf auf dem Sofa erwachte er, weil Francesca ihn an der Schulter rüttelte. »Ich habe eine Idee«, sagte sie. »Kommen Sie mit.«

Sie gingen in die Küche. Die Uhr dort zeigte Viertel nach vier. Auf der Arbeitsplatte neben dem Spülbecken entdeckte er einen Einwegrasierer, eine Dose Rasierschaum, eine Brille und eine Flasche mit einem Mittel für die Haare, dessen genauen Zweck er nicht entziffern konnte. Sie gab ihm etwas in weinrotes Leder Gebundenes.

»Das ist ein Pass. Giovannis Pass.«

Er ließ ihn fast fallen. »Nein, das kann ich nicht ...«

»Doch, Sie können. Er braucht ihn nicht mehr. Ich bestehe darauf.«

Marco öffnete ihn langsam und blickte in das distinguierte Gesicht eines Mannes, den er nie gesehen hatte. Das Dokument war noch sieben Monate lang gültig, also musste das Foto fast fünf Jahre alt sein. Er suchte nach dem Geburtsdatum. Giovanni war mittlerweile achtundsechzig, gut zwanzig Jahre älter als seine Frau.

Während der Taxifahrt von Bazzano zurück nach Bologna hatte er an nichts anderes denken können als an einen Pass. Er hatte in Erwägung gezogen, einen arglosen Touristen zu bestehlen. Er hatte überlegt, Papiere auf dem Schwarzmarkt zu kaufen, wusste aber nicht, wohin er sich wenden sollte. Und ihm war Giovanni eingefallen, dessen Pass bald nutzlos sein würde. Null und nichtig.

Aber er hatte den Gedanken verworfen, weil er Francesca nicht gefährden wollte. Was, wenn er erwischt wurde? Was, wenn ein Grenzbeamter am Flughafen misstrauisch wurde und einen Vorgesetzten rief? Seine größte Angst war allerdings, dass ihn seine Verfolger erwischten. Durch den Pass konnte sie in die Sache hineingezogen werden, und das wollte er auf keinen Fall.

»Sind Sie sicher?«, fragte er. Jetzt, wo er den Pass in den Händen hielt, wollte er ihn nicht mehr loslassen.

»Bitte, Marco, ich will helfen. Giovanni würde darauf bestehen.«

»Ich weiß nicht, was ich sagen soll.«

»Wir haben zu tun. In zwei Stunden geht ein Bus nach Parma, das wäre ein sicherer Weg aus der Stadt heraus.«

»Ich will nach Mailand.«

»Gute Idee.«

Sie nahm den Pass und öffnete ihn. Gemeinsam studierten sie das Foto ihres Mannes. »Fangen wir mit dem Gestrüpp um Ihren Mund an«, erklärte sie.

Zehn Minuten später waren Schnauzer und Kinnbart verschwunden. Das Gesicht, das ihm aus dem Spiegel entgegensah, den sie für ihn über das Spülbecken hielt, war vollständig glatt rasiert. Giovanni hatte mit dreiundsechzig weniger graue Haare gehabt als Marco mit zweiundfünfzig, aber er war auch nicht von einem amerikanischen Bundesgericht verurteilt worden und hatte nicht sechs Jahre im Gefängnis gesessen.

Er nahm an, dass sie das Tönungsmittel sonst für ihre Haare verwendete, wollte aber nicht fragen. Laut Packung dauerte die Behandlung nur eine Stunde. Er saß mit einem Handtuch um die Schultern auf einem Stuhl vor dem Tisch, während sie die Lösung sanft einmassierte. Es wurde nur wenig gesprochen. Ihre Mutter schlief. Ihr Mann lag, von Medikamenten betäubt, regungslos im Bett.

Noch vor nicht allzu langer Zeit hatte Giovanni, ein typischer Professor, eine hellbraune Schildpattbrille getragen. Als Marco sie aufsetzte, war er verblüfft, wie sehr sich sein Äußeres verändert hatte. Sein Haar war viel dunkler, seine Augen wirkten ganz anders. Er erkannte sich selbst kaum wieder.

»Nicht schlecht«, lobte Francesca ihre eigene Arbeit. »Für den Augenblick muss das reichen.«

Sie brachte ihm eine Sportjacke aus marineblauem Kord, deren Besatz an den Ellbogen blank gescheuerte Stellen zeigte. »Er ist etwa fünf Zentimeter kleiner als

Sie«, meinte sie. Die Ärmel waren zwei Zentimeter zu kurz. Früher hätte die Jacke über seiner Brust gespannt, aber im Augenblick war Marco so dünn, dass ihm alles passte.

»Wie heißen Sie wirklich?«, fragte sie, während sie an den Ärmeln zupfte und den Kragen zurechtrückte.

»Joel.«

»Ich finde, Sie sollten mit einer Aktentasche reisen. Das wirkt natürlicher.«

Dagegen war nichts zu sagen. Francescas Großzügigkeit war überwältigend, aber Marco hatte sie auch bitter nötig. Sie verschwand und kam mit einer wunderschönen alten Aktentasche aus braunem Leder mit silberner Schnalle zurück.

»Ich weiß nicht, was ich sagen soll«, murmelte er.

»Das ist Giovannis Lieblingstasche. Ich habe sie ihm vor zwanzig Jahren geschenkt. Italienisches Leder.«

»Natürlich.«

»Was werden Sie sagen, falls Sie mit dem Pass erwischt werden?«

»Dass ich ihn gestohlen habe. Sie sind meine Lehrerin. Ich war bei Ihnen zu Gast und habe die Gelegenheit genutzt, um Ihre Schubladen zu durchwühlen und den Pass Ihres Mannes zu entwenden.«

»Sie sind ein guter Lügner.«

»Zu meiner Zeit war ich ein Meister darin. Wenn ich erwischt werde, sorge ich dafür, dass Sie nicht in Gefahr geraten, das verspreche ich Ihnen. Ich werde lügen, dass sich die Balken biegen.«

»Sie werden nicht erwischt. Aber benutzen Sie den Pass so selten wie möglich.«

»Keine Sorge. Ich vernichte ihn, sobald ich kann.«

»Brauchen Sie Geld?«

»Nein.«

»Bestimmt nicht? Ich habe eintausend Euro hier.«

»Nein, Francesca, aber trotzdem vielen Dank.«

»Sie beeilen sich besser.«

Er folgte ihr zur Wohnungstür, wo sie stehen blieben und sich ansahen. »Gehen Sie manchmal ins Internet?«, fragte er.

»Jeden Tag, zumindest für kurze Zeit.«

»Suchen Sie nach Joel Backman. Fangen Sie mit der *Washington Post* an. Sie werden jede Menge Material finden, aber glauben Sie nicht alles, was Sie lesen. Ich bin nicht das Ungeheuer, das die aus mir gemacht haben.«

»Sie sind überhaupt kein Ungeheuer, Joel.«

»Ich weiß nicht, wie ich Ihnen danken soll.«

Sie nahm seine rechte Hand und drückte sie mit beiden Händen. »Werden Sie je nach Bologna zurückkommen?«, fragte sie. Es war eher eine Einladung als eine Frage.

»Ich weiß es nicht. Ich habe überhaupt keine Ahnung, was passieren wird. Vielleicht schon. Kann ich mich bei Ihnen melden, wenn es mir gelingt, mich hierher durchzuschlagen?«

»Bitte tun Sie das. Seien Sie vorsichtig da draußen.«

Ein paar Minuten lang stand er, noch nicht bereit für die lange Reise, in den Schatten der Via Don Giovanni Minzoni, konnte sich nicht überwinden, sie zu verlassen.

Dann hustete jemand unter den dunklen Bogengängen auf der anderen Straßenseite, und Giovanni Ferro war auf der Flucht.

28

Während die Stunden quälend langsam verstrichen, steigerte sich Luigis Sorge zur Panik. Entweder hatte jemand Marco bereits erledigt, oder er hatte Wind von der Sache bekommen und versuchte zu fliehen. Besonderes Kopfzerbrechen bereitete Luigi der Diebstahl der Tasche. War das überzogen gewesen? Hatte Marco so viel Angst bekommen, dass er untergetaucht war?

Das teure Smartphone war für alle ein Schock gewesen. Marco hatte also noch ganz andere Dinge getan, als Italienisch zu lernen, durch die Straßen zu wandern und sämtliche Cafés und Restaurants der Stadt auszuprobieren. Er hatte Pläne geschmiedet und mit jemandem Informationen ausgetauscht.

Das Smartphone befand sich in einem Labor im Keller der amerikanischen Botschaft in Mailand, wo es den Technikern, letzten Informationen von Whitaker zufolge, immer noch nicht gelungen war, die Codes zu knacken.

Ein paar Minuten nach Mitternacht bekamen die beiden Eindringlinge nebenan das Warten offenbar satt. Als sie die Wohnung verließen, sprachen sie ein paar Worte, die so laut waren, dass sie aufgezeichnet werden konnten. Englisch mit einem leichten Akzent. Luigi rief umgehend Whitaker an und meldete, dass es sich wahrscheinlich um Israelis handele.

Er hatte sich nicht geirrt. Die beiden Agenten waren von Efraim angewiesen worden, die Wohnung zu verlassen und die Position zu wechseln.

Als sie fort waren, beschloss Luigi, Krater zum Busbahnhof zu schicken, während sich Zellman um die Züge kümmern sollte. Ohne Pass konnte Marco kein Flugticket kaufen, daher beschloss Luigi, den Flughafen zu ignorieren. Allerdings sei ein Mann, der sich ein Hightech-Mobiltelefon mit PC-Funktion für über eintausend Dollar besorgen könne, möglicherweise auch in der Lage, einen Pass aufzutreiben, wie Luigi Whitaker auseinander setzte.

Um drei Uhr morgens war Whitaker in Mailand so aufgebracht, dass er am Telefon nur noch brüllte. Luigi, der aus Sicherheitsgründen keinen Lärm machen durfte, fluchte leise, aber ausgiebig auf Englisch und Italienisch.

»Verdammt noch mal, Sie haben ihn verloren!«, schrie Whitaker.

»Noch nicht.«

»Der Mann ist tot!«

Luigi hängte zum dritten Mal an diesem Morgen auf.

Die Kidon zog sich gegen 3.30 Uhr zurück. Die Agenten sollten sich ein paar Stunden lang ausruhen und dann den vor ihnen liegenden Tag planen.

Marco saß mit einem Penner auf einer Bank in einem kleinen Park nicht weit von der Via dell'Indipendenza entfernt. Der Penner hatte die ganze Nacht über an einer Flasche mit einer rosafarbenen Flüssigkeit genuckelt. Etwa alle fünf Minuten hob er den Kopf und sagte etwas zu Marco, der anderthalb Meter neben ihm saß. Marco murmelte eine Antwort. Was er auch sagte, der Penner schien damit zufrieden zu sein. Zwei seiner Kollegen lagen weggetreten in einem Graben wie gefallene Soldaten. Marco fühlte sich nicht besonders sicher, aber im Moment hatte er andere Probleme.

Vor dem Busbahnhof lungerten einige Leute herum. Gegen halb sechs belebte sich das Bild. Eine große Gruppe, die offenbar aus Zigeunern bestand, eilte geschäftig aus dem Gebäude. Alle redeten laut durcheinander, vermutlich waren sie froh, nach einer langen Busfahrt endlich angekommen zu sein. Nach und nach trafen weitere Reisende ein, die den Bus nehmen wollten. Marco entschied, dass es an der Zeit war, sich von dem Penner zu verabschieden. Hinter einem jungen Paar mit Kind betrat er den Bahnhof und folgte den beiden zu einem Schalter, wo sie Fahrkarten nach Parma erstanden. Er tat das Gleiche. Dann verschwand er eilig in der Toilette und versteckte sich in einer Kabine.

Krater saß hinter einer Zeitung versteckt in der rund um die Uhr geöffneten Cafeteria des Bahnhofs und trank schlechten Kaffee, während er beobachtete, wie die Passagiere kamen und gingen. Er sah Marco, registrierte Größe, Körperbau und Alter. Der Gang kam ihm bekannt vor, war aber viel langsamer als der des Marco Lazzeri, den er seit Wochen beschattete und der so schnell ging, wie die meisten Männer rannten. Der hier schlug ein wesentlich gemächlicheres Tempo an, aber im Moment gab es auch keinen Grund zur Eile. Auf der Straße hatte Lazzeri immer versucht, sie abzuhängen. Gelegentlich war er damit erfolgreich gewesen.

Doch das Gesicht war anders, das Haar viel dunkler. Die braune Kordmütze war verschwunden, aber das war ein Accessoire, das sich leicht ersetzen ließ. Die Schildpattbrille fiel Krater auf. Eine Brille war die perfekte Ablenkung, aber allzu oft wurde ihr Einsatz übertrieben. Marcos elegantes Armani-Modell hatte perfekt zu ihm gepasst, sein Äußeres leicht verändert, ohne die Aufmerksamkeit auf sein Gesicht zu lenken. Die runden Gläser, die dieser Bursche trug, schrien geradezu nach Aufmerksamkeit.

Der Bart war verschwunden, aber sich zu rasieren dauerte keine fünf Minuten. Das war die erste Maßnahme, wenn jemand sein Äußeres verändern wollte. Das Hemd kannte Krater nicht, obwohl er und Luigi sich bei den Durchsuchungen von Marcos Wohnung jedes einzelne Kleidungsstück genau angesehen hatten. Die verblichene Jeans hätte jeder tragen können, auch Marco besaß eine. Den Ausschlag gaben schließlich die blaue Sportjacke mit dem abgewetzten Besatz an den Ellbogen und die schöne Aktentasche. Die Jacke war alt, so etwas hätte Marco nicht kaufen können. Dass die Ärmel ein wenig zu kurz waren, war nicht weiter ungewöhnlich. Die Aktentasche war aus feinem Leder. Selbst wenn Marco genügend Geld für ein Smartphone aufgetrieben hatte, gab es keinen Grund, es für eine so teure Tasche zu verschwenden. Sein letztes Exemplar, die marineblaue Silvio-Laptoptasche, die Krater ihm am Vortag im Caffè Atene im Getümmel gestohlen hatte, hatte sechzig Euro gekostet.

Krater blieb sitzen, beobachtete den Mann aber, bis er um eine Ecke bog und außer Sicht war. Nur eine Möglichkeit, nicht mehr. Er nippte an seinem Kaffee und dachte ein paar Minuten über den Unbekannten nach.

Marco stand in der Kabine. Die Jeans hingen um seine Knöchel, und er kam sich ziemlich albern vor, aber im

Augenblick interessierte ihn nur, ob seine Tarnung glaubhaft wirkte. Die Tür öffnete sich. An der Wand links von der Tür waren vier Pissoirs angebracht. Gegenüber davon befanden sich sechs Waschbecken, und daneben die Kabinen. Die anderen drei waren leer. Im Augenblick war nicht viel los. Marco wartete aufmerksam auf die üblichen Geräusche: das Öffnen des Reißverschlusses, das Klirren einer Gürtelschnalle, den tiefen Seufzer, den Männer häufig von sich geben, das Plätschern des Urins.

Nichts.

An den Waschbecken war auch nichts zu hören, niemand wusch sich die Hände. Die Türen zu den übrigen drei Kabinen blieben geschlossen. Vielleicht drehte der Hausmeister geräuschlos seine Runde.

Vor den Waschbecken bückte Krater sich bis zum Boden und sah die Jeans, die in der letzten Kabine um die Knöchel hing. Daneben stand die elegante Aktentasche. Der Herr erledigte sein Geschäft und ließ sich Zeit dabei.

Der nächste Bus fuhr um sechs Uhr nach Parma, danach ging um 6.20 Uhr einer nach Florenz. Krater hastete zum Schalter und kaufte Fahrkarten für beide. Der Beamte warf ihm einen merkwürdigen Blick zu, aber das war Krater egal. Er kehrte zur Toilette zurück. Der Mann in der letzten Kabine war immer noch da.

Krater ging nach draußen und rief Luigi an. Er beschrieb den Mann, der offenbar keine Eile hatte, die Toilette zu verlassen.

»Das beste Versteck«, meinte Luigi.

»Ich weiß, aus eigener Erfahrung.«

»Glauben Sie, es ist Marco?«

»Keine Ahnung. Wenn ja, ist es eine hervorragende Tarnung.«

Luigi hatte das Smartphone, die vierhundert Dollar in bar und Marcos Verschwinden noch nicht verkraftet. Er wollte kein Risiko eingehen. »Folgen Sie ihm.«

Um 5.55 Uhr zog Marco die Jeans hoch, spülte, griff nach der Aktentasche und ging zum Bus. Auf dem Bussteig wartete Krater, der lässig mit einer Hand einen Apfel aß, während er in der anderen eine Zeitung hielt. Als Marco auf den Bus nach Parma zusteuerte, folgte Krater seinem Beispiel.

Ein Drittel der Sitze blieb leer. Marco ließ sich in einer der mittleren Reihen links am Fenster nieder. Krater wandte den Blick ab, als er an ihm vorbeiging. Dann setzte er sich vier Reihen hinter ihn.

Bis nach Modena, dem ersten Halt, waren es dreißig Minuten. Als sie in die Stadt hineinfuhren, beschloss Marco, die Gesichter hinter ihm zu überprüfen. Er stand auf und ging nach hinten zur Toilette. Unterwegs sah er sich beiläufig die männlichen Fahrgäste an.

Als er die Toilettentür verriegelte, schloss er die Augen. »Ja, das Gesicht habe ich schon einmal gesehen«, sagte er sich.

Vor weniger als vierundzwanzig Stunden im Caffè Atene, nur wenige Minuten, bevor die Lichter erloschen. Und zwar in dem schmalen Spiegel, der entlang der Wand verlief. Das Gesicht war ganz in seiner Nähe gewesen, hinter ihm, mit einem zweiten Mann.

Es war ein vertrautes Gesicht. Vielleicht hatte er es sogar schon vorher irgendwo in Bologna gesehen.

Marco kehrte zu seinem Sitz zurück, als der Bus langsamer wurde und in den Busbahnhof einfuhr. Jetzt hieß es schnell denken, aber ruhig bleiben. Nur keine Panik.

Sie waren ihm aus Bologna gefolgt. Bevor er das Land verließ, musste er ihnen entwischen.

Als der Bus hielt, informierte der Fahrer über den Aufenthalt in Modena. Nur ein kurzer Zwischenstopp, in fünfzehn Minuten ging es weiter. Vier Fahrgäste zwängten sich durch den Gang und stiegen aus. Die anderen blieben sitzen, die meisten schliefen sowieso. Marco schloss die Augen und ließ den Kopf nach links gegen das Fenster sinken. Es sah aus, als wäre er eingeschlafen. Eine Minute verging. Zwei abgehetzte Bauern stiegen ein, die schwere Stofftaschen umklammerten.

Als der Fahrer zurückkam und hinter dem Lenkrad Platz nahm, glitt Marco plötzlich von seinem Sitz, lief durch den Gang und sprang in dem Moment aus dem Bus, als sich die Tür schloss. Mit schnellen Schritten verschwand er im Busbahnhof. Dann wandte er sich um und sah zu, wie der Bus zurücksetzte. Sein Verfolger war noch an Bord.

Krater wollte ihm zuerst nachlaufen, selbst wenn er sich deswegen mit dem Fahrer hätte anlegen müssen. Allerdings war es schwer vorstellbar, dass der versucht hätte, ihn zwangsweise im Bus zu behalten. Doch er beherrschte sich, denn Marco wusste offenbar, dass er verfolgt wurde. Sein Verschwinden in letzter Sekunde bestätigte Kraters Verdacht. Es handelte sich tatsächlich um Marco, und er lief um sein Leben.

Das Problem war, dass er sich nun in Modena frei bewegen konnte – im Gegensatz zu Krater. Der Bus bog in eine andere Straße und hielt an einer Ampel. Krater rannte zum Fahrer, wobei er die Hand auf den Magen presste und so tat, als müsste er sich übergeben, wenn er nicht sofort an die frische Luft käme. Die

Tür flog auf, Krater sprang heraus und lief zurück zum Busbahnhof.

Marco verschwendete keine Zeit. Sobald der Bus außer Sicht war, rannte er zum Taxistand vor dem Busbahnhof, wo drei Autos warteten. Er sprang auf den Rücksitz des ersten.

»Können Sie mich nach Mailand fahren?«, fragte er in fehlerfreiem Italienisch.

»*Milano?*«

»*Sì, Milano.*«

»*È molto caro!*« Das ist sehr teuer.

»*Quanto?*«

»*Duecento euro.*«

»*Andiamo.*«

Nachdem er eine Stunde lang den Busbahnhof von Modena und die angrenzenden Straßen abgesucht hatte, rief Krater Luigi an. Die schlechte Nachricht war, dass er seinen Mann verloren hatte, die gute, dass es sich tatsächlich um Marco handelte. Das war nach der irrwitzigen Flucht in letzter Minute klar.

Luigis Gefühle waren gemischt. Es ärgerte ihn, dass Krater von einem Amateur ausgetrickst worden war, aber er war beeindruckt, dass es Marco gelungen war, sein Äußeres so wirkungsvoll zu verändern, dass er einer kleinen Armee von Killern entkommen konnte. Außerdem war er wütend auf Whitaker und die Idioten in Washington, die ständig die Pläne änderten. Für die katastrophalen Folgen würde man mit Sicherheit ihn, Luigi, verantwortlich machen.

Er rief Whitaker an, brüllte und fluchte und raste dann mit Zellman und den beiden anderen zum Bahnhof. Sie würden sich mit Krater in Mailand treffen, wo Whitaker ein großes Aufgebot einsetzen wollte.

Als er Bologna in dem nach Mailand fahrenden Eurostar verließ, hatte Luigi eine wundervolle Idee, die er allerdings nicht laut aussprechen durfte. Warum rief er nicht einfach Israelis und Chinesen an und erzählte ihnen, dass Backman zuletzt in Modena gesehen worden sei und von dort aus vermutlich nach Parma und Mailand wolle? Sie hatten ein viel größeres Interesse an ihm als Langley. Und finden würden sie ihn bestimmt auch, im Gegensatz zu seinen Leuten.

Aber Befehl war Befehl, selbst wenn er sich ständig änderte.

Alle Straßen führten nach Mailand.

29

DAS TAXI HIELT EINE QUERSTRASSE vom Mailänder Hauptbahnhof entfernt. Marco bezahlte den Fahrer, bedankte sich mehrfach und wünschte ihm eine gute Heimfahrt nach Modena. Dann ging er an dem Dutzend Taxis vorbei, die auf ankommende Passagiere warteten. Im Inneren des riesigen Bahnhofs ließ er sich mit der Menge treiben, die Rolltreppen hinauf, in das organisierte Chaos des Bahnsteigbereichs, wo ein Dutzend Züge auf den Gleisen standen. Anhand der Anzeigetafel mit den Abfahrten prüfte er, welche Alternativen sich ihm boten. Viermal pro Tag fuhr ein Zug nach Stuttgart mit Halt in Zürich. Er besorgte sich einen Fahrplan, erstand einen billigen Führer mit Stadtplan und zog sich in ein Café in einer Ladenstraße zurück. Zeit war kostbar, aber er musste sich orientieren. Er trank zwei Espressi und aß ein Stück Kuchen dazu, ohne die Menge aus den Augen zu lassen. Er liebte die Massen, das Gewusel der kommenden und gehenden Menschen. Hier war er sicher.

Sein erster Plan war, die etwa dreißig Minuten ins Stadtzentrum zu gehen. Irgendwo unterwegs würde er sich in einem billigen Bekleidungsgeschäft völlig neu ausstaffieren: Jacke, Hemd, Hose und Schuhe. Sie hatten ihn in Bologna entdeckt. Das Risiko konnte er nicht noch einmal eingehen.

Mit Sicherheit gab es irgendwo in der Innenstadt, in der Nähe der Piazza del Duomo, ein Internetcafé, wo er für fünfzehn Minuten einen Computer benutzen konnte. Er hatte allerdings kein großes Vertrauen in seine Fähigkeit, sich an einem fremden Rechner nicht nur im Dschungel des Internets zurechtzufinden, sondern auch noch Neal eine Nachricht zukommen zu lassen. In Mailand war es 10.15 Uhr, das hieß 4.15 Uhr morgens in Culpeper. Um 7.50 Uhr würde Neal online gehen.

Irgendwie musste er das mit der E-Mail hinbekommen. Ihm blieb keine Wahl.

Der zweite Plan sagte ihm wesentlich mehr zu. Warum sollte er nicht einfach abhauen, fragte er sich, während er beobachtete, wie tausende Menschen in Züge stiegen, die sie in wenigen Stunden überall in Europa wieder ausspucken würden. Eine Fahrkarte kaufen und so schnell wie möglich aus Mailand und Italien verschwinden. Seine neue Haarfarbe, Giovannis Brille und die alte Professorenjacke hatten seine Verfolger in Bologna nicht täuschen können. Wenn sie so gut waren, konnten sie ihn überall finden.

Er schloss einen Kompromiss mit sich selbst und entschied sich für einen Spaziergang um den Block. Frische Luft war immer gut. Nach vierhundert Metern hatte sich sein Kreislauf erholt. Wie in Bologna fächerten auch die Straßen in Mailand nach allen Seiten aus wie ein Spinnennetz. Der Verkehr war so dicht, dass die Autos zeitweise standen. Das gefiel ihm. Noch besser gefielen ihm die überfüllten Gehsteige, die ihm Deckung boten.

Der Laden hieß »Roberto«. Es war ein kleines Geschäft für Herrenbekleidung zwischen einem Juwelier und einer Bäckerei. Die beiden Schaufenster waren voll gestopft mit Kleidung, die ungefähr eine Woche lang halten würde. Das passte ausgezeichnet in Marcos Zeitplan. Der Verkäufer stammte aus dem Nahen Osten und sprach schlechter Italienisch als Marco, aber er gestikulierte und grunzte mit großer Gewandtheit. Außerdem war er entschlossen, seinen Kunden in einen neuen Menschen zu verwandeln. Die blaue Jacke wurde durch eine dunkelbraune ersetzt, das Hemd durch einen weißen Pullover mit kurzen Ärmeln. Die marineblaue Hose war aus billigem Wollstoff. Da Änderungen eine Woche dauerten, bat Marco den Verkäufer um eine Schere. In der muffigen Umkleidekabine nahm er so gut wie möglich Maß und schnitt die Hose dann selbst ab. Als er in seinem neuen Ensemble in den Laden zurückkehrte, brach der Verkäufer beim Anblick der ausgefransten Ränder fast in Tränen aus.

Mit den Schuhen, die Marco probierte, hätte er es nicht einmal bis zum Bahnhof geschafft, daher behielt er für den Augenblick seine Wanderschuhe. Sein bester Kauf war ein hellbrauner Strohhut, für den er sich entschied, weil er unmittelbar, bevor er den Laden betrat, jemand mit einem solchen Hut gesehen hatte.

Was interessierte ihn in seiner Situation die Mode?

Sein neues Outfit kostete ihn fast vierhundert Euro. Es tat ihm in der Seele weh, so viel Geld auszugeben, aber ihm blieb keine Wahl. Er versuchte, Giovannis Aktentasche einzutauschen, die mit Sicherheit mehr wert war als alles, was er am Leib trug, aber der Verkäufer war wegen der verstümmelten Hose zu deprimiert. Es gelang ihm kaum, ein schwaches »Danke, auf Wiedersehen« zu stammeln. Marco verließ den Laden mit einer roten Einkaufstüte, in der sich die blaue Jacke, die Jeans und das alte Hemd befanden. Zumindest trug er jetzt etwas anderes mit sich herum.

Nach ein paar Minuten Fußmarsch entdeckte er ein Schuhgeschäft. Er kaufte ein Paar, das ihn an Bowlingschuhe erinnerte, zweifellos der hässlichste Artikel in einem sonst sehr netten Laden. Die Schuhe waren schwarz mit weinroten Streifen. Hoffentlich waren sie wenigstens bequem. Er bezahlte hundertfünfzig Euro dafür, nur weil sie angeblich bereits eingelaufen waren. Es dauerte eine Weile, bis er den Mut aufbrachte, sich seine Füße anzusehen.

Luigis Abreise aus Bologna blieb nicht unbemerkt. Der Junge auf der Vespa sah, wie er im Laufschritt aus der Wohnung neben der von Backman kam und mit jedem Schritt schneller wurde. Das fiel auf. Niemand rannte unter den Arkaden der Via Fondazza. Die Vespa hielt sich in sicherer Entfernung, bis Luigi stehen blieb und in einen roten Fiat sprang. Er fuhr ein paar hundert Meter und verlangsamte dann sein Tempo so weit, dass ein zweiter Mann einsteigen konnte. Die beiden rasten mit halsbrecherischer Geschwindigkeit davon, aber im Stadtverkehr konnte die Vespa leicht mithalten. Als sie das Auto vor dem Bahnhof im Parkverbot abstellten, informierte der Junge Efraim erneut über Funk.

Keine fünfzehn Minuten später betraten drei als Verkehrspolizisten verkleidete Mossad-Agenten Luigis Wohnung und lösten dabei mehrere Warnsignale aus, von denen einige kaum, andere gar nicht zu hören waren. Während drei weitere Agenten auf der Straße aufpassten, traten die drei die Küchentür ein und stießen auf eine erstaunliche Sammlung elektronischer Überwachungsgeräte.

Als Luigi, Zellman und ein dritter Agent den Eurostar nach Mailand nahmen, war der junge Vespa-Fahrer ebenfalls an Bord. Er hieß Paul, war das jüngste Mitglied der Kidon und sprach im ganzen Team am besten Italienisch. Trotz seines Ponys und seines Milchgesichts war er bereits sechsundzwanzig und an einem halben Dutzend Liquidierungen beteiligt gewesen. Während er über Funk meldete, dass er an Bord des Zuges war, der sich soeben in Bewegung gesetzt hatte, betraten zwei weitere Agenten Luigis Wohnung, um bei der Analyse der Geräte zu helfen. Eines der Alarmsignale schrillte beständig weiter, ohne dass es ihnen gelungen wäre, es zum Schweigen zu bringen. Das ständige Geräusch war draußen laut genug zu hören, um die Aufmerksamkeit der Nachbarn zu erregen.

Nach zehn Minuten ließ Efraim die Aktion abbrechen. Die Agenten zerstreuten sich, um sich später in einem ihrer Unterschlupfe wieder zu treffen. Es war ihnen nicht gelungen herauszufinden, wer Luigi war und für wen er arbeitete, aber es war offenkundig, dass er Backman rund um die Uhr beobachtet hatte.

Während die Stunden vergingen, ohne dass Backman wieder auftauchte, kamen sie zu dem Schluss, dass er die Flucht ergriffen haben musste. Konnte Luigi sie zu ihm führen?

Auf der Piazza del Duomo, mitten in Mailand gelegen, starrte Marco unterdessen auf die mächtige gotische Kathedrale, die in nur dreihundert Jahren erbaut worden war. Dann schlenderte er durch die berühmte Galleria Vittorio Emanuele mit ihrer gewaltigen Glaskuppel. Die Galleria ist mit ihren Cafés und Buchhandlungen der

Salon der Stadt, ihr beliebtester Treffpunkt. Nachdem die Temperatur fast fünfzehn Grad erreicht hatte, aß Marco draußen, wo sich die Tauben um jeden Krümel stritten, ein Sandwich und trank eine Cola dazu. Er sah zu, wie ältere Mailänder durch die Galleria bummelten, die Frauen Arm in Arm, während die Männer immer wieder stehen blieben, um ein Schwätzchen zu halten, als würde Zeit keine Rolle spielen. Beneidenswert, dachte er.

Sollte er sofort aufbrechen oder sich lieber ein, zwei Tage versteckt halten? Eine neue, drängende Frage. In einer Großstadt mit vier Millionen Einwohnern konnte er beliebig lange untertauchen. Er würde sich einen Stadtplan besorgen, die Straßen auswendig lernen, sich abwechselnd in seinem Zimmer versteckt halten und durch die Gassen wandern.

Das jedoch würde den Bluthunden auf seiner Fährte Zeit verschaffen, sich zu sammeln.

War es nicht besser, wenn er sofort weiterreiste, solange sich seine Verfolger noch nicht von ihrer Überraschung erholt hatten?

Doch, das war es, beschloss er. Er bezahlte und warf einen Blick auf seine Bowlingschuhe. So bequem sie auch waren, er hätte sie am liebsten verbrannt. Auf einem Stadtbus entdeckte er eine Werbung für ein Internetcafé in der Via Verri, das er zehn Minuten später betrat. Ein Schild an der Wand informierte über die Preise: zehn Euro pro Stunde bei einem Minimum von dreißig Minuten. Er bestellte einen Orangensaft und zahlte für eine halbe Stunde. Der Angestellte deutete mit dem Kopf auf einen Tisch, wo mehrere Computer standen. Drei von ihnen wurden von Leuten benutzt, die offensichtlich wussten, was sie taten. Marco dagegen hatte keine Ahnung.

Aber er ließ sich nichts anmerken. Er setzte sich, griff nach der Tastatur und starrte auf den Monitor. Obwohl er am liebsten den Himmel um Hilfe angefleht hätte, arbeitete er sich Schritt für Schritt vor. Es war erstaunlich einfach. Er ging zur KwyteMail-Site, tippte seinen Benutzernamen, »Grinch456«, und seinen Passsatz, »post hoc ergo propter hoc«, ein. Nach zehn Sekunden fand er die erste Nachricht von Neal.

Marco, Mikel van Thiessen ist immer noch bei der Rheinland-Bank und mittlerweile Leiter der Kundenbetreuung. Sonst noch etwas? Grinch

Um genau 7.50 Uhr amerikanischer Ostküstenzeit tippte Marco folgende Nachricht:

Grinch, hier Marco – live. Bist du da?

Er nippte an seinem Saft und starrte auf den Bildschirm. Komm schon. Es musste einfach funktionieren. Noch ein Schluck Saft. Ihm gegenüber redete eine Frau auf ihren Monitor ein. Dann kam Neals Antwort.

Bin da. Was ist los?

Marco schrieb: *Mir ist das Ankyo 850 gestohlen worden. Kann gut sein, dass die andere Seite es hat und das Ding zerlegt. Können sie irgendwie auf dich kommen?*

Neal: *Nur wenn sie Benutzername und Passsatz kennen. Ist das der Fall?*

Marco: *Nein, die habe ich vernichtet. Passwörter können sie nicht umgehen?*

Neal: *Nicht bei KwyteMail. Das System ist absolut sicher und außerdem verschlüsselt. Mit dem Ankyo kommen sie nicht weit.*

Marco: *Sind wir im Moment sicher?*

Neal: *Hundertprozentig. Womit schreibst du jetzt?*

Marco: *Ich bin in einem Internetcafé und hab einen Computer gemietet. Wie ein richtiger Computerfreak.*

Neal: *Willst du ein neues Ankyo Smartphone?*

Marco: *Im Moment nicht, vielleicht später. Pass auf: Du musst mit Carl Pratt reden. Ich weiß, dass du ihn nicht leiden kannst, aber ich brauche ihn. Pratt war mit Senator Ira Clayburn aus North Carolina befreundet. Clayburn war viele Jahre lang Vorsitzender des Geheimdienstausschusses des Senats. Ich brauche ihn. Nimm über Pratt Kontakt mit ihm auf.*

Neal: *Wo ist Clayburn jetzt?*

Marco: *Das weiß ich nicht. Ich hoffe, er lebt noch. Er stammt aus irgendeinem abgelegenen Ort auf den Outer Banks vor der Küste von North Carolina und hat sich ein Jahr, nachdem ich auf Staatskosten untergebracht worden bin, ins Privatleben zurückgezogen. Pratt kann ihn aufspüren.*

Neal: *Ich kümmere mich darum, sobald ich mich davonschleichen kann.*

Marco: *Bitte sei vorsichtig. Halt dir den Rücken frei.*

Neal: *Geht es dir gut?*

Marco: *Ich bin auf der Flucht. Heute Morgen hab ich Bologna verlassen. Ich werde versuchen, mich morgen um dieselbe Zeit zu melden, okay?*

Neal: *Bleib in Deckung. Wir sprechen uns morgen.*

Mit einem selbstzufriedenen Lächeln loggte Marco sich aus. Mission erfüllt. Kein Problem. Willkommen im Hightech-Zeitalter. Er vergewisserte sich, dass alle KwyteMail-Fenster geschlossen waren, trank seinen Orangensaft aus und verließ das Café. Auf dem Weg zum Bahnhof tauschte er in einem Ledergeschäft Giovannis elegante Aktentasche gegen eine schwarze von deutlich schlechterer Qualität ein und erstand in einem billigen Uhrengeschäft für achtzehn Euro eine große runde Uhr mit knallrotem Plastikarmband. Eine weitere Ablenkung für alle, die nach Marco Lazzeri, vormals Bologna, Ausschau hielten. Im Antiquariat erwarb er für zwei Euro eine abgewetzte Ausgabe der Gedichte von Czesław Miłosz, selbstverständlich auf Polnisch, um die Bluthunde zu verwirren. In einem Secondhandladen kaufte er schließlich eine Sonnenbrille und einen Spazierstock aus Holz, den er draußen auf dem Gehsteig sofort benutzte.

Der Stock erinnerte ihn an Francesca. Außerdem verlangsamte er Marcos Schritt, veränderte seinen Gang. Überpünktlich schlurfte er in den Mailänder Hauptbahnhof und kaufte eine Fahrkarte nach Stuttgart.

Whitaker erhielt aus Langley die Eilmeldung, dass jemand in Luigis Unterschlupf eingebrochen war, aber er konnte nicht das Geringste dagegen unternehmen. Alle Agenten aus Bologna waren in Mailand unterwegs und suchten verzweifelt nach Backman. Zwei am Bahnhof, zwei am Flughafen Malpensa, gute vierzig Kilometer vom Stadtzentrum entfernt, zwei am Flughafen Linate, der wesentlich näher lag und vor allem innereuropäische Flüge bediente. Luigi stand am zentralen Busbahnhof und diskutierte über sein Mobiltelefon immer noch die

Frage, ob Marco überhaupt in Mailand war. Nur weil er den Bus von Bologna nach Modena genommen und nach Nordwesten unterwegs war, musste er noch lange nicht nach Mailand gefahren sein. Aber Whitaker, dessen Meinung Gewicht hatte, hielt im Augenblick nicht viel von Luigis Ansichten, deshalb war er zum Busbahnhof verbannt worden, wo er tausende Menschen kommen und gehen sah.

Krater war der Nadel im Heuhaufen am nächsten.

Für sechzig Euro hatte Marco eine Fahrkarte erster Klasse erstanden, um das Gedränge in der zweiten zu vermeiden. Der Erste-Klasse-Waggon befand sich ganz hinten. Marco stieg um 17.30 Uhr ein, fünfundvierzig Minuten vor der Abfahrt. Er machte es sich auf seinem Platz gemütlich, wobei er das Gesicht so weit wie möglich hinter der Sonnenbrille und dem hellbraunen Strohhut verbarg, öffnete den Band mit den polnischen Gedichten und fing an, den Bahnsteig zu beobachten, auf dem die Fahrgäste an seinem Zug vorbeigingen. Manche waren kaum anderthalb Meter von ihm entfernt, und alle hatten es eilig.

Bis auf einen. Der Kerl aus dem Bus war wieder da, das Gesicht aus dem Caffè Atene, wahrscheinlich der Gangster mit den langen Fingern, der seine Silvio-Tasche gestohlen hatte und in Modena einen Tick zu langsam gewesen war. Die Stirn in Falten gelegt, die Augen zu Schlitzen verengt, setzte er zwar einen Fuß vor den anderen, hatte aber offensichtlich kein Ziel. Für einen Profi viel zu auffällig, dachte Giovanni Ferro, der leider mittlerweile mehr darüber wusste, wie man sich tarnte, versteckte und seine Spuren verwischte, als er je hatte wissen wollen.

Krater war informiert worden, dass Marco wahrscheinlich entweder nach Rom fahren würde, von wo aus sich ihm mehrere Alternativen böten, oder in die Schweiz, nach Deutschland oder Frankreich. Praktisch der gesamte Kontinent stand ihm offen. Seit fünf Stunden wanderte Krater über die Bahnsteige, sah Züge kommen und gehen, mischte sich unter die Menge. Wer ausstieg, interessierte ihn nicht, seine gesamte Aufmerksamkeit galt den Einsteigenden. Verzweifelt musterte er jede auch nur annähernd blaue Jacke, egal wie sie geschnitten war. Die mit dem abgetragenen Besatz an den Ellbogen war ihm bis jetzt noch nicht untergekommen.

Das lag daran, dass sie in der billigen schwarzen Aktentasche steckte, die sich Marco auf Sitz Nummer siebzig des Erste-Klasse-Waggons nach Stuttgart zwischen die Füße geklemmt hatte. Marco beobachtete, wie Krater über den Bahnsteig wanderte und den Zug nach Stuttgart genau studierte. Es sah aus, als hielte er eine Fahrkarte in der Hand. Dann war er verschwunden, und Marco hätte schwören können, dass er in den Zug eingestiegen war.

Am liebsten wäre er selbst wieder herausgesprungen, aber er beherrschte sich.

In diesem Moment öffnete sich die Tür zu seinem Abteil, und Madame betrat die Bildfläche.

30

SOBALD FESTSTAND, DASS BACKMAN untergetaucht und nicht von irgendjemand ausgeschaltet worden war, begann eine hektische Suche. Es dauerte fünf Stunden, bis Julia Javier die Informationen gefunden hatte, die eigentlich sofort hätten griffbereit sein müssen, und zwar in einer Akte, die im Büro des CIA-Direktors eingesperrt und einst von Teddy Maynard selbst gehütet worden war. Falls Julia Javier diese Unterlagen jemals gesehen hatte, war es ihr entfallen. In dem herrschenden Chaos war es aber auf jeden Fall besser, das niemandem auf die Nase zu binden.

Die Informationen stammten vom FBI, das sie vor Jahren, während Backmans Hintergrund überprüft worden war, nur widerwillig herausgerückt hatte. Besonders seine Finanzgeschäfte wurden damals unter die Lupe genommen, weil das Gerücht umging, er habe einen Mandanten geprellt und irgendwo ein Vermögen versteckt. Aber wo war das Geld? Das FBI war gerade dabei, seine Reisen zu rekonstruieren, als er sich plötzlich schuldig bekannte und ins Gefängnis wanderte. Damit war die Backman-Akte nicht geschlossen, aber der Druck war weg. Ohne große Eile wurden die Nachforschungen irgendwann abgeschlossen und die Ergebnisse nach Langley geschickt.

In dem Monat, in dem Backman angeklagt, verhaftet

und schließlich unter strengen Auflagen gegen Kaution freigelassen worden war, hatte er zwei kurze Europareisen unternommen. Zuerst waren er und seine Lieblingssekretärin mit Air France in der Businessclass nach Paris geflogen, wo sie sich ein paar Tage im Bett vergnügt und die Sehenswürdigkeiten besichtigt hatten. Später erzählte die Frau den Ermittlungsbeamten, Backman sei für einen Tag nach Berlin gereist, zum Abendessen bei Alain Ducasse aber zurück gewesen. Sie habe ihn nicht begleitet.

Es gab keine Hinweise darauf, dass Backman in jener Woche mit einer regulären Fluggesellschaft nach Berlin oder in eine andere europäische Stadt geflogen war. Dafür hätte er einen Pass benötigt, und das FBI war davon überzeugt, dass er seinen nicht benutzt hatte. Für eine Zugfahrt war ein Pass nicht erforderlich, und Genf, Bern, Lausanne und Zürich waren von Paris aus alle innerhalb von vier Stunden zu erreichen.

Die zweite Reise war ein Zweiundsiebzig-Stunden-Trip erster Klasse von Washington nach Frankfurt. Wieder ging es angeblich um Geschäfte, wobei die Geschäftspartner nicht auffindbar waren. Backman hatte für zwei Nächte in einem Frankfurter Luxushotel bezahlt, und es gab keine Hinweise darauf, dass er irgendwo anders übernachtet hätte. Auch von Frankfurt aus waren die Schweizer Bankzentren innerhalb weniger Stunden mit dem Zug zu erreichen.

Nachdem Julia Javier die Akte endlich gefunden und den Bericht gelesen hatte, rief sie umgehend Whitaker an und sagte: »Er will in die Schweiz.«

Madame besaß genügend Gepäck für eine gut ausgestattete fünfköpfige Familie. Ein entnervter Träger half ihr, die schweren Koffer in den Zug zu hieven, wo sie mehr als das halbe Abteil mit Beschlag belegte. Ihre Habseligkeiten und sie selbst füllten mindestens vier der sechs Sitze. In eine Parfümwolke gehüllt, ließ sie sich Marco schräg gegenüber nieder und wackelte mit ihrem ausladenden Hinterteil, als wäre der Sitz dehnbar. Sie warf Marco, der sich auf seinen Fensterplatz duckte, einen Blick zu und begrüßte ihn mit einem verführerischen »*Bonsoir*«. Französin, dachte er. Auf Italienisch zu antworten wäre ihm unpassend vorgekommen. Er entschied sich für Englisch, das beherrschte er zumindest.

»Hallo.«

»Ach, ein Amerikaner.«

Marco war angesichts der ganzen Sprachen, Identitäten, Namen, Kulturen, Lebensgeschichten und Lügen, Lügen, Lügen so verwirrt, dass er die richtige Antwort nur mit Mühe herausbrachte. »Nein, Kanadier.«

»Ah.« Offenbar wäre ihr ein Amerikaner lieber gewesen. Madame war etwa sechzig, besaß kräftige Waden und trug schwarze Pumps, die schon bessere Zeiten gesehen hatten. Ihr robuster Körper steckte in einem engen roten Kleid, und die stark geschminkten Augen waren verquollen. Bald stellte sich heraus, warum. Lange bevor sich der Zug in Bewegung setzte, holte sie einen Flachmann heraus und schraubte den Deckel ab, der gleichzeitig als Becher diente. Sie schenkte sich ein, kippte die Flüssigkeit hinunter und strahlte Marco an. »Möchten Sie?«

»Nein, danke.«

»Das ist ein sehr guter Weinbrand.«

»Nein, danke.«

»Wie Sie wollen.« Sie goss sich noch einmal ein, leerte den Becher und verstaute die Flasche wieder.

Eine lange Zugfahrt drohte endlos zu werden.

»Wohin fahren Sie?«, fragte sie in sehr gutem Englisch.

»Stuttgart. Und Sie?«

»Nach Stuttgart, und dann weiter nach Straßburg. In Stuttgart halte ich es nicht lange aus.« Sie verzog die Nase, als wäre die ganze Stadt eine einzige Kloake.

»Ich liebe Stuttgart«, erwiderte Marco, nur um ihre Reaktion zu testen.

»Na ja.« Ihr Blick fiel auf ihre Schuhe. Sie schleuderte sie in die Gegend, ohne sich darum zu kümmern, wo sie landeten. Marco wappnete sich für eine Geruchsattacke, aber dann wurde ihm klar, dass das billige Parfüm alles andere überdeckte.

In seiner Hilflosigkeit tat er so, als würde er einschlafen. Sie ignorierte ihn ein paar Minuten lang.

»Sprechen Sie Polnisch?«, fragte sie dann mit lauter Stimme und einem Blick auf seinen Gedichtband.

Er fuhr hoch, als hätte sie ihn aus dem Schlaf gerissen. »Nein, nicht direkt, aber ich versuche, es zu lernen. Meine Familie stammt aus Polen.« Er hielt den Atem an und rechnete halb und halb damit, dass sie einen Schwall Polnisch hervorsprudeln würde. Das wäre sein Untergang gewesen.

»Verstehe«, sagte sie missbilligend.

Um genau 18.15 Uhr blies ein unsichtbarer Schaffner in eine Signalpfeife, und der Zug setzte sich in Bewegung. Zum Glück hatten sich keine weiteren Fahrgäste in ihrem Abteil niedergelassen. Einige waren im Gang stehen geblieben, hatten hereingesehen und waren angesichts der drangvollen Enge zu einem anderen Abteil mit mehr Platz weitergegangen.

Marco ließ den Bahnsteig nicht aus den Augen. Der Mann aus dem Bus war nirgends zu entdecken.

Madame sprach dem Weinbrand zu, bis sie zu schnarchen begann. Der Schaffner, der die Fahrkarten kontrollierte, weckte sie. Ein Verkaufswagen mit Getränken kam vorbei. Marco kaufte sich ein Bier und bot seiner Reisegenossin ebenfalls eines an. Diese Zumutung löste ein weiteres gewaltiges Naserümpfen aus.

Der erste Halt war Como/San Giovanni. Zwei Minuten, niemand stieg ein. Fünf Minuten später hielten sie in Chiasso. Es war mittlerweile fast dunkel, und Marco überlegte, ob er verschwinden sollte. Er studierte die Reiseroute: noch vier Halts vor Zürich, einer in Italien, drei in der Schweiz. Welches Land war für ihn am günstigsten?

Er konnte jetzt nicht mehr riskieren, dass man ihm folgte. Falls diese Leute im Zug waren, wären sie ihm trotz seiner wechselnden Tarnung von Bologna nach Modena und Mailand gefolgt. Sie waren Profis, denen er womöglich nicht gewachsen war. Marco nippte an seinem Bier und kam sich vor wie ein armseliger Amateur.

Madame starrte auf den zerschnittenen Saum seiner Hose. Dann wanderte ihr Blick zu seinen Pseudobowlingschuhen, was er ihr beim besten Willen nicht verübeln konnte. Schließlich erregte das knallrote Uhrarmband ihre Aufmerksamkeit. Ihr Gesicht war ein offenes Buch: Sie hielt nichts von seinem Geschmack. Typisch Amerikaner oder Kanadier, oder was auch immer er sein mochte.

In der Nähe des Luganer Sees funkelten Lichter. Der

Zug wand sich durch das Grenzgebiet und gewann dabei zunehmend an Höhe. Die Schweiz war nicht mehr fern.

Gelegentlich kam jemand den dunklen Gang vor ihrem Abteil entlang, warf einen Blick durch die Glastür und ging weiter zum Ende des Zuges, wo sich die Toilette befand. Madame hatte ihre großen Füße auf dem gegenüberliegenden Sitz platziert, praktisch direkt unter Marcos Nase. Nach nur einer Stunde Fahrt war es ihr gelungen, überall im Abteil Gepäck, Illustrierte und Kleidungsstücke zu verteilen. Marco hatte Angst, seinen Platz zu verlassen.

Schließlich übermannte ihn die Müdigkeit, und er schlief ein. In Bellinzona, dem ersten Halt auf Schweizer Seite, weckte ihn der Bahnhofslärm. Ein Erster-Klasse-Passagier konnte keinen Platz finden. Er öffnete die Tür zu Madames Abteil, sah sich um und zog dann empört ab, um den Schaffner anzubrüllen, der ihn schließlich in einem anderen Abteil unterbrachte. Madame sah kaum von ihren Modezeitschriften auf.

Bis zum nächsten Halt waren es eine Stunde und vierzig Minuten. Als Madame erneut nach ihrem Flachmann griff, fragte Marco: »Kann ich doch einen Schluck trinken?«

Sie lächelte zum ersten Mal seit Stunden. Auch wenn sie nichts dagegen hatte, allein zu trinken, war es in Gesellschaft lustiger. Allerdings nickte Marco nach ein paar Schlucken wieder ein.

Als sie in Arth-Goldau einfuhren, hielt der Zug mit einem solchen Ruck, dass Marco der Hut vom Kopf fiel. Madame sah ihn prüfend an.

»Jemand hat Sie beobachtet«, berichtete sie, als er endgültig die Augen öffnete.

»Wo?«

»Wo? Hier natürlich, im Zug. Er war mindestens dreimal da. Blieb an der Tür stehen, starrte Sie an und schlich davon.«

Vielleicht liegt es an den Schuhen, dachte Marco. Oder an meiner Hose. Möglicherweise auch am Armband. Er rieb sich die Augen und versuchte, so zu tun, als wäre das für ihn völlig normal.

»Wie sah er aus?«

»Blond, etwa fünfunddreißig, attraktiv, braune Jacke. Kennen Sie ihn?«

»Nein, keine Ahnung, wer das ist.« Der Mann im Bus in Modena hatte weder blondes Haar noch eine braune Jacke gehabt, aber diese Details waren im Augenblick irrelevant. Marco war verschreckt genug, um seine Pläne zu ändern.

Zug, der letzte Halt vor Zürich, war noch fünfundzwanzig Minuten entfernt. Er konnte nicht riskieren, dass sie ihm nach Zürich folgten. Zehn Minuten vor der planmäßigen Ankunft teilte er Madame mit, er müsse zur Toilette. Bevor er sich durch den Hindernisparcours zwischen seinem Platz und der Tür kämpfte, deponierte er Aktentasche und Stock auf seinem Sitz.

Er ging an vier Abteilen vorbei, die jeweils mit mindestens drei Passagieren besetzt waren, von denen keiner verdächtig aussah. In der Toilette schloss er sich ein und wartete, bis der Zug sein Tempo verlangsamte und schließlich hielt. Für den Aufenthalt waren nur zwei Minuten vorgesehen, und bis jetzt war der Zug geradezu lächerlich pünktlich gewesen. Marco wartete eine

Minute, hastete dann zu seinem Abteil zurück, öffnete die Tür und griff wortlos nach seiner Aktentasche und seinem Stock, den er bedenkenlos als Waffe einsetzen würde. Dann rannte er zum Ende des Zuges und sprang auf den Bahnsteig.

Der kleine Bahnhof lag über dem Niveau der Straße. Marco raste die Treppe hinunter zum Gehsteig, vor dem ein einsames Taxi wartete. Der Fahrer war hinter dem Lenkrad eingeschlafen. »Hotel, bitte«, sagte Marco und riss den Fahrer damit aus seinem Schlummer. Instinktiv griff er zum Zündschlüssel und fragte etwas auf Deutsch. Marco versuchte es mit Italienisch. »Ich suche ein kleines Hotel. Ich habe kein Zimmer reserviert.«

»Kein Problem«, sagte der Fahrer. Als sie losfuhren, blickte Marco auf und sah, dass sich der Zug in Bewegung setzte. Von Verfolgern keine Spur.

Nach kaum einem halben Kilometer hielten sie in einer stillen Seitenstraße vor einem Fachwerkhaus. »Ein sehr gutes Hotel«, behauptete der Fahrer auf Italienisch.

»Scheint in Ordnung zu sein. Danke. Wie lange dauert es von hier mit dem Auto nach Zürich?«

»Etwa zwei Stunden, je nach Verkehr.«

»Ich muss morgen früh um neun Uhr im Zentrum von Zürich sein. Können Sie mich hinbringen?«

Der Fahrer zögerte einen Augenblick, während er in aller Eile rechnete. »Vielleicht.«

»Was wird das kosten?«

Der Fahrer rieb sich das Kinn und zuckte die Achseln. »Zweihundert Euro.«

»Gut. Dann fahren wir um sechs hier los.«

»Um sechs. In Ordnung, ich bin da.«

Marco bedankte sich erneut und sah dem davonfahrenden Taxi einen Moment lang nach. Als er das Hotel durch die Vordertür betrat, erklang eine Glocke. Die kleine Rezeption war verlassen, aber irgendwo in der Nähe lief ein Fernseher. Schließlich erschien ein verschlafener Jüngling und lächelte ihn an. »Guten Abend.«

»*Parla inglese?*«, fragte Marco.

Der Junge schüttelte den Kopf.

»*Italiano?*«

»Ein wenig.«

»Ich auch«, erwiderte Marco auf Italienisch. »Ich hätte gern ein Zimmer für eine Nacht.«

Der Rezeptionist schob ihm ein Anmeldeformular hin, in das Marco aus dem Gedächtnis Passnummer und Namen einsetzte. Er kritzelte eine erfundene Adresse in Bologna und eine falsche Telefonnummer in die entsprechenden Felder. Der Pass steckte dicht an seinem Herzen in seiner Jackentasche, und er wollte ihn nur hervorholen, wenn es unbedingt sein musste.

Aber es war spät, und der Rezeptionist wollte seine Fernsehsendung nicht verpassen. »Zweiundvierzig Euro«, sagte er, ohne den Pass zu erwähnen. Eine für die Schweiz völlig untypische Schlamperei.

Giovanni legte das Geld auf die Theke und erhielt dafür den Schlüssel zu Zimmer sechsundzwanzig. In überraschend gutem Italienisch bat er um einen Weckruf morgen früh um fünf Uhr. Dann fiel ihm noch etwas ein. »Ich habe meine Zahnbürste verloren. Hätten Sie vielleicht eine da?«

Der Rezeptionist griff in eine Schublade und holte einen Karton mit den verschiedensten Gegenständen des persönlichen Bedarfs hervor: Zahnbürsten, Zahnpasta, Einwegrasierer, Rasiercreme, Aspirin, Nähzeug, Tampons, Handcreme, Kämme, ja, sogar Kondome. Giovanni wählte ein paar Artikel aus und bezahlte zehn Euro.

Eine Luxussuite im Ritz hätte ihm nicht willkommener sein können als Zimmer sechsundzwanzig. Klein, sauber, warm, mit einem bequemen Bett und einer Tür, die sich zweifach verriegeln ließ, um die Gesichter fern zu halten, die ihn seit dem frühen Morgen verfolgten. Er nahm eine ausgiebige heiße Dusche, rasierte sich und putzte sich eine Ewigkeit lang die Zähne.

Zu seiner Erleichterung entdeckte er in einem Schrank unter dem Fernseher eine Minibar. Er aß eine Packung Kekse, die er mit zwei kleinen Flaschen Whiskey hinunterspülte. Dann kroch er körperlich und geistig völlig erschöpft unter die Decke. Der Stock lag griffbereit auf dem Bett. Lächerlich, aber er konnte nicht anders.

31

In den Tiefen des Gefängnisses hatte Marco von Zürich geträumt, von seinen blauen Flüssen, den sauberen, schattigen Straßen, modernen Geschäften und sympathisch aussehenden Menschen, die stolz darauf waren, Schweizer zu sein, und ihren Geschäften mit einer angenehmen Ernsthaftigkeit nachgingen. In seinem früheren Leben war er mit ihnen in der Straßenbahn mit dem leisen Elektroantrieb in den Finanzbezirk gefahren. Damals hatte er keine Zeit für ausgedehnte Reisen gehabt, hatte es sich in seiner Position nicht leisten können, das komplizierte Zusammenspiel der Kräfte in Washington aus den Augen zu lassen, aber Zürich war einer der Orte, die er besucht hatte. Die Stadt gefiel ihm: unbelastet von Touristen und Verkehr und nicht bereit, ihre Zeit auf Kathedralen und Museen und die Erinnerung an vergangene Jahrtausende zu verschwenden. Ganz im Gegenteil. In Zürich ging es um Geld, um die hohe Kunst der Finanzverwaltung, nicht um die primitive Jagd nach schnellem Profit, in der Backman einst Meister gewesen war.

Jetzt saß er wieder in einer Straßenbahn, die er in der Nähe des Bahnhofs genommen hatte und die nun in gleichmäßigem Tempo durch die Bahnhofstraße fuhr, die Hauptstraße der Innenstadt, wenn es denn so etwas gab. Es war kurz vor neun Uhr morgens. Er hatte sich der letzten Welle korrekt gekleideter junger Banker angeschlossen, die zu UBS, Crédit Suisse und den vielen weniger bekannten, aber ebenso wohlhabenden Finanzinstituten unterwegs waren. Dunkle Anzüge, Hemden in verschiedenen Farben, aber nur selten weiß, teure Krawatten mit dickeren Knoten und dezenteren Mustern, dunkelbraune Schnürschuhe. Die Mode hatte sich in den letzten Jahren etwas verändert. Immer noch konservativ, aber mit einem gewissen Pfiff. Nicht ganz so modisch wie die jungen Berufstätigen in Bologna, aber durchaus attraktiv.

Alle Passagiere lasen während der Fahrt. Straßenbahnen kamen ihnen entgegen und entschwanden in die Gegenrichtung. Marco gab vor, sich in die *Newsweek* zu vertiefen, aber tatsächlich beobachtete er seine Umgebung.

Niemand beobachtete ihn. Kein Mensch schien sich an seinen Bowlingschuhen zu stören, und er hatte an einem leger gekleideten jungen Mann in der Nähe des Bahnhofs tatsächlich ein ganz ähnliches Paar gesehen. Sein Strohhut blieb unbeachtet. Sein Hosensaum war notdürftig repariert, nachdem er an der Rezeption des Hotels ein billiges Nähzeug erstanden und dann eine halbe Stunde lang versucht hatte, seine Hose umzunähen, ohne ein Blutbad anzurichten. Seine Ausstattung kostete nur einen Bruchteil dessen, was er um sich herum sah, aber das scherte ihn nicht. Er hatte es ohne Luigi und die anderen bis nach Zürich geschafft. Mit ein wenig Glück würde er auch wieder aus der Stadt herauskommen.

Am Paradeplatz liefen die Straßenbahnlinien aus dem Osten und Westen zusammen. Die Bahnen leerten sich rasch, während sich ganze Horden junger Banker auf den Platz ergossen und auf die Gebäude zustrebten. Marco schwamm mit der Menge mit. Sein Hut lag nun unter dem Sitz in der Straßenbahn.

In den vergangenen sieben Jahren hatte sich nichts verändert. Der Paradeplatz wurde immer noch von kleinen Geschäften und Cafés gesäumt. Die Bankgebäude standen seit mehr als einhundert Jahren. Manche Namen prangten in Neonschrift, während andere sich so bedeckt hielten, dass sie kaum zu finden waren. Aus der Deckung seiner Sonnenbrille heraus versuchte er, so viel wie möglich aufzunehmen. Dabei hielt er sich möglichst dicht an drei junge Männer mit Sporttaschen über der Schulter, die offenbar zur Rheinland-Bank an der Ostseite des Platzes wollten. Er folgte ihnen in die Eingangshalle. Jetzt wurde es interessant.

Die Information befand sich an derselben Stelle wie vor sieben Jahren. Selbst die gepflegte Dame hinter der Theke kam ihm irgendwie bekannt vor. »Ich möchte Herrn Mikel van Thiessen sprechen«, sagte er so leise wie möglich.

»Ihr Name?«

»Marco Lazzeri.« Auf »Joel Backman« würde er später, im oberen Stock, zurückgreifen, aber hier wollte er den Namen nicht verwenden. Hoffentlich hatten Neals E-Mails van Thiessen darauf vorbereitet, dass er einen Decknamen verwendete. Sein Sohn hatte den Bankier gebeten, die Stadt, sofern irgend möglich, etwa eine Woche lang nicht zu verlassen.

Sie sprach gleichzeitig am Telefon und hackte auf eine Tastatur ein. »Es wird einen Augenblick dauern, Herr Lazzeri. Würden Sie bitte warten?«

»Natürlich«, erwiderte er. Warten? Seit Jahren träumte er von diesem Augenblick. Er nahm sich einen Stuhl, schlug die Beine übereinander und stellte die Füße hastig wieder auf den Boden, als er seine Schuhe sah. Sicher wurde er von einem Dutzend Kameras beobachtet – gut. Vielleicht erkannten sie ihn, vielleicht auch nicht. Er konnte sie geradezu vor sich sehen, wie sie oben auf die Monitore starrten und sich am Kopf kratzten. »Keine Ahnung, der sieht viel dünner aus, geradezu hager.«

»Und das Haar. Da hat jemand mit billiger Farbe gearbeitet.«

Fünf Minuten später erschien aus dem Nichts ein Sicherheitsbeamter mit strenger Miene, dessen Anzug von deutlich minderer Qualität war. »Herr Lazzeri, würden Sie mir bitte folgen?«

Ein privater Aufzug brachte sie in den dritten Stock, wo Marco in einen kleinen Raum mit dicken Wänden geführt wurde. Bei der Rheinland-Bank schienen alle Wände dick zu sein. Zwei weitere Sicherheitsleute erwarteten ihn. Einer von ihnen lächelte tatsächlich, während der andere keine Miene verzog. Er wurde gebeten, beide Hände auf ein biometrisches Lesegerät zu legen, das seine Fingerabdrücke mit denen verglich, die er vor fast sieben Jahren in genau diesem Raum hinterlassen hatte. Nachdem die hundertprozentige Übereinstimmung festgestellt worden war, wurde er in einen wesentlich angenehmeren Empfangsraum geführt, wo man ihm Kaffee oder Saft anbot.

Da er nicht gefrühstückt hatte, entschied er sich für Orangensaft. Die Sicherheitsleute saßen wieder in ihrer Höhle. Nun kümmerte sich Elke, eine von van Thiessens attraktiven Assistentinnen, um Mr Backman.

»Er muss gleich da sein«, versicherte sie ihm. »Er hatte heute Morgen nicht mit Ihnen gerechnet.«

Nicht so einfach, Termine zu vereinbaren, wenn man sich auf der Toilette versteckt. Joel lächelte sie an. Der gute alte Marco war Geschichte. Nach zwei Monaten hatte er seine Schuldigkeit getan. Marco hatte ihm gute Dienste geleistet, sein Überleben gesichert, ihm Grundkenntnisse des Italienischen beigebracht, ihn durch Treviso und Bologna geführt und zu Francesca, einer Frau, die er nicht so schnell vergessen würde.

Aber Marco würde auch sein Tod sein, daher verabschiedete er sich endgültig von ihm, während er im zweiten Stock der Rheinland-Bank auf Elkes schwarze Stilettoabsätze starrte und auf ihren Chef wartete. Marco war fort, ein für alle Mal.

Mikel van Thiessens Büro war dazu bestimmt, Besucher zu beeindrucken. Der persische Läufer, das Ledersofa mit den passenden Sesseln, der antike Mahagonischreibtisch, der größer war als Joels ganze Zelle in Rudley, die elektronischen Geräte, die nur auf Eingaben warteten – alles zeugte von seiner Macht. Van Thiessen empfing Joel an der massiven Eichentür. Sie schüttelten sich die Hände, höflich, aber nicht wie alte Freunde. Schließlich waren sie sich nur ein einziges Mal begegnet.

Während Joel seit ihrer letzten Begegnung fast dreißig Kilogramm abgenommen hatte, hatte van Thiessen fast ebenso viel zugelegt. Sein Haar war grau geworden, und er wirkte nicht im Entferntesten so adrett und elegant wie die jungen Banker, die Joel in der Straßenbahn gesehen hatte. Van Thiessen führte seinen Kunden zu der Sitzgruppe aus Leder, während Elke und eine weitere Assistentin Kaffee und Gebäck brachten.

»Ich habe von Ihnen gelesen«, sagte van Thiessen, als

sie allein waren und sich die Tür hinter ihnen geschlossen hatte.

»Ja? Und was?«

»Sie sollen einen Präsidenten bestochen haben, damit er sie begnadigt, Mr Backman. Ist das in den Staaten wirklich so einfach?«

Joel hatte keine Ahnung, ob das ein Scherz sein sollte. Er war guter Stimmung, aber er hatte keine Lust herumzuwitzeln. »Ich habe niemanden bestochen, nur damit das klar ist.«

»Na ja, die Zeitungen spekulieren jedenfalls mächtig darüber.« Van Thiessens Stimme klang eher anklagend als jovial.

Joel entschloss sich, keine Zeit zu verschwenden. »Glauben Sie alles, was in der Zeitung steht?«

»Natürlich nicht, Mr Backman.«

»Ich bin aus drei Gründen hier. Ich möchte an mein Tresorfach, meinen Kontostand prüfen und zehntausend Dollar in bar abheben. Danach sind möglicherweise noch ein oder zwei andere Dinge zu erledigen.«

Van Thiessen schob sich einen kleinen Keks in den Mund und kaute hektisch. »Natürlich. Ich glaube nicht, dass es mit irgendeinem Punkt Probleme geben könnte.«

»Warum sollte es Probleme geben?«

»Es gibt keine, ich brauche nur ein paar Minuten.«

»Wofür?«

»Ich muss mit einem meiner Kollegen sprechen.«

»Können Sie das bitte sofort erledigen?«

Van Thiessen schoss geradezu aus dem Raum und knallte die Tür hinter sich zu. Das bohrende Gefühl in Joels Magengrube hatte nichts mit Hunger zu tun. Falls sein Plan scheiterte, wäre er aufgeschmissen. Dann würde er die Bank mit leeren Händen verlassen, vielleicht am Paradeplatz eine Straßenbahn nehmen – aber wohin? Seine Flucht wäre zu Ende. Er würde sich wieder in Marco verwandeln, und Marco würde ihm früher oder später den Tod bringen.

Die Zeit schien stillzustehen. Dann fiel ihm der Straferlass ein. Damit war er kein Krimineller mehr. Die US-Regierung hatte keinerlei Recht, Druck auf die Schweizer auszuüben, damit sie sein Konto einfroren. Außerdem froren die Schweizer keine Konten ein. Die Schweizer ließen sich nicht unter Druck setzen. Deswegen lagen in ihren Banken auch Beutegelder aus der gesamten Welt.

So war die Schweiz.

Elke kam und bat ihn, ihr nach unten zu folgen. In früheren Zeiten wäre er ihr überallhin gefolgt, aber das war vorbei.

Den Tresorraum kannte er von seinem ersten Besuch. Er befand sich im Keller, mehrere Ebenen unter der Erdoberfläche, wobei die Kunden nie wussten, wie tief es nach unten ging. Alle Türen waren mindestens dreißig Zentimeter dick, sämtliche Wände schienen aus Blei zu sein, alle Decken waren mit Überwachungskameras ausgestattet. Elke reichte ihn erneut an van Thiessen weiter.

Die Fingerabdrücke beider Daumen wurden auf Übereinstimmung geprüft. Ein optischer Scanner fotografierte ihn. »Nummer sieben.« Van Thiessen deutete auf eine Tür. »Ich treffe Sie hinten.« Damit verschwand er.

Joel ging durch einen kurzen Korridor an sechs fensterlosen Stahltüren vorbei, bis er zu einer siebten kam. Er drückte einen Knopf, der einen knarrenden und klickenden Mechanismus im Inneren der Tür in Gang setzte.

Schließlich öffnete sie sich, und er trat ein. Van Thiessen erwartete ihn bereits.

Der Raum hatte die Form eines Quadrats mit einer Seitenlänge von vier Metern. Drei Wände waren mit Tresorfächern bedeckt, von denen die meisten ein wenig größer als ein Schuhkarton waren.

»Ihre Tresornummer?«, fragte er.

»L2270.«

»Das ist richtig.«

Van Thiessen trat rechts neben Joel und beugte sich ein wenig zum Fach L2270 herab. Dann gab er auf der kleinen Tastatur einige Zahlen ein und richtete sich wieder auf. »Bitte sehr.«

Unter seinem wachsamen Blick trat Joel an das Fach und gab seinen Code ein. Dabei flüsterte er die Zahlen, die sich für immer in sein Gedächtnis eingebrannt hatten, leise vor sich hin. »Einundachtzig, fünfundfünfzig, vierundneunzig, dreiundneunzig, dreiundzwanzig.« Ein kleines grünes Licht vorn an der Tastatur begann zu blinken.

Van Thiessen lächelte. »Ich warte vorn auf Sie. Rufen Sie an, wenn Sie fertig sind.«

Als er allein war, zog Joel die Stahlschatulle aus ihrem Fach und hob den Deckel. Er nahm den gepolsterten Briefumschlag heraus und öffnete ihn. Sekunden später hielt er die vier Jaz-Disketten in der Hand, die einmal eine Milliarde Dollar wert gewesen waren.

Er gönnte sich sechzig Sekunden. Schließlich war er im Augenblick in Sicherheit, da musste Zeit sein für eine kurze Besinnung.

Er dachte an Safi Mirza, Fazal Sharif und Faruk Khan, die brillanten jungen Männer, die »Neptun« entdeckt und die umfangreiche Software geschrieben hatten, mit denen sich das System manipulieren ließ. Inzwischen waren sie alle tot. Ihre naive Gier hatte sie umgebracht, und die Wahl ihres Partners hatte nicht unwesentlich dazu beigetragen. Er dachte an Jacy Hubbard, den dreisten, geselligen, unendlich charismatischen Gauner, der die Wähler sein ganzes Leben lang hinters Licht geführt hatte und schließlich zu gierig geworden war. Er dachte an Carl Pratt, Kim Bolling und Dutzende andere Partner, die er in die florierende Kanzlei gebracht hatte, und an die Leben, die durch das, was er in der Hand hielt, zerstört worden waren. Er dachte an Neal und die Demütigung, die er seinem Sohn zugefügt hatte, als der Skandal in ganz Washington bekannt und das Gefängnis für ihn nicht nur zur Gewissheit, sondern zum Zufluchtsort geworden war.

Und er dachte an sich selbst, aber ohne Egoismus oder Selbstmitleid, ohne zu versuchen, anderen die Schuld zuzuschieben. Natürlich hätte er gern alles ungeschehen gemacht, aber solche Gedanken waren Zeitverschwendung. Joel, Marco oder Giovanni – wie auch immer er sich nannte – blieben nur noch ein paar Jahre. Zum ersten Mal in seinem Leben würde er das Richtige tun und nicht das, was ihm am meisten Gewinn brachte.

Er steckte die Jaz-Disketten in den Umschlag, verstaute den Umschlag in seiner Aktentasche und schob die Stahlschatulle in das Tresorfach zurück. Dann rief er van Thiessen an.

Zurück in van Thiessens eindrucksvollem Büro, erhielt er von diesem eine Akte mit einem einzigen Blatt Papier. »Das ist eine Aufstellung über Ihre Kontobewegungen.

Sehr übersichtlich. Wie Sie wissen, wurden keine Umsätze getätigt.«

»Sie zahlen nur ein Prozent Zinsen«, stellte Joel fest.

»Das war Ihnen bei der Kontoeröffnung bekannt, Mr Backman.«

»Stimmt.«

»Wir schützen Ihr Geld auf andere Weise.«

»Natürlich.« Joel schloss die Akte und gab sie zurück. »Ich möchte das nicht behalten. Haben Sie das Bargeld?«

»Es wird gerade hochgebracht.«

»Gut. Ich brauche ein paar Dinge.«

Van Thiessen zog seinen Schreibblock heran und hob den Füller. »Ja?«

»Ich möchte hunderttausend Dollar auf eine Bank in Washington, D.C., überweisen. Können Sie mir eine empfehlen?«

»Natürlich. Wir arbeiten eng mit der Maryland Trust zusammen.«

»Gut, dann überweisen Sie das Geld dahin, und eröffnen Sie ein normales Sparkonto. Ich werde keine Schecks ausstellen, sondern nur Abhebungen vornehmen.«

»Auf welchen Namen?«

»Joel Backman und Neal Backman.« Allmählich gewöhnte er sich wieder an seinen eigenen Namen und ging nicht jedes Mal verängstigt in Deckung, wenn er ihn hörte. Das gefiel ihm.

»In Ordnung«, sagte van Thiessen. Alles war möglich.

»Ich muss in die USA zurück. Dazu brauche ich Ihre Hilfe. Kann Ihre Assistentin herausfinden, welche Lufthansa-Flüge nach Philadelphia und New York gehen?«

»Natürlich. Wann und von welchem Flughafen aus?«

»Heute, so bald wie möglich. Ich möchte den Flughafen hier vermeiden. Wie lange braucht man mit dem Auto nach München?«

»Drei bis vier Stunden.«

»Können Sie mir ein Auto besorgen?«

»Das lässt sich bestimmt organisieren.«

»Ich möchte das Gebäude über die Tiefgarage verlassen, und zwar mit einem Fahrer, der nicht wie ein Chauffeur gekleidet ist. Das Auto darf nicht schwarz sein, ich möchte keine Aufmerksamkeit erregen.«

Van Thiessen hörte auf zu schreiben und warf ihm einen fragenden Blick zu. »Sind Sie in Gefahr, Mr Backman?«

»Vielleicht. Ich bin mir nicht sicher, und ich will kein Risiko eingehen.«

Van Thiessen dachte ein paar Sekunden lang nach. »Möchten Sie, dass wir den Flug für Sie buchen?«

»Ja.«

»Dann brauche ich Ihren Pass.«

Joel zog Giovannis Pass hervor, den van Thiessen eingehend studierte. Das sonst so stoische Gesicht des Bankiers wirkte besorgt und verwirrt. »Mr Backman, das ist nicht Ihr Pass«, brachte er schließlich heraus.

»Das stimmt.«

»Ist es ein gültiger Pass?«

»Ja.«

»Ich nehme an, Sie haben keinen eigenen.«

»Den hat man mir vor langer Zeit weggenommen.«

»Die Bank darf keine Beihilfe zu einem Verbrechen leisten. Sollte es sich um ein gestohlenes Dokument …«

»Ich versichere Ihnen, es handelt sich nicht um einen gestohlenen Pass.«

»Und wie sind Sie …«

»Sagen wir, ich habe ihn mir geborgt.«

»Aber die Verwendung des Passes einer anderen Person verstößt gegen das Gesetz.«

»Lassen Sie die amerikanische Einwanderungspolitik meine Sorge sein, Herr van Thiessen. Besorgen Sie mir den Flugplan, ich wähle den Flug aus, und Ihre Assistentin bucht ihn über das Konto der Bank. Den Betrag können Sie von meinem Saldo abziehen. Auto und Chauffeur auch, wenn Sie wollen. Es ist alles ganz einfach.«

Es war nur ein Pass. Andere Kunden hatten drei oder vier davon. Van Thiessen gab ihn Joel zurück. »Einverstanden. Sonst noch etwas?«

»Ja, ich muss ins Internet. Ihre Computer sind doch bestimmt sicher.«

»Absolut.«

Joel schrieb folgende E-Mail an Neal:

Grinch, mit ein wenig Glück komme ich heute Abend in den USA an. Besorg mir noch heute ein neues Mobiltelefon, und lass es nicht aus den Augen. Ruf morgen im Hilton, im Marriott und im Sheraton in der Washingtoner Innenstadt an und frag nach Giovanni Ferro. Das bin ich. Ruf Carl Pratt gleich heute Morgen von dem neuen Telefon aus an. Unternimm alles, damit Senator Clayburn nach Washington kommt. Wir übernehmen die Kosten. Sag ihm, es sei dringend, er erweist damit einem alten Freund einen Gefallen. Lass dich nicht abwimmeln. Keine E-Mails mehr, bis ich zu Hause bin.

Marco

Nachdem er in van Thiessens Büro einen kleinen Imbiss mit Sandwich und Cola eingenommen hatte, verließ er als Beifahrer in einer viertürigen Limousine, einem auf Hochglanz polierten grünen BMW, das Bankgebäude. Zur Sicherheit hielt er eine Schweizer Zeitung vor das Gesicht, bis sie die Autobahn erreicht hatten. Der Chauffeur hieß Franz und hielt sich für einen verkappten Formel-1-Fahrer. Als er hörte, dass sein Fahrgast in Eile war, verließ er die linke Spur nicht mehr.

32

Um 13.55 Uhr sass Joel Backman auf einem der verschwenderisch breiten Sitze der ersten Klasse einer Lufthansa 747, die soeben am Münchner Flughafen vom Flugsteig zur Startbahn rollte. Erst jetzt wagte er es, nach dem Champagnerglas zu greifen, das er schon seit zehn Minuten anstarrte. Als das Flugzeug vor dem Start noch einmal zu einer letzten Kontrolle hielt, war das Glas bereits leer. Kurz darauf lösten sich die Räder vom Asphalt, und Joel schloss die Augen. Endlich konnte er sich ein paar Stunden Entspannung gönnen.

Dagegen stand sein Sohn exakt zur selben Zeit, nämlich um 7.55 Uhr amerikanischer Ostküstenzeit, unter solchem Stress, dass er am liebsten das Handtuch geworfen hätte. Wie sollte er mir nichts, dir nichts ein neues Mobiltelefon besorgen, Carl Pratt anrufen, im Namen einer nicht existierenden alten Freundschaft Gefallen einfordern und schließlich einen im Ruhestand befindlichen, zänkischen alten Senator aus Ocracoke, North Carolina, dazu bringen, alles stehen und liegen zu lassen, um in eine Stadt zurückzukehren, die er offenbar nicht ausstehen konnte? Ganz zu schweigen davon, dass er, Neal Backman, auch noch einen Job hatte und einen ziemlich vollen Terminkalender. Selbstverständlich war nichts davon so dringend wie die Rettung seines eigensinnigen

Vaters, aber er hatte eine ganze Reihe von Mandantengesprächen und anderen wichtigen Angelegenheiten zu erledigen.

Als er Jerry's Java verließ, fuhr er nicht ins Büro, sondern nach Hause. Lisa, die gerade ihre Tochter badete, war überrascht, ihn zu sehen.

»Was ist los?«, fragte sie.

»Wir müssen miteinander reden, und zwar sofort.«

Er begann mit dem mysteriösen, in York, Pennsylvania, abgestempelten Brief und erzählte ihr alles, von dem Kredit über viertausend Dollar über das Smartphone bis zu den verschlüsselten E-Mails. Zu seiner Erleichterung nahm sie es gelassen.

»Du hättest mir davon erzählen sollen«, sagte sie mehr als einmal.

»Ich weiß, und es tut mir Leid.«

Keine Vorwürfe, kein Streit. Loyalität war eine ihrer besten Eigenschaften.

»Wir müssen ihm helfen«, stellte sie fest.

Neal umarmte sie. »Er zahlt das Geld bestimmt zurück«, versicherte er ihr.

»Um das Geld kümmern wir uns später. Ist er in Gefahr?«

»Ich glaube schon.«

»Okay. Womit fangen wir an?«

»Ruf im Büro an und sag, ich liege mit Grippe im Bett.«

Ihr Gespräch wurde in allen Einzelheiten von einem winzigen Mikrofon aufgezeichnet, das der Mossad in der Fassung einer Lampe versteckt hatte, unter der sie saßen. Es war an einen auf dem Dachboden versteckten Sender angeschlossen, der jedes ihrer Worte an einen Hochfrequenzempfänger übermittelte. Der stand etwa vierhundert Meter entfernt in einem wenig benutzten Büro, das kürzlich von einem Herrn aus Washington gemietet worden war. Dort hörte sich ein Techniker alles zweimal an und schickte dann eine dringliche E-Mail an einen Agenten in der israelischen Botschaft in Washington.

Seit Backman vor mehr als vierundzwanzig Stunden aus Bologna verschwunden war, waren die im Umfeld seines Sohnes versteckten Wanzen noch sorgfältiger überwacht worden.

Die E-Mail nach Washington schloss mit den Worten »JB kehrt heim«.

Glücklicherweise erwähnte Neal bei dem Gespräch mit Lisa den Namen »Giovanni Ferro« nicht. Unglücklicherweise nannte er jedoch zwei der drei Hotels: das Marriott und das Sheraton.

Backmans Heimkehr erhielt oberste Priorität. An der Ostküste waren elf Mossad-Agenten im Einsatz, die umgehend nach Washington beordert wurden.

Lisa brachte ihre Tochter zu ihrer Mutter. Dann fuhr sie mit Neal in das dreißig Minuten entfernte Charlottesville. In einem Einkaufszentrum im Norden der Stadt unterschrieben sie bei U.S. Cellular einen Vertrag, kauften ein Telefon und waren binnen dreißig Minuten wieder unterwegs. Lisa fuhr, während Neal versuchte, Carl Pratt zu erreichen.

Infolge seines großzügigen Umgangs mit Champagner und Wein gelang es Joel, über dem Atlantik mehrere Stunden zu schlafen. Als die Maschine um 16.30 Uhr auf dem Flughafen John F. Kennedy landete, war das entspannte Gefühl verflogen. Die Ungewissheit quälte ihn, und er ertappte sich immer wieder dabei, wie er einen Blick über die Schulter warf.

An der Passkontrolle reihte er sich zunächst in die wesentlich kürzere Schlange der heimkehrenden Amerikaner ein. Es war schon fast peinlich, wie viele Ausländer an den anderen Schaltern warteten. Dann wurde ihm sein Irrtum bewusst. Er warf einen Blick in die Runde, fluchte leise und wechselte eilig die Schlange.

Das war wirklich selten dumm.

Ein junger Uniformierter mit Stiernacken, der nur aus der Bronx stammen konnte, brüllte die Leute an, sie sollten sich ja nicht am falschen Schalter anstellen und sich gefälligst beeilen. Willkommen in Amerika. Es gab Dinge, die er absolut nicht vermisst hatte.

Der Passbeamte runzelte beim Anblick von Giovannis Pass die Stirn, aber das hatte er bei allen anderen auch getan. Joel hatte ihn im Schutze seiner billigen Sonnenbrille sorgfältig beobachtet.

»Würden Sie bitte Ihre Sonnenbrille abnehmen?«, fragte der Beamte.

»*Certo*«, erwiderte Joel laut, damit man ihm den Italiener auch glaubte. Er nahm seine Sonnenbrille ab, blinzelte, als würde ihn das Licht blenden, und rieb sich die Augen, während der Beamte sein Gesicht studierte. Widerstrebend stempelte er den Pass und gab ihn zurück. Da Joel nichts zu verzollen hatte, würdigten ihn die Zollbeamten kaum eines Blickes. Er eilte durch das Terminal zum Taxistand. »Penn Station«, sagte er.

Der Fahrer erinnerte ihn an Faruk Khan, den jüngsten der drei Pakistaner. Er war kaum älter als ein Kind. Joel, der ihn vom Fond aus beobachtete, zog seine Aktentasche fester an sich.

Da sie gegen die Richtung des Feierabendverkehrs fuhren, hatten sie Penn Station in fünfundvierzig Minuten erreicht. Joel kaufte sich eine Fahrkarte für den Amtrak. Um neunzehn Uhr verließ der Zug New York in Richtung Washington.

Das Taxi parkte in der Brandywine Street in Nordwashington. Es war fast elf Uhr, und in den meisten Villen brannte kein Licht mehr. Joel sprach mit dem Fahrer, der daraufhin seine Lehne in Liegeposition stellte und sich anschickte, ein Nickerchen zu halten.

Mrs Pratt lag im Bett und war schon fast eingeschlafen, als sie die Klingel hörte. Sie griff nach ihrem Morgenmantel und eilte die Treppe hinunter. Ihr Ehemann übernachtete meistens im Keller, in erster Linie, weil er schnarchte, aber auch, weil er zu viel trank und unter Schlaflosigkeit litt. Vermutlich war er auch jetzt unten.

»Wer ist da?«, fragte sie über die Sprechanlage.

»Joel Backman«.

Das musste ein Scherz sein. »Wer?«

»Donna, ich bin es, Joel. Ich schwöre es. Mach die Tür auf.«

Sie lugte durch den Spion in der Tür, erkannte den Fremden aber nicht. »Einen Augenblick.« Dann rannte sie in den Keller, wo Carl die Nachrichten sah. Eine Minute später stand er im Trainingsanzug und mit einer Pistole in der Hand an der Tür.

»Wer ist da?«, fragte er über die Sprechanlage.

»Carl, ich bin's, Joel. Leg die Pistole weg und mach auf.«

Die Stimme war unverwechselbar. Carl öffnete die Tür, und Joel Backman trat wieder in sein Leben, die Neuauflage eines Albtraums aus vergangenen Tagen. Die Pratts starrten ihn wortlos an, weil er sich so verändert hatte. Er war viel dünner, hatte dunkleres, kürzeres Haar und kleidete sich merkwürdig.

»Was willst du hier?« Mehr brachte Donna nicht heraus.

»Gute Frage«, erwiderte Joel. Er hatte das Gespräch geplant, das war sein Vorteil, während die anderen beiden völlig unvorbereitet waren. »Legst du jetzt bitte die Pistole weg?«

Pratt deponierte die Waffe auf einem Beistelltisch.

»Hast du mit Neal gesprochen?«, fragte Backman.

»Ich habe den ganzen Tag nichts anderes getan.«

»Was geht hier vor, Carl?«, mischte sich Donna ein.

»Ich weiß es nicht so recht.«

»Kann ich mit dir reden? Deswegen bin ich hier. Ich traue keinem Telefon mehr.«

»Worüber reden?«, wollte sie wissen.

»Würdest du uns einen Kaffee kochen, Donna?«, fragte Joel liebenswürdig.

»Du kannst mich mal.«

»Dann eben keinen Kaffee.«

Carl rieb sich nachdenklich das Kinn. »Donna, ich muss unter vier Augen mit Joel sprechen. Es geht um alte Kanzleigeschichten. Ich erkläre es dir später.«

Sie warf den beiden einen vernichtenden Blick zu und stapfte die Treppe hinauf, während sich die Männer ins Arbeitszimmer zurückzogen.

»Möchtest du was trinken?«, fragte Carl.

»Ja, irgendwas Starkes.«

Carl goss zwei doppelte Single Malts ein. Ohne den Versuch eines Lächelns reichte er Joel ein Glas. »Cheers.«

»Cheers. Schön, dich zu sehen.«

»Kann ich mir vorstellen. Sah ja so aus, als würdest du für die nächsten vierzehn Jahre niemanden zu Gesicht bekommen.«

»Du hast wohl die Tage gezählt?«

»Joel, wir versuchen immer noch, das Chaos zu beseitigen, das du hinterlassen hast. Eine Menge anständiger Leute hatte deinetwegen zu leiden. Tut mir Leid, wenn Donna und ich nicht gerade erfreut sind, dich zu sehen. Ich kann mir nicht vorstellen, dass dir allzu viele Leute in der Stadt vor Begeisterung um den Hals fallen.«

»Die meisten würden mich wohl am liebsten abknallen.«

Carl warf einen unsicheren Blick auf seine Pistole.

»Darum kann ich mich jetzt nicht kümmern«, fuhr Joel fort. »Natürlich würde ich einige Dinge am liebsten ungeschehen machen, aber das geht eben nicht. Im Moment laufe ich um mein Leben, Carl, und ich brauche Hilfe.«

»Vielleicht will ich damit nichts zu tun haben.«

»Das kann ich dir nicht verübeln. Aber du musst mir einen großen Gefallen tun. Wenn du mir jetzt hilfst, siehst du mich nie wieder, das verspreche ich dir.«

»Das nächste Mal schieße ich.«

»Wo ist Senator Clayburn? Sag mir, dass er noch am Leben ist.«

»Ja, und wie. Du hast Glück.«

»Wie das?«

»Er ist hier, in Washington.«

»Warum?«

»Hollis Maples geht nach einhundert Jahren im Senat in den Ruhestand. Gestern war eine Feier, bei der all die Veteranen vertreten waren.«

»Maples? Der war doch schon vor zehn Jahren ein Tattergreis.«

»Dann kannst du dir ja denken, in welchem Zustand er jetzt ist. Er und Clayburn waren Busenfreunde.«

»Hat du mit Clayburn geredet?«

»Ja.«

»Und?«

»Könnte schwierig werden für dich, Joel. Er wollte nichts von dir hören. Er würde dich am liebsten wegen Hochverrats hinrichten lassen.«

»Mir egal. Sag ihm, er kann einen Deal einfädeln, bei dem er als echter Patriot dasteht.«

»Worum geht es?«

»Ich habe die Software, Carl. Das ganze Paket. Heute Morgen aus dem Tresor einer Bank in Zürich geholt, wo sie seit mehr als sechs Jahren lag. Wenn du mit Clayburn morgen früh in mein Hotelzimmer kommst, zeige ich sie euch.«

»Ich will sie gar nicht sehen.«

»Willst du doch.«

Carl leerte sein Glas in einem Zug. Dann ging er zur Bar, füllte es und nahm einen weiteren Schluck, der weniger trinkfeste Zeitgenossen umgeworfen hätte. »Wann und wo?«

»Im Marriott in der 22nd Street. Zimmer 520. Neun Uhr morgens.«

»Warum, Joel? Warum sollte ich mich da hineinziehen lassen?«

»Um einem alten Freund einen Gefallen zu tun.«

»Ich schulde dir keinen Gefallen. Und mein Freund bist du schon lange nicht mehr.«

»Bitte, Carl. Bring mir Clayburn, und bis morgen Mittag bist du aus der Sache heraus. Ich verspreche dir, dass du mich nie wiedersiehst.«

»Klingt verlockend.«

Joel bat den Fahrer, sich Zeit zu lassen. Sie rollten durch Georgetown, die K Street mit ihren bis spät geöffneten Restaurants und Bars, die voller Studenten waren. Es war der 22. März, und der Frühling lag in der Luft. Das Thermometer war auf achtzehn Grad geklettert, da hielt es die jungen Leute selbst um Mitternacht nicht in ihren Wohnungen.

An der Kreuzung zwischen I Street und 14th Street verlangsamte das Taxi sein Tempo, und Joel konnte in der Ferne sein altes Bürogebäude in der New York Avenue erkennen. Irgendwo im obersten Stock hatte er einst über sein kleines Reich geherrscht, umgeben von Speichelleckern, die ihm jeden Wunsch von den Augen ablasen. Er sehnte sich nicht zurück. Stattdessen erfüllte ihn bei dem Gedanken an das wertlose Leben, das er geführt hatte, tiefes Bedauern. Immer auf der Jagd nach Geld hatte er sich Freunde, Frauen und all die Vergnügungen gekauft, die sich jemand seines Kalibers nur wünschen konnte. Sie fuhren weiter, vorbei an den zahllosen Bürogebäuden, in denen auf der einen Seite Regierungsbehörden, auf der anderen Seite Lobbyisten saßen.

Er bat den Fahrer, eine andere Straße zu nehmen, die erfreulichere Anblicke bot. Sie bogen in die Constitution Avenue ein und passierten das Washington Monument. Jahrelang hatte ihn Anna Lee, sein jüngstes Kind, gebeten, mit ihr im Frühling auf der Mall spazieren zu gehen, wie es die Väter ihrer Klassenkameraden taten. Sie wollte Mr Lincoln sehen und das Smithsonian besuchen. Immer wieder hatte er es ihr versprochen, bis sie plötzlich nicht mehr da war. Soweit er wusste, lebte Anna Lee jetzt in Denver und hatte ein Kind, das er noch nie gesehen hatte.

Während sie sich dem Kapitol näherten, hatte Joel plötzlich genug. Dieser kurze Besuch in der Vergangenheit war deprimierend. Die Erinnerungen waren zu unangenehm.

»Fahren Sie mich zum Hotel«, sagte er.

33

Neal kochte die erste Kanne Kaffee. Dann ging er nach draußen und bewunderte von seiner Terrasse aus die Schönheit des Frühlingsmorgens.

Falls sein Vater tatsächlich wieder in Washington war, schlief er um halb sieben bestimmt nicht. Am Abend zuvor hatte Neal die Nummern der Washingtoner Hotels in sein Telefon eingegeben, und als die Sonne aufging, begann er mit dem Sheraton. Kein Giovanni Ferro. Also das Marriott.

»Einen Augenblick, bitte«, sagte die Telefonistin. Dann klingelte das Zimmertelefon.

»Hallo«, meldete sich eine vertraute Stimme.

»Marco, bitte«, sagte Neal.

»Hier ist Marco. Grinch?«

»Ja.«

»Wo bist du gerade?«

»Ich stehe auf meiner Terrasse und warte auf die Sonne.«

»Was für ein Telefon benutzt du?«

»Ein brandneues Motorola, das ich gestern gekauft und seitdem ständig mit mir herumgetragen habe.«

»Dann ist es also sicher.«

»Ja.«

Eine Pause. Joel atmete schwer. »Schön, deine Stimme zu hören, mein Junge.«

»Geht mir auch so. Wie war die Reise?«

»Aufregend. Kannst du nach Washington kommen?«

»Wann?«

»Heute Vormittag.«

»Klar. Jeder denkt, ich habe Grippe. In der Kanzlei wird mich also keiner vermissen. Wo und wann?«

»Im Marriott in der 22nd Street. Komm um 8.45 Uhr in die Lobby, nimm den Aufzug zum sechsten Stock, und geh dann über die Treppe in den fünften. Zimmer 520.«

»Ist das wirklich nötig?«

»Vertrau mir. Kannst du ein anderes Auto nehmen?«

»Ich weiß nicht. Keine Ahnung, wer ...«

»Lisas Mutter. Leih dir ihr Auto, aber pass auf, dass dir keiner folgt. Wenn du in die Stadt kommst, parkst du im Parkhaus an der Sixteenth und gehst zu Fuß zum Marriott. Achte auf eventuelle Verfolger. Wenn dir etwas Verdächtiges auffällt, rufst du mich an, und wir brechen die Aktion ab.«

Neal sah sich in seinem Garten um, als könnten jeden Augenblick schwarz gekleidete Agenten auftauchen. Woher hatte sein Vater dieses ganze Geheimdienstzeug? Lag es vielleicht an den sechs Jahren Einzelhaft? Zu viele Spionageromane?

»Hörst du?«, fragte Joel scharf.

»Ja, klar. Bin schon unterwegs.«

Ira Clayburn sah aus, als hätte er sein Leben auf dem Meer verbracht und nicht vierunddreißig Jahre lang im Senat gesessen. Er stammte aus einer Fischerfamilie, die seit über einhundert Jahren in Ocracoke auf den Outer Banks vor der Küste von North Carolina ansässig war. Ira hätte mit Sicherheit die Familientradition fortgesetzt, wäre nicht einem Mathematiklehrer in der sechsten Klasse seine außergewöhnliche Intelligenz aufgefallen. Nachdem ihn zunächst ein Stipendium für die Universität von North Carolina nach Chapel Hill geführt hatte, machte er seinen Master in Yale und erwarb schließlich in Stanford einen Doktortitel. Er lehrte in Davidson Wirtschaft, als ein Nachrücker für den Senat gebraucht wurde und die Wahl auf ihn fiel. Widerstrebend kandidierte er danach für eine volle Amtszeit und blieb die nächsten drei Jahrzehnte in Washington hängen. Mit einundsiebzig gelang ihm schließlich der Rückzug ins Privatleben. Als er den Senat verließ, verlor die Politik einen Geheimdienstexperten, der nicht zu ersetzen war.

Nur aus Neugier erklärte er sich bereit, Carl Pratt, einen alten Freund aus dem Tennisklub, ins Marriott zu begleiten. Soweit er wusste, war die »Neptun«-Affäre nie aufgeklärt worden. Allerdings hatte er in den letzten fünf Jahren auch keinen Kontakt mehr mit Insiderkreisen gehabt. Stattdessen hatte er so gut wie jeden Tag mit seinem Fischerboot die Gewässer zwischen Hatteras und Cape Lookout unsicher gemacht.

Gegen Ende seiner Zeit als Senator hatte er beobachtet, wie Joel Backman der Letzte in einer langen Reihe von Starlobbyisten wurde, die es meisterhaft verstanden, durch die Zahlung ungeheurer Summen die Ereignisse zu ihren Gunsten zu beeinflussen. Er verließ Washington um die Zeit, als den nicht weniger verabscheuenswürdigen Jacy Hubbard das verdiente Schicksal ereilte.

Für solche Leute hatte er nichts übrig.

Hinter Carl Pratt betrat er das Zimmer und stand vor dem Teufel selbst.

Allerdings gab sich dieser sehr angenehm und bemerkenswert liebenswürdig. Ein neuer Mensch. Das Gefängnis.

Joel stellte sich und seinen Sohn vor. Händeschütteln, höfliche Worte. Auf dem Tisch in der kleinen Suite, um den sie sich in einem losen Kreis setzten, standen Gebäck, Kaffee und Saft.

»Es dürfte nicht lange dauern«, sagte Joel. »Senator, ich brauche Ihre Hilfe. Ich habe keine Ahnung, wie viel Sie bereits über diese unangenehme Geschichte wissen, die mich für einige Jahre ins Gefängnis gebracht hat ...«

»Ich kenne sie nur in Grundzügen. Es wurden nie alle Fragen geklärt.«

»Ich bin mir ziemlich sicher, dass ich die Antworten habe.«

»Wem gehört das Satellitensystem?«

Joel hielt es nicht mehr auf seinem Platz. Er ging zum Fenster, starrte ins Leere und holte tief Atem. »Es wurde von China unter astronomischen Kosten entwickelt. Wie Sie wissen, liegen die Chinesen bei den konventionellen Waffen weit zurück, daher investieren sie große Summen in Hightech. Die Technologie ist teilweise amerikanisch und wurde gestohlen. Es gelang ihnen, ›Neptun‹ – so der Codename des Systems – ohne Wissen der CIA in den Weltraum zu bringen.«

»Wie haben sie das geschafft?«

»Mit ganz primitiven Mitteln. Eines Nachts gingen in einer der nördlichen Provinzen achttausend Hektar Wald in Flammen auf. Im Schutz der Rauchwolken wurden drei Raketen mit jeweils drei Satelliten abgeschossen.«

»Den Trick haben die Russen auch mal angewendet«, meinte Clayburn.

»Diesmal sind sie selbst darauf hereingefallen. Sie haben von ›Neptun‹ genauso wenig mitbekommen wie alle anderen. Niemand wusste davon, bis meine Mandanten zufällig darüber stolperten.«

»Die pakistanischen Studenten.«

»Ja. Mittlerweile sind alle drei tot.«

»Wer hat sie getötet?«

»Vermutlich chinesische Agenten.«

»Und wer hat Jacy Hubbard erledigt?«

»Dieselben Leute.«

»Und wie dicht sind sie an Ihnen dran?«

»Dichter, als mir lieb ist.«

Clayburn griff nach einem Donut, und Pratt leerte ein Glas Orangensaft. Joel fuhr fort. »Ich habe die Software – ›JAM‹. Es gab nur ein Exemplar.«

»Und das wollten Sie damals verkaufen?«, fragte Clayburn.

»Ja. Jetzt will ich es unbedingt loswerden, aber mir ist nicht ganz klar, wem ich es geben soll.«

»Was ist mit der CIA?«, fragte Pratt, nur um auch etwas zu sagen.

Clayburn schüttelte bereits den Kopf.

»Denen traue ich nicht«, wehrte Joel ab. »Teddy Maynard hat den Straferlass für mich nur organisiert, weil er wissen wollte, wer mich umbringen würde. Außerdem hat die CIA im Moment eine Interimsdirektorin.«

»Und wir haben einen neuen Präsidenten«, stimmte Clayburn zu. »Im Moment befindet sich die CIA in einem miserablen Zustand. Mit denen würde ich mich nicht einlassen.« Damit hatte er die Grenze überschritten, war vom neugierigen Zuschauer zum Berater geworden.

»Mit wem soll ich reden?«, wollte Joel wissen. »Wem kann ich trauen?«

»Der Defense Intelligence Agency«, erwiderte Clayburn, ohne zu zögern. »Ihr Chef ist Major Wes Roland, ein alter Freund von mir.«

»Wie lange ist er schon im Amt?«

Clayburn überlegte kurz. »Zehn, vielleicht zwölf Jahre. Er besitzt jede Menge Erfahrung und ist außerordentlich intelligent. Außerdem ist er ein anständiger Mensch.«

»Und Sie könnten mit ihm reden?«

»Ja. Wir sind in Verbindung geblieben.«

»Ist er nicht der Direktorin der CIA unterstellt?«, gab Pratt zu bedenken.

»Ja, das gilt für alle. Mittlerweile gibt es mindestens fünfzehn verschiedene Geheimdienste – was ich zwanzig Jahre lang zu verhindern versucht habe –, die theoretisch alle der CIA unterstellt sind.«

»Also muss Wes Roland die CIA informieren?«, fragte Joel.

»Ihm bleibt keine Wahl, aber da lässt sich einiges arrangieren. Roland ist ein vernünftiger Mensch und kennt sich in der Politik aus. Sonst hätte er nicht so lange überlebt.«

»Können Sie ein Treffen organisieren?«

»Ja, aber wie soll das ablaufen?«

»Ich drücke ihm ›JAM‹ in die Hand und suche das Weite.«

»Und die Gegenleistung?«

»Nur ein kleiner Deal, Senator. Ich will kein Geld, aber ich brauche Hilfe.«

»Und wie würde die aussehen?«

»Das möchte ich mit ihm besprechen. Selbstverständlich in Ihrer Gegenwart.«

Eine Pause trat ein, während Clayburn auf den Boden starrte und die Argumente abwog. Neal ging zum Tisch und nahm sich ein Croissant, Joel goss sich mehr Kaffee ein, und Pratt, der offenbar einen Kater hatte, verleibte sich ein weiteres großes Glas Orangensaft ein.

Schließlich lehnte sich Clayburn zurück. »Ich nehme an, die Sache ist dringend.«

»Mehr als dringend. Falls Major Roland verfügbar ist, würde ich ihn gern sofort treffen, egal wo.«

»Ich bin mir sicher, dass er sich Zeit nimmt.«

»Das Telefon ist da drüben.«

Clayburn stand auf und ging zum Schreibtisch. Pratt räusperte sich. »Hört mal, Leute«, begann er, »zu diesem Zeitpunkt würde ich mich gern verabschieden. Ich will nichts mehr hören. Ich habe kein Interesse daran, als Zeuge oder Beschuldigter vor Gericht zu landen oder ein weiteres Opfer zu werden. Wenn ihr mich also bitte entschuldigen würdet, ich muss ins Büro.«

Er wartete die Antwort nicht ab, sondern verschwand blitzartig. Die Tür fiel hinter ihm ins Schloss. Einigermaßen verblüfft über diesen plötzlichen Abgang, starrten die anderen ihm ein paar Sekunden lang nach.

»Armer Carl«, meinte Clayburn. »Er hat schon immer Angst vor seinem eigenen Schatten gehabt.« Er griff zum Telefon und ging an die Arbeit.

Während des vierten Anrufs – es war der zweite im Pentagon – legte Clayburn die Hand über den Hörer und sagte zu Joel: »Sie wollen sich lieber im Pentagon treffen.«

Joel schüttelte den Kopf. »Nein. Ich gehe da nicht mit

der Software rein, solange wir uns nicht auf einen Deal geeinigt haben. Ich kann sie ihnen später geben, aber mitnehmen werde ich sie nicht.«

Clayburn gab das weiter und lauschte dann für eine ganze Weile. Dann deckte er den Hörer erneut mit der Hand ab. »Auf welchen Trägern befindet sich die Software?«

»Auf vier Jaz-Disketten.«

»Sie verstehen doch, dass die das überprüfen müssen.«

»Okay, ich nehme zwei Disketten mit ins Pentagon. Da ist ungefähr die Hälfte drauf. Dann können sie sich die Sache kurz ansehen.«

Clayburn wiederholte Joels Bedingungen. Wieder lauschte er lange. »Zeigen Sie mir die Disketten?«, fragte er schließlich.

»Ja.«

Clayburn schaltete den Anruf stumm, während Joel nach seiner Aktentasche griff und den Umschlag herausnahm. Dann legte er die vier Jaz-Disketten auf das Bett, damit Neal und Clayburn sie sich ansehen konnten. Clayburn ging wieder ans Telefon. »Ich habe hier vier Disketten vor mir. Mr Backman versichert mir, dass sie die Software enthalten.« Er hörte ein paar Minuten zu und betätigte dann erneut die Stummschaltung.

»Sie wollen, dass wir sofort ins Pentagon kommen«, sagte er.

»In Ordnung.«

Clayburn hängte auf. »Da drüben herrscht ziemlicher Aufruhr. Ich glaube, die Leute sind sehr gespannt. Gehen wir?«

»Ich treffe Sie in fünf Minuten in der Lobby«, erwiderte Joel.

Als sich die Tür hinter Clayburn schloss, sammelte Joel eilig die Disketten ein und steckte zwei davon in seine Jackentasche. Die anderen beiden – Nummer drei und vier – verschwanden wieder in der Aktentasche, die er Neal übergab.

»Wenn wir weg sind, gehst du zur Rezeption und nimmst dir ein anderes Zimmer«, wies er ihn an. »Besteh darauf, dass du es sofort beziehen kannst. Dann rufst du hier an und hinterlässt mir eine Nachricht, damit ich weiß, wo du bist. Rühr dich nicht von der Stelle, bis du von mir hörst.«

»Okay, Dad. Ich hoffe, du weißt, was du tust.«

»Es ist nur ein Deal, mein Junge. Wie in den alten Tagen.«

Das Taxi setzte sie am Südeingang des Pentagons in der Nähe der U-Bahn-Haltestelle ab. Zwei uniformierte Offiziere aus Major Rolands Stab warteten mit Ausweisen und Anweisungen auf sie, um sie durch die Sicherheitskontrollen zu schleusen. Während sie für ihre Besucherausweise fotografiert wurden, nörgelte Clayburn ununterbrochen herum, weil im Vergleich zu früher alles so kompliziert geworden war.

Ob er nun Recht hatte oder nicht, er hatte sich auf jeden Fall überraschend schnell vom kritischen Skeptiker zum wichtigen Akteur gewandelt und arbeitete nun mit voller Kraft an der Umsetzung von Joels Plan. Während sie durch die breiten Gänge im ersten Stock liefen, sinnierte er darüber, wie einfach das Leben gewesen sei, als es nur zwei Supermächte gegeben habe. Zu Zeiten der Sowjets habe man immer genau gewusst, wer der Gegner sei.

Sie stiegen die Treppe zum zweiten Stock des C-Flügels hinauf und wurden von den Stabsoffizieren durch mehrere Türen in eine Bürosuite geführt, wo Major Roland sie erwartete. Er war um die sechzig, wirkte in seiner Khakiuniform aber fit und durchtrainiert. Nach der Vorstellung bat er sie in sein Besprechungszimmer. Am Ende des langen, breiten Tisches überprüften drei Techniker einen großen Computer, der offenbar gerade hereingerollt worden war.

Major Roland wollte wissen, ob Joel etwas dagegen habe, wenn zwei seiner Adjutanten zugegen seien. Natürlich nicht, erwiderte der, keine Einwände.

»Würde es Ihnen etwas ausmachen, wenn wir das Treffen auf Video aufzeichnen?«, fragte Roland.

»Wozu?«

»Nur damit wir einen Film haben, falls sich jemand an höherer Stelle informieren möchte.«

»Wer zum Beispiel?«

»Vielleicht der Präsident.«

Joel sah Clayburn an, seinen einzigen Freund im Raum, und auch das war eine Freundschaft, auf die er sich nicht unbedingt verlassen wollte.

»Was ist mit der CIA?«, fragte Joel.

»Schon möglich.«

»Lassen wir das mit dem Video, zumindest am Anfang. Vielleicht schalten wir die Kamera irgendwann im Laufe der Besprechung ein.«

»In Ordnung. Kaffee oder kalte Getränke?«

Niemand hatte Durst. Der Major fragte die Computertechniker, ob sie mit den Geräten fertig seien. Das war der Fall, und deshalb bat er sie, den Raum zu verlassen.

Joel und Clayburn saßen auf der einen Seite des Konferenztisches, Major Roland, flankiert von seinen beiden Adjutanten, auf der anderen. Alle drei hielten Stift und Papier bereit. Joel und Clayburn saßen mit leeren Händen da.

»Zunächst einmal möchte ich das Thema CIA ein für alle Mal klären«, begann Joel, entschlossen, die Richtung des Gesprächs selbst zu bestimmen. »Wenn ich das Gesetz richtig verstehe, war es zumindest früher so, dass der Direktor der CIA für sämtliche Geheimdienstaktivitäten zuständig ist.«

»Das ist richtig«, bestätigte Wes Roland.

»Was werden Sie mit meinen Informationen anfangen?«

Der Blick, den der Major mit dem Offizier zu seiner Rechten wechselte, verriet tiefe Zweifel. »Wie Sie selbst sagen, sind wir grundsätzlich verpflichtet, Informationen und Material an die CIA weiterzugeben.«

Joel lächelte und räusperte sich. »Major, die CIA hat versucht, mich umbringen zu lassen. Soweit ich weiß, sind sie immer noch hinter mir her. Ich habe für die Leute in Langley nicht viel übrig.«

»Mr Maynard ist weg, Mr Backman.«

»Und jemand anders hat seinen Platz eingenommen. Ich will kein Geld, Major, ich will Schutz. Zunächst einmal möchte ich, dass meine eigene Regierung mich in Ruhe lässt.«

»Das lässt sich arrangieren«, erklärte Roland im Brustton der Überzeugung.

»Und ich brauche Hilfe mit ein paar anderen Nationen.«

»Warum erzählen Sie uns nicht alles, Mr Backman? Je mehr wir wissen, desto besser können wir Ihnen helfen.«

Mit Ausnahme von Neal traute Joel Backman keiner Menschenseele auf dieser Erde, aber es war an der Zeit, die Karten auf den Tisch zu legen und das Beste zu hoffen. Die Jagd war vorbei, es gab keinen Ort mehr, an den er hätte fliehen können.

Er begann mit »Neptun« selbst und damit, wie das Programm von China entwickelt worden war, nachdem die Chinesen die Technologie bei zwei amerikanischen Rüstungsfirmen gestohlen hatten. Der Start war so geschickt getarnt worden, dass nicht nur die USA, sondern auch Russen, Briten und Israelis hinters Licht geführt worden waren. Er befasste sich ausführlich mit den drei Pakistanern, berichtete von ihrer unglückseligen Entdeckung, ihren Ängsten, ihrer Neugier, nachdem sich herausgestellt hatte, dass sie mit »Neptun« kommunizieren konnten, und von der genialen Software, die sie entwickelt hatten, um das System zu manipulieren und zu neutralisieren. Reuevoll erzählte er von seiner eigenen unersättlichen Gier, als er versucht hatte, »JAM« an verschiedene Regierungen zu verkaufen, um daraus einen Profit zu schlagen, wie ihn die Welt noch nicht gesehen hatte. Er schonte sich nicht, als er von der Tollkühnheit Jacy Hubbards berichtete und von ihrem irrwitzigen Plan, das Produkt an den Meistbietenden zu verscherbeln. Ohne zu zögern, gestand er seine Fehler ein und übernahm die volle Verantwortung für die katastrophalen Folgen. Dann ging er zum nächsten Punkt über.

Nein, die Russen waren nicht interessiert gewesen. Sie hatten ihre eigenen Satelliten und konnten sich keine weiteren leisten.

Nein, mit den Israelis war es nie zu einer Vereinbarung gekommen. Sie blieben außen vor, wussten aber, dass ein

Geschäft mit den Saudis in greifbarer Nähe war. Die Saudis wollten »JAM« unbedingt haben. Sie besaßen selbst einige Satelliten, aber keine, die sich mit »Neptun« messen konnten.

Nichts konnte sich mit »Neptun« messen, nicht einmal die letzte Generation amerikanischer Satelliten.

Die Saudis hatten die vier Disketten gesehen. Im Rahmen eines streng kontrollierten Experiments hatten die drei Pakistaner zwei Beamten der saudischen Geheimpolizei die Software vorgeführt. Die Demonstration erfolgte in einem Computerlabor auf dem Campus der Universität von Maryland. Es war eine atemberaubende und sehr überzeugende Erfahrung. Backman war ebenso zugegen wie Hubbard.

Die Saudis boten für »JAM« einhundert Millionen Dollar. Hubbard, der sich für einen engen Freund der Saudis hielt, führte die Verhandlungen. Eine »Transaktionsgebühr« von einer Million Dollar wurde auf ein Konto in Zürich überwiesen. Hubbard und Backman legten ein Gegenangebot in Höhe von einer halben Milliarde vor.

Dann brach die Hölle los. Das FBI griff ein. Haftbefehle wurden erlassen und Anklagen erhoben. Die Ermittlungen verscheuchten die Saudis. Hubbard wurde ermordet, Joel flüchtete ins Gefängnis und zog dabei eine breite Schneise der Verwüstung hinter sich her. Selbst jetzt waren einige Leute noch immer sehr böse auf ihn.

Die fünfundvierzigminütige Zusammenfassung wurde nicht ein einziges Mal unterbrochen. Als Joel fertig war, hatte sich auf der anderen Seite des Tisches niemand Notizen gemacht, so gespannt hatten alle zugehört.

»Ich bin mir sicher, dass wir mit den Israelis reden können«, erklärte Major Roland nun. »Wenn sie davon überzeugt sind, dass die Saudis ›JAM‹ nicht in die Finger bekommen, wird sie das beruhigen. Im Laufe der Jahre hat es mehrfach Gespräche mit ihnen gegeben. Dabei war ›JAM‹ ein wichtiges Thema. Ich bin sicher, wir können uns mit ihnen einigen.«

»Was ist mit den Saudis?«

»Die haben sich ebenfalls auf höchster Ebene danach erkundigt. Mittlerweile haben unsere beiden Länder zahlreiche gemeinsame Interessen. Es dürfte die Situation deutlich entspannen, wenn sie erfahren, dass *wir* die Software haben und sonst niemand. Ich kenne die Saudis gut und gehe davon aus, dass sie die Sache als schlechtes Geschäft abschreiben werden. Bliebe noch das kleine Problem mit der Transaktionsgebühr.«

»Eine Million Dollar zahlen die doch aus der Portokasse. Das Geld steht nicht zur Disposition.«

»Also gut. Damit wären wir bei den Chinesen.«

»Vorschläge dazu?«

Clayburn stützte sich auf die Ellbogen, beugte sich vor und meldete sich zum ersten Mal zu Wort. »Ich kann mir nicht vorstellen, dass die Chinesen das je vergessen werden. Ihre Mandanten haben mit ihrer hausgemachten Software ein Satellitensystem ausgeschaltet, das ein Vermögen gekostet hat. Die Chinesen besitzen neun der besten Satelliten, die jemals gebaut wurden, und können sie nicht benutzen. Das werden sie weder vergessen noch vergeben, und ich kann es ihnen nicht verdenken. Leider haben wir in so heiklen Fragen nur wenig Einfluss auf Peking.«

Major Roland nickte. »Ich fürchte, da muss ich dem

Senator zustimmen. Wir können sie wissen lassen, dass wir die Software haben, aber die Chinesen werden die Sache nie vergessen.«

»Das nehme ich ihnen auch nicht übel. Ich versuche nur zu überleben.«

»Wir werden sehen, was wir erreichen können, aber viel wird es nicht sein.«

»Kommen wir also zu unserem Deal, Gentlemen. Sie geben mir Ihr Wort, dass Sie mir die CIA vom Hals schaffen, und klären die Sache umgehend mit Israelis und Saudis. Was die Chinesen angeht, tun Sie, was Sie tun können. Mir ist klar, dass Ihr Einfluss da begrenzt ist. Außerdem brauche ich einen australischen und einen kanadischen Pass. Sobald sie fertig sind – ich gehe davon aus, dass das bis heute Nachmittag der Fall sein wird –, bringen Sie mir die Dokumente, und dann erhalten Sie von mir die beiden anderen Disketten.«

»Einverstanden«, erklärte Roland. »Allerdings müssen wir uns die Software zuerst ansehen.«

Joel griff in seine Tasche und nahm Diskette eins und zwei heraus. Roland holte die Computertechniker zurück, und die Gruppe scharte sich um den großen Monitor.

Ein Mossad-Agent mit dem Decknamen Albert sah, wie Neal Backman die Lobby des Marriott in der 22nd Street betrat. Er rief seinen Vorgesetzten an, und innerhalb von dreißig Minuten befanden sich zwei weitere Agenten im Inneren des Hotels. Albert sah Neal Backman eine Stunde später wieder, als er mit einer Aktentasche aus dem Aufzug kam, die er beim Betreten des Hotels nicht bei sich gehabt hatte. Backman ging zur Rezeption und füllte offenbar ein Anmeldungsformular aus. Dann zückte er die Brieftasche und gab dem Hotelangestellten eine Kreditkarte.

Er ging zum Aufzug zurück, wo Albert ihn nur um Sekunden verpasste.

Dass Joel Backman vermutlich im Marriott in der 22nd Street abgestiegen war, war von größter Bedeutung, stellte jedoch ein gewaltiges Problem dar. Zunächst einmal war die Liquidierung eines Amerikaners auf amerikanischem Boden eine so heikle Angelegenheit, dass der Premierminister konsultiert werden musste. Zweitens war sie ein logistischer Albtraum. Das Hotel besaß sechshundert Räume. Hunderte von Gästen, Angestellten und Besuchern hielten sich in dem Gebäude auf, in dem gleichzeitig fünf Kongresse stattfanden. Tausende potenzielle Zeugen.

Dennoch stand der Plan schon nach kurzer Zeit.

34

Sie assen mit dem Senator in einem kleinen vietnamesischen Lokal in der Nähe des Dupont Circle zu Mittag, wo sie nicht damit rechnen mussten, Lobbyisten und alten Bekannten zu begegnen. Falls man sie zusammen sah, konnte das die Gerüchteküche zum Brodeln bringen, die Washington am Leben erhielt, aber gleichzeitig dafür sorgte, dass sich nichts bewegte. Eine Stunde lang kämpften Joel und Neal mit ihren Nudeln, die fast ungenießbar scharf waren, und lauschten den endlosen Geschichten des Fischers aus Ocracoke über seine glorreichen Tage in Washington. Obwohl er immer wieder behauptete, die Politik nicht zu vermissen, waren seine Erinnerungen an die Intrigen jener Zeit voller Humor, und es hatte ihm offenbar nicht an Freunden gemangelt.

Zu Beginn des Tages war Clayburn noch davon überzeugt gewesen, dass Joel Backman einen Kopfschuss verdiente. Doch als sie sich auf dem Gehsteig vor dem Lokal verabschiedeten, bat er Joel, ihn unbedingt auf seinem Boot zu besuchen. Neal sollte er auch mitbringen. Joel, der seit seiner Kindheit nicht mehr angeln gewesen war, wusste, dass er der Einladung auf die Outer Banks niemals folgen würde, aber er war so dankbar, dass er versprach, es zu versuchen.

Joel entging dem Kopfschuss nur um Haaresbreite. Während er und Neal nach dem Mittagessen durch die

Connecticut Avenue schlenderten, wurden sie vom Mossad beobachtet. Ein Scharfschütze saß einsatzbereit hinten in einem Lieferwagen, aber die endgültige Genehmigung aus Tel Aviv stand noch aus. Außerdem war der Gehsteig sehr belebt.

Im Hotelzimmer hatte Neal in den Gelben Seiten einen Herrenausstatter gefunden, der Änderungen über Nacht vornahm. Neal war bemüht zu helfen, wo er nur konnte, und sein Vater brauchte unbedingt neue Kleidung. Joel erstand einen marineblauen dreiteiligen Anzug, ein weißes Hemd, zwei Krawatten, ein paar Baumwollhosen und Freizeitkleidung. Besonders dankbar war er für die eleganten schwarzen Schuhe, von denen er sich gleich zwei Paar leistete. Die Rechnung belief sich auf dreitausendeinhundert Dollar, die er in bar bezahlte. Die Bowlingschuhe landeten im Abfalleimer, obwohl der Verkäufer sie gar nicht so schlecht fand.

Um Punkt sechzehn Uhr saßen sie in einem Starbucks auf der Massachussets Avenue. Neal nahm sein Mobiltelefon heraus und wählte die Nummer, die Major Roland ihnen gegeben hatte. Dann gab er das Telefon an seinen Vater weiter.

Roland selbst war dran. »Wir sind unterwegs.«

»Zimmer 520«, sagte Joel, ohne die anderen Gäste aus den Augen zu lassen. »Wie viele kommen?«

»Einige«, erwiderte Roland.

»Es ist mir egal, wie viele Leute Sie mitbringen, aber die werden alle in der Lobby bleiben. Außer Ihnen natürlich.«

»Geht in Ordnung.«

Die Backmans ließen den Kaffee stehen und gingen zum einen Kilometer entfernten Marriott zurück. Jeder ihrer Schritte wurde von bis an die Zähne bewaffneten Mossad-Agenten beobachtet. Aber Tel Aviv hatte sich immer noch nicht gemeldet.

Die Backmans waren erst seit ein paar Minuten in ihrem Hotelzimmer, als es an der Tür klopfte.

Joel warf seinem Sohn einen nervösen Blick zu. Der wirkte nicht weniger besorgt als er selbst. Das kann das Ende sein, sagte Joel sich. Die lange Reise, die auf den Straßen von Bologna ihren Anfang genommen hatte, ihn zu Fuß, im Taxi, im Bus nach Modena führte und wieder in einem Taxi nach Mailand, wo er nach weiteren Fußmärschen und Taxifahrten den Zug nach Stuttgart bestieg, dann der nicht geplante Umweg über Zug, die Taxifahrt nach Zürich, die beiden Straßenbahnen, Franz und der grüne BMW, die ihn mit Höchstgeschwindigkeit nach München verfrachteten, wo ihn die Geborgenheit der Lufthansa-Maschine nach Hause erwartete – diese Reise konnte hier und jetzt ihr Ende finden.

»Wer ist da?«, rief Joel, als er zur Tür ging.

»Wes Roland.«

Joel blickte durch den Spion, sah aber niemanden. Er holte tief Luft und öffnete die Tür. Diesmal trug der Major ein Sportsakko mit Krawatte. Er hatte nichts in den Händen und war allein. Zumindest war das Joels erster Eindruck. Als er einen Blick in den Gang warf, sah er, wie mehrere Beamte in Deckung gingen. Eilig schloss er die Tür und stellte Roland Neal vor.

»Hier sind die Pässe.« Roland griff in die Jackentasche und zog zwei benutzt wirkende Pässe heraus. »AUSTRALIA« stand in goldenen Lettern auf dem dunkelblauen Einband des einen.

Joel öffnete ihn und studierte das Foto. Die Fachleute

hatten das Bild verwendet, das bei der Sicherheitskontrolle im Pentagon aufgenommen worden war, sein Haar stark aufgehellt, die Brille und ein paar Falten entfernt. Das Ergebnis war durchaus annehmbar. Sein Name war Simon Wilson McAvoy. »Nicht schlecht«, meinte er.

Der zweite Pass hatte einen marineblauen Einband, auf dem in goldenen Buchstaben »CANADA« eingeprägt war. Das Foto war identisch, aber diesmal hieß er Ian Rex Hatteboro. Joel nickte zustimmend und gab beide Dokumente zur Prüfung an Neal weiter.

»Gegenwärtig untersucht eine Anklagejury den Skandal um Ihre Begnadigung. Das bereitet uns einiges Kopfzerbrechen«, sagte Roland. »Darüber hatten wir noch nicht gesprochen.«

»Major, wir wissen beide, dass ich nichts mit der Sache zu tun hatte. Ich erwarte, dass die CIA das FBI davon überzeugt, dass ich sauber bin. Ich hatte keine Ahnung, dass da etwas lief. An diesem Skandal bin ich absolut unbeteiligt.«

»Möglicherweise müssen Sie vor der Anklagejury aussagen und werden vorgeladen.«

»Mir recht. Ich werde freiwillig erscheinen, aber es wird ein kurzer Auftritt sein.«

Roland schien zufrieden, schließlich war er nur der Überbringer der Nachricht. Er sah sich nach der Gegenleistung des Handels um. »Und jetzt zur Software«, sagte er.

»Die ist nicht hier«, erklärte Joel ohne überflüssige Dramatik. Auf ein Nicken von ihm verließ Neal den Raum. »Einen Augenblick«, sagte er zu Roland, der die Brauen hochzog und die Augen zusammenkniff.

»Gibt es Probleme?«

»Nein. Der Umschlag ist nur in einem anderen Zimmer. Tut mir Leid, aber ich spiele schon zu lange den Spion.«

»In Ihrer Situation vielleicht keine schlechte Angewohnheit.«

»Vermutlich kann ich schon gar nicht mehr anders.«

»Unsere Techniker arbeiten immer noch an den ersten beiden Disketten. Sie sind schwer beeindruckt.«

»Meine Mandanten waren clevere Burschen. Nette Jungs, denen ihre Gier zum Verhängnis wurde. Wie anderen auch.«

Es klopfte an der Tür. Neal war zurück. Er übergab den Umschlag Joel, der die beiden Disketten herausnahm und Roland reichte.

»Danke. Sie sind ein mutiger Mann.«

»Manche Menschen haben mehr Mut als Verstand.«

Damit war das Gespräch beendet, es gab nichts mehr zu sagen. Roland ging zur Tür, doch als er nach der Klinke griff, fiel ihm noch etwas ein. »Nur damit Sie Bescheid wissen«, erklärte er mit ernster Miene, »die CIA ist relativ sicher, dass Sammy Tin heute Nachmittag in New York gelandet ist. Er war auf einem Flug aus Mailand.«

»Danke«, sagte Joel.

Während Roland mit dem Umschlag das Zimmer verließ, streckte Joel sich auf dem Bett aus und schloss die Augen. Neal holte zwei Bier aus der Minibar und ließ sich in einen Sessel in der Nähe des Bettes sinken.

»Dad, wer ist Sammy Tin?«, fragte er, nachdem er ein paar Minuten schweigend an seinem Bier genippt hatte.

»Das willst du lieber nicht wissen.«

»O doch. Ich will alles wissen. Und du wirst es mir erzählen.«

Um achtzehn Uhr hielt das Auto von Lisas Mutter vor einem Friseursalon in der Wisconsin Avenue in Georgetown. Joel stieg aus, verabschiedete und bedankte sich. Neal, den es nach Hause zog, brauste davon.

Neal hatte den Termin wenige Stunden vorher telefonisch vereinbart und dabei mit fünfhundert Dollar in bar gewinkt, was den Eifer der Angestellten am Empfang deutlich gesteigert hatte. Eine stämmige Friseuse namens Maureen erwartete Joel. Sie war nicht gerade begeistert, dass sie so spät noch arbeiten sollte, aber neugierig, wer so viel Geld ausgab, nur um sich die Haare färben zu lassen.

Joel bezahlte vorab, bedankte sich bei der Angestellten am Empfang und bei Maureen für ihre Flexibilität und nahm vor einem Spiegel Platz.

»Erst waschen?«, fragte Maureen.

»Nein, es muss möglichst schnell gehen.«

Sie griff mit den Fingern in sein Haar. »Wo haben Sie das machen lassen?«

»Bei einer Dame in Italien.«

»An welchen Ton hatten Sie gedacht?«

»Grau, durchgehend grau.«

»Naturgrau?«

»Nein, heller. Fast weiß.«

Sie sah ihre Kollegin am Empfang an und verdrehte die Augen. Was es nicht alles gab.

Maureen ging an die Arbeit. Ihre Kollegin verabschiedete sich und schloss die Tür hinter sich ab.

»Arbeiten Sie morgen?«, fragte Joel nach ein paar Minuten.

»Nein, morgen ist mein freier Tag. Warum?«

»Weil ich gegen Mittag noch eine Behandlung brauche. Morgen möchte ich es dunkler haben, um das Grau abzudecken, das Sie jetzt einfärben.«

Sie hielt in der Bewegung inne. »Was ist denn mit Ihnen los?«

»Wenn Sie morgen herkommen, zahle ich Ihnen eintausend Dollar in bar.«

»In Ordnung. Und übermorgen?«

»Sobald das Grau weg ist, bin ich zufrieden.«

Dan Sandberg hing in seinem Büro in der Redaktion der *Washington Post* herum, als der Anruf kam. Der Mann am anderen Ende der Leitung stellte sich als Joel Backman vor und sagte, er wolle reden. Das Display von Sandbergs Telefon zeigte eine unbekannte Nummer.

»Der echte Joel Backman?« Sandberg griff hektisch nach seinem Laptop.

»Der Einzige, den ich kenne.«

»Das freut mich. Als ich Sie das letzte Mal gesehen habe, standen Sie vor Gericht und haben sich aller möglichen schmutzigen Geschäfte schuldig bekannt.«

»Mittlerweile bin ich vom Präsidenten begnadigt worden und habe damit wieder eine weiße Weste.«

»Ich dachte, Sie würden sich irgendwo am anderen Ende der Welt versteckt halten.«

»Ja, aber ich hatte die Nase voll von Europa. Meine alten Jagdgründe haben mir gefehlt. Jetzt bin ich wieder da und bald auch wieder im Geschäft.«

»Welche Art von Geschäft?«

»Meine Spezialität, natürlich. Genau darüber möchte ich reden.«

»Mit Vergnügen. Aber ich muss Ihnen Fragen über den Straferlass stellen. Hier überschlagen sich die Gerüchte.«

»Damit befassen wir uns als Allererstes, Mr Sandberg. Wie wär's mit morgen früh um neun?«

»Wann immer Sie wollen. Wo treffen wir uns?«

»In der Präsidentensuite des Hay-Adams. Wenn Sie wollen, können Sie einen Fotografen mitbringen. Der Lobbyist ist wieder da.«

Sandberg legte auf und rief Rusty Lowell an, seine beste Quelle bei der CIA. Doch Lowell war unterwegs, und wie üblich wusste niemand, wie man ihn erreichen konnte. Sandberg versuchte es mit einer anderen Quelle in Langley, erfuhr aber nichts.

Whitaker saß in der ersten Klasse des Alitalia-Fluges von Mailand nach Washington. Der Alkohol war kostenlos und floss reichlich. Er tat sein Bestes, um sich zu betrinken. Der Anruf von Julia Javier war ein Schock gewesen.

»Ist Marco drüben bei Ihnen gesehen worden, Whitaker?«, hatte sie freundlich gefragt.

»Nein, aber wir halten nach ihm Ausschau.«

»Ob Sie ihn wohl aufspüren werden?«

»Ja, ich bin mir sicher, dass er wieder auftaucht.«

»Die Direktorin ist im Augenblick ziemlich nervös, Whitaker. Sie will wissen, ob Sie Marco finden.«

»Sagen Sie ihr, sie kann beruhigt sein, wir erwischen ihn schon.«

»Und wo suchen Sie nach ihm, Whitaker?«

»In Mailand und in Zürich.«

»Nun, dann verschwenden Sie Ihre Zeit. Der gute Marco ist nämlich in Washington und hatte heute Nachmittag eine Besprechung im Pentagon. Er ist Ihnen durch die Lappen gegangen, Whitaker. Was glauben Sie, wie wir dastehen?«

»Wie bitte?«

»Kommen Sie zurück, Whitaker, und zwar auf der Stelle.«

Fünfundzwanzig Reihen hinter ihm hing Luigi in der Economyclass in seinem Sitz. Er saß neben einer Zwölfjährigen, die den aggressivsten Rap hörte, der ihm je untergekommen war, und kippte sich soeben den vierten Drink hinter die Binde. Dass er dafür bezahlen musste, war ihm völlig egal.

Er wusste, dass Whitaker sich vorn in der ersten Klasse gerade überlegte, wie er ihm die Schuld für alles in die Schuhe schieben konnte. Eigentlich hätte er sich eine Verteidigungsstategie überlegen sollen, aber im Augenblick wollte er sich einfach nur voll laufen lassen. Die nächste Woche in Washington würde sehr unangenehm werden.

Um 18.02 Uhr Ostküstenzeit kam der Befehl aus Tel Aviv, die Operation Backman abzubrechen. Keine Liquidierung, stattdessen der sofortige Rückzug.

Für die Agenten war es eine gute Nachricht. Sie waren darauf geschult, sich ihrer Zielperson unauffällig zu nähern, ihre Arbeit zu erledigen und zu verschwinden, ohne Spuren oder Hinweise zu hinterlassen, die als Beweismittel dienen konnten. Dafür war Bologna wesentlich besser geeignet als Washington mit seinen überfüllten Straßen.

Eine Stunde später checkte Joel aus dem Marriott aus und gönnte sich einen langen Spaziergang in der kühlen Abendluft. Allerdings blieb er auf den belebten Straßen und verschwendete keine Zeit. Dies war nicht Bologna. Nach Einbruch der Dunkelheit verwandelte sich die

Stadt. Sobald die Pendler verschwunden waren und sich der Verkehr beruhigt hatte, wurde es gefährlich.

Der Rezeptionist des Hay-Adams bevorzugte Kreditkarten, irgendetwas aus Plastik, das die Buchhaltung nicht durcheinander brachte. Es kam selten vor, dass ein Gast auf Barzahlung bestand, aber dieser hier ließ sich nicht umstimmen. Da die Buchung bestätigt war, überreichte der Rezeptionist Mr Ferro mit einem höflichen Lächeln den Zimmerschlüssel und hieß ihn im Hay-Adams willkommen. »Haben Sie Gepäck?«

»Nein.«

Damit war das Gespräch beendet.

Mr Ferro strebte mit einer billigen schwarzen Aktentasche in der Hand auf die Aufzüge zu.

35

Die Präsidentensuite des Hay-Adams lag im siebten Stock. Drei große Fenster gingen auf die H Street hinaus, hinter der der Lafayette Park und das Weiße Haus zu sehen waren. Das Schlafzimmer war fürstlich, das Bad strotzte vor Messing und Marmor, und das Wohnzimmer war mit echten Antiquitäten eingerichtet. Allerdings waren Fernseher, Telefone und das selten benutzte Faxgerät nicht ganz auf dem aktuellsten Stand der Technik. Die Suite kostete dreitausend Dollar die Nacht, aber was scherte das den Lobbyisten?

Als Sandberg um neun Uhr an die Tür klopfte, dauerte es nur eine Sekunde, bis diese aufgerissen wurde. Ein herzliches »Guten Morgen, Dan!« schallte ihm entgegen. Backman packte seine rechte Hand und schüttelte sie energisch, während er Sandberg in sein Reich zog.

»Schön, dass es geklappt hat!«, sagte er. »Möchten Sie Kaffee?«

»Ja, gern. Schwarz, bitte.«

Sandberg ließ seine Tasche auf einen Stuhl fallen und sah zu, wie Backman aus einer silbernen Kanne Kaffee einschenkte. Er hatte deutlich abgenommen, und sein Haar war kürzer und fast weiß. Das Gesicht wirkte geradezu hager. Es bestand eine gewisse Ähnlichkeit mit dem Backman, den er vom Prozess kannte, aber groß war sie nicht.

»Machen Sie es sich gemütlich«, forderte Backman ihn auf. »Ich habe Frühstück bestellt, es muss gleich kommen.«

Sorgfältig stellte er zwei Tassen auf den Couchtisch vor dem Sofa. »Lassen Sie uns hier arbeiten. Wollen Sie Ihren Rekorder einschalten?«

»Wenn Sie nichts dagegen haben.«

»Mir ist es sogar lieber. Damit vermeidet man Missverständnisse.« Sie nahmen ihre Plätze ein. Sandberg stellte ein kleines Aufnahmegerät auf den Tisch, dann legte er Stift und Notizblock bereit. Backman saß lächelnd und mit lässig übereinander geschlagenen Beinen in seinem Sessel und strahlte das Selbstvertrauen eines Mannes aus, der sich vor keiner Frage fürchtete. Sandberg fielen seine Schuhe auf: harte Gummisohlen, die kaum Gebrauchsspuren zeigten. Keine Schramme, kein Schmutzfleck auf dem schwarzen Leder. Die Kleidung war so auffällig, wie er es von dem früheren Anwalt kannte: marineblauer Anzug, blütenweißes Hemd mit goldenen Manschettenknöpfen, Kragennadel und eine rotgoldene Krawatte, die geradezu nach Aufmerksamkeit schrie.

»Die erste Frage ist: Wo waren Sie?«

»Ich habe mich eine Weile in Europa rumgetrieben und mir den Kontinent angesehen.«

»Zwei Monate lang.«

»Ja, das reicht.«

»An irgendeinem speziellen Ort?«

»Nicht wirklich. Ich bin viel mit dem Zug gefahren, eine wunderbare Art zu reisen. Da sieht man wenigstens was.«

»Warum sind Sie zurückgekommen?«

»Ich bin hier zu Hause. Wo soll ich sonst hin? Was soll ich tun? In Europa herumzuhängen klingt unterhaltsam, und das war es auch, aber es ist kein Beruf. Hier gibt es Arbeit für mich.«

»Was ist das für eine Arbeit?«

»Das Übliche. Beziehungen zur Regierung, Unternehmensberatung.«

»Also Lobbyismus?«

»In meiner Firma wird es mit Sicherheit eine Abteilung für Lobbyismus geben. Das ist ein wichtiger Teil unseres Geschäfts, aber bestimmt nicht das Kernstück.«

»Von welcher Firma sprechen Sie?«

»Von der neuen.«

»Ich kann Ihnen nicht ganz folgen, Mr Backman.«

»Ich gründe eine neue Firma, die Backman Group, mit Büros hier, in New York und San Francisco. Wir beginnen mit sechs Partnern, dürften uns aber innerhalb eines Jahres auf etwa zwanzig vergrößern.«

»Was sind das für Leute?«

»Im Moment kann ich keine Namen nennen. Wir verhandeln noch über Einzelheiten. Die Feinabstimmung ist eine ziemlich heikle Angelegenheit. Offizieller Start soll am 1. Mai sein. Dürfte eine große Sache werden.«

»Das kann ich mir vorstellen. Es handelt sich also nicht um eine Anwaltskanzlei?«

»Nein, aber wir werden zu einem späteren Zeitpunkt eine Rechtsabteilung einrichten.«

»Ich dachte, Sie hätten Ihre Zulassung verloren, als ...«

»Das stimmt. Aber aufgrund der Begnadigung kann ich die Anwaltsprüfung noch einmal machen. Falls mir danach ist, Menschen vor Gericht zu bringen, frische ich einfach meine Kenntnisse auf und besorge mir eine Zulassung. Allerdings dürfte das noch etwas dauern, im Augenblick haben wir einfach zu viel zu tun.«

»Und *was* haben Sie zu tun?«

»Wir müssen die Sache ins Rollen bringen, Kapital aufbringen und vor allem potenzielle Kunden gewinnen.«

»Können Sie mir einige dieser Kunden nennen?«

»Im Moment natürlich nicht, da müssen Sie sich ein paar Wochen gedulden.«

Das Telefon auf dem Schreibtisch klingelte. Backman beäugte es stirnrunzelnd. »Einen Augenblick, das ist ein Anruf, auf den ich gewartet habe.« Er ging zum Schreibtisch und hob ab. »Backman, ja, hallo, Bob. Ja, morgen bin ich in New York. Hören Sie, kann ich Sie in einer Stunde zurückrufen? Ich bin gerade beschäftigt.« Er hängte auf. »Entschuldigen Sie.«

Der Anrufer war Neal gewesen, der wie geplant um genau 9.15 Uhr angerufen hatte und sich während der nächsten Stunde alle zehn Minuten melden würde.

»Kein Problem«, sagte Sandberg. »Reden wir über Ihre Begnadigung. Haben Sie die Berichte gesehen, die darüber im Umlauf sind? Angeblich haben Sie sich Ihren Straferlass erkauft.«

»Denken Sie, ich lese keine Zeitung? Meine Anwälte sitzen in den Startlöchern, Sandberg, die werden sich der Sache schon annehmen. Falls es dem FBI gelingt, eine Anklagejury auf die Beine zu stellen – und die Betonung liegt auf *falls* –, werde ich als Erster aussagen. Ich habe absolut nichts zu verbergen und werde gegen die Unterstellung, ich hätte mir den Straferlass erkauft, gerichtlich vorgehen.«

»Sie wollen die verklagen?«

»Allerdings. Meine Anwälte bereiten im Augenblick einen Verleumdungsprozess gegen die *New York Times* und diesen Heath Frick vor, ihren Mann fürs Grobe. Das wird eine hässliche Schlacht werden. Die werden mir eine schöne Stange Geld zahlen müssen.«

»Sind Sie sicher, dass ich das drucken soll?«

»Klar! Und wenn wir schon dabei sind, möchte ich Sie und Ihre Zeitung für die bis jetzt gezeigte Zurückhaltung loben. Eher ungewöhnlich, aber bewundernswert.«

Sandbergs Artikel über seinen Besuch in der Präsidentensuite des Hay-Adams war für ihn von Anfang an eine große Sache gewesen. Aber jetzt war ihm klar, dass die Story am nächsten Morgen auf der Titelseite landen musste. »Nur zur Information: Sie streiten also ab, für den Straferlass bezahlt zu haben?«

»Das streite ich kategorisch und mit allem Nachdruck ab. Falls jemand etwas anderes behauptet, werde ich diese Person verklagen.«

»Und warum wurden Sie dann begnadigt?«

Backman setzte sich zurecht und hob gerade zu einer langen Rede an, als der Türsummer ertönte. »Ah, das Frühstück!« Er sprang auf und öffnete die Tür. Ein Kellner im weißen Jackett rollte einen Servierwagen mit Kaviar und allem Drum und Dran, Rührei mit Trüffeln sowie einer Flasche Krug-Champagner in einem mit Eis gefüllten Kühler herein. Während Backman die Rechnung unterschrieb, öffnete der Kellner die Flasche.

»Ein Glas oder zwei?«, erkundigte sich der Kellner.

»Champagner, Dan?«

Sandberg sah unwillkürlich auf die Uhr. Ein bisschen früh für Alkohol, aber warum eigentlich nicht? Wie oft saß er schon mit Blick auf das Weiße Haus in der Präsidentensuite des Hay-Adams und trank Champagner, der dreihundert Dollar die Flasche kostete? »Gern, aber nur einen Schluck.«

Der Kellner füllte zwei Gläser, stellte den Champagner wieder in den Kühler und verließ den Raum, als das Telefon erneut klingelte. Diesmal war es Randall aus Boston, und auch er würde sich eine Stunde gedulden müssen, bis Backman zurückrufen konnte.

Joel knallte den Hörer auf. »Essen Sie etwas, Dan, ich habe genug für uns beide bestellt.«

»Nein, danke, ich hatte vorhin einen Bagel.« Sandberg nahm das Champagnerglas und nippte daran.

Backman tauchte einen Cracker in den Berg Kaviar, der ihn fünfhundert Dollar gekostet hatte, und schob ihn sich in den Mund. Er sah aus wie ein Teenager, der sich Mais-Chips mit Salsa zu Gemüte führt. Geräuschvoll kauend, ging er mit dem Glas in der Hand auf und ab. »Meine Begnadigung«, sagte er. »Ich habe Präsident Morgan gebeten, meinen Fall zu überprüfen. Zuerst dachte ich, er hätte kein Interesse, aber er ist ein sehr scharfsinniger Mensch.«

»Arthur Morgan?«

»Ja. Er wurde als Präsident stark unterschätzt, Dan. Er hat die harte Kritik nicht verdient. Wir werden ihn noch vermissen. Auf jeden Fall wurde Morgan immer unbehaglicher zumute, je länger er sich mit der Sache befasste. Er durchschaute die Ablenkungsmanöver der Regierung und ihre Lügen. Weil er früher Strafverteidiger war, wusste er, dass das FBI durchaus in der Lage ist, Unschuldigen etwas anzuhängen.«

»Wollen Sie damit sagen, dass Sie unschuldig waren?«

»Absolut. Ich habe nichts Unrechtes getan.«

»Aber Sie haben sich doch schuldig bekannt.«

»Ich hatte keine Wahl. Zuerst wurde gegen mich und Jacy Hubbard Anklage erhoben, obwohl die Vorwürfe allesamt aus der Luft gegriffen waren. Wir ließen uns nicht beeindrucken. ›Bringen Sie uns ruhig vor Gericht‹, sagten wir. ›Wir werden die Geschworenen schon überzeugen.‹ Das jagte den Leuten vom FBI einen gehörigen Schrecken ein. Sie reagierten, wie sie es immer tun, und knöpften sich unsere Freunde und Familien vor. Diese Idioten mit ihren Nazimethoden erhoben Anklage gegen meinen Sohn, der gerade erst das Jurastudium abgeschlossen hatte und nichts über meine Geschäfte wusste. Warum haben Sie *darüber* nicht geschrieben?«

»Habe ich.«

»Auf jeden Fall blieb mir keine Wahl, ich musste mich opfern. Es war für mich eine Frage der Ehre. Ich bekannte mich schuldig, und im Gegenzug wurden alle Vorwürfe gegen meinen Sohn und meine Partner fallen gelassen. Präsident Morgan hat das durchschaut. Deswegen wurde ich begnadigt. Ich hatte es verdient.«

Noch ein Cracker mit schwarzem Gold, der mit Champagner heruntergespült wurde. Backman tigerte auf und ab, hatte das Jackett inzwischen abgelegt – ein Mann, der seinem Herzen Luft machen musste. Dann blieb er plötzlich stehen. »Lassen wir die Vergangenheit ruhen, Dan, und reden wir über die Zukunft. Sehen Sie sich das Weiße Haus da drüben an. Waren Sie jemals bei einem Staatsbankett mit Smoking, Marines in Galauniform, verführerischen Damen in Abendkleidern?«

»Nein.«

Backman stand am Fenster und starrte zum Weißen Haus hinüber. »Ich war zweimal bei so einem Bankett eingeladen«, erwiderte er mit einer Spur Melancholie. »Und ich werde wieder eingeladen. Geben Sie mir zwei, vielleicht drei Jahre. Eines Tages werde ich wieder eine persönliche Einladung erhalten. Goldene Buchstaben, erlesenes Papier. ›Der Präsident und die First Lady würden sich über Ihre Anwesenheit freuen‹ ...« Er wandte sich um und warf Sandberg einen selbstzufriedenen Blick zu. »Das ist Macht, Dan. Dafür lebe ich.«

Guter Auftritt, aber Sandberg interessierte sich für andere Dinge. Er holte den Lobbyisten mit einer scharfen Frage in die Realität zurück. »Wer hat Jacy Hubbard umgebracht?«

Backman ließ die Schultern sinken und griff zum Champagner. »Es war Selbstmord. Ganz einfach Selbstmord, Dan. Für Jacy war die Demütigung unerträglich geworden. Das FBI hatte sein Leben zerstört, damit wurde er nicht fertig.«

»Sie sind der Einzige in Washington, der an Selbstmord glaubt.«

»Ich bin auch der Einzige, der die Wahrheit kennt. Drucken Sie das bitte.«

»Werde ich.«

»Reden wir von etwas anderem.«

»Ehrlich gesagt, interessiert mich Ihre Vergangenheit viel mehr als Ihre Zukunft, Mr Backman. Ich weiß aus sicherer Quelle, dass Morgan Sie auf Druck von Teddy Maynard begnadigt hat, weil die CIA beobachten wollte, wer Sie liquidiert.«

»Suchen Sie sich neue Quellen.«

»Sie streiten also ab ...«

»Ich bin hier!« Backman breitete die Arme aus, um sich Sandberg in voller Lebensgröße zu präsentieren.

»Ich lebe noch! Wenn die CIA mich tot sehen wollte, dann *wäre* ich tot.« Er nahm einen Schluck Champagner. »Suchen Sie sich zuverlässigere Quellen. Ein wenig Rührei, bevor es kalt wird?«

»Nein, danke.«

Backman häufte sich eine große Portion Rührei auf einen kleinen Teller und aß, während er von Fenster zu Fenster ging, ohne das Weiße Haus aus den Augen zu lassen. »Das ist mit Trüffeln. Schmeckt wirklich gut.«

»Nein, danke. Wie oft frühstücken Sie so?«

»Nicht oft genug.«

»Kannten Sie Bob Critz?«

»Natürlich, jeder kannte Critz. Der war so lange im Geschäft wie ich.«

»Wo waren Sie bei seinem Tod?«

»In San Francisco bei einem Freund. Ich habe es aus den Nachrichten erfahren. Wirklich traurig. Was hat Critz mit mir zu tun?«

»Ich bin nur neugierig.«

»Soll das heißen, dass Sie keine Fragen mehr haben?«

Sandberg blätterte noch einmal seine Notizen durch, als das Telefon erneut klingelte. Diesmal war es Ollie. Backman versprach zurückzurufen.

»Unten wartet ein Fotograf«, sagte Sandberg. »Mein Redakteur hätte gern ein paar Bilder.«

»Natürlich.«

Joel zog das Jackett an, überprüfte den Sitz seiner Krawatte, seine Frisur und seine Zähne im Spiegel und verleibte sich anschließend eine weitere Portion Kaviar ein. Inzwischen war der Fotograf eingetroffen und packte seine Ausrüstung aus. Während er am Blitzgerät herumfummelte, stellte Sandberg bei eingeschaltetem Rekorder weitere Fragen.

Am besten gefiel dem Fotografen ein Arrangement, bei dem Joel auf einem burgunderroten Ledersofa saß, über dem ein Porträt an der Wand hing. Sandberg fand es ebenfalls sehr ansprechend. Dann posierte Backman ein paarmal vor den Fenstern, wobei er darauf achtete, dass das Weiße Haus im Hintergrund zu sehen war.

Das Telefon klingelte immer wieder, bis Joel es schließlich ignorierte. Er hatte mit Neal vereinbart, dass dieser alle fünf Minuten anrief, falls Joel nicht abhob, alle zehn, wenn er an den Apparat ging. Nach zwanzig Minuten Fotoshooting begann sie das permanente Telefonklingeln in den Wahnsinn zu treiben.

Der Lobbyist war ein gefragter Mann.

Nachdem der Fotograf seine Arbeit beendet hatte, sammelte er seine Ausrüstung ein und verschwand. Sandberg blieb noch ein paar Minuten, bis er schließlich ebenfalls zur Tür ging. »Der Artikel wird mit Sicherheit morgen auf der Titelseite erscheinen, Mr Backman«, sagte er. »Nur damit Sie Bescheid wissen: Ich glaube nicht einmal die Hälfte von dem Unsinn, den Sie mir heute erzählt haben.«

»Und welche Hälfte wäre das?«

»Sie waren schuldig, und das galt auch für Hubbard. Er wurde ermordet, und Sie haben sich ins Gefängnis geflüchtet, um Ihr Leben zu retten. Maynard hat Ihre Begnadigung eingefädelt, Arthur Morgan hatte von nichts eine Ahnung.«

»Gut, diese Hälfte ist auch nicht wichtig.«

»Und was *ist* wichtig?«

»Joel Backman, der Lobbyist, ist wieder da. Das muss auf die Titelseite.«

Maureens Stimmung war deutlich besser. Noch nie hatte sie an ihrem freien Tag eintausend Dollar verdient. Sie führte Mr Backman ins Hinterzimmer, wo er vor dem Geschnatter der Damen vorn im Salon sicher war. Gemeinsam studierten sie Farbtafeln und entschieden sich schließlich für eine pflegeleichte Nuance. »Pflegeleicht« bedeutete für sie die Aussicht auf eintausend Dollar alle fünf Wochen.

Joel war es egal. Er würde sie nie wiedersehen.

Sie färbte das Weiß in Grau um und setzte genügend braune Akzente, um sein Gesicht fünf Jahre jünger wirken zu lassen.

Doch ob er nun alt oder jung aussah, kümmerte Joel nicht. Eitelkeit spielte keine Rolle. Er wollte nur untertauchen.

36

Seine letzten Gäste in der Suite trieben ihm die Tränen in die Augen. Neal, der Sohn, den er kaum kannte, und Lisa, die Schwiegertochter, der er noch nie begegnet war, brachten ihm Carrie, die zweijährige Enkelin, von der er bis jetzt nur geträumt hatte. Zuerst weinte die Kleine auch, aber dann beruhigte sie sich, als ihr Großvater sie auf den Arm nahm und ihr das Weiße Haus zeigte. Er wanderte mit ihr von Fenster zu Fenster, von Zimmer zu Zimmer, wiegte sie in den Armen und redete mit ihr, als hätte er Erfahrung mit einem Dutzend Enkelkinder. Neal fotografierte die beiden, aber diese Bilder zeigten einen völlig anderen Menschen. Der auffällige Anzug war verschwunden, Joel trug eine Baumwollhose und ein Flanellhemd. Verschwunden die prahlerische Arroganz, dies war ein einfacher Großvater, der seine entzückende Enkeltochter in den Armen hielt.

Der Zimmerservice brachte ein spätes Mittagessen, das aus Suppe und Salat bestand. Sie genossen das ruhige Mahl im Familienkreis, für Joel das erste seit vielen, vielen Jahren. Er aß mit einer Hand, weil er mit der anderen Carrie hielt, die er ununterbrochen auf seinem Knie wippte.

Dann bereitete er sie auf den Artikel vor, der am nächsten Tag in der *Washington Post* erscheinen würde, und erklärte ihnen seine Beweggründe. Es war wichtig, dass man ihn in Washington zur Kenntnis nahm und dass er Aufmerksamkeit erregte. Damit gewann er Zeit und verwirrte eventuelle Verfolger. Die Story würde für Aufsehen sorgen und noch lange, nachdem er verschwunden war, Tagesgespräch sein.

Lisa wollte wissen, ob er in großer Gefahr schwebe, aber das wusste er nicht. Er würde für eine Weile verschwinden, immer in Bewegung bleiben, auf der Hut sein. In den vergangenen beiden Monaten hatte er viel gelernt.

»In ein paar Wochen bin ich wieder da«, sagte er. »Und von Zeit zu Zeit werde ich bei euch vorbeikommen. In ein paar Jahren ist es hoffentlich nicht mehr so gefährlich.«

»Wohin willst du jetzt?«, fragte Neal.

»Ich fahre mit dem Zug nach Philadelphia, von dort aus fliege ich nach Oakland. Ich möchte meine Mutter besuchen. Es wäre schön, wenn ihr ihr eine Karte schreiben könntet. Ich werde mir Zeit lassen. Wahrscheinlich lande ich irgendwo in Europa.«

»Welchen Pass benutzt du?«

»Jedenfalls keinen von den beiden, die ich gestern bekommen habe.«

»Was?«

»Ich will nicht, dass mich die CIA kontrolliert. Die beiden Pässe werde ich nur im äußersten Notfall benutzen.«

»Und wie willst du reisen?«

»Ich habe noch einen anderen Pass. Eine Freundin hat ihn mir geliehen.«

Neal warf ihm einen misstrauischen Blick zu. Er konnte sich ziemlich genau vorstellen, was sich hinter dieser Bezeichnung verbarg. Lisa merkte jedoch nichts, und

Carrie wählte genau diesen Augenblick, um sich zu erleichtern. Joel reichte sie rasch ihrer Mutter.

»Drei Dinge«, sagte er mit gesenkter Stimme, während Lisa die Kleine im Bad wickelte. »Lass euer Haus, dein Büro und das Auto von einer Sicherheitsfirma überprüfen. Du wirst dich wahrscheinlich wundern. Es kostet etwa zehntausend Dollar, aber es ist unbedingt notwendig. Zweitens möchte ich, dass du hier in der Nähe einen Pflegeplatz findest. Meine Mutter, deine Großmutter, sitzt da drüben in Oakland, wo sich niemand um sie kümmern kann. Ein guter Platz dürfte drei- bis viertausend pro Monat kosten.«

»Ich gehe davon aus, dass du das Geld hast.«

»Drittens, ja, ich habe das Geld. Es liegt auf einem Konto bei der Maryland Trust. Du bist einer der Kontoinhaber. Heb fünfundzwanzigtausend für deine bisherigen Ausgaben ab und sorg dafür, dass der Rest verfügbar ist.«

»So viel brauche ich nicht.«

»Dann gib was davon aus, okay? Gönnt euch etwas. Bringt die Kleine nach Disney World.«

»Wie bleiben wir in Verbindung?«

»Im Moment über E-Mail, über mein Grinch-Konto. Ich bin inzwischen ein richtiger Computerfreak geworden.«

»Wie sicher bist du, Dad?«

»Das Schlimmste ist vorbei.«

Lisa kam mit Carrie zurück, die wieder auf Joels Knie reiten wollte. Er hielt sie, so lange er konnte.

Vater und Sohn betraten gemeinsam die Union Station, während Lisa und Carrie im Auto warteten. Die hektische Aktivität machte Joel nervös, alte Gewohnheiten ließen sich nicht so schnell ablegen. Er trug eine kleine Schultertasche bei sich, die seinen gesamten Besitz enthielt.

Nachdem er eine Fahrkarte nach Philadelphia erstanden hatte, gingen sie langsam zu den Bahnsteigen.

»Ich wüsste wirklich gern, wo du hin willst«, meinte Neal.

Joel blieb stehen und sah ihn an. »Zurück nach Bologna.«

»Du hast da eine Freundin, stimmt's?«

»Ja.«

»Hätte ich mir denken können.«

»Ich kann nicht anders, mein Junge. Das war schon immer meine Schwäche.«

»Ist sie Italienerin?«

»Und wie. Sie ist etwas ganz Besonderes.«

»Das waren sie alle.«

»Aber sie hat mir das Leben gerettet.«

»Weiß sie, dass du zurückkommst?«

»Ich glaube schon.«

»Bitte sei vorsichtig, Dad.«

»Wir sehen uns in einem Monat oder so.«

Sie umarmten sich. Dann war es Zeit für den Abschied.

Anmerkung des Autors

Ich bin Jurist, kein Experte für Satelliten oder Spionage. Mein Respekt vor elektronischen Hightech-Spielereien wächst von Jahr zu Jahr. (Diese Bücher schreibe ich immer noch auf einem dreizehn Jahre alten Textverarbeitungssystem. Wenn es hängt, was immer öfter vorzukommen scheint, halte ich im wahrsten Sinne des Wortes den Atem an. Gibt es irgendwann den Geist auf, ist es vermutlich auch um mich geschehen.)

Meine Geschichte ist frei erfunden. Ich weiß extrem wenig über Spione, elektronische Überwachung, Satellitentelefone, Smartphones, Wanzen, Verkabelungen, Mikrofone und die Menschen, die das Zeug benutzen. Wenn ich irgendwo in diesem Roman der Wahrheit nahe komme, handelte es sich wahrscheinlich um einen Fehler.

Dagegen ist Bologna authentisch. Ich durfte großzügigerweise einen Dartpfeil auf eine Weltkarte werfen, um den Ort zu bestimmen, an dem sich Mr Backman versteckt halten sollte. Das hätte so gut wie überall sein können. Aber ich liebe Italien und alles Italienische und muss zugeben, dass ich den Pfeil nicht mit verbundenen Augen geworfen habe.

Meine Recherchen (das Wort klingt zu wissenschaftlich) führten mich nach Bologna, einer wunderschönen alten Stadt, die mich sofort in ihren Bann schlug. Mein Freund Luca Patuelli führte mich herum. Er kennt alle bedeutenden Köche in Bologna, und das ist eine enorme Leistung. Ich habe im Laufe unserer anstrengenden Studien gut vier Kilogramm zugenommen.

Ich danke Luca, seinen Freunden und ihrer warmherzigen, faszinierenden Stadt, außerdem Gene McDade, Mike Moody und Bert Colley.